Steckerlfisch

Lisa Graf-Riemann und Ottmar Neuburger leben und schreiben im Berchtesgadener Land in Salzburgnähe. »Steckerlfisch« ist nach »Hirschgulasch« und »Rehragout« ihr dritter gemeinsamer Kriminalroman. Von Lisa Graf-Riemann sind im Emons Verlag vier weitere Romane erschienen, zuletzt »Madame Merckx trinkt keinen Wein«, ein Südfrankreich Krimi.

LISA GRAF-RIEMANN/OTTMAR NEUBURGER

Steckerlfisch

KRIMINALROMAN

emons:

Bibliografische Information der Deutschen Nationalbibliothek
Die Deutsche Nationalbibliothek verzeichnet diese Publikation in der Deutschen Nationalbibliografie; detaillierte bibliografische Daten sind im Internet über http://dnb.d-nb.de abrufbar.

MIX
Papier aus verantwortungsvollen Quellen
FSC® C083411

Umschlagmotiv: Montage aus iStockphoto.com/Spiderplay und shutterstock.com/Aleksandar Mijatovic
Umschlaggestaltung: Tobias Doetsch
Gestaltung Innenteil: César Satz & Grafik GmbH, Köln
Lektorat: Susanne Bartel
Druck und Bindung: CPI – Clausen & Bosse, Leck
Printed in Germany 2016
ISBN 978-3-95451-817-3
Originalausgabe

Überall herrscht Zufall. Lass deine Angel nur hängen; wo du's am wenigsten glaubst, sitzt im Strudel der Fisch.

Ovid, »Ars amatoria«

Lang leben will halt alles, aber alt werden will kein Mensch.

Johann Nestroy

Prien, Residenz am See, Februar 2015

»Die Rache ist mein; ich will vergelten, spricht der Herr.« Genau so hat sein Vater es gesagt, immer wieder. Mit der Bibel kennt sich Olaf aus, sein Vater war Pastor. An dem Tag, an dem Olaf genug Geld hatte, um sich ein paar Wochen durchschlagen zu können, zog er aus seiner Heimatstadt Kiel fort und war froh darüber, seinem Vater in seinem gesamten restlichen Leben nicht mehr begegnen zu müssen.

Das Messer in seiner linken Hand war das Erste, was er sich in Hamburg kaufte. Er hat es noch immer, ein gutes Messer. Die Klinge hat sich vom Schleifen wellenförmig verformt, doch das Messer schneidet wie am ersten Tag einwandfrei.

Den oberen und unteren Teil der Orange hat er schon abgetrennt. Die verbliebene Schale teilt er in sechs gleiche Segmente. Er hört Schritte von draußen. Zwar dämpfen die im Flur ausliegenden schweren Orientteppiche den Schall, trotzdem ist das Geräusch nicht zu überhören. Er hat auf die Schritte gewartet.

Nein, er will keine Angst haben. Sein Leben lang hat er versucht, keine Angst zu haben, und meistens ist es ihm gelungen. Aber jetzt fühlt sich diese Regung in seinem Bauch verdammt wie Angst an, auch wenn er es nicht wahrhaben will.

In Hamburg hat er sich mit genau diesem Messer, mit dem er jetzt seine Orange schält, einmal verteidigen müssen. Er setzte es gegen einen Kollegen ein, der ihm ans Leder wollte. Auch diese Geschichte gehört zu Olafs Vergangenheit. Und es gibt mehr davon. Sich und die eigenen Interessen verteidigen: So war sein Leben.

Die Schritte werden langsamer, die Person steht jetzt draußen auf dem Gang vor seiner Tür. Nicht nur sein Verstand, auch sein Instinkt sagt ihm das. Er spürt es ganz deutlich, und er hat eine Ahnung, was diese Person will. Sie wird zu ihm hereinkommen, jetzt.

Fast im selben Augenblick spürt er, wie ihn seine Kraft verlässt. Ein seltsames, ihm bisher unbekanntes Gefühl. Er bemerkt, wie sie aus seinem Körper entweicht und dass er schnell sein muss, wenn er nicht zu Boden gehen will, so schnell wie möglich. Zu seinem Bett ist es nur noch ein Schritt. Er macht ihn und schafft es, sich auf die Matratze zu setzen. Dann ist es vorbei. Mehr geht nicht mehr. Kein einziger Schritt mehr.

»Die Rache ist mein.« Der Satz scheint ziemlich wichtig zu sein, er steht im Alten und im Neuen Testament. Was also maßt sie sich an? Olaf spürt Zorn in sich aufsteigen, doch er ist zu schwach, um sich zu wehren.

Natürlich, nach den Maßstäben von Kleinbürgern und naiven Schwärmern hat er ein Leben geführt, das geradezu nach Bestrafung oder Rache schreit. Und trotzdem sollte er nicht bestraft werden, nicht von den Heiligen und schon gar nicht von den Scheinheiligen, denn: »Die Rache ist mein, so spricht der Herr.« Punktum.

Mit dem Messer, das er zuvor noch in der Hand hielt, ist er ein-, zweimal auf jemanden losgegangen, aber das war etwas anderes. Schließlich hat er nie behauptet, ein Heiliger zu sein. Doch sie tut so, als wäre sie heilig, auch dann noch, wenn sie versuchen würde, ihn zu töten. Selbst wenn sie ihn umbringen würde, fühlte sie sich ihm immer noch moralisch überlegen.

In Hamburg hat Olaf sich schnell hochgearbeitet. Hat sich verschuldet, Häuser gekauft und sie an Nutten oder ihre Zuhälter vermietet. Hamburg, Herbertstraße. Manche haben darüber die Nase gerümpft, sind aber trotzdem zu seinen Mädchen gegangen. Andere haben sich durch seinen Erfolg bedroht gefühlt. Sie hätten ihn gern aus dem Weg geräumt, aber das ist ihnen nicht gelungen. Hätten sie es geschafft, hätte er das akzeptiert, denn ein Prinzip der Ordnung ist: »Wer sich in Gefahr begibt, kommt darin um.« Das steht schon in der Bibel, und Olaf weiß seit jeher: Wer sich mit der Mafia anlegt, der lebt gefährlich. Trotzdem hat er in seinem Leben nie Angst gehabt, denn so war die Ordnung.

Aber seit Schwester Pia von seiner Vergangenheit erfahren hat, ist sie wie ausgewechselt. Davor war Pia, manche hier nennen sie Betschwester Pia, freundlich und zuvorkommend, immer bemüht um ihn und fürsorglich. Seit ein paar Wochen spürt er bei ihr keinen Funken Bemühen mehr und auch keine Fürsorge. Sie hat ihm Vorwürfe gemacht, ihn auf einen Artikel in einem Magazin angesprochen, in dem über den »Baron von St. Pauli« berichtet wurde. Ein Porträt über ihn. Einiges darin war unter-, anderes übertrieben. Aber im Großen und Ganzen hat der Artikel schon gepasst. Das hat er auch Helmut gegenüber zugegeben, seinem Tischnachbarn seit langer Zeit.

Nicht dass er stolz auf sein Hamburger Leben gewesen wäre, aber so zu tun, als hätte es das nicht gegeben, das wollte er auch nicht. In Hamburg ist er zum Immobilienhai aufgestiegen, dem Hunderte von Wohnungen gehörten. Er verwandelte sich vom Außenseiter in einen Partner von Versicherungen, Banken, der Stadt Hamburg und schließlich sogar des Bundes. Schwester Pia sprach ihn auf die Story in dem Magazin an, forderte ihn auf, Buße zu tun. Das Schöne am Leben in der Residenz am See ist für Olaf, dass fast alle Mitbewohner stinkreich sind und daher meistens auch etwas toleranter als kleine Staatsbeamte und selbstständige Einzelkämpfer, für die Moral oft eine zu große Rolle spielt und die einem mit ihren Prinzipien den Tag vermiesen können.

Vor seiner Tür steht jemand. Er spürt es genau. Schon bei der Einnahme der Medikamente heute Abend hat er kein gutes Gefühl gehabt.

»So, Herr Janssen, heute bekommen Sie eine neue Tablette, mit der es Ihnen bald viel besser gehen wird«, hat Schwester Pia gesagt und eine kleine blaue Pille mit auf das Tellerchen gelegt. »Trinken Sie noch einen Schluck Wasser dazu.« Sie reichte ihm das Glas.

Alles in ihm sträubte sich dagegen, doch er war auch da schon zu schwach gewesen, um Widerstand zu leisten. Vielleicht eine Folge der anderen neuen Tabletten, die er seit Wochenbeginn zusätzlich bekommt. »Gegen Ihren zu hohen Blutdruck«, hat Schwester Pia behauptet. Olaf glaubt nicht an Verschwörungen im Großen; aber an Gemeinheiten im Kleinen, daran glaubt er ganz gewiss. Er weiß, dass es sie tausendfach gibt. Aber hier? Schwester Pia, die Scheinheilige?

Olaf versucht, seine ganze verbliebene Kraft, alle Energie, die noch in seinem Körper steckt, in seine Hände zu lenken. Bis zum Alarmknopf neben dem Bett sind es ganze dreißig Zentimeter. Es kommt ihm so vor, als hätten sich seine Hände schon etwa drei Zentimeter weit bewegt. Fehlen nur noch siebenundzwanzig. Noch einen, nur noch sechsundzwanzig.

»Klack«, macht es, ganz leise. Das Geräusch kommt von der Tür. Jemand hat die Magnetkarte über den Sensor gezogen, das Geräusch entsteht, wenn sich der Riegel des Türschlosses öffnet.

Einen weiteren Zentimeter, nur noch fünfundzwanzig. Doch dabei bleibt es. Er will den Kopf zur Tür bewegen, es geht nicht. Er erkennt sie aus den Augenwinkeln.

»Geht es Ihnen schon besser?«, fragt sie mit falsch klingender Stimme. »Warum sehen Sie mich denn nicht an?« Sie steht schon neben ihm.

Er kann den Kopf immer noch nicht drehen.

»Ach, Sie können sich nicht mehr bewegen? Das ist eine der möglichen Nebenwirkungen des Medikaments. Sie haben Glück, dass ich nach Ihnen sehe.« Aus ihrer Kitteltasche nimmt Schwester Pia eine Ampulle und eine dünne Spritze heraus, die sie mit dem Präparat aus der Ampulle aufzieht. Grünlich und durchsichtig ist die Flüssigkeit.

Sie fasst seinen Arm, dreht ihn mit der Innenseite zu sich und stößt die Nadel in seine Vene. »Sie werden jetzt Schmerzen haben. Aber keine Angst, sollten sie zu heftig werden, verlieren Sie das Bewusstsein. Das hat die Natur so eingerichtet. Ein Wunder, nicht wahr?«

Er will etwas sagen, aber es gelingt ihm nicht. Die Zunge liegt bleischwer in seinem Mund.

»In den letzten Nächten konnte ich kaum schlafen. Ich musste immer daran denken, wie viele Frauen in Ihren Wohnungen Tag für Tag, Nacht für Nacht diese wechselnden Männer aushalten mussten. Männer, die bezahlten, nur damit Sie reicher und reicher wurden. Können Sie sich vorstellen, dass das für diese Frauen sehr schmerzhaft war? Sie sitzen da in ihren kleinen Wohnungen oder Zimmern, und dann klingelt es. Das muss doch schrecklich sein«, sagt Pia.

Ein einziges Mal gelingt es Olaf, zu wimmern, leise nur, und auch nur wenige Sekunden lang. Tränen rollen über seine Wangen, während Schwester Pia das Zimmer verlässt und die Tür hinter sich zuzieht.

Ingolstadt, Sonntag, 17. Mai 2015

Die Sonne scheint ins Zimmer, das heißt, sie versucht es. Das Fensterputzen würde sich hier lohnen. Der Vorher-Nachher-Effekt wäre so beflügelnd, dass man sich gleich die nächsten zehn Fenster vornehmen würde. Stefan Meißners erster Blick beim Aufwachen fällt auf die vor Staub und Dreck blinden Scheiben. Sein erster Gedanke: Das Kreuz tut mir weh. Der zweite Blick gilt dem Verursacher des Schmerzes, den mit orangefarbenem Frottee überzogenen Matratzen am Boden, auf denen er die Nacht verbracht hat. Ein Königreich für ein Bettgestell, ein möglichst hohes, und einen Lattenrost. Wie soll er jetzt aufstehen, ohne sich das Kreuz zu verrenken oder einen Nerv einzuklemmen? Jedenfalls ganz vorsichtig. Beim letzten Mal hat es drei Wochen gedauert, bis er wieder normal gehen konnte. Sechs Sitzungen bei der Physio, morgens und abends Übungen für Muskeln, von deren Existenz er bis dahin keine Ahnung gehabt hatte. Jetzt ganz vorsichtig, nur nicht ruckartig. Die Bewegung muss sanft sein, so geschmeidig, wie es eben geht.

Beim Aufwachen hat er einen kurzen Moment lang nicht gewusst, wo er ist. Erst der Blick neben sich auf die zweite Matratze hat ihm Klarheit gebracht. Der zerzauste dunkelblonde Haarschopf auf dem Kissen mit dem psychedelischen Retro-Kreismuster, von dem einem ganz schwindelig wird. Wo Marlu diese Sachen nur herhat? Sie waren ihm in ihrer alten Wohnung in der Sebastianstraße nie aufgefallen.

In das Knäuel neben ihm kommt Bewegung. Marlu hebt den Kopf, dreht das Gesicht zu ihm und starrt ihn ungläubig an, als würde sie ihn nicht erkennen, oder, noch schlimmer, sich fragen, wie um Himmels willen er auf die Matratze neben ihr gekommen ist. Er hält still, wegen seines Rückens. Dann kommt scheinbar ihre Erinnerung zurück.

»Ah, du bist es«, sagt sie, was er nicht besonders charmant findet.

»Hast du jemand anderen erwartet?«, fragt er.

»Es ist noch so ungewohnt«, sagt sie und kuschelt sich an ihn. Er nimmt sie in seine Arme, ganz vorsichtig, wegen des Rückens. »Fühlt sich an wie ein echtes Abenteuer, oder?«, fragt sie.

»Eigentlich würde ich das Abenteuer gern woandershin verlagern, in ein stabiles Bett zum Beispiel.«

»Ich meine nicht die Matratzen«, antwortet sie. »Wobei ich finde, dass die unbedingt dazugehören. Ich meine das Ganze, dass wir endlich zusammenziehen. Unsere erste gemeinsame Wohnung! Das ist das Abenteuer.«

»Und dann gleich ein ganzes Haus, ungefähr fünfhundert Jahre alt und in die Stadtmauer eingezwängt. Mit Rapunzelgarten.«

»Hättest du dir das je gedacht?«, fragt Marlu ganz verzückt.

»Nein, ich hab immer gedacht, ich schaffe irgendwann den Absprung aus Ingolstadt. Ich wäre immer gern in den Süden gegangen.«

»Nach Rosenheim vielleicht?« Marlu grinst.

»Haha. Ich meinte schon eher südlich des Alpenhauptkammes. Zumindest auf der Höhe Gardasee oder so.«

»Ist doch langweilig da. Immer Sonne, leckeres Essen, *dolce vita*, schöne Frauen, leichtes Bier.«

»Und kein CSU-Ministerpräsident, der gleich im nächsten Dorf wohnt.«

»Pffft«, macht Marlu.

»Na ja, eine schöne Frau hab ich ja schon. Und dann nehme ich an, es ist die Sonne, die die Scheiben blind macht, nicht der Schmutz. Und wenn ich jetzt auch noch ohne große Verletzungen von dieser Matratze hochkomme, dann kann ich auch für unser leibliches Wohl sorgen und fürs Frühstück einkaufen gehen.« Er küsst sie vorsichtig. »Ich finde, wir sollten den ersten Tag in unserer ersten gemeinsamen Wohnung nicht mit Brot von gestern beginnen. Deine umfassenden Renovierungspläne bedürfen einer soliden Grundlage.«

»In vier Wochen sind wir durch. Vielleicht auch ein bisschen früher, dann sind sogar noch ein paar Tage Gardasee drin. Im Juni ist es dort schon warm, oder?«

»Ich würde sogar sagen, der Juni ist dort die schönste Zeit. Alles blüht …«

»Wie bei uns im Garten.«

»Also, ich kann meinen Hals recken, wie ich will, ich seh eigentlich nur Löwenzahn, Gänseblümchen und ziemlich viel Gestrüpp.«

»Ist doch auch schön«, sagt Marlu und küsst ihn so, dass er daran denkt, den Einkauf noch ein wenig zu verschieben. Aber bei der nächsten falschen Bewegung schreit er auf und kauert sich zu einem kleinen Paket zusammen. So wie die Physiotherapeutin es ihm für den Notfall gezeigt hat. Anschließend versucht er einen vorsichtigen Katzenbuckel.

»Das neue Bett wird erst nächste Woche geliefert«, sagt Marlu. »Kann ich solange irgendwas für dich tun? Massieren oder so?«

»Nicht anfassen!«, schreit Stefan und macht wieder ein kleines Paket.

»Das fängt ja gut an«, mault Marlu. »Ich weiß nicht, ob ich das bis nächste Woche aushalte.«

»Dann musst du dir halt was einfallen lassen«, nuschelt er. »Was Rückenfreundliches.«

Nach ungefähr zehn Minuten verlässt er langsam das Bett, um heiß zu duschen. Sein Magen knurrt. Mit einer Ibu 800 wird es schon gehen, aber davor muss er etwas essen, sonst schlägt ihm die nur auf den Magen. Vier Wochen, um das alte Haus zu renovieren. Vier Wochen Urlaub für beide. Czerny hat sich mit seiner Großzügigkeit selbst übertroffen. Bei der Bewilligung des Urlaubs hat er ihm alles Gute gewünscht und ihm zugezwinkert. Als hätte er geahnt, dass Stefan sich gleich am ersten Tag, noch bevor er einen Farbeimer oder Malerspachtel in die Hand genommen hätte, das Kreuz verreißen würde.

Die heiße Dusche tut ihm gut. Vorsichtig zieht er sich an. Gut, dass seine Schuhe keine Schuhbänder haben. Beim Hinausgehen klingelt sein Handy. Die Ouvertüre zu Tannhäuser, schon lange nicht mehr gehört. Sein Vater. Nein, das geht jetzt nicht. Er muss sich jetzt um sich selbst kümmern. Erst zur Bäckerei, dann zur Apotheke mit Notdienst für die Ibus. Das ist jetzt wichtiger. Erst nach dem Frühstück sein Vater. Und dann vielleicht noch das nachholen, was er heute Morgen auf der Matratze verpasst hat.

Er nimmt die Schlüssel vom Haken und lässt die Tür hinter sich ins Schloss fallen.

Als Stefan Meißner mit einer Tüte Buttercroissants, frischen Brezen, Semmeln und den Tabletten zurückkommt, ist auch Marlu aufgestanden. Sie riecht frisch geduscht, hat das Haar zu einem kunstvoll verwuschelten Dutt hochgesteckt, aus dem ein paar einzelne Strähnen heraushängen. Dazu trägt sie eines seiner Hemden. Ihre Füße stecken in gestrickten Wollsocken.

»Von meiner Oma«, sagt sie, als er sie von oben bis unten mustert und sein Blick etwas länger an ihren Füßen hängen bleibt.

»Das auch?«, fragt er und deutet auf das Porzellan mit dem Rosenmuster, mit dem der Tapeziertisch gedeckt ist, der einstweilen die Möbel ersetzt.

»Wildrose«, antwortet Marlu. »Von Villeroy & Boch. Und ja, auch von meiner Oma. Ich hab's einfach aufheben müssen. Gefällt es dir nicht?«

»Wir müssen es ja nicht jeden Tag benutzen«, meint er.

Omas Küche hat hingegen nicht überlebt, so weit geht Marlus Nostalgie dann doch nicht. Sie hat bereits den Sperrmüllcontainer bis oben hin gefüllt. Bis die neuen Küchenmöbel geliefert werden, steht ihnen ein Kühlschrank zur Verfügung, darauf ein Wasserkocher für Marlus Tee und seine Saeco. Das ist alles, was Stefan Meißner aus seiner alten Wohnung mitgebracht hat: Reisetasche, Kühlschrank und die Saeco, die regelmäßig gewartet, gesäubert und entkalkt und nur von ihm bedient wird. Meißner trinkt Kaffee von morgens bis Mitternacht, und selbst danach schmeckt er ihm immer noch und hindert ihn auch nicht am Einschlafen. Vor allem mit dieser unvergleichlichen Crema, die nur seine Saeco mit ihrer Fünfzehn-Bar-Pumpe zustande bringt.

Während Marlu beim Auspacken der feinen Sachen aus der Bäckertüte »Mhm!« und »Ah!« und »Boah!« macht, bedient Stefan seinen Kaffeevollautomaten. Das Mahlwerk springt an, Wasser wird erhitzt und der Brühvorgang eingeleitet. Stefans Lieblingsgeräusch, zusammen mit einigen anderen, die nicht von der Saeco, sondern von Marlu stammen. Nenn es Abenteuer, sagt er sich, nicht Wagnis. Das Aufgeben ihrer beiden

Single-Wohnungen und das Zusammenziehen. Davor diese vier Wochen Auszeit. Eine Galgenfrist, während der man im schlimmsten Fall die Kündigung noch einmal rückgängig machen kann. Das ist aber nur sein Gedanke. Marlu hat sich diesen Monat zum gemeinsamen Renovieren und vielleicht auch zum Sich-Beschnuppern im Alltag ausgedacht, und Czerny hat ihn abgesegnet. Das hätte Stefan sich nie träumen lassen. Bis zuletzt hatte er heimlich gehofft, sein Chef würde dem Heimwerkereinsatz die rote Karte zeigen. Marlu muss irgendetwas gegen ihn in der Hand haben. Hätte Czerny ihnen beiden sonst vier Wochen Urlaub zur selben Zeit bewilligt? Freiwillig? Niemals! Also muss es eine dunkle Vorgeschichte geben, die so dunkel ist, dass er nie etwas von ihr erfahren hat. Vielleicht irgendeine alte Mauschelei, ein großer Gefallen, den er ihr schuldig war, oder Schlimmeres. Czerny wie Marlu äußerten sich auf sein Nachfragen beide nicht dazu. Stattdessen taten sie so, als bildete er sich alles nur ein.

Der Tapeziertisch biegt sich unter der Last des ersten Frühstücks in der neuen Wohnung, und das ist bei der dünnen Platte und seinen Spinnenbeinen keine Metapher.

»Vorsichtig hinsetzen«, warnt Marlu. »Der Tisch ist für Tapeten ausgelegt.«

»Ist mir bekannt«, murmelt Stefan, dessen Nase fast in der festen Crema in seiner Wildrosentasse steckt. »Wahrscheinlich wirst sowieso du diejenige sein, die hochrumpelt und den Tisch mitsamt dem Rosengarten abräumt.«

Marlu beißt in ihr Croissant und nuschelt mit vollem Mund: »Deim Pater hat angehufen«, und beim f segeln die Teigbrösel lustig über den Tisch. »Hast du das nicht gehört?«

»Doch, aber ich hab gedacht, der wird sich schon noch mal melden, wenn's wichtig ist.«

»Er bekommt eine neue Hüfte«, sagt Marlu.

»Du gehst an mein Telefon?«, fragt Meißner. »Ist das jetzt automatisch im Paket ›Zusammenziehen‹ mit dabei?«

»Jetzt sei halt nicht gleich eingeschnappt«, antwortet sie. »Er hat viermal hintereinander angerufen. Viermal diese grausige Musik. Sie klingt so düster. Ich hab gedacht, es ist vielleicht etwas passiert.«

»Das ist die Tannhäuser-Ouvertüre. Und mein Vater macht das immer so. Der gibt nicht so leicht auf, wenn er schon mal anruft.«

»Willst du gar nicht wissen, wie es ihm geht?«

»Er bekommt eine neue Hüfte. Das ist schön für ihn. Vor zwanzig Jahren waren sie noch nicht so großzügig mit den teuren Ersatzteilen.«

»Vor zwanzig Jahren hat er auch noch keine gebraucht«, antwortet Marlu pragmatisch. »Aber wegen der Hüfte hätte er sich vielleicht gar nicht gemeldet. Die ist nicht das Problem.«

»Was dann?«, will Stefan wissen. Die Croissants bei dem neuen Bäcker sind gar nicht mal so schlecht. Eine Spur zu fettig vielleicht.

»Weil er in nächster Zeit nicht mobil ist, kann er deinen Onkel nicht besuchen.«

»Welchen Onkel?«

»Den, der in dieser Senioren-Residenz am Chiemsee lebt. Warte mal, er heißt wie …«

»Wie zwei von unseren Alt-Bundeskanzlern. Mein Onkel Helmut. Bruder meines Vaters. Unternehmer, Gründer einer Baumarktkette. Stinkreich, seit ich denken kann. Sonst könnte er sich diesen Nobelschuppen mit Seeblick, in dem er jetzt sein Gnadenbrot verspeist, auch nicht leisten. Hast du eine Vorstellung, was so etwas kostet? Für Polizeibeamte keine Option, mach dir da bloß keine Illusionen.«

Marlu schiebt sich das letzte Schwänzchen ihres Croissants in den Mund. Sieht so aus, als habe es ihr geschmeckt.

»Wenn wir so weitermachen, wirst du mich eigenhändig pflegen müssen. Oder du steckst mich ins Heim von der Caritas. Oder ins Seniorenstift Elisa, da muss ich mich gar nicht groß umstellen. Liegt gleich um die Ecke der Polizeiinspektion.«

»So weit sind wir ja Gott sei Dank noch nicht«, meint Marlu. »Also du, meine ich.« Sie kichert. »Jetzt schau doch nicht so! Bevor du ins Altersheim kommst, kriegen wir erst noch eine Schar Kinder. Sche-herz«, fügt sie hinzu, als sie sein erschrockenes Gesicht sieht. »Also, noch mal zum Mitschreiben, Herr Meißner: Wir haben vier Wochen frei und richten das Haus von meiner Oma her, das ist alles. Und wir machen uns eine schöne Zeit zusammen. Vier Wochen keinen Dienst. Keine Dealer, keine Autoknacker, keine besoffenen Randalierer, keine Dienstbesprechungen, kein Schreiben von Berichten. Kannst du dir das vorstellen?«

»Nein«, sagt Stefan. »Aber was ist jetzt mit meinem Onkel Helmut? Wieso ruft mein Vater deshalb bei dir an?«

»Nicht bei mir. Ich bin ja nur an dein Telefon gegangen. Und ich hab ihm von unserem Wohnprojekt erzählt. Er hat sich gefreut. Ist mir jedenfalls so vorgekommen.«

»Mein Onkel Helmut«, mahnt Stefan.

»Ja, ach so. Der ruft wohl dauernd bei deinem Vater an und sagt, er fühle sich in der Residenz am See nicht mehr sicher. Er behauptet, da würden Leute verschwinden beziehungsweise sterben. Ein alter Herr sei plötzlich tot gewesen, obwohl er relativ gesund war und dein Onkel am Tag davor noch mit ihm gesprochen hat. Solche Sachen.«

»Vielleicht hat Onkel Helmut Alzheimer. Oder er ist dement. Hört sich doch ganz danach an.«

»Dein Vater sagt, das glaube er nicht. Aber wegen seiner Hüfte kann er jetzt nicht hin und sich darum kümmern.«

»Und?«

»Er wollte dich bitten, ob du vielleicht …«

»Ich? Zu Onkel Helmut? Vergiss es! Das letzte Mal, dass ich ihn gesehen habe, war auf der Beerdigung meiner Mutter. Da hat er mich ausgelacht, als ich erzählt habe, dass ich Polizist bin.«

»Und was ist daran so witzig?«

»Für einen millionenschweren Unternehmer? Das kann ich dir sagen: die Kohle, die wir verdienen! Über so etwas wie Beamtenbezüge lacht der sich kaputt. Das war schon immer so. Wenn er uns früher besucht hat, hat er meiner Schwester und mir je fünf Mark mitgebracht, egal, ob wir fünf oder vierzehn waren. Fünf Mark! Kannst du dir das vorstellen?«

»Das war doch diese Währung mit dem lustigen Vogel auf einer Münzseite, oder?«

»Genau. Das Geld, mit dem du dir im Kindergarten eine Breze gekauft hast.« Stefan schnaubt. »Du Biest! Musst du immer mit deiner Jugend kokettieren?«

Er glaubt schon, das Thema Onkel Helmut könnte damit gegessen sein, als Marlu wieder damit anfängt: »Also, ich finde, wir könnten am nächsten Wochenende einen Ausflug an den schönen Chiemsee machen. Nach einer ganzen Woche Tapetenabkratzen, Gipsen und Streichen tut uns das bestimmt gut. Vielleicht kann man auch schon im See schwimmen, wenn es so warm bleibt.«

»Ich find's an den Geisenfelder Weihern auch schön.« Stefans letzte Ausflucht.

»Schon, aber da fehlen die Berge als Kulisse. Und die weißen Segelboote und der Dampfersteg.«

»Das brauch ich alles nicht«, brummt Marlus Mitbewohner. »Ich mach mir jetzt noch einen Kaffee, und dann packen wir's an. Sonst werden wir auch in vier Wochen mit dem alten Haus nicht fertig. Wann kommt noch mal die Küche?«

»Am Dienstag.«

»Dann sollten wir allmählich loslegen, meinst du nicht?« An der Saeco stehend sieht er unter dem Tapeziertisch Marlus nackte Beine mit den groben Wollsocken an den Füßen. »Sag mal, ist dir eigentlich nicht kalt?«

»Doch, vielleicht leg ich mich zum Aufwärmen noch mal kurz unter die Decke. Ganz kurz.« Sie sieht ihn an.

Das Renovieren fängt ja gut an, denkt Stefan. »Ich bin übrigens dafür, dass wir nach der Küche gleich mit dem Schlafzimmer weitermachen. Ich brauche mein Bett. Aus dem Matratzenlageralter bin ich raus.« Er kramt die Ibus aus der Tasche, die er in der Apotheke gekauft hat, und schluckt die erste, damit sein Rücken sich entspannen und der Schmerz sich beruhigen kann. Dann streckt er sich vorsichtig und sieht zur Terrassentür hinaus.

Marlu kuschelt sich an ihn. »Schau, unser Garten«, sagt sie verträumt.

Aber alles, was Meißner erkennen kann, ist ein Stück verfilzter Rasen, der nach einem Vertikutierer lechzt, eine Hecke, die mindestens zehn Jahre nicht mehr geschnitten wurde, und wildes Gestrüpp dort, wo vielleicht einmal Beete angelegt waren. Marlu muss etwas anderes erkennen als er. Typisch Frauen. Sie sehen nicht, was da ist, sondern was einmal sein könnte. Die drei Monate schwerster Arbeit mit Heckenschere, Astsäge und Tonnen von Grünabfällen dazwischen blenden sie einfach aus.

»Vielleicht könnten wir auch über Nacht am Chiemsee bleiben«, flüstert Marlu ihm ins Ohr. »In einem schönen Hotel mit Schwimmbad, Sauna und einem ganz tollen Bett: hoher Einstieg, Matratze für Rückenleidende. Zur Erholung, meine ich.«

»Im Donaumoos gibt's auch Hotels«, flüstert er zurück.

Sie boxt ihn in die Seite und geht ins Bad, aus dem sie kurz darauf in einer knackigen Jeans mit sexy Querriss überm Knie und einem zipfeligen weißen T-Shirt wieder herauskommt. »Fangen wir an? Runter mit der Tapete. Erst die Küche, dann meinetwegen das Schlafzimmer, okay?«

»Okay, ich muss mich nur noch ganz vorsichtig umziehen. Marlu?«

»Ja?«

»Wie seid ihr jetzt eigentlich verblieben? Ruft mein Vater später noch einmal an, oder wie?«

»Keine Ahnung. Er hat mir die Adresse und Telefonnummer von dieser See-Residenz gegeben, und ...« Sie ist schon mit einem Schritt aus dem Zimmer raus, um das Werkzeug zu holen.

»Und was?«, ruft er ihr hinterher.

»Und ich hab ihm versprochen, na ja, angedeutet, dass wir hinfahren und uns um deinen Onkel kümmern werden. Also, kurz nach dem Rechten sehen und dem Onkel einen schönen Gruß von seinem Bruder ausrichten. Wie weit sind die beiden altersmäßig eigentlich auseinander?«

Sie lenkt ab, denkt Stefan. »Ungefähr zehn Jahre, oder vielleicht acht«, grummelt er und sieht sie in den Gang verschwinden. »Ach, Marlu?«, ruft er ihr hinterher.

»Ja?« Sie streckt noch einmal den Kopf zur Tür herein. Ihr Gesicht eine reine Unschuldsmiene.

»Ich möchte in Zukunft, dass du außer in noch näher zu bestimmenden Notfällen nicht mehr an mein Handy gehst. Selbst wenn einer von der Marsexpedition anruft. Ist das klar?« Lieber gleich das Territorium abstecken.

»Ich hab mir schon so was Ähnliches gedacht«, sagt sie kleinlaut. Dass sie Stefans Vater auf seine Bitte hin ihre eigene Telefonnummer gegeben hat, erwähnt sie lieber nicht. Die halbe Wahrheit ist noch keine Lüge. »Aber dein Vater, also Klaus, macht sich wirklich Sorgen um seinen Bruder. Ich glaube, wir können uns nicht aus der Verantwortung stehlen.«

»Das scheint mir allerdings auch so. Und das kommt davon, wenn man das Telefon nicht einfach mal klingeln lassen kann, Marlu. Solltest du dir merken.«

»Jetzt aber los, umziehen! Oder willst du dich nur vor der Arbeit drücken?«

»Pass bloß auf, du! Wer die erste Bahn Tapete runterhat, darf sich was wünschen.«

»Okay«, sagt Marlu. »Ich glaube, da fällt mir schon was ein.«

Und Stefan Meißner spürt, wie die Schmerztablette endlich anfängt zu wirken.

Prien, Residenz am See, Dienstag, 19. Mai 2015

Ihre Hand liegt auf der Außentasche des Blazers und schützt deren Inhalt, als wäre er ein Schatz, wertvoll, selten, vielleicht unbezahlbar. Ein Rechteck, etwas länger als zwölf, breiter als fünf und nur etwa einen Zentimeter hoch. Für sie, eine vermögende Frau, tatsächlich ein Schatz. Früher hat sie einen Familienbetrieb mit mehr als tausend Mitarbeitern geführt, achthundert davon waren Männer, und keiner hat auch nur einen Augenblick daran gezweifelt, dass sie dieser Aufgabe gewachsen wäre. Monat für Monat überwies sie etliche Millionen Deutsche Mark an Löhnen auf die Konten ihrer Angestellten, sich selbst hätte sie nahezu alles kaufen können, was man für Geld bekam. Wohlhabend, tüchtig und doch bodenständig, so beschrieb sie einmal die »Stuttgarter Zeitung« und traf damit den Nagel auf den Kopf.

Heute wiegt ihr wichtigster Schatz siebzig Gramm. Er ist rechteckig und muss vor neugierigen Blicken verborgen werden. Sonst käme bestimmt gleich jemand und würde ihn ihr abschwatzen oder ihr zumindest seinen Genuss madig machen. Sie hat den Fehler begangen, in Ruhestand zu gehen, und schon ist ihre Lebensleistung vergessen. Vergessen sind die Millionen von Steuern, die sie bezahlt hat, und vergessen ist die Dankbarkeit ihrer Mitarbeiter, die ihr entgegenschlug, als sie während einer Wirtschaftskrise mit fester Stimme verkündete: »Die Zeiten sind schlecht, aber niemand wird entlassen. Wir werden einfach besser, größer und internationaler.« Und genau so ist es gekommen.

Aber jetzt interessiert die Vergangenheit schon lange keinen Menschen mehr, und so streunt sie eben mit ihrem Schatz in der Tasche umher. Sie weiß genau, wohin sie will, aber noch sind ein paar Menschen dort, ziehen sich gerade an und stören sie.

»Dass ich durch so eine Scheiße waten muss«, murmelt sie vor sich hin, als sie zur nächsten unauffälligen Runde durch die Residenz in der Hoffnung startet, dass ihr Lieblingsplatz frei ist, wenn sie das nächste Mal den Umkleideraum passiert.

Sie fühlt sich gedemütigt, von der Welt mies behandelt und

im Stich gelassen. Nur wegen eines ganz kleinen Vergnügens muss sie sich wie eine Diebin verstecken. Immer auf der Hut, um nicht erwischt zu werden. Wie ein Fünftklässler, der gezwungen ist, heimlich auf dem Klo eine Zigarette zu rauchen, weil die Lehrerin ihm die Ohren lang zieht, sollte sie ihn erwischen. Heute natürlich nicht mehr, aber früher, zu ihrer Schulzeit, war das gang und gäbe. »Frau Professor«, so musste sie diese Lehrerin auch noch nennen. In der Volksschule! Und nun wieder etwas Vergleichbares, in ihrem Alter. Aber was ist schon Würde im Vergleich zu einem Stückchen, einem Stück oder sogar etwas mehr feinster Schokolade?

Ein paar Schritte noch. Endlich ist die Luft rein. Jetzt in den Umkleideraum, aber nicht etwa, um sich für das Sea Spa umzuziehen. Rein in den Raum und gleich hinter der Tür den geschützten Platz einnehmen. Das Licht schaltet sich automatisch ein, sie könnte von hier aus zum türkisfarben beleuchteten Schwimmbecken gehen, ein paar Bahnen ziehen oder sich in der Wellnessbucht von einem Dutzend Unterwasserdüsen massieren lassen. Aber sie geht nicht zu den großzügig dimensionierten Umkleidekabinen, sondern bleibt direkt hinter der Tür auf einem Plastikstuhl sitzen. Von hier aus kann sie zumindest beobachten, was sich auf dem Verbindungsgang vom Restaurant zum Wellnessbereich abspielt.

Durch den Scharnierspalt zwischen Tür und Türstock überblickt sie ein paar Meter des Flurs. Ein schwerer Teppich dämpft die Schritte, trotzdem sind sie zu hören. Josefine Peinhardt hat es sich zum Hobby gemacht, an den Geräuschen zu erraten, wer gleich in ihr Blickfeld kommen wird. Der hinter der Tür geparkte Stuhl ist ihr Stammplatz. Wie ein Hochsitz dem Jäger, bietet ihr der Stuhl die bequeme Möglichkeit, zu beobachten, was sich in ihrer näheren Umgebung abspielt, ohne selbst beobachtet zu werden.

Ganz nebenbei packt sie die Schokolade aus. Nicht lesen, was auf dem Etikett steht. Riechen, direkt an der Schokolade, und raten, welche Sorte sie beim Greifen in ihr Geheimdepot mit geschlossenen Augen erwischt hat.

»Klack«, sie sitzt im Dunkeln. Ihr Platz liegt außerhalb der

Reichweite des Bewegungssensors, der das Licht in der Umkleide einschaltet. Drei Minuten nach ihrem Eintreten erlischt das Licht automatisch.

Ingwer mit Kokos? Sie hält das Papier ins Licht, das vom Flur durch den Türspalt scheint. Ja! Ingwer mit Kokos, der Geruch hat sie nicht getäuscht. Sie spitzt ihre Zunge und tastet damit die Linien der Schokoladenrippen ab.

»Oh, wer kommt denn da?«, flüstert sie. Ein bisschen wackelig hört es sich an und ein bisschen so, als würde die Person, die den Flur in Richtung Spa geht, ein Bein nachziehen. Peinhardt würde ja am liebsten wetten, doch es ist kein Wettpartner da. Der alte Meißner ist es, da ist sie sich sicher. Sie denkt der »alte«, dabei ist Helmut Meißner bestimmt fünf Jahre jünger als sie und viel mobiler. Seit sie hier ist, hat Josefine Peinhardt zugelegt, und zwar massiv. Mehr als zwanzig Kilo, obwohl sie nicht groß ist. Bestimmt liegt das an den Tabletten, mutmaßt sie. Mehr Bewegung könnte ihr helfen, nicht noch dicker zu werden, das ist ihr klar, aber dazu hat sie keine Lust. Sie war noch nie der sportliche Typ, eher der Typ »Sport ist Mord«. Und die Schokolade? »Schokolade ist das Einzige, worauf ich mich noch freue. Ohne Schokolade kann man mich eingraben.« Das hat sie einmal zu Helmut Meißner gesagt und es auch so gemeint.

Jetzt kommt er um die Ecke. Ja, er ist es. Er fühlt sich unbeobachtet, das merkt sie sofort. Weil er eitel ist, reißt er sich zusammen, wenn er weiß, dass er beobachtet wird. Dann geht er aufrecht, mobilisiert alle Körperspannung, zu der er noch fähig ist, drückt das Kreuz durch und versucht, wie ein Pfau herumzustolzieren. So als würde weder sein Knie knacken noch sein Fuß piksen oder sein Kreuz ziehen. Jetzt aber, vermeintlich unbeobachtet, gibt er sich seinen Leiden ohne Scham hin. Er hinkt leicht, schlurft mit den Schuhen über den Boden und geht sogar einen Schritt zur Wand, um sich am Handlauf abzustützen.

Josefine Peinhardt hört ein zweites Geräusch, sehr dynamisch, fast aggressiv, und wieder ahnt sie, wer seine Urheberin ist. Schnapp, sie beißt in die Schokolade, spürt, wie sich die Konsistenz des Stücks in ihrem Mund verändert. Von fest zu wachsweich, zu cremig, und dann, nur wenig Druck mit der

Zunge gegen den Gaumen genügt, verteilt sich die Schokolade fast flüssig auf ihrer Zunge. Früher hatte sie manchmal mehr Appetit auf Männer, aber jetzt hat die Schokolade keine Konkurrenz mehr. Peinhardt genießt den Augenblick, schließt die Augen, lehnt den Kopf ein klein wenig zurück und lässt ihre Zunge Kreise am Gaumen entlang malen. Helmut Meißner hat die nahende Person noch nicht bemerkt, gibt sich noch immer seinen Handicaps hin.

Sie ist es, Schwester Pia. Unwillkürlich nimmt Josefine Peinhardt Haltung an und versucht, jedes Geräusch, das sie verraten könnte, zu vermeiden. Ein bisschen genießt sie die Furcht des Entdecktwerdens, ein bisschen verachtet sie sich selbst ihrer Angst und ihres kindischen Gehabes wegen. Aber jetzt ist zuerst einmal er dran, denkt sie.

»Herr Meißner, fehlt Ihnen etwas? Sie sehen ja ganz blass aus«, hört sie Schwester Pia Mitgefühl heucheln. »Ich glaube, es ist besser, Sie gehen auf Ihr Zimmer und legen sich noch ein bisschen hin. Sie scheinen mir nicht ganz bei Kräften zu sein.« Sie lässt es nicht bei der unerbetenen Empfehlung, nimmt Meißner sogar am Ellbogen, um ihn zu stützen und in die andere Richtung zu führen.

»Nein, Schwester Pia, mir geht es prächtig. Es ist nur so wie jeden Morgen, es dauert ein paar Meter, bis die Schmiere auch in den entlegeneren Kugellagern wirkt. Lassen Sie mich bitte los. Ich gehe wie jeden Morgen schwimmen, und wenn ich dabei irgendwann untergehen sollte, müssen Sie mich eben aus dem Becken fischen. Also, ich wünsche Ihnen noch einen schönen Tag.«

Genau, denkt Josefine Peinhardt. Zeig es dieser blöden Katholikennudel, die uns unter Vorgabe von Fürsorge herumkommandiert wie ein Schäferhund seine Herde. »Das ist aber nicht das Richtige für Ihr Alter und Ihre Gesundheit«, äfft sie leise flüsternd Schwester Pias Tonfall nach.

Er wäre vor mir nicht sicher gewesen, denkt Josefine Peinhardt. Geschnappt hätte ich ihn mir, er hätte keine Chance gehabt zu entkommen. Wie ein Hecht nach seiner Beute hätte ich nach diesem Mann geschnappt, wäre er mir nur dreißig oder vierzig

Jahre früher begegnet. Und er wäre mir mit Sicherheit nicht entkommen, bildet sie sich ein, schluckt die flüssige, süßscharfe Ingwer-Kokos-Schokolade hinunter und steckt sich ein weiteres Stückchen in den Mund, um es wieder auf der Zunge cremig weich werden zu lassen.

Natürlich wäre er mir nicht entkommen. Damals war ich noch nicht dick, höchstens oben herum, aber das hätte ihm genauso gefallen wie den meisten Männern. Er ist groß und schlank, lässt sich auch heute, als alter Mann, nichts gefallen. Ein Macher durch und durch. Sicher war er attraktiv, als er jung war. Man kann sogar sagen, er ist es heute noch. Peinhardt gibt sich ihren Träumereien hin, stellt sich vor, wie sie es angestellt hätte, wäre sie ihm damals, vor vielen Jahren, zu schlankeren Zeiten begegnet.

Vielleicht hätte er sie gefragt, ob sie sich an seiner Firma beteiligen möchte, um eine Expansion in andere Länder zu finanzieren. Vielleicht hätte sie bejaht. Vielleicht auch nicht. Aber zum Abendessen, um die Details in ungezwungener Atmosphäre zu besprechen, hätte sie sich auf jeden Fall einladen lassen. Ins »Adlon Kempinski« oder ins »Interconti«. Sie hätte genau gewusst, was sie anziehen muss, um sein Interesse zu wecken, und dann, am späteren Abend, hätte sie gesagt: »Ich muss noch ein bisschen an die frische Luft, mich bewegen. Begleiten Sie mich?« Und nach seinem »Ja, sehr gern« hätte sie ihn nur noch bitten müssen, kurz mit ihr nach oben zu kommen, weil sie in diesen Schuhen nicht länger gehen könne. Und sobald die Tür zu ihrem Zimmer hinter ihnen ins Schloss gefallen wäre, wäre es zu spät gewesen. Zu spät für ihn, aber auch für sie, fantasiert sie dahin. Bewegung hätten sie dann genug gehabt, nur eben nicht an der frischen Luft. Das Alter ist doch wirklich ein großer Mist, denkt sie, und ihre Augen werden feucht, obwohl sie Sentimentalitäten hasst wie die Pest. Wütend beißt sie ein weiteres und diesmal großes Stück von der Schokolade ab.

Ja, zeig es ihr!, denkt sie, während sie beobachtet, wie er sich von Schwester Pias Arm losreißt und keinen Zweifel daran lässt, dass er ihre Fürsorge nicht nur für unangebracht übertrieben, sondern auch als Verletzung seiner Privatsphäre ansieht.

»Aber Sie haben nicht einmal Ihren Gehstock bei sich. Wir haben doch schon einmal darüber gesprochen, wie nützlich er Ihnen bei einer Schwächeattacke sein könnte«, versucht die Schwester das letzte Wort zu behalten.

»Vielleicht zur Selbstverteidigung, sonst benutze ich ihn nur aus Gründen der Eleganz und wenn mir gerade danach zumute ist«, antwortet Helmut Meißner.

Josefine Peinhardt sieht ihm an, wie zufrieden er mit seiner Retourkutsche ist, und ballt ihre rechte Hand zur Becker-Faust.

Schwester Pia kann nicht verbergen, dass Meißners Widerstand sie frustriert, und sucht nach einem Ventil für ihre Wut. Als ob sie es wüsste oder riechen könnte, dass hinter der Tür zur Umkleide ein Voyeur erster Güte die Aussicht von seinem Logenplatz genießt, geht sie schnurstracks auf die Tür zu. Sie betritt die Umkleide, »klack«, das Licht schaltet sich ein, und Josefine Peinhardt ist auf ihrem Ansitz für Schwester Pia sichtbar wie auf einem Präsentierteller. In der rechten Hand die Schokolade, den Mund halb geöffnet, Schokoladenreste in den Mundwinkeln.

Ertappt! Immer wieder hat die Peinhardt gedacht, heute passiere es, doch dann ging die Schwester vorbei, weil entweder ihr Handy klingelte und sie zwei Meter vor der Tür kehrtmachen musste oder ihr auf dem Gang jemand entgegenkam und sie in ein Gespräch verwickelte. Aber heute ist es wirklich passiert. Und was mach ich jetzt?, überlegt die Peinhardt. Dann fasst sie Mut und sagt sich immer wieder, dass sie hier die zahlende Kundin ist und nicht in einer Schulklasse sitzt, in der ein Lehrer nach Belieben Ohrfeigen verteilen darf.

»Frau Peinhardt, habe ich Sie endlich erwischt. Eine ganze Tafel Schokolade! Sie wissen doch, was die mit Ihnen anstellt. Sie haben Diabetes, und wenn Sie nicht endlich mit Ihrer unbeherrschten Zuckerschleckerei aufhören, werden Sie nicht nur noch dicker, als Sie sowieso schon sind, sondern auch noch blind werden. Wir werden Ihnen Ihre Beine abnehmen müssen, und Sie werden sterben – und zwar bald. Möchten Sie das?«, fragt Schwester Pia.

»Nein, aber noch weniger möchte ich auf Schokolade verzichten«, legt die alte Dame ihren Standpunkt dar.

»So ein Quatsch. Seien Sie nicht kindisch. Wir gehen jetzt gemeinsam auf Ihr Zimmer, Sie zeigen mir, wo Sie die Schokolade verstecken, und Sie werden sehen, dass es Ihnen bald schon besser geht, weil Sie der Versuchung nicht mehr ständig ausgeliefert sind.«

»Nichts werde ich Ihnen zeigen. Mag ja sein, dass ich krank, alt, dick und hässlich bin, aber so blöd, dass ich mir von Ihnen die Schokolade wegnehmen lasse, so blöd bin ich immer noch nicht. Das wäre ja so, als hätte jemand Helmut Schmidt die Zigaretten abnehmen wollen. Ich kann hier jederzeit ausziehen, und Sie dürfen mir glauben, dass ich dann keinerlei Hemmungen haben werde, Herrn Bock darüber zu informieren, dass Sie allein der Grund sind, weshalb er sich eine neue, finanziell genauso gut gestellte Bewohnerin wie mich suchen muss.« So oder so ähnlich hat sich Frau Peinhardt ihre Gegenrede vorgestellt. Doch sie kommt nur bis zum »Nichts …«.

Fast hysterisch fährt Schwester Pia dazwischen. »Wissen Sie überhaupt, dass Sie es mir zu verdanken haben, dass Sie immer noch hier sind? Ihre eigenen Kinder wollten Sie in ein Nullachtfünfzehn-Pflegeheim verlegen lassen, weil sie der Meinung sind, dass es für Sie keinen großen Unterschied mehr macht, ob Sie First oder Third Class untergebracht sind. Ich persönlich habe mich bei Herrn Bock dafür eingesetzt, dass er Ihren Angehörigen bei dem Angebot ein paar Prozente Rabatt einräumt, damit Sie hierbleiben können. Die haben schließlich Betriebswirtschaft studiert. Für die sind Sie nur ein Kostenfaktor. Und Sie danken mir, indem Sie eigenständig Ihre Gesundheit zerstören? Das ist eine Schande, ja sogar eine Sünde! Gott würde Ihnen vielleicht noch Jahre schenken, doch Sie treten sein Geschenk mit Füßen. Für eine lausige Tafel Schokolade versündigen Sie sich vor Ihrem Schöpfer. Sie sollten sich schämen, und wenn Sie das nicht tun, dann sollten Sie zumindest darum bitten, dass Gott Sie nicht mit Füßen tritt und Ihren Diabetes außer Kontrolle geraten lässt. Süßigkeiten und Alkohol sind Gift für Sie! Ich hatte immer Mitleid mit Ihnen, aber jetzt, wo ich weiß, wie genusssüchtig Sie sind … Sie machen es sich und uns wirklich nicht leicht. Ich bin wirklich sehr enttäuscht von Ihnen, Frau Peinhardt.«

Prien, Residenz am See, Mittwoch, 20. Mai 2015

Er geht von seinem Privatzimmer, das er in der Manier der bayerischen Ludwige gern »seine Gemächer« nennt, in sein Büro, das gleichzeitig als Empfangszimmer für die Neuankömmlinge und ihre Angehörigen sowie für alle an einem Apartment in der Residenz Interessierten dient. Er steckt das weiße Leinenhemd in seine senffarbene Cordhose und schließt den Knopf am Bund, dann den braunen Ledergürtel, den er letzten Herbst auf einem Kunsthandwerkermarkt in der Toskana gekauft hat. Giancarlo, so hieß der junge Bursche mit den Ledersachen. Schwarzer Lockenkopf, spitzbübisches Lachen, dunkle Augen. Sie unterhielten sich gut, radebrechend halb auf Deutsch, halb auf Italienisch, und lachten viel zusammen. Melsene fand an dem Stand nichts für sie Passendes, alles war ihr ein bisschen zu rustikal, zu viel Hippie, zu viel Siebziger-Jahre-Flair, wie sie sagte, obwohl sie zu jung ist, um diese Zeit selbst erlebt zu haben. Sie ist die typisch taffe Betriebswirtschaftlerin, immer wie aus dem Ei gepellt. Vom Hippie so weit entfernt wie ein Paar Prada-Pumps von ausgelatschten Jesus-Sandalen. Italien, die sanften Hügel der Toskana, Zypressen, feines Essen, mein Gott, ja, das hatte schon was. In jedem bayerischen Ludwig steckt doch immer auch ein kleiner Luigi.

Anselm Bock schließt die echten Hornknöpfe seines Hemdes und ist endlich korrekt angezogen. Gleich wird die alte Dame aus Bayreuth eintreffen. Sie wird von ihrem Sohn gebracht. Bock tritt ans Fenster, das nach Osten hinausgeht, und denkt wie jeden Tag seit dem ersten vor vier Jahren, dass diese Aussicht ihn nie langweilen wird. Gut, es ist nicht Italien, sondern Süddeutschland, und weit und breit ist keine einzige Zypresse zu erkennen, aber trotzdem ein ebenso himmlisches Fleckchen Erde wie die Toskana. Die glatte Wasseroberfläche des Sees liegt ruhig vor ihm, weiße Segel ziehen wie riesige Schwäne langsam auf ihr dahin. Nach Süden hin rücken die Chiemgauer Berge ins Blickfeld, darüber strahlt ein blauer Frühsommerhimmel. Obwohl er selbst ein Zugereister aus dem fränkischen Nordbayern ist, hat Anselm Bock sich gut eingelebt in diese altbajuwarische Idylle. Hier kann er gleich mehrere seiner Leidenschaften befriedigen. Er kann auf die Jagd und er kann fischen gehen. Die Lizenz hat er, nur die Zeit findet er nicht so oft, wie er es gern hätte. Er seufzt.

»Geht's dir gut?« Melsene verstaut die Utensilien ihres kleinen Rollenspiels im Wandschrank. Das strenge Kostüm, die gestärkte weiße Bluse, die Tafel und das große Lineal. Sie schließt den Schrank mit einem Schlüssel ab und legt diesen an seinen üblichen Platz in eine der Schubladen des Sekretärs. Auch sie hat sich wieder umgezogen und trägt nun eine zart gestreifte Seidenbluse zu ihren schmalen Hosen und Pumps mit moderatem Absatz. Das rötlich blonde Haar hat sie im Nacken zu einem Knoten zusammengesteckt. Anselm Bock staunt immer wieder, wie schnell sie ihren Typ wechseln kann. Sie ist für ihn geheimnisvoll und wird es hoffentlich noch lange bleiben. Umgekehrt hat er das Gefühl, dass sie in ihm lesen kann wie in einem aufgeschlagenen Buch.

Anselm Bock ist Leiter der Residenz am See, ein charismatischer Menschenführer, zumindest ist das seine eigene Wahrnehmung. Die unumstrittene Nummer eins. Melsene Ritter ist seine Geschäftsführerin. Sie kann nicht nur rechnen, sie kommt auch aus der Gegend und ist mit guten Kontakten zur Politik und zur Presse bestens vernetzt, was ein echter Vorteil, ja lebenswichtig für das Unternehmen ist. Anselm Bock hat das Gespür für Menschen, er kann mit allen, sie fressen ihm förmlich aus der Hand. Anselm und Melsene teilen sich die geschäftlichen Aufgaben und sind von Anfang an sehr gut damit gefahren. Dass sie auch seine sexuellen Vorlieben teilt, ist eine glückliche Fügung, die nicht zu erwarten war. Melsene ist intelligent, fantasievoll und auf erregende Weise schamlos. Beide sind sexuell sehr aktiv und müssen dafür nur die Verbindungstür zwischen seinem Büro und den Privaträumen öffnen.

Das Knirschen der Räder eines schweren Fahrzeugs auf Kies ist zu hören. Anselm sieht durch das Erkerfenster hinunter auf die Einfahrt. Ein 7er-BMW, in Dunkelblaumetallic, Kennzeichen BT, rollt auf das Anwesen zu. Eine ehemalige Jugendstilvilla, errichtet zu Beginn des 20. Jahrhunderts, heute luxussanierte

Senioren-Residenz, und von vermögenden Familien aus ganz Deutschland gern als Altersruhesitz für ihre schwierig gewordenen Patriarchen und Patriarchinnen gewählt. An einem der schönsten Orte der Republik, inmitten einer gepflegten Parkanlage und mit privatem Seezugang, Restaurant und Wiener Kaffeehaus mit Sonnenterrasse. Außerdem mit Luxus, Wellness und allen erdenklichen Pflegeleistungen sowie persönlicher Betreuung. BT steht für Bayreuth. Bock erinnert sich. Seine Gäste führen eine Künstleragentur in der dritten Generation und waren oder sind mit allen Wagners persönlich bekannt: Wolfgang, Wieland, Winifred und wie sie alle heißen. Bock fährt sich mit den Fingern durch das gewellte braune Haar. Seit er die Farbe mit einer leichten Tönung auffrischt, wirkt er um Jahre jünger.

»Ist alles vorbereitet?«

»Natürlich.« Melsene nickt.

»Dann begrüße jetzt unsere Gäste.«

Melsene wirft ihm einen Blick zu, in dem Bewunderung und Ergebenheit mitschwingen. Ob eine so kluge und erfolgreiche Frau wie sie zu Gefühlen wie Liebe fähig ist, kann er nicht sagen. Er würde ihre Einstellung ihm gegenüber mit Respekt, Offenheit und Begehren beschreiben. Davon hat er sich gerade eben wieder selbst überzeugen können, und das reicht ihm. Zu viel Gefühl macht sowieso alles nur kompliziert. Es ist perfekt so, wie es gerade ist. *Nothing to improve*, wie der Brite sagen würde.

Melsene ist stets für die Begrüßung der Ankommenden zuständig. Anselm erwartet die Besucher oben in seinem Arbeitszimmer. Jetzt beobachtet er vom Fenster aus, wie der Sohn, der die fünfzig bereits überschritten hat, auf der Fahrerseite des BMW aussteigt und Melsene bemerkt, die auf ihn zukommt. Er gibt ihr die Hand, deutet eine leichte Verbeugung an, geht dann zur anderen Seite des Wagens hinüber, öffnet die Beifahrertür und ist seiner Mutter beim Aussteigen behilflich. Die alte Dame mit dem in einem eleganten Mahagoniton gefärbten Haar wie aus vergangenen Zeiten wirkt gefasst. Sie hakt sich bei ihrem Sohn unter und mustert kritisch die Fassade der Villa. Auch zu dem Erkerfenster, hinter dem Bock steht, blickt sie empor, kann ihn durch die Gardinen jedoch nicht sehen.

Ach, schau an, denkt Anselm Bock, das erweiterte Empfangskomitee rollt an! Ein älterer Herr im frühsommerlich leichten Nadelstreifenanzug, mit hellem Hemd und einem eleganten grauen Sommerhut kreuzt wie zufällig in dem Moment die Einfahrt. Er wirkt wie ein Charmeur der alten Schule, denkt Bock, ist aber in Wahrheit ein Wolf im Schafspelz. Er wird sich mit Schwester Pia wieder über seine Medikamentierung unterhalten müssen. Mitunter wirkt er ein wenig gebrechlich, vor allem, wenn er sich unbeobachtet fühlt, aber in der Birne scheint er noch ziemlich fit zu sein. Er bildet sich sogar etwas darauf ein, über alles, was in der Residenz läuft, genauestens Bescheid zu wissen. Schwester Pia sollte vielleicht etwas an der Dosierung seiner Medikamente ändern, damit er ein wenig ruhiger wird und nicht meint, er müsse seine Nase in Dinge stecken, die ihn nichts angehen. Der Alte macht ja noch alle seine Mitbewohner rebellisch, und jetzt wanzt er sich auch schon an die Festspielagentin im Ruhestand ran.

Anselm Bock beobachtet, wie er einen tiefen Diener macht, als die Dame sich unter sichtlichen Mühen am Arm ihres Sohnes endlich in Bewegung setzt. Jetzt küsst er ihr doch glatt die Hand, dieser Schleimer! Anselm malt ein großes P für Pia auf das zuoberst liegende Blatt in seiner Schreibmappe, dazu einen Pfeil und die Initialen HM.

Melsene lotst die Besucher an dem Alten vorbei zum Eingang, gleich werden sie zusammen im Aufzug zu ihm hinauf in den ersten Stock fahren.

Anselm Bock empfängt die beiden überaus herzlich. Er öffnet ihnen selbst die Tür und lässt ihnen Zeit, sich umzusehen. Ihre Blicke schweifen durch sein Erkerzimmer mit den gediegenen wandhohen Bücherschränken, streifen den verschlossenen Waffenschrank mit seinen gut gepflegten Jagdgewehren, den stets frischen Blumenstrauß in der teuren Porzellanvase auf seinem Nussbaum-Schreibtisch, die Gemälde von Hunden und Jagdszenen und natürlich seinen Flügel: einen Bösendorfer Imperial, der die Hälfte des Raumes einnimmt und mit seinen zwei Metern neunzig Länge noch jeden beeindruckt hat. Erst wenn das Materielle, die Einrichtung des Büros, geschätzt worden ist, wird er als Leiter der Einrichtung taxiert: seine eher legere, aber traditionelle Kleidung mit Loden, Cord und Leinen statt edlem Zwirn, sein jungenhaftes Aussehen, sein locker und selbstbewusst wirkendes Auftreten. Ein Junge aus gutem Haus, vielleicht mit einer sozialen oder künstlerischen Ader. Die Gäste sehen in ihm den Frontmann, während die elegante junge Dame an seiner Seite für den reibungslosen Ablauf und die Führung der Geschäfte zuständig ist. Und natürlich werden sie sich fragen, ob die beiden etwas miteinander haben. Anselm Bock lässt sich taxieren und taxiert wiederum selbst.

Wie ist das Verhältnis des Sohnes, der die meiste Zeit des Jahres irgendwo in Amerika lebt, zu seiner Mutter, die er in ein paar Stunden für immer hier bei ihnen lassen wird? Wann wird er sie das nächste Mal besuchen? Gehört er zu denen, die sich einmal im Jahr, an Weihnachten oder zum Geburtstag seiner Mutter, melden, oder kommt er schnell auf ein Stündchen vorbei, wenn er in München oder anderswo im Süden Deutschlands zu tun hat? Wieso ist er allein und wird nicht von seiner Frau begleitet? Versteht sie sich nicht mit ihrer Schwiegermutter?

Die alte Dame scheint von der Situation überfordert zu sein. Sie wirkt wach und aufmerksam, aber sie sagt nichts, beobachtet nur.

Der Sohn, ein smarter Geschäftsmann mit grauen Schläfen, die sehr gut zu seinem dunklen Haar und dem sonnengebräunten Teint passen, übergibt Anselm Bock ein Schreiben des Hausarztes mit einer Liste der zu verabreichenden Medikamente. »Sie werden sich doch darum kümmern, dass meine Mutter ihre vom Hausarzt verschriebenen Tabletten bekommt?«, fragt er mit übertriebener Beflissenheit. »Er ist übrigens eine medizinische Koryphäe in Bayreuth.«

»Aber selbstverständlich«, antwortet Anselm Bock. »Ihre Mutter ist bei uns in besten Händen, Herr von Hertan. Sie müssen sich keine Sorgen machen.«

»Ich wollte nur sichergehen, da Sie ja eher eine naturheilkundliche Richtung vertreten.«

»Höre ich da eine Spur Skepsis in Ihrer Stimme?« Eine rhetorische Frage. »Das ist vollkommen in Ordnung. Seien Sie ruhig misstrauisch. Aber ich kann Ihnen versichern, dass wir von jeder Art Medizin das Beste für unsere Patienten auswählen. Wir sind keine Gegner der Schulmedizin, Gott bewahre, aber wir erzielen auch erstaunliche Erfolge mit anderen Heilmitteln, die genauso wie die konventionellen aus der Apotheke stammen und die erwünschten Wirkungen zeigen.« Bock macht eine Pause, sieht von der Mutter zum Sohn, der offensichtlich nicht gern belehrt wird. Aber da muss er jetzt durch.

»Was bedeutet Naturheilkunde eigentlich?«, fragt Anselm Bock und gibt die Antwort gleich selbst. »Wir nutzen die Kräfte der Natur, das ist richtig, aber nicht, um Krankheiten zu kurieren. Stattdessen wollen wir damit die Selbstheilungskräfte der uns anvertrauten Menschen, die aufgrund ihres Alters und ihrer Lebenssituation oft auch Patienten sind, fördern. Dazu wenden wir die Phytotherapie, sprich pflanzliche Heilmittel, aber vor allem die Hydro- und die Balneotherapie an. Wir arbeiten mit Wasseranwendungen, die wir mit Bewegungstherapie kombinieren, und, ganz wichtig, sorgen für eine gesunde Kost, die den Bedürfnissen des Einzelnen angepasst, aber grundsätzlich leicht verdaulich, kohlenhydratarm und ausschließlich aus frischen und regionalen Zutaten zubereitet ist. Sie werden bei uns nirgendwo Convenience-Food finden, keine Geschmacksverstärker, Konservierungsstoffe und so weiter. Wir achten streng darauf, dass Industriezucker und versteckte Fette vermieden werden und unsere Patienten ausreichend gesunde Getränke zu sich nehmen. Wussten Sie zum Beispiel, dass sich Nachtschattengewächse wie Tomaten, Paprika oder Auberginen sehr gut als Parkinson-Prophylaxe eignen?«

»Dann müssten Sie dem Herrn, den ich bei meiner Ankunft kennenlernen durfte, wohl etwas mehr Nachtschattengewächse zuführen«, meldet sich nun die Patriarchin und Seniorchefin der Konzertagentur zu Bayreuth erstmals zu Wort.

Scharfer Geist und scharfe Zunge, denkt Anselm Bock. »Damit haben Sie recht, gnädige Frau. Leider ist unser Unternehmer aus Offenbach als Patient ausgesprochen schwierig, und wir können niemanden zu seinem Glück zwingen, nicht wahr?«

»Hauptsache, man bleibt geistig fit«, sagt die Gnädige. »Den körperlichen Verfall kann man sowieso höchstens ein wenig aufhalten, aber nicht verhindern.«

»Ich bitte Sie, gnädige Frau, Sie sind doch selbst das beste Beispiel dafür, dass beides möglich ist: körperliche Gesundheit und ein wacher Geist«, behauptet Anselm. »Das zu erhalten, liegt uns hier sehr am Herzen. Unterstützend und komplementär zur medizinischen Behandlung und der Balneotherapie setzen wir auch homöopathische Einzel- und Komplexmittel ein. Sie dienen der individuellen Stärkung und sind vollkommen nebenwirkungsfrei.«

»Ich habe in Ihren Prospekten gelesen, dass Sie auch eine Thalasso-Therapie anbieten. Ich dachte immer, dafür müsste man am Meer sein. Oder gibt es in Ihrem See auch ein abgetrenntes Salzwasserbecken?«, scherzt der Sohn.

Ein mäßiger Scherz, wie Anselm Bock findet. »Die Anwendungen der Thalasso-Therapie werden nicht hier, sondern am Schwarzen Meer durchgeführt. Jeder Residenz-Bewohner hat pro Jahr bis zu zwei, in Einzelfällen sogar bis zu vier Wochen die Möglichkeit, die Therapie in Anspruch zu nehmen. Das ist Urlaub pur. Und wieso sollte man auf Ferien verzichten, nur weil man ein gewisses Alter erreicht hat?«

»Am Schwarzen Meer?«, fragt der Sohn. »Doch hoffentlich nicht auf der Krim? Ich meine, gerade jetzt …«

»Keine Sorge, die Anwendungen finden in Rumänien statt«, sagt Anselm Bock.

»Rumänien?«, schreckt die alte Dame hoch. »Aber in ein so armes Land wie Rumänien will ich nicht«, erklärt sie energisch.

»Keine Angst, Frau von Hertan, unsere Bewohner werden in einem Vier-Sterne-Wellnesshotel mit medizinischer Betreuung untergebracht, vier Sterne nach deutscher Klassifizierung, nicht nach Landeskategorie. Sie müssen also keine Bedenken haben, Sie werden den gewohnten hohen Standard vorfinden.«

»Sie verstehen mich nicht. Es geht mir nicht um den Standard, sondern darum, dass ich nicht nach Rumänien fahre.«

»Sie würden auch nicht fahren, sondern fliegen, Madame.«

»Weder fahre noch fliege ich. Nicht nach Rumänien.«

Der Sohn sieht seine Mutter an. Er scheint von ihrer rigorosen

Ablehnung dieses Angebots unangenehm berührt zu sein. »Urlaub im Süden, Mutter«, sagt er mit einem Lächeln, aber seine Worte kommen nicht bei ihr an.

»Hören Sie zu.« Die alte Dame wendet sich an Bock, der ebenfalls von ihrer Vehemenz überrascht ist. »Ich bin in Rumänien geboren, in Siebenbürgen, genauer gesagt.«

»Und noch genauer«, seufzt ihr Sohn, »in Honigberg im Burzenland.«

Bock ist verunsichert, ob der Sohn ihn damit auf den Arm nimmt. »Burzenland? Nie gehört.«

»Meine Familie wurde von den Kommunisten enteignet und schikaniert«, sagt die alte Dame. »Sie haben uns alles genommen.«

»Ich kann mir vorstellen, dass Sie in Ihrem Leben viel Schlimmes erlebt haben«, heuchelt Bock Mitgefühl.

»Junger Mann«, antwortet sie, »mussten Sie je Ihre Heimat verlassen? Ihr Land? Ihr Haus? Ihren Grund und Boden? Nein? Dann haben Sie nicht mal den Hauch einer Ahnung, wovon ich rede. Nach Rumänien bringen mich jedenfalls keine zehn Pferde. Ich bevorzuge die Ostsee oder meinetwegen auch die Nordsee für eine Thalasso-Therapie, die mir übrigens auch schon in jüngeren Jahren sehr gutgetan hat. Und jetzt wünsche ich, dass darüber nicht mehr gesprochen wird.«

»Dann sei es so«, lenkt Bock ein. »Frau Ritter wird Ihnen jetzt Ihr Apartment zeigen. Ab achtzehn Uhr servieren wir unser Vier-Gänge-Abendmenü im Restaurant ›Seeblick‹.«

»›Seeblick‹? Wie originell«, ätzt die Gnädige. »Aber warum um Himmels willen so früh? Das sind ja Essenszeiten wie im Krankenhaus. Aber selbst da kann man als Privatpatient Extrawünsche anmelden.«

Aha, natürlich, die üblichen Extrawünsche! Anselm Bock nimmt den letzten Satz zur Kenntnis, geht aber nicht darauf ein. »Bleiben Sie zum Abendessen, Herr von Hertan?«

»Hertan genügt, bitte.« Der Sohn winkt ab.

Einer von denen, die großzügig auf ihren Adelstitel verzichten, sobald er einmal eingeführt ist, denkt Anselm Bock.

»Nein, ich muss leider zurück nach München. Mein Flieger geht noch heute Nacht. Meine Familie wartet schon auf mich.«

Die alte Dame verzieht keine Miene.

Bock funkt Melsene an, und sie holt Mutter und Sohn ab, um sie in das Apartmenthaus zu begleiten.

Als seine Geschäftsführerin mit den von Hertans verschwunden ist, ruft Anselm Schwester Pia Tschiersky an, eine seiner tüchtigsten Mitarbeiterinnen. »Schwester Pia, was ist eigentlich mit unserem hessischen Unternehmer los?«

»Wieso? Was meinen Sie, Herr Bock?«

»Ich meine, dass er mitunter schon arg gebrechlich wirkt und zittert. Sein Zustand wirkt sich vielleicht beunruhigend auf unsere anderen Mitbewohner aus. Es ist für sie nicht besonders aufbauend, jeden Tag seine Parkinson-Symptome, oder worum es sich da handelt, mit ansehen zu müssen. Können Sie den Patienten nicht etwas besser einstellen?«

»Ich soll die Dosis erhöhen?«

»Wenn es denn sein muss, damit die Symptome abklingen. Und, Schwester?«

»Ja?«

»Geben Sie ihm doch etwas, das ihn ein bisschen runterbringt. Er schnüffelt hier überall herum und steckt seine Nase in Dinge, die ihn nichts angehen«

»Sie meinen, ich soll ihn sedieren?«

»Spricht etwas dagegen? Man muss es ja nicht so nennen. Geben Sie ihm doch einfach etwas zur Beruhigung.«

»Ich glaube, Herr Meißner ist eigentlich ganz harmlos. Er ist hauptsächlich auf der Suche nach Ansprache. Der arme Mann bekommt ja so gut wie nie Besuch. Vor Weihnachten war sein Bruder einmal da, seitdem niemand mehr.«

»Können Sie da nicht Abhilfe schaffen?«, fragt Bock.

»Ich befürchte, er sucht einen Gesprächspartner in seinem Alter.«

»Schön und gut, aber deswegen muss er noch lange nicht überall herumschnüffeln. Geben Sie ihm also etwas Stärkeres.«

»Was ihn ruhigstellt«, vergewissert sich Schwester Pia noch einmal.

»Mir egal, wie Sie es bezeichnen. Ich will hier einfach nur keinen Querulanten haben. Ende der Durchsage.«

»Verstanden.«

Schau an, schau an. Bock schüttelt den Kopf. Schwester Pia, die ihm sonst immer so unnahbar erscheint, dass er sie heimlich »der eiskalte Engel« nennt, hat Mitleid mit dem alten Knaben. Bocks Meinung nach sind Menschen, die keinen Besuch bekommen, jedoch meistens selbst daran schuld oder haben das Pech, die letzten lebenden Exemplare einer Dynastie zu sein. Wie auch immer, für den alten Meißner muss eine Lösung her. Aber nach dem Gespräch ist er sicher, dass sie eine finden werden. Auf Schwester Pia ist in dieser Beziehung absolut Verlass.

***

»Helmut, wie geht's dir?«

»Ah, mein Herr Bruder! Schön, dass du dich wieder einmal daran erinnerst, dass einer deiner Angehörigen in einer Alten-Residenz am Chiemsee sitzt. Warte mal, ich mache mein Fenster zu, die Vögel im Park zwitschern heute so laut. Es heißt ja immer, alte Leute hören schlecht, aber ich sag dir, wenn sie was hören wollen, dann werden sie zum Luchs. Frag mich nicht, wie, aber das erlebe ich hier immer wieder. So, jetzt ist das Fenster zu. Also, Klaus, wie alt muss ich eigentlich noch werden, dass du mich mal wieder besuchen kommst? Oder muss ich dafür sterben?«

»Jetzt sei mal nicht so sarkastisch.« Klaus hat es geahnt, dass Helmut sich beklagen wird. Und er hat ja auch recht. Dennoch: Er kann schließlich nichts dafür. »Wenn es mir besser ginge, hätte ich dich schon längst wieder besucht. Ist ja nicht so weit von Passau zum Chiemsee. Aber im Augenblick bin ich nicht gut zu Fuß.«

»Ist es wieder die Hüfte?«, fragt Helmut Meißner.

»Ja, und jetzt sag bloß nicht, ich hätte in meiner Jugend zu viel getanzt.« Das hat sich Klaus Meißner von den Exkollegen tatsächlich schon häufiger sagen lassen müssen. Wobei er seit seiner Emeritierung nicht mehr viele Kontakte zu den Leuten von der Uni pflegt. Seine Frau ist da weitaus sozialer als er.

»Du warst schon ein heißer Feger damals – sagt man das heute noch so? Und deine junge Frau wirst du hoffentlich auch öfter zum Tanzen ausgeführt haben.«

»Nur kein Neid, alter Knabe. Meine Schmerzen beim Gehen, Stehen und Sitzen willst du nicht haben, glaub mir.«

»Und jetzt? Du wirst doch nicht in einem Rollstuhl durch dein weiteres Leben fahren wollen.«

»Ich warte auf den Termin für die Operation.«

»Eine neue Hüfte?«

»Und danach zur Reha.«

»Vielleicht am Chiemsee. Dann kann ich dich besuchen.«

»Ich fürchte, das wird noch eine Weile dauern. Aber wie geht's dir? Du wirkst so aufgekratzt. Hast du dich mit deiner Senioren-Residenz jetzt doch wieder mehr angefreundet?«

»Sie heißt Residenz am See, Senioren gibt es hier offiziell keine. Nur alte, reiche Säcke, die den ganzen Betrieb finanzieren und dafür das Gefühl bekommen sollen, sich auf einem ewigen Hotelurlaub zu befinden. Leider sind die anderen Gäste alle genauso alt und gebrechlich wie sie selbst. Ich hab den Trick noch nicht gefunden, mit dem man das ausblenden kann.« Er wartet auf eine Reaktion seines Bruders, aber der schweigt. »Vielleicht ist eine solche Situation für Männer schlimmer als für das weibliche Geschlecht, weil sie immer noch von schönen Frauen träumen und von dem, was sie mit ihnen machen würden, wenn sie könnten. Aber vielleicht geht es den Frauen ja genauso, das weiß ich nicht, weil man sich darüber so selten austauscht. Und in meinem Alter schon gar nicht mehr. Bist du noch da, Klaus?«

»Ich hör dir zu«, versichert sein Bruder.

»Gegen die Wehwehchen verteilen sie hier nicht nur Medikamente, sondern auch Globuli. Weißt du, was das ist?«

»Weiße Kügelchen mit nichts drin?«, fragt Klaus Meißner.

»Falsch. Weiße Kügelchen mit Zucker und der Information oder Erinnerung an das, was einmal der Wirkstoff war.«

»Es gibt viele Leute, die auf Homöopathie schwören. Es heißt doch immer: Wer heilt, hat recht.«

»Nebenwirkungen haben die Dinger auch keine. Aber das ist auch logisch, wenn so gut wie kein Wirkstoff drin ist.«

»Du musst an Homöopathie nur glauben wie an so vieles im Leben: dass eine Liebe ein Leben lang hält zum Beispiel, dass Freunde immer Freunde bleiben, dass Beruf und Karriere das

Wichtigste sind und dass die Kinder einem immer nah sind.« Klaus seufzt.

»Jetzt hör aber auf, du deprimierst mich. Dabei bist du ein paar Jahre jünger als ich, hast immer noch eine große Familie und minderjährige Kinder.«

»Nur noch ein Nesthäkchen, die anderen beiden studieren schon.«

»Und Papa bezahlt ihre Ausbildungen. Wie schon für die beiden Kinder aus deiner ersten Ehe. Reicht deine Beamtenrente denn dafür aus?«

»Professoren verdienen gar nicht so schlecht, wie du vielleicht denkst, Helmut. Allerdings habe ich ein Vermögen wie deines nicht zustande gebracht, und eine Residenz mit Seeblick werde ich mir auch nie leisten können. Aber jetzt sag endlich: Wie geht's dir jetzt dort?«, fragt Klaus noch einmal. »Beim letzten Telefonat …«

»Was auch schon wieder eine Weile her ist«, mault Helmut.

»Das war am letzten Sonntag, Helmut. Jetzt mach mir kein schlechtes Gewissen. Jedenfalls hast du bei unserer letzten Unterhaltung von Sachen gesprochen, die dich beunruhigen.«

»Allerdings. Sagen wir es mal so: Es passieren hier Dinge, die sehr merkwürdig sind. Wenn ich sie ausspreche, wirst du denken, ich wäre ein alter Mann, der unter Verfolgungswahn und Hirngespinsten leidet. Aber ich sage dir: Neben dem Verabreichen von Globuli und den Rechtsregulaten und dem Zelebrieren von Esoterik geschehen hier wahrlich seltsame Sachen. Ich bin jedenfalls auf der Hut und traue niemandem. Nicht der Heimleitung und nicht dem medizinischen Personal.«

»Aber die Residenz hat doch einen sehr guten Ruf.«

»Das ist mir bekannt, Klaus, sonst hätte ich mich hier auch nicht eingekauft. Die Wohnsituation, die fußläufigen Einrichtungen, die Versorgung; das alles und die Seenähe haben den Ausschlag gegeben. Du weißt, wie Margarete den See geliebt hat.«

»Ihr wart über die Jahre oft dort«, erinnert sich Klaus.

»Dreiundzwanzig Mal. Ich habe ihre Fotoalben durchgesehen und mitgezählt.«

»Dann hat dich die Erinnerung an Margarete dort hingezogen?«

»Wenn man allein ist, sucht man nach einem Anker. Ich habe keine Kinder, mein großes Haus habe ich verkauft, und so richtig fit bin ich auch nicht mehr.«

»Ach komm, was soll ich denn da sagen?«

»Übrigens habe ich das Gefühl, dass ich mit meinen Medikamenten falsch eingestellt bin. Nichts wird besser, da geht es mir genauso wie Frau Peinhardt.«

»Aber ihr werdet doch bestimmt regelmäßig von einem Arzt untersucht, oder nicht?«

»Dafür ist Schwester Pia zuständig. Den Arzt habe ich schon länger nicht mehr gesehen. Aber die Schwester sagt, sie würde jede Änderung der Medikamentierung mit ihm besprechen.«

»Du denkst, sie handelt eigenmächtig?«, fragt Klaus. »Das würde ihr doch gar nicht zustehen.«

»Hast du eine Ahnung, was der alles zusteht. Ich habe das Gefühl, die Schwester zieht hier sämtliche Fäden.«

»Und was sagt die Heimleitung dazu?«

»Nichts. Entweder bekommt sie das nicht mit, oder sie will es nicht mitbekommen. Und wehe, jemand legt sich mit Schwester Pia an. Dann lernt er sie aber kennen, die junge Dame.«

»Wieso sollte diese Frau euch das Leben schwer machen, wenn sie in der Residenz einen tollen Job hat? Damit würde sie doch die Hand beißen, die sie ernährt.«

»So einfach ist das nicht. Menschen handeln nicht immer so rational, wie du es dir in deinem Elfenbeinturm an der Uni vorgestellt hast.«

»Hab ich doch gar nicht. Da ist auch so manches irrational gelaufen, davon könnte ich dir ein Lied singen. Aber welchen Grund hätte denn die Schwester, euch zu schikanieren?«

»Ich hab dir doch von meinem Tischnachbarn Olaf erzählt.«

»Der, der vor drei Monaten gestorben ist?«

»Genau der. Er war bestimmt keine ganz einfache Persönlichkeit. Sein Vermögen hat er zuerst mit der Vermietung von Apartments an Prostituierte gemacht.«

»Echt?«

»Ja, echt.«

»Und ich hatte den Eindruck, du mochtest ihn.«

»Ich mochte ihn auch. Er war nicht langweilig. Langeweile ist das Schlimmste, was dir im Alter begegnet, leider aber auch das Häufigste. Olaf war eine schillernde Figur von eher zweifelhaftem Charakter und, wie man so schön sagt, für sein Alter topfit. Ein bisschen mollig, aber gesund.«

»Worauf willst du hinaus? Sag bloß, du vermutest, dass er keines natürlichen Todes gestorben ist?« Klaus weiß nicht, was er von den Andeutungen seines Bruders halten soll.

»Hab doch ein bisschen Geduld, ich erzähl dir schon, warum. Eines Tages stand über Olaf in einem Magazin ein großer Artikel, in dem sein liederliches Leben ziemlich ausgewalzt wurde. Jeder in der Residenz, der noch lesen kann, hat ihn gelesen. Auch Schwester Pia. Sie hat ihm empfohlen, zu bereuen und zu beichten«, sagt Helmut. »Olaf war darüber ziemlich ungehalten. Mir hat er erzählt, er sei zwar protestantisch erzogen worden, aber Atheist, weil er als Erwachsener aus der Kirche ausgetreten ist. Schwester Pia hat er wortwörtlich gesagt: ›Bevor ich zu einem katholischen Kinderschreck zum Beichten gehe, lasse ich mir lieber den Schniedel abschneiden und trete als Balletttänzerin in ›Schwanensee‹ auf.‹ So war Olaf eben.«

»Und?«, fragt Klaus. »Das wird sie doch nicht so aus der Fassung gebracht haben.«

»Niemand außer Olaf hätte gewagt, ihr so etwas ins Gesicht zu sagen. Ich habe geahnt, dass das für ihn nicht gut ausgehen wird.«

»Wie ist es denn für ihn ausgegangen?«

»Er ist von der Betschwester schikaniert und gegängelt worden, hat aber immer dagegengehalten. Er hat das sportlich genommen. Moment mal«, flüstert Helmut. Er geht mit dem Hörer in der Hand zur Tür und reißt sie mit einem Ruck auf. Der Flur ist leer. »Hallo? Ich bin wieder da.«

»Was sollte das denn?«, wundert sich Klaus.

»Ach, nichts«, antwortet Helmut. »Ich dachte nur, da ist jemand auf dem Flur und lauscht. Aber da war niemand.«

»Entschuldige, aber dein Verhalten wirkt auf mich schon ein wenig wie Paranoia.« Klaus ist beunruhigt.

»So ein Schwachsinn, ich bin doch nicht senil. Ich weiß nicht nur, dass alle anderen Menschen sterben werden, sondern auch, dass es mich genauso irgendwann treffen wird. In meinem Alter ist der Tag nicht einmal mehr besonders fern. Ist ja auch völlig okay, ich will nicht ewig leben. Und ich weiß auch, dass ich an irgendeiner Ursache sterben muss. Ich bin darauf gefasst, dass sie mir morgen vielleicht sagen werden, dass ich Krebs habe, oder dass mich übermorgen ein Auto überfährt, weil ich zu zerstreut war, beim Überqueren der Straße nach links und rechts zu schauen. Aber ich habe etwas dagegen, dass mich eine Krankenschwester über den Jordan befördern wird.«

»Ich weiß nicht«, sagt Klaus, »ich kann einfach nicht glauben, dass diese Schwester dir oder irgendeinem deiner Mitbewohner gefährlich wird. Was ist denn jetzt aus deinem Kumpel Olaf geworden?«

»Wenn ich dir das erzähle, wirst du hoffentlich deine Meinung ändern. Olaf hat sich von ihr nichts gefallen lassen. Bei einem Streit in seinem Zimmer hat er sie sogar absichtlich provoziert und gefilmt, wie Schwester Pia auf ihn losgegangen ist. Er hatte in weiser Voraussicht eine Kamera versteckt und so präpariert, dass sie alles aufgenommen hat. Ganz stolz hat er mir den Film vorgeführt und erzählt, dass er ihn auch Schwester Pia gezeigt und ihr gesagt hat, er würde am nächsten Tag damit zu Bock gehen und ihn anschließend auf YouTube hochladen, was er auch zweifelsohne getan hätte.«

»Warum hätte?«, fragt Klaus.

»Weil Olaf am nächsten Tag tot war. Und jetzt erzähl mir noch mal, dass ich unter Paranoia leide. Angesichts dieser Ereignisse bin ich sogar noch ziemlich cool, finde ich. Wahrscheinlich bin ich einfach schon zu alt, um total durchzudrehen. Wäre ich jünger, würde ich vermutlich schon längst wie eine geköpfte Henne durch Prien laufen und alle aufscheuchen.«

»Entschuldige, Helmut, aber deine Geschichte kommt mir trotz allem irreal vor. Können der Streit und der Tod von diesem Olaf nicht auch Zufall gewesen sein? Ich meine, manchmal passiert es ganz schnell und unerwartet.« Klaus ist klar, dass das nicht das ist, was Helmut gern von ihm gehört hätte. »Ach, übrigens«, fährt er fort, »das hätte ich jetzt beinahe vergessen: Ich habe mit Stefan telefoniert. Er kommt dich vielleicht bald besuchen.«

»Stefan?«

»Erinnerst du dich überhaupt noch an ihn?«

»Na klar, dein Ältester, aus deiner ersten Ehe. Wie lange ist das schon her, dass wir uns zuletzt gesehen haben?«

»Ziemlich lange. Ich glaube, Stefan ist nicht gerade das, was man einen Familienmenschen nennt. Und in seinem Beruf ist es auch nicht unbedingt ganz einfach, soziale Kontakte zu pflegen.«

»Ist er immer noch so schüchtern wie früher?«

»Du fandest ihn schüchtern? Nein, das war er eigentlich nicht. Aber du hast zu Kindern sowieso nie einen besonderen Draht gehabt.«

Helmut widerspricht nicht. »Was macht er noch mal beruflich? Ist er nicht wie du Beamter?«

»Er ist bei der Polizei.«

»Polizist?«

»Kriminalbeamter.«

»Wirklich? Und wo lebt er?«, fragt Helmut.

»Immer noch in Ingolstadt.«

»Das ist nicht wirklich weit entfernt. Dann könnte er mich tatsächlich mal besuchen.«

»Das habe ich ihm auch gesagt.«

»Ich bin schließlich mittlerweile das älteste Mitglied der Familie«, sagt Helmut. »Grund genug für einen Besuch.«

»Wieso?«, fragt Klaus. »Besteht denn die Aussicht, dass du ihm oder seinen Geschwistern dein Vermögen vererbst, nachdem du keine eigenen Kinder hast?«

»Ein nicht unbeträchtlicher Teil davon fließt in die Residenz am See beziehungsweise in die Taschen von Bock, dem Leiter der Einrichtung. Der, ich gebe es zu, größere Rest geht an eine Stiftung, die ich zusammen mit Margarete gegründet habe.«

»Um wen zu unterstützen? Vielleicht in Not geratene Unternehmer?«

»Das werde ich dir gern erzählen, wenn wir uns das nächste Mal sehen.«

Aha, ein großes Geheimnis also, denkt Klaus. Wahrscheinlich ist es sowieso nur der Tierschutzverein. Oder es hat mit Helmuts Projekten aus den sechziger Jahren zu tun. Jedenfalls ist er sich sicher, dass keiner aus der Familie auch nur einen Cent von dem Geld seines Bruders sehen wird.

»Dann mach deinen ganzen Einfluss als Vater geltend, damit dein Sprössling mich hier besuchen kommt. Bitte, Klaus. Ich würde mich wirklich sehr freuen.«

»Okay, ich bleibe dran. Aber … Helmut?«

»Ja?«

»Dann sei du auch bitte ein bisschen nett zu ihm. Versuche es zumindest. Denn du hast es in der Hand, ob er in den nächsten fünf Jahren noch einmal wiederkommt.«

»Ich verspreche es. Wenn ich will, kann ich nämlich auch ganz umgänglich sein.«

»Das glaube ich dir aufs Wort. Sonst wäre Margarete bestimmt nicht ein ganzes Leben lang bei dir geblieben.«

***

»Guten Abend, Herr Kommerzialrat, darf ich Ihnen unsere neue Mitbewohnerin, Freifrau Helene von Hertan, anvertrauen und für heute Abend an Ihren Tisch setzen?«

Helene studiert das Gesicht ihres Gegenübers, um zu erfahren, was er für ein Typ ist. Ein schmieriger Kavalier, ein niveauloser Krämer oder ein in der Zeit des Wirtschaftswunders nach oben gespülter Egomane? Dass er auch etwas anderes sein könnte, damit rechnet sie nicht. Schon lange hat sie sich von der Hoffnung verabschiedet, Menschen zu begegnen, die weder dumm noch selbstbezogen sind. Zumal dann, wenn es sich bei ihnen um alte Herrschaften handelt.

»Bitte, Frau von Hertan! Ich heiße Meißner. Helmut Meißner.« Meißner steht auf, geht um den Tisch herum, zieht den Stuhl, der seinem Platz gegenübersteht, nach hinten und bietet ihn ihr mit geübter Geste an.

»Danke, Herr Meißner«, sagt die Freifrau, als sie sich setzt. Das Zucken um ihren Mund ist schwer zu deuten. Ist es ein Lächeln, eine herablassende Geste oder ein Nervenleiden? »Wurde der Kommerzialrat nicht schon 1919 abgeschafft?«, fragt sie.

»In Deutschland, Frau von Hertan. Nur in Deutschland. In Österreich wird dieser Titel nach wie vor an verdiente Unternehmer vergeben, sogar an nicht österreichische.«

»Wenn Sie denken, dass wir nun quitt wären, dann täuschen Sie sich, Herr Meißner. Was ist denn schon ein Kaufmanns- gegen einen ewig gültigen Adelstitel? Mein Vater sagte immer: ›Eine bestandene Führerscheinprüfung macht aus einer tauben Nuss noch lange keinen Führer.‹ Damit sollte Ihnen meine Einstellung klar sein.«

»Das war sie mir schon, bevor Sie sich an meinen Tisch gesetzt haben. Ich habe Sie gleich durchschaut. Das Zucken Ihrer Mundwinkel hat Sie verraten. Daran leiden im Übrigen viele Adelige, das ist mir bereits aufgefallen. Muss wohl etwas mit der Mendelschen Vererbungslehre zu tun haben. Mein Vater war ein rechtschaffener Bauer, bis er aus seinem geliebten Sudetenland vertrieben wurde. Er sagte immer: ›Drei geköpfte Aristokraten sind immer noch besser als zwei geköpfte.‹ So, jetzt kennen Sie auch meine Einstellung. Und Ihren Führer hätte Ihre Mischpoke mal besser in Landsberg vermodern lassen sollen, als ihm ganz Deutschland auszuliefern.«

Hinter der Fensterfront des Speisesaals breitet sich, fast in die Erdkrümmung mündend, der See aus.

Helene von Hertans Blick, der über die Terrasse hinaus gerichtet ist, wirkt fast verträumt. Sie beobachtet eine junge Frau, die aufrecht stehend auf einem schmalen Brett diagonal durch den vom Speiseraum aus sichtbaren Teil des Sees paddelt. Als eine Motoryacht, ein prächtiges Riva-Boot, mit weiß schäumender Bugwelle zu nahe an ihr vorbeifährt, gerät sie ins Schwanken. Wehmut ergreift Helene. Sie erinnert sich noch gut an die Yacht. Vor vielen Jahren – es müssen sehr viele gewesen sein – war sie mit ihrem späteren Mann an der Côte d'Azur gewesen, und sie hatten ein paar Tage auf genau so einer Riva-Motoryacht verbracht. Sie kann sich gar nicht erinnern, von wem Albin, ihr Mann, die Yacht geliehen hatte. Aber sie weiß noch genau, wie attraktiv er damals war und wie sehr sie ihn geliebt hat. Wie lange ist das jetzt her? Ach, wozu nachrechnen? Das lohnt sich doch gar nicht. Helene wendet sich wieder ihrem Gegenüber zu. »Herr Kommerzialrat, ich muss gestehen, ich bin in Gedanken abgeschweift. Ich war etwas abgelenkt von dieser grandiosen Kulisse. Worüber haben wir gerade gesprochen?«

»Wir sprachen über das Köpfen von Adeligen«, entgegnet Helmut Meißner ungerührt.

Helene von Hertan sieht ihn entsetzt an. Dann grinst sie. »Ich habe das Gefühl, der Aufenthalt in diesem Etablissement könnte amüsanter werden als befürchtet. Und daran sind Sie nicht ganz unschuldig.«

»Gnädige Freifrau, können Sie mir bitte den Gefallen tun und sich die Zahl zweiundvierzig merken, bis ich Sie wieder danach frage?«

»Weshalb denn? Ist das ein Spiel?«

»Kein Spiel. Es ist nur so, dass die Hälfte der neuen Mitbewohner schon ein bisschen tüdelig ist, wenn sie hier einzieht. Meine kleine Übung hat sich für mich bewährt, um die Spreu vom Weizen zu trennen. Ich will meine wertvolle Zeit nicht mit Schwachköpfen vergeuden. Also, welche Zahl sollten Sie sich merken?«

»Natürlich kann ich mich an die Zahl erinnern, ich bin ja nicht dumm. Das kann ja lustig werden mit Ihnen.«

»Mit mir schon.« Er beugt sich leicht über den Tisch und fängt an zu tuscheln. Trotzdem spricht er noch immer laut genug, dass man jedes Wort auch noch am Nachbartisch versteht. »Aber ich sage Ihnen jetzt im Vertrauen: Hier ist höchste Vorsicht geboten. Nicht alle Menschen in dieser Institution sind so harmlos wie ich, manche sind sogar eine Gefahr für Ihre Gesundheit.«

Die Managerin Melsene Ritter ist gerade auf dem Weg zum Ausgang, als sie einen Schritt hin zu Helmut Meißner macht. »Fangen Sie schon wieder an, Ihre Tischgesellschaft mit unbewiesenen Verschwörungstheorien zu langweilen? Sie sollten lieber darauf achten, regelmäßig Ihre Medikamente einzunehmen. Ihr Zittern ist auch wieder etwas schlimmer geworden, mein Lieber.« Und weg ist sie.

Unwillkürlich versucht Meißner, seine rechte Hand von der Tischplatte zu nehmen und unter ihr zu verbergen.

Der Freifrau ist weder die Maßregelung noch Meißners Manöver verborgen geblieben. »Machen Sie sich nichts daraus.« Die unbotmäßige Kritik hat sie zumindest vorübergehend zur Solidarität mit dem gemaßregelten alten Herrn bewegt. »Mich versuchen die Ärzte auch immer herumzukommandieren. Aber ich mache ihnen einen Strich durch die Rechnung, indem ich ihre Anweisungen schon vergessen habe, wenn ich die Praxistür hinter mir schließe.«

Eine junge Frau in einem grün-rosa Dirndl mit kunstvoll besticktem Mieder rollt auf einem Servierwagen die Vorspeise an den Tisch: gebratene Garnelen mit frischem Salat. Meißner starrt ihr unverfroren in das Dekolleté.

»Haben Sie noch Sex?«, fragt Helene von Hertan.

»Blöde Frage, natürlich. Jeden Tag von vierzehn bis sechzehn Uhr! Die jungen Dinger stehen vor meiner Tür Schlange, seit sich herumgesprochen hat, was für ein Schwein ich bin«, antwortet Helmut Meißner.

»Aha, ich würde eher sagen, Sie sind ein alter Träumer. Also kein Sex.«

»Und wie sieht's bei Ihnen aus? Kommt manchmal noch wer vorbei?«, pariert Meißner.

»Ich wüsste nicht, was Sie das angeht. Männer waren mir noch nie besonders wichtig, und Sie sind meiner Meinung nach bestimmt auch kein besonderer Lustgewinn«, führt Helene von Hertan das Geplänkel fort.

»War Ihnen bekannt, dass Hitler mit seiner Nichte ein Verhältnis hatte und außerdem schwul war?«, fragt Meißner.

»Woher wollen Sie das denn wissen?«

»Aus dem Internet. Ist alles bewiesen. Bevor er mit Eva Braun liiert war, hatte Hitler ein Dreiecksverhältnis mit seiner Nichte und einem gewissen Emil Maurice«, versucht Helmut, seiner Quelle Gewicht zu verleihen.

»Alles nur amerikanische Propaganda. Außerdem weiß ich nicht, was das jetzt mit unserem Abendessen zu tun haben soll.«

»Sie haben doch damit angefangen!«, sagt Meißner hörbar genervt.

»Ich? Mit Hitler? Ich glaube, Sie verwechseln mich.«

»Jetzt wird es aber doch ein bisschen zu absurd, gnädige Frau. Mit dem Sex haben ganz klar Sie angefangen.«

»Ich? Mit Sex? Ausgemachter Blödsinn!«

Melsene Ritter beobachtet die beginnende Verbrüderung der beiden zur Aufsässigkeit neigenden Alten schon eine Weile mit Argusaugen. Wenn daraus eine gewisse Solidarität resultieren oder sich sogar eine Freundschaft anbahnen würde, wäre das nicht unbedingt in ihrem Sinne. Vereinzelte Störenfriede sind gerade noch zu verkraften, aber in Gruppen bringen sie die eingespielten, reibungslosen Betreuungsleistungen nur unnötig durcheinander. Am besten wehrt man gleich den Anfängen.

Sie geht noch einmal zum Tisch der beiden. »Haben Sie sich schon ein bisschen eingelebt, Frau von Hertan?«

»Wie kommen Sie darauf, dass ich das vorhabe?«

»Ich dachte, Sie wollen sich dort, wo Sie leben, auch wohlfühlen«, antwortet Melsene irritiert.

»Ich werde mich nur vorübergehend hier aufhalten. Hat man Ihnen das nicht gesagt?«

»Ach so, ja«, antwortet Melsene ausweichend.

»Sobald mein Sohn mit seiner Familie aus den Staaten zurückkommt, ziehe ich wieder nach Bayreuth in unseren Familienstammsitz.«

Das glaubst aber auch nur du, denkt Melsene. Ich hingegen glaube, dass dein Sohn mit seiner Familie für immer in den USA bleiben wird. Jedenfalls hat er uns das bei deiner Anmeldung erzählt. »Aber auch, wenn Sie nur vorübergehend bei uns bleiben«, heuchelt Melsene, »wäre es doch nett, sich hier wohlzufühlen und Kontakte zu knüpfen. Sehen Sie, an dem Tisch mit den reizenden drei Damen dort wäre noch ein Platz für Sie frei. Soll ich Sie ihnen vorstellen?«

»Machen Sie sich keine Mühe, mich mit meinesgleichen zu verkuppeln. Ich habe bereits in dem Herrn einen ausgezeichneten Gesprächspartner gefunden. Er ist zwar nicht ganz meine Klasse und Kragenweite, aber ich habe im Leben schon immer Männer den Frauen als Gegenüber in Unterhaltungen vorgezogen. Und daran gedenke ich auch im Alter nichts mehr zu ändern. Soll ich Ihnen etwas verraten? Männer sind in der Regel nicht so berechnend wie Frauen und wagen es meist auch nicht, so hemmungslos über eine Person hinter ihrem Rücken herzuziehen. Wenn Sie gestatten, bleibe ich also vorerst an diesem Tisch sitzen. Sollte ich es mir anders überlegen, werde ich es Sie wissen lassen.«

Jetzt hätte nur noch ein »Sie können jetzt gehen« gefehlt, denkt Melsene und dreht sich wortlos weg. Sie ist schließlich Profi, und dass der Alltag mit den Residenz-Bewohnern nicht immer ein Honigschlecken ist, weiß sie schon seit einigen Jahren. Je vermögender, desto unangenehmer sind sie. Es gibt Ausnahmen, aber sie bleiben Ausnahmen.

»Ich gebe eines zu bedenken«, wendet Helmut Meißner ein, nachdem die Managerin außer Sicht ist.

»Und das wäre?«, fragt seine Tischgenossin.

»Ich bin nicht gefragt worden, ob ich meinen Tisch zu teilen gedenke, dauerhaft oder vorübergehend«, antwortet er.

»Und?«, herrscht Helene von Hertan ihn an. »Wollen Sie, oder wollen Sie nicht?«

»Na ja, ich glaube, ich könnte mich sogar an Sie mit all Ihrer Kratzbürstigkeit gewöhnen. Ich bin zwar durch die Beziehung zu meiner herzensguten Gattin, die leider viel zu früh verstorben ist, verwöhnt worden, aber mir ist durchaus bewusst, dass nicht alle Frauen ihre Vorzüge haben können. Sonst hätte ich sie damals ja auch nicht geheiratet.«

»Ja, ja, die Gattinnen«, höhnt Helene. »Je länger sie tot sind, desto besser, liebevoller und fürsorglicher werden sie in der Erinnerung. Gegen diese Überfrauen hat eine lebende Frau, noch dazu, wenn sie alt und runzlig ist, keine Chance.«

Helmut Meißner ist ein wenig bestürzt über ihre Analyse, die ihm gnadenlos erscheint. Bevor er jedoch protestieren kann, fährt sie fort.

»Im Übrigen strebe ich keine Beziehung zu Ihnen an, Herr Kommerzialrat. In der Diskussion ging es lediglich um einen Sitzplatz beim Essen, Sie sollten das Ganze also nicht überbewerten.«

Helmut Meißner bleibt stumm.

»Hat es Ihnen jetzt die Sprache verschlagen? Soll ich mir also morgen einen anderen Tisch zuweisen lassen oder nicht? Entscheiden Sie. Ich bin beileibe kein Backfisch mehr, den eine Abweisung in eine Sinnkrise stürzt.«

Helmut Meißner räuspert sich. »Also gut. Ich biete Ihnen hiermit einen Platz an meinem Tisch an, solange Sie möchten. Unter einer Bedingung.«

Helene von Hertan sieht ihn streng, aber neugierig an.

»Sie machen sich nie über mein gelegentliches Zittern lustig. Dieses kleine Handicap ist von Ihrem üblichen Spott ausgeklammert, klar?«

»Einverstanden«, gesteht sie ihm zu. »Aber auch ich habe eine Bedingung.«

»Und die wäre?«

»Dass Sie Ihre Gattin da lassen, wo sie sich aktuell befindet, und sie nicht für Vergleiche mit lebenden Personen an Ihrem Tisch heranziehen.«

Helmut Meißner starrt Helene von Hertan an und überlegt. Ihre Worte sind ein Affront gegen seine verstorbene Frau, andererseits waren die zwölf Wochen seit Olafs Tod sterbensöde. Eigentlich kaum zum Aushalten. Und die scharfzüngige Aristokratin scheint ihren Verstand noch so gut beisammenzuhaben, dass man sich sogar mit ihr streiten kann. Bis zu seiner Antwort lässt er nicht mehr Zeit als nötig verstreichen. »Einverstanden«, sagt er.

Rumänien, Dobrudscha, Donnerstag, 21. Mai 2015

Ich bin gespannt, wie lange dieser Mensch hier noch sitzen und sich nicht bewegen wird. Tot ist er jedenfalls nicht. Das würde ich auch auf die Entfernung riechen. Nein, dieser hier bewegt sich zwar nicht und gibt keinen Laut von sich, aber er lebt. Der Geruch in meiner Nase ist der eines Menschen, eines alten, aber eindeutig noch lebenden Menschen.

Es ist ruhig hier im Dorf. Die Kinder, vor denen ich immer auf der Hut bin, sind schon weg. Immer nehme ich mich vor ihnen in Acht. Ich war dabei, als sie meinem Vetter Hugo ein Auge ausgeschossen haben. Mit einem Stein, einem Stück Leder und einem roten Gummi, der sich weit dehnen ließ. Die Plagegeister haben den Stein in das Leder gelegt, den roten Faden lang gezogen, und dann ist er herausgeschossen und hat Hugo am Kopf getroffen. Hugo ist mit letzter Kraft weggeflogen und hat sich auf den nächsten Baum gerettet, den diese Gören nicht erklettern konnten. Aber das Auge war futsch. Ist einfach ausgelaufen, diese Glibbermasse. Sah aus wie das Innere eines Hühnereis, nur nicht so gelb. Den Herbst hat Hugo sogar noch überlebt, wir haben ihn alle mitversorgt, aber den Winter nicht mehr. Er fand kein Futter, und wir anderen mussten schauen, wo wir selbst blieben. Eines Morgens habe ich ihn gefunden. Er lag im Schnee und war ganz steif. Ich habe zugesehen, wie die Schneeflocken ihn langsam zudeckten. Im Frühling hat ihn dann die Katze geholt. Seitdem bin ich auf der Hut, wenn ich einen von diesen kleinen, lauten Menschen sehe. Manchmal reißen sie uns auch Federn aus und binden ein Stück Faden um eine Nuss, und wenn wir dann mit dem Schnabel danach schnappen, ziehen sie sie weg und wir hören sie kichern.

Aber wie gesagt, die Kinder sind jetzt schon weg. Morgens stehen sie auf der Dorfstraße herum und schubsen sich gegenseitig. Dann kommt ein großer Wagen, faucht, öffnet seine Türen, und sie steigen alle ein. Danach bleibt es so lange ruhig im Dorf, bis sie mittags wiederkommen. Aber dann sind wir meistens schon draußen im Wald, weil es im Dorf für uns zu gefährlich ist.

Ich weiß nicht, warum dieser Mensch dasitzt und nichts tut. Irgendetwas tun sie doch eigentlich immer. Sie gehen, fahren, scheppern mit Töpfen, graben in der Erde, oder sie reden mit einem anderen Menschen oder mit sich selbst. Aber dieser hier redet nicht, arbeitet nicht, geht nicht, sondern sitzt nur da. Neben ihm auf der Bank kann ich zwei Dinge erkennen, wegen denen ich nun schon eine geschlagene halbe Stunde hier hocke und ihn beobachte. Das eine ist eine verschlossene Tasche. Ich könnte versuchen, mit dem Schnabel auf den Verschluss zu schlagen oder ein Loch in eine der Ecken zu hacken. Das Ding daneben sieht, wenn mich nicht alles täuscht, fressbar aus. Kein Fleisch, kein Aas in runder, gepresster Form, in einen Darm gestopft und mit viel Salz und irgendwelchen Wiesenkräutern, wie die Menschen es essen. Meine Mutter hat uns immer davor gewarnt. Esst das nicht, hat sie gesagt, das tut euch nicht gut. Natürlich haben wir es trotzdem getan. Und so viel erwischen wir ja sowieso meistens nicht. Wir kriegen manchmal davon Bauchweh, aber es schmeckt.

Das, was da auf der Bank liegt, riecht nach Getreide und Fett. Unten das Getreide, ein paar Zentimeter dick und weich. Außen herum ist es dunkler und etwas härter, innen weicher. Viel weicher als eine Nuss in der Schale. Richtig weich. Das gelblich-weiße Fett ist draufgeschmiert. Allein schmeckt es auch gut, aber noch besser auf seiner weichen Unterlage. Und es macht sehr satt, obwohl es kein Aas ist.

Was war das? Höre ich da etwa zwei dieser kleinen Menschen, die eigentlich alle mit dem großen, schnaubenden Wagen weggefahren sein müssten? Wieso sind die beiden noch hier? Müssten sie nicht auch dort sein, wo die anderen sind? Aber nein, sie treiben sich hinten in den Gärten herum. Ich muss mich beeilen. Wenn sie den Menschen finden, und sie werden ihn ganz sicher finden, denn sie finden immer alles, dann schnappen sie mir bestimmt die Beute weg. Dafür müssen sie das Fett gar nicht mal fressen, sie können es auch nur auf die Straße werfen und darauf herumtrampeln. Das tun sie manchmal, ich hab es schon gesehen.

Auf jeden Fall ist es danach für mich verloren. Ich glaube, ich muss es jetzt wagen. Der Mensch rührt sich immer noch nicht. Er hat keinen Stock und kein Gewehr, zumindest sehe ich nichts davon. Ich muss es versuchen, bevor die Kinder kommen.

Ich lande auf dem Boden, ein Stück außerhalb der Reichweite der Arme und Beine des Menschen. Ich habe ihn im Auge. Da, jetzt hat er mich auch gesehen. Ich spüre seinen Blick auf meinem Gefieder, drehe meinen Kopf zu ihm, warte ein wenig. Aber er bewegt sich noch immer nicht. Ich flattere auf, lasse mich auf der Bank nieder, außen auf der Lehne. Der Mensch dreht nur die Augen, nicht den Kopf. Die Kinder kommen näher. Mit einem Sprung bin ich bei dem verschmierten Fett. Ich sperre meinen Schnabel auf und greife mir das Teil. Das Wasser läuft mir im Mund zusammen.

Jetzt dreht der Mensch den Kopf zu mir und sieht mich an, als hätte er noch nie eine Krähe aus der Nähe gesehen. Ich plustere mein Gefieder auf. Ja, es ist gut gepflegt und in Schuss, darauf achte ich sehr. Das hat meine Mama mir beigebracht, genau wie alles andere. »Rocco«, hat sie immer gesagt, »du bist die schönste Krähe in der ganzen Dobrudscha, wer weiß, vielleicht in ganz Rumänien.« Meine Mutter war eine kluge Krähe. Sie wusste so viel! Nur diese kleinen fliegenden Windmühlen waren neu für sie. Sehen aus wie riesige Insekten, sind aber von den Menschen gebaut. Damit kannte meine Mutter sich nicht aus. Sie dachte, in dem Kästchen, das unten an dem Metallding mit den vier Flügeln hing, wäre etwas zu fressen. Bei dem Versuch, es mit dem Schnabel zu öffnen – meine Mutter war auch eine sehr mutige Krähe –, wurde sie von den Metallflügeln geschreddert. Wie ein Stein raste ihr Körper der Erde entgegen, immer schneller und schneller, und »platsch« war's vorbei mit der klügsten aller Krähenmütter. Wir konnten nichts mehr für sie tun. Aber seither sind wir gewarnt. Fliegende Windmühlen sind die Todfeinde der Krähen, und wahrscheinlich sind die Kästen, die sie herumtragen, mit dem großen Auge vorne dran, nicht einmal für Proviant gedacht.

Mein Gott, ich träume hier mit meiner Beute im Schnabel und diesem Menschen neben mir, der mich beobachtet und nach alter Frau riecht. Ja, trotz des Fetts unter meiner Nase weiß ich, dass es sich um einen alten und weiblichen Menschen handelt. Ich kann sogar sagen, dass die Frau nicht mehr sehr lange leben wird, aber das kann vermutlich jeder. Eine Binsenweisheit. Sie sollte sich vor herumfliegenden Windmühlenflügeln in Acht nehmen.

Dann mach ich mich mal auf und davon und sage Danke für die fette Beute. Offenbar braucht die Frau sie nicht mehr, denn sie springt nicht auf, fuchtelt nicht mit den Armen und schreit nicht, wie die Menschen es sonst tun, wenn wir ihnen etwas wegnehmen und sie uns dabei überraschen. Vielleicht ist sie satt, oder das Fett hätte ihr sowieso nicht geschmeckt.

Während ich in die Krone des Nussbaums zurückfliege, wo ich in Sicherheit bin, laufen die Kinder auf die Straße. Hab ich mir's doch gedacht, dass sie die Sache bald spitzkriegen. »Zu spät!«, rufe ich ihnen zu. »Ich war schneller als ihr!« Sie sehen zu mir herauf und wissen Bescheid. Das größere der beiden, das mit den langen Haaren, deutet mit dem Finger auf mich. Mit dem Schnabel hacke ich ein großes Stück Fett mit Unterlage aus meinem Fang. Genieß es, Rocco, sage ich mir, denn so viel ist es auch wieder nicht.

Auch die Kinder wollen Beute machen, sie haben es auf die Tasche abgesehen. Der Mensch auf der Bank rührt sich immer noch nicht. Aber er lebt.

Wie heißen Sie? Welchen Tag haben wir heute? Wie alt sind Sie? – Die Fragen hüpfen durch ihren Kopf wie Springkraut. Wie heißen Ihre Kinder, in welchem Jahr leben wir? Können Sie mir sagen, wie spät es ist?

Ich heiße Vera, ich bin sehr alt, bestimmt über siebzig, vielleicht auch schon über achtzig. Heute ist Mittwoch. Ich weiß es nicht genau, aber ich glaube, ich habe keine Kinder. Aber wenn ich welche hätte, wären sie schon groß und lebten woanders. Das Jahr? Jedenfalls nach 2000. Wegen der Uhrzeit müsste ich nachsehen. Ich habe keine Uhr mehr, aber früher habe ich eine hübsche getragen, an einer Kette um den Hals. Die Kette war aus großen braunen oder schwarzen Holzperlen. Oder war das gar nicht meine, und ich habe sie nur bei jemand anderem gesehen? Können Sie warten, bis ich meine Uhr wiedergefunden habe?

Wie heißen Sie? Welchen Tag haben wir heute?

Die Fragen wiederholen sich, doch die Antworten variieren. Ihr Name, er wird ihr gleich wieder einfallen. Und der Tag? Ein schöner Tag im Spätfrühling oder Frühsommer, ein bisschen kühl vielleicht, aber ansonsten angenehm. Ideal, um auf dieser Bank zu sitzen und nach Osten zu blicken, geradewegs in die Sonne, die vor einiger Zeit über den rosa gestrichenen Häusern des Dorfes aufgegangen ist. Ihre Dächer sind wie Flickenteppiche, mit Ziegeln in allen Rottönen, von Orange und Rost über Hell- bis Dunkelrot. Die hohen, schmalen Fenster haben hölzerne Läden, rot, grün, rot, grün. Einige ihrer unteren Teile sind nach außen geklappt. Es sind fröhliche Häuser. Sie selbst hat auch einmal in einem fröhlichen Haus gelebt, damals, als sie noch jung war. Sie glaubt, dass sie viel Spaß gehabt hat dort, aber im Moment kann sie sich nicht daran erinnern.

Wie heißen Ihre Kinder, in welchem Jahr leben wir? Können Sie mir sagen, wie spät es ist?

Vielleicht hatte ich doch Kinder. Das wäre schön, dann kommen sie mich bestimmt irgendwann besuchen.

Die Sonne ist über die Häuser gestiegen, jetzt wird es wärmer werden. Es ist noch lange nicht Mittag. Sie betrachtet die Bank, die einmal blau gewesen ist und von der nun die Farbe abblättert. Das Holz liegt fast überall schon blank. Einige Stücke sind bereits herausgefault oder verkohlt, nicht erst seit gestern. Sie kann sich nicht erinnern, dass sie schon einmal hier war oder wie sie hierhergekommen ist. Aber nun sitzt sie auf der Bank und blickt auf die Straße, auf den schmalen grünen Streifen dahinter und auf die rosafarbenen Häuser auf der anderen Fahrbahnseite, über denen die Sonne höher steigt.

Als die beiden Kinder auf die lustig gekleidete Frau zulaufen, lächelt sie ihr freundliches Lächeln, das der Sonne gilt, dem Dorf, den Kindern, allen zusammen oder auch niemandem.

Die Kinder bleiben stehen, sehen sich an. Der Junge grinst verlegen. Er hat einen abgebrochenen Schneidezahn. Die Alte ist fremd im Dorf, sie wissen nicht, woher sie kommt. Mit ihrer weiten Hose, die nicht mehr ganz sauber ist, und der roten Bluse mit den Fransen am Saum sieht sie aus wie vom Wanderzirkus. Sie ist mager, mit Armen dünn wie Stöckchen. Genau wie meine eigenen, denkt das Mädchen. »Mein kleiner Zeisig«, so hat der Vater das Mädchen genannt, als es noch klein und er noch am Leben war.

Das Mädchen fixiert die Tasche neben der alten Dame. Ein Beutel aus braunem Wildleder, die beiden Henkel klappen zur Seite wie Dackelohren. Das Mädchen ist als Erste bei der Bank und setzt sich zwischen die alte Dame und ihre Handtasche. Sie lacht die Oma mit dem gelben Haar an, und die Oma lächelt freundlich zurück. Das Mädchen winkt ihrem Freund, er soll kommen und sich dazusetzen, auf die andere Seite der Tasche. Dann zeigt sie ihm, wohin er sie stecken soll. Unter das verwaschene Trikot, das einmal blau und rot gestreift war und auf dessen Rücken schwach die Nummer 7 erkennbar ist. Der Spielername ist ein grauer Schattenriss: Scholl.

Wieder lacht das Mädchen der Frau ins Gesicht. Ihr Blick folgt ihren dünnen Armen bis zu den mit braunen Flecken übersäten Händen, während der Junge handelt.

Schon steckt die Tasche in seinem Hosenbund. Sein Bauch hat eine Beule bekommen, aber die Alte kann sie sowieso nicht verfolgen. Sie kümmert sich überhaupt nicht um ihre Tasche. Das Mädchen springt auf, ein letzter Blick auf die Hände, dreiunddreißig dunkle Flecken hat es gezählt, dann sieht es in das Gesicht der alten Dame, die immer noch freundlich lächelt. Das Mädchen läuft davon, seinem Freund Petre mit dem abgebrochenen Zahn hinterher.

Am Zaun zu Dumitrus Garten kippen sie den Inhalt der Tasche ins Gras. Das Mädchen greift zuerst nach dem Wichtigsten: der Geldbörse. Sie fühlt sich leicht an. Aus einem der beiden Fächer zieht sie einen Zwanzig-Euro-Schein heraus. Ist das viel? Petre sieht sie fragend an.

»Achtzig Lei«, antwortet das Mädchen. Nicht sehr viel, aber auch nicht wenig. Im Münzfach sind noch ein paar Euro, außerdem ein Taschentuch mit den eingestickten Initialen VvZ, ein braunes Glasfläschchen mit geriffeltem Kunststoffdeckel und weißen Kügelchen darin.

Petre denkt, es ist Zucker, und möchte sich ein paar davon in den Mund schütten, aber Estera, das Mädchen, glaubt nicht daran, denn Süßigkeiten sind doch immer in bunte Folie gewickelt. Sie finden noch eine Cremetube, eine Babybürste mit weichen, glänzenden Borsten und ein Päckchen, das sie aufreißen und aus dem sie ein feuchtes Tuch herausziehen, das nach Zitrone riecht. In einer Reißverschluss-Innentasche stoßen sie auf einen Ausweis, von dem ihnen die alte Dame entgegenblickt.

»Vera von Zeppelin«, liest Estera und betont jeden Buchstaben einzeln. Sie lacht. »Zeppelin«, sagt sie, formt mit den Händen ein kleines Luftschiff und hebt es Richtung Himmel.

Petre kennt das Wort oder das Ding, das es bezeichnet, nicht. Mit großen Augen sieht er Estera an.

Was für ein Esel Petre doch ist, denkt sie. Nichts weiß er, und mutig ist er auch nicht. Aber er ist lieb und brav, und jemand muss ihn vor den anderen beschützen, die nicht so lieb sind.

Vera hat den Kindern nachgesehen, wie sie über die Straße davongelaufen sind. Sie hat vergessen, dass sie mit einer Tasche hierhergekommen ist, in der ihr Ausweis und ihre Geldbörse, ihr Medikament und ein Päckchen Feuchttücher steckten. Sie hatte es bereits vergessen, als sie sich auf die Bank setzte, lange bevor die beiden Kinder in einer Hofeinfahrt zwischen den rosa gestrichenen Häusern mit ihrer Tasche verschwanden.

***

Gestern Abend ist der Škoda wieder nicht angesprungen. Es ist nicht die Batterie, eine neue könnte er noch irgendwo auftreiben, sondern der Anlasser, dieser Verräter. Er hat schon alle Tricks ausprobiert, aber nun ist das Scheißding einfach fällig, und der Škoda steht in der Werkstatt und wartet auf das Ersatzteil.

Wegen des kaputten Anlassers ist Florim heute eine Stunde früher aufgestanden als sonst und jetzt wieder mit zwei PS unterwegs. Auf Ciprians Fuhrwerk, das zwei Braune ziehen, sitzen noch andere Kollegen aus der Firma, aber Florim ist höhergestellter Facharbeiter und besitzt einen Škoda, also muss er jetzt auch ihre Scherze aushalten.

»Wirst du deinen Wagen bis zum Tag deiner Hochzeit wieder fahrtüchtig bekommen?«, fragt ihn der alte Mitica. »Oder wollt ihr euch von Ciprian zur Kirche kutschieren lassen?«

Mitica entblößt beim Lachen all seine Zahnlücken. Auch die Kollegen lachen mit.

Sie meinen es nicht böse, denkt Florim. Sie wissen genau, wie teuer so ein älteres Auto werden kann.

Und die Hochzeit ist noch weit weg. Nächstes Jahr im Frühling wollen sie heiraten, aber es gibt noch keinen Termin. »Irgendwann muss ein Mann heiraten«, pflegt sein Vater zu sagen, aber Florim kann sich auch ein anderes Leben vorstellen. Er hat in seinem bisherigen nichts von der Welt gesehen, und Catrina auch nicht. Zu ihr in das Heim kommen alte Leute aus Deutschland, und mit ihnen, ihrer Mutter und ihrer Schwester, die in Italien leben, kann Catrina Deutsch sprechen. Florim weiß nicht, ob sie schon einmal überlegt hat, wie es wäre, nach Deutschland zu gehen. Sie haben nie darüber geredet, aber er selbst muss immer öfter daran denken. Wenn sie erst verheiratet sind und Kinder haben, werden sie nicht mehr gehen.

Wie kalt es auf dem Fuhrwerk ist, obwohl es schon Vormittag ist. Sie übernehmen heute die spätere Schicht. Verdammter Anlasser! Hätte er nicht noch ein, zwei Monate durchhalten können?

Als sie durch das nächste Dorf fahren, sieht Florim auf einer alten Holzbank, von der schon alle Farbe abgeblättert ist, eine Dame sitzen. Er erkennt sofort, dass es keine der Frauen aus dem Dorf sein kann. Alt ist sie, und dürr wie ein Gerippe. Und wie sie angezogen ist! Flache braune Lederschuhe, eine weite Hose aus Leinen oder grob gewebter Baumwolle, eine rote Bluse mit bunten Streifen, die Haare immerhin kurz und gepflegt, und mehr gelb als weiß. Sie sieht nicht aus wie eine Einheimische. Vielleicht ist sie bei jemandem zu Besuch. Plötzlich ahnt Florim, woher sie kommen könnte. Vielleicht aus dem Heim, das nur ein paar Kilometer vom Dorf entfernt liegt. Aus dem Heim, in dem

Catrina arbeitet! Schon ist das Fuhrwerk aus dem Dorf hinausgefahren und holpert, so gut es geht, an den Schlaglöchern der Landstraße, die seit Ceaușescus Zeiten nicht mehr ausgebessert wurde, vorbei. Auch die anderen Fahrgäste drehen ihre Köpfe nach der Frau, die da auf der Bank sitzt. Sie haben eines sofort gesehen: Wenn diese Frau nicht vom Himmel gefallen ist, dann ist schon jemand da gewesen und hat alles, was sie vielleicht bei sich hatte, mitgenommen.

***

»Hast du denn heute keinen Hunger?«

»Hunger?« Anton steht am Waschbecken und sucht ihr Gesicht im Spiegel.

Catrina tritt ein Stück zur Seite, damit er sie besser sehen kann, und macht eine Geste, als würde sie etwas essen. »Mmm.«

»Wer sind Sie?«, fragt Anton. »Was machen Sie hier?«

Catrina streicht ihm sanft über den Rücken. »Ich bin Catrina, und ich passe auf, dass du dein Gesicht wäschst, deine Zähne putzt, auf die Toilette gehst und hinterher der Reißverschluss deiner Hose wieder geschlossen ist. Du wolltest dir gerade dein Gesicht waschen, Anton. Siehst du, ich helfe dir, den Wasserhahn aufzudrehen.« Sie fasst an ihm vorbei zum Wasserhahn.

Er sieht ihr dabei zu.

»Möchtest du einen Lappen, Anton?« Sie glaubt, dass »Lappen« in Deutsch das richtige Wort ist, aber Anton versteht sie nicht. Also nimmt sie einen Lappen aus dem Regal, befeuchtet ihn, und als Anton sie immer noch verständnislos ansieht, fährt sie ihm damit vorsichtig über sein Gesicht. »Möchtest du dich nicht hinsetzen?« Sie zeigt auf den Hocker. »Dann ist es für mich nicht so anstrengend. Ich bin nicht so groß wie du, Anton.« Catrina summt ein Lied, während sie Anton das Gesicht wäscht. Das macht sie oft, wenn sie merkt, dass sie ungeduldig wird. Es beruhigt die Alten und auch sie selbst. Meistens jedenfalls.

»Das kenne ich nicht«, sagt Anton durch den Waschlappen hindurch. »Das hat uns Mutti nie vorgesungen.«

»Nicht? Dabei ist es so ein schönes Lied, Anton. Was hat sie euch stattdessen vorgesungen? Weißt du es noch, Anton?« Sie wiederholt seinen Namen mit Absicht so oft. Sie hofft, dass ihm das hilft, ihn sich möglichst lange zu merken. Catrina findet die Vorstellung schrecklich, nicht mehr zu wissen, wie man heißt. Sogar Katzen und Hunde erkennen ihren Namen. Und wer ist man dann, wenn man nicht mehr Anton, nicht mehr Catrina ist?

»Hm, hm, hm«, summt Anton nun. Es ist keine Melodie, sondern dreimal der gleiche Ton, aber es ist ein Versuch. »Vogel«, sagt er.

»Hm, hm, hm, Vogel?«, fragt Catrina. Sie sieht, wie Anton sich quält, und versucht zu erraten, was er meint. »So ein Lied kenne ich leider nicht. Wenn jetzt deine Mutti hier wäre und es uns vorsingen könnte, das wäre schön, nicht wahr?« Catrina trocknet Antons Gesicht. Sie nimmt die Zahnbürste und gibt ein wenig Creme darauf.

Anton öffnet brav den Mund. »Mutti kommt heute nicht«, lallt er mit der Zahnbürste im Mund. »Sie ist böse auf mich.«

Catrina merkt, wie seine Augen feucht werden.

»Das glaube ich nicht, Anton«, beruhigt sie ihn. »Sie hat nur gerade zu tun, sonst würde sie bestimmt kommen.«

»Wo ist sie?«, fragt Anton.

»Ich glaube, sie ist auf den Markt zum Einkaufen gegangen«, sagt Catrina.

»Ob sie mir was mitbringt?«, fragt Anton. »Wenn ich brav bin, bringt sie mir manchmal etwas mit. Aber ich glaube, ich war böse.« Wieder ist er den Tränen nahe.

»Aber das stimmt doch nicht, Anton. Du bist ganz brav gewesen. Das kann ich Mutti sagen, wenn sie mich fragt. Ich bin mir sicher, sie weiß, dass du ein braver Junge warst. Und jetzt bitte spucken. – Anton! Ins Waschbecken.« Sie wäscht den Lappen aus und wischt sich damit die Zahnpasta vom Kittel und ein paar Spuckereste vom Kinn.

»Nicht Mutti sagen«, bettelt Anton, und die ersten Tränen kullern über seine Wangen.

»Das werde ich nicht«, beruhigt Catrina ihn und streicht ihm über das Haar. »Jetzt nimm die Schüssel und spuck hinein. So ist es richtig. Und jetzt nimm einen Schluck Wasser und spuck wieder. So ist es brav, Anton.« Sie trocknet ihm den Mund und fährt ihm kurz mit einer Bürste durch das Haar.

Anton weiß, was nun kommt, denn er streckt ihr das Gesicht entgegen und macht die Augen zu.

Catrina tupft ihm etwas Feuchtigkeitscreme auf Nase, Stirn und Wangen und reibt sie ein.

Anton genießt die Berührung. Seine Gesichtszüge entspannen sich. Er lächelt. »Kommt ein Vogel«, sagt er.

»Kommt ein Vogel?«, fragt Catrina.

»Geflogen.«

»Geflogen?«

»Kommt ein Vogel geflogen. So geht das Lied, das Mutti immer singt.«

»Ich glaube, ich kenne es leider nicht. Kannst du es mir beibringen, Anton?«

Seine Miene verfinstert sich wieder.

»Weißt du was? Ich frage einfach Mutti, wenn sie vom Einkaufen zurück ist«, sagt Catrina.

»Na, ihr beiden Hübschen?« Catrinas Kollegin Marina streckt den Kopf zur Tür herein. »Dein Verlobter ist am Telefon, Catrina. Es sagt, es sei dringend. Der hat Nerven. Hält er es keine zwei Stunden vom Frühstück bis zur ersten Vormittagspause ohne dich aus?« Marina macht sich gern über den verliebten Florim lustig.

»Kannst du Anton kurz übernehmen? Gewaschen und zähnegeputzt sind wir schon.«

»Dann müssen wir ja nur noch in Hose und Hemd schlüpfen. Schaffen wir das zusammen, Anton?«

Anton starrt sie an. »Wer sind Sie?«, fragt er.

»Ach, Anton«, sagt Catrina und seufzt. »Das ist doch deine alte Freundin Marina. Erkennst du sie nicht? Du musst doch angezogen sein, wenn Mutti zurückkommt. Hilf ein bisschen mit, ja?«

»Können Sie singen?«, hört Catrina noch beim Hinausgehen. »Kommt ein Vogel?«

Sie läuft den Gang entlang bis zum Stationszimmer.

»Ich hab dir doch gesagt, dass du hier nicht so oft anrufen darfst, Florim. Und heute ist es besonders stressig. Was ist denn los?«

»Guten Morgen, *steluta mea*. Sag mal, vermisst ihr niemanden?«

»Vermissen?«

»Drüben in Pendele sitzt eine Alte auf einer Bank. Zumindest saß sie da, als ich im Pullman-Bus des alten Ciprian vorbeigefahren bin.«

»Und es ist keine aus dem Dorf?«, fragt Catrina.

»Sieht jedenfalls nicht so aus. Hockt ganz allein auf der Bank und starrt die Häuser an.«

»Kannst du sie mir beschreiben?«, fragt Catrina.

»Sie ist groß, dünn wie eine Bohnenstange und hat seltsam gelbe Haare.«

Vera, denkt Catrina. Das kann nur Vera sein. Sie legt auf und rennt in Veras Zimmer. Das Bett ist leer. Das Nachthemd sauber zusammengelegt, ihre Tasche, die sonst immer auf dem Nachttisch steht, ist weg. Ihre Mitbewohnerin Hella ist auf dem Stuhl am Fenster eingenickt.

»Hella!«, ruft Catrina. »Wo ist Vera?«

»Vera?« Hella schlägt die Augen auf.

»Kein Problem, wir werden sie schon finden.« Catrina läuft hinunter in den Speisesaal, wo Brindusa gerade das Geschirr abräumt. Sie kann sich nicht erinnern, Vera heute schon gesehen zu haben.

»Vielleicht ist sie in den Garten gegangen«, sagt sie. »Vera ist doch so gern an der frischen Luft, in der Natur. Bestimmt sitzt sie wieder draußen auf der alten Hollywoodschaukel und starrt in den Himmel. Vera ist doch normalerweise eine Brave, sie ist noch nie weggelaufen.«

Catrina geht in den Garten. Die Hollywoodschaukel ist ein mageres Eisenskelett ohne Kissen. Kein Mensch weit und breit.

Also wird es tatsächlich Vera sein, die in Pendele auf der Bank sitzt, denkt Catrina, und dass sie sofort dorthin muss. Heute Nachmittag soll der Rücktransport nach Deutschland für die Gruppe stattfinden, die jetzt zwei Wochen auf Urlaub hier war. Auch Vera gehört zu dieser Gruppe. Mist, muss das ausgerechnet heute passieren!

Sie nimmt das alte Damenfahrrad, das in einer der Garagen steht, die hauptsächlich als Möbellager dienen. Die Dreigangschaltung ist kaputt, man kann nur im eingestellten zweiten Gang fahren. Catrina schätzt, dass sie für die fünf bis sechs Kilometer ins Dorf etwa zwanzig Minuten brauchen wird. Wie lange wird Vera in ihrer fragilen Verfassung gelaufen sein? Unwahrscheinlich, dass sie nach Pendele wollte. Wahrscheinlicher ist, dass sie ohne Plan einfach losmarschiert ist. Vielleicht wollte sie auch nach Hause. Damit wäre sie zwar nicht die Erste, aber die Erste, die so weit gekommen ist. Zwar nicht nach Hause, aber immerhin ins nächste Dorf.

Prien, Donnerstag, 21. Mai 2015

Am nächsten Morgen will Helmut Meißner gleich nach dem Frühstück mit Helene von Hertan einen kleinen Ausflug nach Prien unternehmen. »Damit Sie sehen, in welcher Metropole Sie gelandet sind«, sagt Helmut mit einem Augenzwinkern.

Helene von Hertan hat Angst, es könnte ihr zu Fuß vielleicht zu weit sein, und fragt, ob sie nicht ein Taxi nehmen sollten.

Meißner sagt, er könne ihr seinen Mercedes 500 SE anbieten, der in der Tiefgarage der Residenz auf den nächsten seiner immer seltener werdenden Einsätze warte. Aber eigentlich lohne es sich für die kurze Strecke nicht, für die es nur ein einziges adäquates Verkehrsmittel gebe: die Chiemsee-Bahn.

»Sie meinen aber nicht eines von diesen Touristen-Bähnchen, die stinkend und bimmelnd an Sehenswürdigkeiten vorbeifahren?«, fragt sie. »In so ein lächerliches Gaudi-Gefährt bekommen mich keine zehn Pferde hinein.«

Meißner sagt, sie täusche sich komplett, und verspricht ihr eine standesgemäße Beförderung in der ersten Wagenklasse, wie es sich für einen Snob, wie sie einer sei, gehöre. Roter Plüsch von der vorletzten Jahrhundertwende sei doch mit Sicherheit nach ihrem Geschmack. Darauf sitzend könne sie sich fühlen wie Kaiserin Sissi oder seinetwegen auch wie die Kaiserinmutter.

»Oder die Großmutter«, wendet Frau von Hertan ein, »machen wir uns doch nichts vor.«

Nachdem sie über die ziemlich hohen Stufen in den Waggon eingestiegen ist und auf den roten Polstern der ersten Klasse Platz genommen hat, findet Helene von Hertan die Beförderung tatsächlich standesgemäß. Nur die Strecke ist ihr viel zu kurz, sie hatte sich gedanklich auf eine längere Bahnfahrt eingestellt. Die Fahrt, sagt sie, erinnere sie an ihre Jugend, als sie die Bahn in die nächstgelegene Stadt zum Gymnasium genommen habe, damals allerdings nicht erster Klasse. Zärtlich streicht sie mit der Hand über die roten Polster.

»Dann waren Sie nicht immer eine Frau von?«, fragt Helmut Meißner.

»Vor meiner Heirat war ich Frau Müller, wenn Sie es genau wissen wollen«, sagt sie geradeheraus. »Helene Müller. So, nun ist das auch geklärt. Sie können den Adel weiterhin mit Ihren Schimpftiraden überziehen, aber treffen damit nur zum Teil die Richtige.«

Helmut Meißner ist perplex. Mit ihrem Gekeife kann er fast besser umgehen als mit persönlichen Geständnissen.

»Das ist jetzt aber auch alles, was ich auf diese Frage sagen werde«, scheint sie schon wieder seine Gedanken zu erraten. »Sie müssen mich nicht ausfragen, wie es dazu gekommen ist. Ich gehöre nicht zu den Frauen, die dem Erstbesten die eigene Lebensgeschichte von ihrer ersten Menstruation bis zur Menopause haarklein schildern müssen. Vielleicht wird mich dieses Bedürfnis ja später, im Greisenalter, befallen. Vorausgesetzt, ich kann mich dann selbst noch daran erinnern. Aber so weit sind wir noch nicht, oder? Lassen Sie uns den Ausflug mit der Bimmelbahn und ein Tässchen Kaffee auf einem hübschen Platz unter Kastanienbäumen genießen. So jedenfalls habe ich mir unseren Vormittag vorgestellt.«

Diese Frau hat aber wirklich Haare auf den Zähnen, denkt Helmut Meißner. Interessanter als ihre Wechseljahre findet er ohnehin die Tatsache, dass sie als Bürgerliche geboren wurde. Irgendwie hatte er es gleich im Urin, dass etwas in der Biografie dieser Frau nicht ganz zusammenpasst. Er bildet sich sogar ein, dass er einen Bruch, und zwar mindestens einen, bei ihrem ersten Anblick gespürt hat. Dafür hat er einen sechsten Sinn, der ihn weder im Privat- noch im Geschäftsleben je verlassen hat. Er hat nie große Worte um seine Intuition gemacht, denn er hat nicht und hatte zu keinem Zeitpunkt seines Lebens das Zeug und die Ambitionen zum Visionär. Esoteriker wie dieser Anselm Bock, der sich als Wohltäter der Menschheit und besonders der Alten stilisiert, sind ihm zuwider. Helmut Meißner hat bereits nachgerechnet, welche monatlichen Einnahmen auf sein Konto beziehungsweise das der Residenz fließen. Dafür hat er die Senioren und ihre Zimmer gezählt, die Tarife für noch selbstständig lebende und für pflegebedürftige Schützlinge eruiert und dann eine einfache Multiplikation angestellt. Nach dem Berechnen der ansehnlichen Summe und selbst nach Subtraktion der Pi mal Daumen kalkulierten Kosten blieb ihm immer noch der Mund offen stehen. Und das Wissen, dass Bock zuallererst ein cleverer Geschäftsmann ist. Die naturheilkundlichen Verfahren, das Feng-Shui, die Thalasso-Therapie und so weiter und so fort sind reines Marketing. An die superfromme Schwester Pia, die einen auf Schritt und Tritt verfolgt und mit Ratschlägen zuschüttet, um die kein Mensch sie gebeten hat, will er gar nicht denken. Dieses Luder, das derzeit hinter der dicken Peinhardt her ist wie ihr Leibwächter.

»Woran denken Sie?«, fragt Helene von Hertan auf ihrem roten Plüschsitz. »An meine Wechseljahre?«

»Nicht direkt, Gnädigste. Aber sind das nicht Themen, die wir hinter uns gelassen haben und denen wir keine Träne nachweinen sollten? Die Gegenwart hat noch immer einiges zu bieten, finden Sie nicht?«

»Damit könnten Sie recht haben. Lassen Sie uns aussteigen. Ich warne Sie schon mal vor: Ich befürchte, das wird noch schwieriger als das Einsteigen.«

An das Problem des Aussteigens – auch für ihn – hat Helmut Meißner noch gar nicht gedacht. Vor den hohen Stufen möchten seine Knie am liebsten den Dienst verweigern, aber da müssen sie jetzt durch, seine Gelenke. Vor einer Freifrau von Hertan, geborene Müller, will er sich nicht blamieren.

Mit Hilfe einer kleinen, aber erstaunlich kräftigen Schaffnerin mit Männerhaarschnitt gelingt schließlich beiden der Ausstieg, und auch die Treppen zur Fußgängerunterführung unter dem regulären Bahnhof bewältigen sie.

»Ich finde, damit haben wir uns unser Käffchen redlich verdient«, sagt Helene von Hertan. Sie trippelt neben Helmut Meißner durch das kleine Bahnhofsgebäude mit Buchhandlung, Fahrkartenshop und Bäckerei mit Stehcafé, dann über einen ebenfalls kleinen Bahnhofsvorplatz und taucht mit ihm in eine Fußgängerzone ein, die verlassen wie der Mars wirkt, woran die frühe Stunde und einige leer stehende Geschäfte schuld sind.

Helmut Meißner scheint zu wissen, wohin er will. Er weist den Weg, und allmählich belebt sich der Ort. Im Schatten einer Kirche hält er inne. »Das ist die Mariä-Himmelfahrt-Kirche«, erklärt er Helene von Hertan. »Der Ort, an den es unsere Schwester Pia so oft zieht.«

»Ach ja? Ist sie so fromm? Aber dann hat sie ja leider ihre Berufung verfehlt.«

»Wie meinen Sie?«

»Wenn sie lieber mit Gott als mit ihren Mitmenschen zusammen ist, hätte sie nicht Kranken-, sondern Ordensschwester werden sollen.«

»Vielleicht ist es nicht nur Gott, den sie in Mariä Himmelfahrt trifft«, antwortet Meißner. »Es heißt, seit dieser polnische Priester die Pfarrei übernommen hat, sind Priens Bewohner auffallend frommer geworden, vor allem die weiblichen.«

Helene von Hertan stößt Meißner mit dem Ellbogen an. »Da, sehen Sie! Wenn man vom Teufel spricht. Ist sie das nicht, unser blonder Engel aus der Residenz?«

Schwester Pia schlägt jedoch nicht den Weg zur Kirche ein, sondern verschwindet vorher in einer Ladenpassage.

»Los«, sagt die Hertan, »hinterher.«

»Wie bitte?«, fragt Helmut Meißner, aber sie hat sich bereits bei ihm untergehakt. So überqueren sie wie Mister Stringer und Miss Marple die Priener Hauptstraße und steuern die Passage an, in der die Schwester aus ihrem Blickfeld verschwunden ist. Was soll das werden?, fragt Helmut Meißner sich. Andererseits haben alte Leute wie er Zeit im Überfluss, warum sollte er sich also nicht einmal auf ein Spiel einlassen?

Zuerst kommen sie an einem Handyladen vorbei, in dem sich gerade kein Kunde befindet. Es folgt ein Sportgeschäft, das, wenn sie ihrem Instinkt folgen, eigentlich auch als Ziel von Schwester Pia ausscheidet.

»Was ist das?«, fragt Meißner und deutet auf den nächsten Laden.

»Ein Dessousladen«, antwortet die Hertan.

Helmut Meißner hätte es ein Geschäft für Damenunterwäsche genannt, aber auch das passt nicht wirklich zu Schwester Pia.

Doch mit dieser Vermutung täuscht er sich. Seine Begleiterin gibt ihm ein Zeichen, einen Schritt zurückzutreten, sodass man sie vom Laden aus nicht sehen kann. Dann zieht sie ihn in ein Souvenirgeschäft gegenüber, in dem es Kuhglocken in allen Größen und Handytaschen aus Hirschleder und mit Edelweißen bestickt zu kaufen gibt. Auch Schaufelraddampfer als Kühlschrankmagneten sind offenbar beliebte Mitbringsel.

Durch das Schaufenster des Ladens beobachten sie, was in dem Dessousgeschäft vor sich geht. Eine Verkäuferin mit Storchenbeinen, die in Tigerprint-Leggings stecken, und einer übermenschlichen Oberweite zeigt Schwester Pia ein pfirsichfarbenes Set aus BH und Höschen, beides spitzenbesetzt.

»Da schau an«, zischt Frau von Hertan Helmut Meißner ins Ohr. »Wie passt das jetzt zu ihrer angeblichen Frömmigkeit?«

»Dazu vielleicht nicht«, zischelt er zurück, »aber vielleicht zu dem polnischen Pfarrer.«

»Darf's vielleicht die Schneekugel mit dem Schloss Herrenchiemsee sein?« Eine beißende Stimme macht sich hinter ihnen bemerkbar. »Wir haben auch den König Ludwig, schauen Sie, er steht dort neben Ihnen im Regal.«

»Welche gefällt Ihnen besser?«, fragt Meißner und zückt seine Geldbörse.

»Sie sind alle gleich scheußlich, suchen Sie doch eine aus.«

Meißner nimmt die Schneekugel mit dem Schloss Herrenchiemsee und geht zur Kasse.

»Jetzt brauche ich aber einen Kaffee«, sagt die Hertan beim Hinausgehen. »Oder möchten Sie die Beobachtung fortsetzen, Mister Stringer?«

»Ich denke, für heute haben wir genug gesehen. Bitte nach Ihnen, Miss Marple.«

***

Schwester Pias Apartment befindet sich in einem Nebenhaus der Residenz. Ihre Kollegin aus der Nachbarwohnung ist immer am Meckern. Mal ist ihr die Kochnische zu klein, dann wieder beschwert sie sich darüber, dass die Waschmaschine im Keller steht.

Pia dagegen fühlt sich hier wohl. Am Morgen sind es nur ein paar Schritte durch den Park zu ihrem Arbeitsplatz. Die Kochnische ist für sie mehr als ausreichend und das kleine Badezimmer viel schöner als in den Schwesternheimen der Krankenhäuser, in denen sie bisher gewohnt hat. Es gibt sogar eine Badewanne, elegant und hochwertig, so wie alles hier. Der Boden ist aus grauem Stein, das Badezimmer nach Feng-Shui-Kriterien eingerichtet und in Creme-, Beige- und Sandtönen gehalten. Ihre Chefin, Melsene Ritter, hat ihr bei ihrem Einzug erklärt, dass diese Farben die Energie stabilisieren. Sie hat ihr auch geraten, immer die Tür geschlossen zu halten, um einem etwaigen Energieverlust vorzubeugen. Dasselbe gelte für den Toilettendeckel, stünde er offen, so würde sofort die Energie abfließen.

Pia hat nur eine vage Vorstellung davon, was Feng-Shui bedeutet, aber das Bad gefällt ihr trotzdem. Auch wenn es natürlich nicht so groß und komfortabel ist wie die Bäder in den Apartments der zahlenden Bewohner der Residenz und keinen Waschtisch aus Marmor hat.

Vier Stunden Freizeit hat sie jetzt, dann muss sie wieder in der Residenz sein. Pia hat ihr Leben längst an den Rhythmus ihrer Arbeit angepasst.

Steht sie am Fenster ihres Apartments, hat sie einen Ausblick auf den zu jeder Jahreszeit gepflegten Park, die gekieste Auffahrt und den Wendeplatz vor dem breiten, geschwungenen Aufgang. Meistens stehen vor der Villa einige noble Wagen, obwohl es auch eine Tiefgarage gibt. Der Chef lässt sie wie in Bereitschaft vor dem Eingang parken. Die meisten Bewohner können ihr Auto nicht mehr selbst fahren, aber zu wissen, dass es vor der Villa oder zumindest in der Tiefgarage steht wie ein Reitpferd im Stall, gibt ihnen ein Gefühl von Freiheit und Unabhängigkeit. Bock wirbt dezent damit, dass den Bewohnern auch ein Chauffeur zur Verfügung steht, der sie in ihrem eigenen Wagen fährt. Ein Alleinstellungsmerkmal der Residenz.

Die Regeln, nach denen Bock an manchen Tagen drei, an anderen Tagen sogar vier der Luxuslimousinen in der Auffahrt parken lässt, hat Pia noch nicht durchschaut.

Manchmal kann sie nachts nicht schlafen und geht ans Fenster, um hinaus in die Dunkelheit zu sehen. Wenn sie dann die Mondschatten entdeckt, die sich im Park bewegen, rieselt ihr ein süßer Schauer über den Rücken. In der Villa sind einige Fenster die ganze Nacht hindurch beleuchtet. Sie gehören zu den Bewohnern, die sich weigern, bei gelöschtem Licht zu schlafen. Die Heimleitung hat entschieden, dass ihnen das Recht auf eine brennende Lampe zugestanden wird. Schwester Pia verbietet es manchen Bewohnern dennoch sporadisch, als disziplinarische Maßnahme. Sie hat festgestellt, dass sie damit ein großes Druckmittel in der Hand hat.

Ihrer Theorie nach hat ein Mensch, der sich vor der Dunkelheit fürchtet, selbst ein dunkles Geheimnis, weshalb die Angst diese Person nicht grundlos quält.

Manchmal kann auch Pia selbst die Dunkelheit nicht ertragen. Doch dann belügt sie sich selbst und rechtfertigt sich später vor sich, sie sei nur eingeschlafen, bevor sie das Licht löschen konnte.

Auf dem Fensterbrett liegt ein Opernglas. Wenn ihr etwas verdächtig erscheint, greift sie danach und sieht in Vergrößerung, was in den Zimmern der Senioren vor sich geht. Die Bilder ähneln sich. Ein alter Mensch schläft scheinbar ruhig im Bett und wirft sich dann ohne äußeren Anlass von einer Seite auf die andere. Sie ist sich sicher, dass er dabei etwas murmelt oder aufstöhnt, jedenfalls ein nächtliches Geräusch von sich gibt. Manchmal, wenn sie ihr Fernglas auf einen der Münder gerichtet hat, glaubt sie, die Lippen würden sich zum Artikulieren von Buchstaben oder kurzen Worten formen. Wenn sie wollte, so glaubt sie, müsste sie sich nur konzentrieren und in sich hineinhören, um die Laute, Rufe oder das Flehen über die Distanz hinweg zu verstehen. Schließlich setzt dieser Mensch sich auf. Für diejenigen, denen Bewegung nicht mehr leichtfällt, ist es mühsam, aber selbst sie schaffen es. Etwas Starkes, eine Urangst verleiht ihnen in der Nacht Energie, denkt Pia.

Einmal hat sie beobachtet, wie eine Frau, nachdem der Nachtdienst seinen Kontrollrundgang beendet hatte, noch einmal aufstand. Sie setzte sich an den kleinen Spiegeltisch, um sich zu schminken. Mitten in der Nacht. Nackt stand sie vor dem Schrank und ließ sich ein leichtes Sommerkleid über ihren ausgezehrten Körper gleiten. Dann wartete sie. Unverkennbar. Sie wartete, und Pia konnte ihre Ungeduld förmlich spüren. Immer wieder wanderte der Blick der Alten zur Armbanduhr, bis sie schließlich zur Tür ging, sie öffnete und ein weiterer Bewohner der Residenz in ihr Zimmer trat. Ein Mann.

Pia wollte nicht mehr hinsehen, ekelte sich. Und doch konnte sie nicht anders. Wie unter Zwang musste sie das Opernglas wieder zur Hand nehmen und beobachten, welche Sünde sich in dem kleinen Zimmer zwischen zwei alten Menschen abspielte. Eigentlich hatte sie sich vorgenommen, das Gesehene Pfarrer Tadeusz zu beichten, es aber dreimal hintereinander nicht übers Herz gebracht, sich ihm zu offenbaren, um Absolution für ihr Handeln zu erhalten. Also bestrafte sie sich jedes Mal hinterher selbst durch Knien auf einem kantigen Holzscheit und Rosenkranzbeten.

Sie wird ihm wohl niemals beichten, was sie beobachtet hat. Nicht Pfarrer Tadeusz und auch keinem anderen Menschen. Es wäre ihr zu peinlich, als Spannerin verdächtigt zu werden, denn so eine ist sie nicht. Vielmehr gibt es andere Gründe, die sie nachts das Opernglas zur Hand nehmen lassen. Etwa ihre Sorge um die alten Menschen, die ihr anvertraut sind, und um deren Seelen.

Pia überkommt immer dann das schlechte Gewissen, wenn sie sich dabei ertappt, dass sie sich zu wohl fühlt in ihrem Apartment. Manchmal fährt sie mit der Hand über die Schranktür und genießt die samtene Haptik der fugenlosen Fläche unter ihren Fingern. Lautlos rollt sie die Schiebetür zur Seite. Alles ist geordnet. Die Höschen in einer Schublade, die BHs in einer anderen, die Strümpfe in einer dritten. Die Bügel hängen in einer Reihe nebeneinander. Sämtliche Kleidung ist nach Farben sortiert. Links die Röcke, die sie am liebsten trägt, dann die Blusen, die Kleider und rechts die wenigen Hosen.

»Ihr solltet euch besser dezent kleiden«, sagt sie ihren Auszubildenden, wenn sie in zu knappen Röcken oder zu engen Oberteilen in der Residenz erscheinen.

Pias ganze Leidenschaft gilt jedoch dem, was keiner außer ihr zu sehen bekommt. Manchmal träumt sie davon, dass im Park ein Mann auf der Lauer liegt, um sie durch das Fenster beim Umziehen zu beobachten.

Jetzt sind kaum Wolken am Himmel, trotzdem schillert der See nicht in kitschig-langweiligem Postkartenblau. Ein Sturm hat ihn aufgewühlt, Sand und Schlamm haben das Wasser dunkel gefärbt. Richtung Süden versperrt hochgewachsenes Schilf die Sicht aufs Wasser. Gegen den Schiffsanlegesteg rollen vom heftigen Südwind angeschobene Wellen, auf denen Treibgut, Algen und schmutzig braune Schaumränder wirbeln und mit jeder Sekunde ein Stückchen näher ans Ufer driften. Das nächtliche Gewitter hat schon vor Stunden dem blauen Himmel Platz gemacht. Die Wolken haben sich aufgelöst oder sind vom Föhn nach Norden vertrieben worden. Der Wind ist heiß und trocken, so als käme er direkt aus der Sahara. Die Sonne hat ihren höchsten Stand gerade erst überschritten und strahlt noch im fast rechten Winkel auf die aufgeheizte Landschaft.

»Waldbrandgefahr«, hört Pia einen Nachrichtenfetzen aus dem geöffneten Fenster eines gerade einparkenden Autos. Ein Ford 17M, wie ihr Großvater einen besaß, als sie noch klein war. Der Wagen war schon damals alt, aber da Großvater an ihm hing, wurde er immer wieder repariert. Der Ford war grün, die Farbe hieß »Türkis Metallisé«, mit weißem Dach. Für Pia das schönste Auto, das sie je gesehen hat. Aber vielleicht gefiel es ihr auch nur deshalb so gut, weil ihr Großvater darin thronte wie ein Herrscher. Manchmal hielt er vor ihrem Fenster an und hupte. Dann lief sie schnell hinaus, setzte sich auf den Beifahrersitz, und sie fuhren zusammen zur Eisdiele oder in die Konditorei nach Opladen. Manchmal auch bis nach Köln, wenn der Opa Lust auf eine Spritztour hatte. Es war genau so ein Ford wie der, der an ihr vorbeigefahren ist. Natürlich waren im Sommer die Fenster heruntergekurbelt. Einen 17M gibt es nicht mit Klimaanlage.

Wegen der Wärme denkt Pia einen Augenblick daran, das leichte Jäckchen auszuziehen und ihre bloßen Schultern der Sonne auszusetzen. Sie zögert nur kurz, denn es ist klar, dass sie sich schulterfrei nicht auf den Weg zur Kirche machen kann.

Als ihr Großvater starb, war sie fünfzehn. Sie wollte nicht zur Beerdigung gehen, denn er hatte sie enttäuscht. Das schöne Auto, mit dem sie immer zur Eisdiele gefahren waren, sollte ihr Bruder bekommen. Ihr Opa hatte es sogar schriftlich festgehalten. Wahrscheinlich weil er ein Junge und damals schon fast volljährig war. Bis sie den Führerschein machen konnte, hätte es noch zwei Jahre gedauert. Trotzdem fand sie die Entscheidung ungerecht, aber nicht nur deshalb hasste sie damals ihren Bruder.

Sosehr sie an diesem heißen Maitag darauf achtet, ihre Schultern bedeckt zu halten, so wenig achtet sie auf ihr Dekolleté. Insgeheim hofft sie, dass es beachtet wird, dann wieder schämt sie sich für den frivolen Wunsch und zieht die Jacke über der Brust zusammen, sodass nur noch ein schmaler Schlitz für einen Blick auf ihre von den Körbchen des BHs nach oben gepressten Brüste bleibt. Noch etwa zwanzigmal oder öfter knöpft sie das Jäckchen zu und öffnet es dann wieder.

Nur wenige hundert Meter liegen zwischen dem Personaltrakt der Residenz und der Endstation der Chiemsee-Bahn. Die Bahn ist ein unter Denkmalschutz stehendes Relikt aus dem neunzehnten Jahrhundert. König Ludwig der Zweite errichtete auf Herrenchiemsee eine Fastkopie des Schlosses von Ludwig dem Vierzehnten in Versailles. Bereits unmittelbar nach seinem Tod im Starnberger See setzte auf Herrenchiemsee ein so intensiver Tourismus ein, dass es sich lohnte, vom Fernbahnhof in Prien eine Schmalspurbahn zum Chiemsee-Hafen zu bauen, von wo aus bis heute die Schiffe zur Herren- wie zur Fraueninsel ablegen.

Im Radio haben sie gesagt, dass es der bisher heißeste Tag des Jahres werden könnte. Vielleicht sogar der heißeste im Mai seit Beginn der Wetteraufzeichnungen, vermutet ein Meteorologe. Der große und nur zur Hälfte belegte Parkplatz für Gäste der Seeschiffe hat sich in der Sonne aufgeheizt und strahlt die absorbierte Wärme wieder zurück. Der Föhnsturm wirbelt Staub auf und bringt zwar keine Kühlung, lässt aber zumindest den Schweiß auf der Stirn trocknen.

Pia stellt sich mit dem Gesicht in den Wind, hebt die Arme und genießt, wie er mit ihrem Jäckchen spielt, hindurchfährt und ihre Achseln binnen Sekunden vom Schweiß befreit sind. Noch immer werfen sich die Wellen gegen das Ufer. Bis auf den

Parkplatz sind ihr Klatschen und das Rauschen des Wassers zu hören.

Die Betreiberin des Kiosks reicht einem Mädchen eine Tüte Pommes. Zwei, drei Stück kann es ungestört essen, dann sind die Möwen da, als hätten sie auf diese Gelegenheit nur gewartet. Sie umkreisen das Mädchen, schreien, bis es sich erbarmt und ein kurzes Pommesstück in die Luft wirft. Eine Möwe fängt es sicher im Flug. Hinter dem See erstreckt sich ein Panorama wie aus der Milch- oder Käsewerbung. Trotz der Hitze im Tal sind die Gipfel der Berge im Süden und Westen noch voller Schnee und bilden einen Kontrast zum blauen Himmel, an dem sich gerade eine Schar Schäfchenwolken bildet.

Mit rhythmischem Schlagen der Räder gegen die Schienen fährt die Chiemsee-Bahn in den Bahnhof am Schiffsanleger ein. Ein paar Touristen steigen aus. Für die Urlaubsgäste ist die Bahn Museumsstück und Fotoobjekt in einem, für Pia ein praktisches Fortbewegungsmittel. Entspannt und ohne zu schwitzen erreicht sie damit in nicht einmal zehn Minuten das Zentrum von Prien. Wenn sie genügend Zeit hat, wird sie später zu Fuß zurückgehen.

Das Umsetzen der Lok dauert nur Minuten, dann ist der Zug wieder bereit. Noch bevor das Pfeifen ertönt, das den Passagieren die bevorstehende Abfahrt signalisiert, nimmt Pia den Rosenkranz aus ihrer Tasche. Neunundfünfzig Perlen und ein Kreuz. Aus Holz, keine Besonderheit, so scheint es auf den ersten Blick. Tatsächlich ist im Kreuz ein winzig kleines Fach versteckt, das sich durch das Verschieben des Querbalkens öffnen lässt. Darin, in feinstes Papier gewickelt, liegt ein Splitter vom Heiligen Kreuz, das Allerheiligste, das Pia kennt und immer bei sich trägt.

Sie drückt die schwere Tür nur so weit auf, wie es nötig ist, um durch den sich öffnenden Spalt zu schlüpfen. Sie weiß genau, dass sich der Weihwasserkessel zu ihrer linken Seite befindet. Im Vorübergehen benetzt sie ihre rechte Hand und fällt dann mit starrem, auf den Altar gerichtetem Blick auf die Knie.

Daumen, Zeige- und Mittelfinger zum Zeichen der Dreifaltigkeit aneinandergedrückt, die beiden anderen Finger zum

Symbol der zwei Gestalten von Jesus Christus an die Handfläche gepresst, berührt sie mit ihrer Hand die Stirn, »im Namen des Vaters«, ihr Brustbein, »des Sohnes«, die Vorderseite ihrer linken Schulter, »und des Heiligen«, und die rechte Schulter, »Geistes, amen«. Dann geht sie zum Beichtstuhl und kniet vor dem hölzernen Gitter nieder, hinter dem Pfarrer Tadeusz sitzen muss. Erneut macht sie das Kreuzzeichen. »Im Namen des Vaters, des Sohnes und des Heiligen Geistes, amen.«

»Gott, der unser Herz erleuchtet, schenke dir wahre Erkenntnis deiner Sünden und seiner Barmherzigkeit«, antwortet ihr der Priester hinter dem Holzgitter.

Pia weiß, dass er es ist, der die Worte gesprochen hat. Ihr Herz klopft laut, als sie erwidert. »Amen. Ich habe gesündigt, in Gedanken, in Worten und in Taten.«

»Wie hast du gesündigt?«, fragt die tiefe, männliche Stimme.

»Die schlimmste aller Sünden habe ich in Gedanken begangen. Ich habe mich gezüchtigt und mir das Leben genommen, immer wieder. Ich bin von einem Felsen gesprungen, habe mich in das Wasser gestürzt, habe mich vergiftet und erschossen.«

»Wieso bist du so traurig und streng mit dir? Wieso so ungnädig?«, fragt der Priester. »Ein Suizid kann nichts verbessern. Gott ist die Hoffnung und wird dir alles vergeben, nur den Suizid nicht. Begehst du Selbstmord, so wirst du dafür ewige Verdammnis ernten.«

»Aber genau das ist der Grund für meine Sehnsucht. Kein anderer Mensch hat es mehr als ich verdient, verdammt zu sein und für immer verdammt zu bleiben«, flüstert Pia.

»Du bist im Unrecht, Schwester. Gott kann dich heilen. Er kann alles heilen, was auch immer du getan, gesagt oder gedacht hast. Du musst nur an ihn glauben, und er wird dir helfen.«

»Aber ich habe noch weitere Sünden begangen«, gesteht Pia. »Ich habe in Gedanken, Worten und Taten gesündigt und das sechste Gebot in den Dreck gezogen.« Sie spuckt die Worte fast aus, merkt es und wechselt in ihren Flüsterton zurück. »Am Tag habe ich geträumt, wie ein Mann mich berührt. Ich bin in den Haushaltsraum gegangen, habe abgeschlossen und geflüstert: ›Pack mich!‹ Ich habe mir vorgestellt, wie der Mann hinter mir steht, in mich eindringt und mich mit seinen rhythmischen Stößen immer wieder gegen die Wand drückt.« Sie schluckt.

Der Priester wartet, bis sie fortfährt.

»Dabei habe ich mich selbst berührt«, schluchzt sie. »Bis zum Höhepunkt.«

»Hast du dir in deinen Träumen einen bestimmten Mann vorgestellt?«, fragt der Priester.

»Das habe ich«, antwortet Pia, nestelt an ihrem Jäckchen und öffnet einen Knopf. »Ich bereue, dass ich Böses getan und Gutes unterlassen habe. Erbarme dich meiner, o Herr«, flüstert sie und zieht die Jacke über ihrem Dekolleté zusammen.

»Bitte Maria, die Muttergottes, dich zu stärken, auf dass du den Versuchungen widerstehen kannst, und bete dazu ein Vaterunser. Lass die Kraft dieses Gebetes in dein Herz. Gott, der barmherzige Vater, hat durch den Tod und die Auferstehung seines Sohnes die Welt mit sich versöhnt und den Heiligen Geist gesandt zur Vergebung der Sünden. Durch den Dienst der Kirche schenke er dir Verzeihung und Frieden. So spreche ich dich los von deinen Sünden. Im Namen des Vaters und des Sohnes und des Heiligen Geistes.«

»Amen.« Schwester Pia bekreuzigt sich und verlässt den Beichtstuhl. Mit Tränen in den Augen und immer noch klopfendem Herzen nimmt sie in einer der Holzbänke Platz, legt ihren Kopf in den Nacken und blickt nach oben. Der Anblick des Freskos an der Decke tröstet sie ein wenig. Es zeigt Szenen der monströsen Seeschlacht von Lepanto im Jahr 1571. Damals traf die zahlenmäßig überlegene Flotte des Osmanischen Reiches im Golf von Patras, südlich des Peloponnes, auf die Flotte der Heiligen Liga. Bis heute gilt die Seeschlacht als die mit den meisten Todesopfern an einem einzigen Tag. Ein riesiges Gemetzel, bei dem Ali Pascha, der Anführer der Osmanen, starb und Juan de Austria den Sieg für die Christen errang. So hat Pia es nachgelesen, nachdem sie sich das Fresko schon so oft angesehen hatte und die Geschichte dahinter erfahren wollte.

»Rette mich!« Kniend stützt sie ihre Arme auf die hölzerne Bank und verbirgt ihr Gesicht in den Händen. »Rette mich, so wie du Don Juan de Austria und die Heilige Liga gerettet hast, als die Osmanen mit einer unbezwingbaren Seemacht gegen die Christen fuhren. Rette mich!« Sie hört feste Schritte, die lauter werden und näher kommen. Sie sieht nicht auf, nimmt die Hände nicht vom Gesicht, auch nicht, als die Schritte verstummt sind und stattdessen ein Rascheln und ein metallisches Geräusch hörbar werden, als schlüge ein Gegenstand gegen die Kirchenbank.

»Möchtest du mit mir reden, Schwester?«

Sie kennt die Stimme. »Nein!«, fleht sie.

»Hab keine Angst, Schwester. Ich will dich nicht in Versuchung führen.«

Pfarrer Tadeusz kniet sich ganz nah neben sie. Fast berühren sich ihre Schultern.

»Gibt es den Teufel?«, fragt Pia und nimmt ihre Hände vom Gesicht.

»Natürlich gibt es ihn. Schon im Alten Testament existierte er, und Jesus Christus selbst hat ihn erwähnt und ihn ›den Mörder von Anfang an‹ genannt.«

»Und wer ist am stärksten? Unser unsichtbarer Gott, Jesus Christus, die Dreifaltigkeit oder der Teufel?«

»Jesus Christus natürlich, denn er hat den Versuchungen widerstanden und erklärt, dass selbst die Verführten keine Angst haben müssen. Auch ihnen wird vergeben werden.«

»Wird auch mir eines Tages verziehen?«

»Wenn du bereust und deine Sünden bekennst, ja.«

»Ich bekenne meine Sünden vor Gott, jeden Tag, und bitte ihn um Vergebung und Erlösung.«

»Nicht Gott, dem Priester musst du deine Sünden bekennen, sonst wirst du nie zur wahren Selbsterkenntnis gelangen. Der Mensch ist so beschaffen, dass er an sein Inneres nicht glaubt. Nur das, was er vor sich sieht, hört oder spürt, offenbart sich ihm. Erst wenn du deine Sünden deinem Priester beichtest, wirst du dein Vergehen begreifen und erröten vor Scham. Dein Priester wird dir die Absolution erteilen, wenn er gewiss sein kann, dass du verstanden hast, wie sehr du deinen Schöpfer durch dein Tun gekränkt hast.«

»Aber ich tue doch alles nur für ihn, für unseren Herrn, den

Schöpfer von Himmel und Erde!«, wehrt sich Pia. »Ich tue es doch nicht für mich!«

Der Priester legt einen Arm um sie, und tausend Stromstöße jagen durch ihren Körper.

»Beruhige dich, Schwester. Ich weiß, dass du nur Gutes willst.« Seine Stimme ist sanft wie die eines zärtlichen Liebhabers. Pia fühlt sich emporgehoben, auf starken Händen getragen. Am liebsten würde sie sich in dieser Berührung auflösen, sich all des Ekels, der Boshaftigkeit und der Renitenz, die ihr im Alltag in jeder Stunde begegnen, entledigen und endlich frei sein. Frei in dem starken Arm, den der Priester nun wieder zurückzieht, sodass ihr mit einem Mal kalt wird und sie erschauert.

Er muss ihre Reaktion gemerkt haben, unwillkürlich rückt er ein paar Zentimeter von ihr ab. Sie spürt noch seine Aura, wird aber nicht mehr von ihr berührt; das Gefühl, dass Stromstöße sie erreichen, ist vorbei. Sie ist feucht geworden und schämt sich, befürchtet, er könnte es womöglich merken. Dabei wünscht sie sich doch eigentlich nichts sehnlicher, als dass er ihre Feuchte bemerkt, ihr auf den Grund geht, sie mit dem Finger ertastet. Eine verräterische Röte überzieht ihr Gesicht.

»Du musst dich deiner Gedanken nicht schämen«, sagt die Stimme, die ihr Begehren neu entfacht hat.

Pia weiß nicht mehr, wohin mit ihren drängenden Wünschen. Wie erstarrt sitzt sie in der harten Kirchenbank und möchte sich geißeln, sich den Rücken wund schlagen, so sehr schämt sie sich ihrer Leidenschaft an diesem heiligen Ort, unter den Augen der Heiligen Muttergottes, der Unbefleckten. Sie fühlt sich schmutzig, bestimmt stinkt sie wie eine läufige Hündin. Mein Gott, welche Qual!

»Sprich mit mir, Schwester, erzähle mir, was dich so peinigt. Was du deinem Priester erzählst, das erzählst du dem Herrn. Hab keine Angst, das Beichtgeheimnis gilt nicht nur im Beichtstuhl, sondern auch hier in der Kirche, im hellen Haus Gottes.«

Schwester, so nennt er mich, denkt Pia und will ihn selbst niemals als Bruder bezeichnen. »Darf ich Tadeusz zu Ihnen sagen?«, flüstert sie. Wie oft hat sie seinen Namen schon leise ausgesprochen, abends, beim Ausziehen, nachts, wenn sie im Bett lag. Tadeusz Borowski. Tadeusz.

»Und wie ist dein Name?«, fragt er.

»Pia«, flüstert sie und weiß nicht, ob er ihre Bitte nun erhört hat oder nicht.

»Welchen Beruf hast du?«, fragt er.

»Ich bin Krankenschwester, ich betreue Senioren.«

»Eine ehrenvolle Arbeit, Pia. Liebst du sie?«

»Oh ja, das tue ich. Nur manchmal …«

»Ja?«

»Manchmal ist sie auch schwer. Das Alter ist nicht für alle leicht auszuhalten. Manche haben viel Leid zu tragen, Krankheiten, Einschränkungen zu erdulden, für sie ist es kein gutes Leben mehr.«

»Es liegt nicht an uns, das zu werten. Nur Gott schenkt Leben, und seine Wege sind für uns nicht ergründlich.«

»Aber das Leiden, das Dahinsiechen, die chronischen Krankheiten? Warum lässt Gott das alles geschehen … Tadeusz?« Sie spricht seinen Namen schüchtern aus, als warte sie darauf, von ihm zurechtgewiesen zu werden, ihn nicht bei seinem Vornamen zu nennen. Aber auch das würde sie hinnehmen, ohne zu klagen. Doch der Priester zeigt keine Reaktion auf die Nennung seines Namens.

»Gerade das Leiden«, sagt er, »verstehen wir nicht. Wir fragen uns, wofür dieser oder jener Mensch büßen muss, erhalten aber keine Antwort.«

Pia wartet, ahnt, dass sein Gedanke noch nicht zu Ende ist, er seine Rede fortsetzen wird, und sie täuscht sich nicht. Sie kann in ihm lesen, spürt seine Unruhe, als wäre sie mit ihm durch eine pulsierende Leitung verbunden, körperlich und seelisch.

»Ich sage dir, Schwester, die Möglichkeit besteht, dass ein Mensch für die Sünden anderer büßen muss, nicht für seine eigenen.« Seine Stimme wird höher, er spricht schneller, das Thema beschäftigt ihn offenbar selbst sehr. »Denke nur an unseren geliebten Papst Johannes Paul II. Für welche Sünden hat er mit seinem schweren Leiden gebüßt, das ihm von einem Attentäter zugefügt wurde? Kannst du dich erinnern?«

Pia schüttelt den Kopf. »Wann war das?«, fragt sie.

»1981«, sagt Tadeusz. »Ich war gerade in Warschau aufs Gymnasium gekommen. In meiner Familie wurde der polnische Papst wie im übrigen Land als Heiliger verehrt. Der Tag des Attentats war ein schwarzer Tag für Polen. Aber der Papst hat überlebt, die Heilige Muttergottes von Fátima hat ihn errettet. Anschließend hat er sein Leiden ertragen, wie Christus, unser Herr, sein Kreuz ertragen hat. Vielleicht hat er für die Sünden seines ganzen Volkes oder der gesamten Christenheit gebüßt, wer kann das schon wissen?« Er schweigt und legt die Hände ineinander.

Pia betrachtet sie und bedeckt sie in ihrer Vorstellung mit tausend Küssen ihrer heißen Lippen. Wird sie je die Weichheit seiner Hände spüren dürfen?

»Wann bist du geboren?«, fragt er.

»1981«, antwortet sie. »Meine Familie war nicht sehr gläubig. Ich wusste nichts vom Papst, als ich klein war.«

»Das ist egal«, sagt er. »Aber entschuldige, Schwester, ich plappere hier vor mich hin, dabei wolltest du mir doch etwas von deiner Arbeit erzählen, von den Menschen, die dir anvertraut sind.«

»Ja«, sagt Pia, nun schon etwas mutiger, denn jetzt weiß sie etwas von ihm und kennt ihn schon ein wenig besser. »Manchmal klammern sie sich ans Leben, als gäbe es kein Himmelreich, als würde alles Leben mit dem Tod enden. Sogar an ihre Leiden, ihre Krankheiten klammern sie sich, wollen sich operieren lassen, obwohl sie dafür eigentlich zu alt und nicht mehr in der gesundheitlichen Verfassung sind. Sie wollen alles tun, um nur irgendwie am Leben zu bleiben. Nie denken sie an Gott«, die nächsten Worte flüstert sie nur noch, »oder an das Jüngste Gericht.«

»Hast du Angst vor dem Jüngsten Tag?«, fragt Tadeusz.

Pia nickt.

»Warum?«, fragt er wieder.

»Manchmal muss ich ihnen helfen«, sagt sie so leise, dass er es eigentlich nicht gehört haben kann.

Und doch hat er es gehört. »Wobei?«

Sie schweigt.

»Helfen wobei, Pia?« Ihr Name klingt erhaben, wenn er ihn

ausspricht. Das muss an seinem polnischen Akzent liegen. Er singt ihren Namen beinahe.

»Auf ihrem Weg zu Gott«, antwortet sie schließlich zaghaft und wieder leise.

»Du hilfst ihnen beim Sterben?«

»Ich helfe ihnen, ihren Weg zu Gott zu gehen«, haucht sie.

Der Priester atmet laut, und das Unerhörte geschieht. Er nimmt ihre Hände in seine Männerhände, die stark und weich zugleich sind. Aber es fühlt sich anders an, als sie es sich erträumt hat. Er drückt ihre Hände ganz fest. Sie möchte sie wegziehen, aber er lässt sie nicht los, bis sie aufstöhnt.

»Das darfst du nicht tun, Schwester! Wir dürfen nicht Gott spielen. Denk nie wieder daran, deinen Anvertrauten dabei zu helfen, den Weg zu Gott zu finden. Das ist Unrecht, Schwester! Versprich es mir!«

Sein Gesicht ist dem ihren nun ganz nahe. Sie spürt die Leidenschaft, die ihn bewegt, und obwohl seine Augen blitzen und er noch immer ihre Hände zusammenpresst, die schon ganz taub sind vor Schmerz, merkt sie, wie die nächste heiße Welle sie überrollt und ihren Schoß benetzt, dass sie am liebsten aufschreien möchte. Als wüsste er um ihre Gefühle oder könnte sie in ihren Augen lesen, lässt er sie plötzlich los und wendet sich ab. Ein Schauer läuft ihren Rücken hinunter, ihr Schoß brennt von Verlangen nach ihm.

»Lass uns zusammen beten, Schwester«, fordert er sie auf und kniet sich neben sie.

Sie tut es ihm gleich, und als sie mit ihrem Arm seine Soutane berührt, geht er noch ein Stück mehr auf Distanz.

»Gegrüßet seist du, Maria, voll der Gnade, der Herr ist mit dir«, betet er.

»Du bist gebenedeit unter den Frauen, und gebenedeit ist die Frucht deines Leibes, Jesus«, fährt Pia fort. Ihr ist zum Weinen.

»Heilige Maria, Muttergottes, bitte für uns Sünder«, gibt Tadeusz vor.

»Jetzt und in der Stunde unseres Todes. Amen«, beschließt Pia ihr gemeinsames Gebet und möchte doch, dass es niemals endet.

Rumänien, Dobrudscha, Donnerstag, 21. Mai 2015

Catrina fährt den Feldweg entlang und versucht, den größten Steinen und Ziegelresten, mit denen die Schlaglöcher aufgefüllt wurden, auszuweichen. Die Reifen sind wahrscheinlich so alt wie das Fahrrad selbst, und Flickzeug hat sie keines dabei. Sie durchquert ein Birkenwäldchen. Ein Eichelhäher fliegt meckernd auf. Sie kann einen Blick auf seine blauen Federn an den Flügelseiten erhaschen. Sie kommt an einem einzelnen Haus vorbei, das sie immer für verlassen hielt. Aber nun hat jemand im Erdgeschoss zwei neue Fenster eingebaut, die nicht zum alten Haus passen. Die ursprüngliche Größe der Fensteröffnungen musste verändert werden, um sie einzupassen. Das Haus glotzt jetzt mit großen und leeren Augen in den Wald. Aus den Zwischenräumen zwischen Fenster und Wand quillt gelbbrauner Schaum hervor. Sie bemerkt eine Bewegung hinter dem Haus auf einer Wiese. Vielleicht ein Pferd. Ein Mensch ist jedenfalls nicht zu sehen.

Der Weg macht einen Knick, und es geht leicht bergab. Als Catrina um die nächste Biegung fährt, sieht sie unter sich das Dorf liegen. Den mit Ziegeln gedeckten, spitz zulaufenden Kirchturm und die größte Hofstelle des Dorfes mit dem Torbogen, der den Innenhof zur Schotterstraße hin abgrenzt. Auch der Torbogen ist mit Ziegeln gedeckt, die sich wie rötlich braune Schuppen auf die Haut des alten Gemäuers legen. Ein Wunder, dass dieses Tor immer noch steht. Andere sind längst eingestürzt, die Steine werden meist sofort wiederverwertet. Hier kann man alles Baumaterial brauchen.

Die Häuser sind entlang der einzigen Straße angeordnet. Haus, Toreinfahrt, Haus, Toreinfahrt. In einer Einfahrt entdeckt Catrina einen blauen Lada. Man hört, wie ein Hammer rhythmisch auf Metall klopft, ein Geräusch wie beim Dengeln einer Sense. Ein Hund bellt dazu. Catrina fährt am Friedhof vorbei, auf dem das Gras mehr als dreißig Zentimeter hoch zwischen den alten Grabsteinen steht. Vor der straßenseitigen Kirchenfassade steht ein Holzgerüst. Wahrscheinlich wird hier mit Geld aus

Deutschland oder Österreich renoviert, denkt Catrina. Denn hier hat sonst niemand etwas übrig. Und wenn, dann zieht er in die Stadt und nimmt sein Geld mit.

Sie biegt auf den freien Platz hinter der Kirche, auf dem die ehemals blau gestrichene Bank steht. Sie ist leer. Catrina klopft an der nächsten Haustür, fragt die Bewohner und die alten Leute, die sie an einem Gartenzaun trifft. Aber alle haben im Haus, auf den Feldern oder in ihren Gärten gearbeitet und nicht auf eine alte Frau geachtet, die dort auf der Bank gesessen haben soll. Such nach Estera, dieser Streunerin, sagt ein Alter zu ihr. Er habe sie heute schon zusammen mit Petre, der keinen Deut besser als sie sei, im Dorf gesehen. Ist wohl heute nicht zur Schule gegangen, dieses Zigeunerpack. Wenn jemand die Frau gesehen haben könnte, dann diese beiden.

»Wo kann ich sie finden?«, fragt Catrina.

Der Alte macht eine vage Handbewegung. »Sie können hier überall sein, diese verdammten Herumtreiber«, sagt er und spuckt aus.

»Und wo wohnen die zwei?«

Der Alte zeigt Richtung Dorfende, zu einer Ansammlung von niedrigen Katen, die aussehen wie Viehställe. »Wahrscheinlich ist keiner da«, sagt er. »Meistens sind die ganzen Familien in der Stadt, um zu betteln. Zigeuner! Oder sie fahren nach Österreich.«

»Auch zum Betteln?«, fragt Catrina.

»Zum Betteln und Stehlen«, behauptet der Alte. »Die kleinen Kinder nehmen sie mit, die größeren lassen sie hier.«

Catrina fährt zu den Hütten hinaus. Der Lehmboden um sie herum ist zertrampelt, das Regenwasser hat sich in Pfützen gesammelt. Ohne Gummistiefel würde sie im Dreck versinken. Sie hält in einiger Entfernung, ruft, bekommt aber keine Antwort. Die Gebäude sehen verlassen aus. Eine räudige Katze läuft aus dem Hinterhof auf die Straße. Sie ist auf einem Auge blind. Catrina ruft noch einmal: »Hallo, ist da jemand?« Und dann: »Vera? Vera?«

Als sie zurückfährt, steht ein zweiter Alter neben dem ersten auf der Straße und winkt ihr mit einer Tasche. Beim Näherkommen erkennt sie, dass es Veras Lederbeutel ist.

»Wo haben Sie ihn gefunden?«, fragt Catrina.

»Er lag heute Mittag in meinem Garten«, sagt der Mann, dem einige Zähne fehlen.

Catrina öffnet den Beutel und holt Veras Ausweis hervor. Von dem Bild sieht Vera sie aus großen meerblauen Augen ernst und ein wenig traurig an. Ansonsten ist die Tasche leer.

»Verdammtes Zigeunerpack«, zischt der erste Alte, und der zweite nickt.

»Wo geht es da hin?« Catrina zeigt auf den Schotterweg, der aus dem Dorf hinausführt.

»Nach Buia«, sagen die Alten. »In den nächsten Ort.«

»Das sind doch bestimmt zehn Kilometer«, sagt Catrina.

Die beiden Alten nicken.

»Wem gehört der Lada da vorne?«

»Ein Taxi«, sagt der erste Alte. »Ist Ciprians.«

»Ist Ciprian da?«

»Komm, komm!«, sagt der zweite Alte.

Catrina steigt von ihrem Fahrrad ab und schiebt es neben den beiden her, die sie zum Taxiunternehmer begleiten.

Prien, Residenz am See, Freitag, 22. Mai 2015

»Darf ich Ihnen etwas von unserer schönen Umgebung zeigen, Gnädigste?« Helmut Meißner hat vor dem Fenstertisch, an dem Helene von Hertan über eine Zeitschrift gebeugt sitzt, Stellung bezogen. Den rechten Arm angewinkelt vor den Bauch gelegt, macht er eine leichte Verbeugung.

»Bei Ihnen hat diese Art des Verneigens etwas sehr Ironisches. Oder täusche ich mich?« Frau von Hertan neigt den Kopf und sieht ihn über den Rand ihrer Lesebrille hinweg streng an.

»Interpretieren Sie mein Verhalten, wie Sie wollen. Aber lassen Sie es sich gesagt sein: Sie müssen nicht alles als gegen Sie gerichtet auffassen. Ich wollte nur eine Einladung aussprechen.«

»Eine Einladung wozu?«

»Sehen Sie, wenn Sie nicht so viel auf die äußere Form achten würden, bekämen Sie auch mehr von dem mit, worum es eigentlich geht.« Meißner stützt sich mit einer Hand an der Stuhllehne ab. Manchmal könnte er tatsächlich einen Stock gebrauchen. »Wir befinden uns hier an einem der schönsten Orte Deutschlands. Haben Sie das überhaupt schon bemerkt, Gnädigste? Und Sie sitzen hier und lesen.«

»Ich habe bereits mitbekommen, dass es hier einen See gibt.« Sie zeigt mit der Hand zur Fensterseite. »Und näher muss ich diesem See auch nicht kommen. Der einzige Ort, an dem ich ein Bad nehme, ist mein privates Badezimmer. Der Rest der Menschheit wird auch gut ohne meinen Anblick in einem unvorteilhaften Badekostüm auskommen, meinen Sie nicht?«

»Seit wann interessieren Sie sich für den Rest der Menschheit?« Helmut Meißner stützt sich nun auch mit der zweiten Hand auf die Stuhllehne

»Ich sehe, dass Sie das Stehen schmerzt«, spricht Helene von Hertan ihre Beobachtung aus. »Es gibt also zwei Möglichkeiten: Entweder schicke ich Sie jetzt fort, oder ich schlage meine Zeitschrift zu und ziehe meine Straßenschuhe an.«

»Und was von beidem gedenken Sie zu tun?« Meißner gibt

sich einen Ruck, nimmt beide Hände von der Lehne und streckt den Rücken durch.

»Ich neige dazu, Ihre Einladung anzunehmen und Sie ein Stück zu begleiten.« Helene von Hertan erhebt sich von ihrem Stuhl. In Helmut Meißners Augen wirkt es geradezu mühelos.

»Lassen Sie uns zum Wasser gehen, dort weht meistens ein frisches Lüftchen. Ist ein ziemlich warmer Tag heute.«

»Solange wir nicht ins Wasser gehen, soll mir alles recht sein«, murmelt sie.

»Kommen Sie!«, ruft Helmut Meißner.

Sie spazieren am Schiffsanleger und am Endbahnhof der Chiemsee-Bahn vorbei.

»Darf ich Sie zu einem Getränk einladen?«, fragt Meißner.

Die beiden nehmen auf der Terrasse des »Luitpold am See« Platz. Helene von Hertan verschwindet im Haus, um sich frisch zu machen, wie sie sich ausdrückt. Meißner betrachtet derweil den See und beobachtet die Schiffsanlegestelle. Am Kiosk werden Würstchen mit Pommes ausgerufen. Er streicht über das karierte Baumwolltischtuch mit dem Glasaschenbecher darauf. Wie gern würde er jetzt eine Schachtel Zigaretten aus der Jacketttasche ziehen und sich eine anzünden. Was waren das für herrliche Zeiten, als man sich noch keine Gedanken übers Rauchen machte. In seiner Jugend gehörte es einfach dazu. Er hat das Gefühl, er könnte sich noch einmal, für wenige Minuten nur, eine Zigarettenlänge, nicht länger, zurückerinnern und sich jünger fühlen, als er ist, wenn er sich jetzt eine anzünden würde. Dabei sieht er sich selbst unter den hohen Kastanien an einem runden Gartentisch mit karierter Tischdecke sitzen, ein Mann unbestimmten Alters mit einer Zigarette in der Hand. In seiner Vorstellung führt er sie nicht einmal zum Mund, kann aber sogar den Rauch riechen. Und wartet darauf, dass eine Frau zurückkommt, die sich nur kurz frisch gemacht hat. Für ihn und keinen anderen. Er stellt sie sich in einem Sommerkleid vor, hellgrundig, vielleicht mit Blumen, mit weißen Sandalen und lackierten Fußnägeln. Ein weiblicher Körper mit Kurven, hochgestecktem Haar, dazu eine Handtasche aus weichem Leder und ein Lippenstiftlachen.

Träum weiter, alter Mann, denkt er. Wenn du schlecht drauf bist, würdest du dir die Hand schon bei dem Versuch verbrennen, dir eine Zigarette anzustecken. Es gibt Tage, an denen musst du sogar dein Getränk stehen lassen, weil du Angst hast, es zu verschütten, wenn du nach dem vollen Glas greifst. Manchmal bestellst du deshalb schon ein kleines Bier in einem großen Glas.

Träum weiter, alter Mann, denkt er noch einmal, als er Helene von Hertan aus der Tür des Hotels kommen sieht. Blass wirkt sie, blasser als zuvor, und etwas wacklig auf den Beinen. Er will aufstehen, um ihr entgegenzugehen. Sie schwankt. Er schafft es nicht bis zu ihr, bevor sie fällt. Zum Glück ist der Kellner schneller. Er fängt sie auf, ehe sie auf die Knie stürzt. Eine zweite Bedienung verteilt einige Sitzkissen auf dem Boden, wohin sie Helene ablegen. Und endlich ist auch Helmut Meißner neben ihr. »Was ist passiert?«, fragt er. »Ist Ihnen nicht gut?«

Sie schüttelt den Kopf. »Der Kreislauf«, sagt sie leise. »Es tut mir leid.«

»Das wird die Hitze sein«, sagt der Kellner. »Kein Wunder. Der Arzt ist gleich da. Machen Sie sich keine Sorgen, er wird sich um Ihre Begleitung kümmern.«

Gerade noch habe ich von einer Zigarette geträumt, und schon kommt der Arzt, denkt Meißner. Wenn er sich neben Helene von Hertan auf den Boden knien würde, käme er nie wieder ohne Hilfe hoch. Also setzt er sich auf einen Stuhl und wartet. Andere Gäste sind aufgestanden und bieten ihre Hilfe an. Der Kellner beruhigt sie, schickt sie zurück an ihre Tische.

»Bei der Hitze sollte ich wohl besser zu Hause bleiben«, sagt Helene von Hertan. »Ich heiße Helene.« Sie sieht ihn an. »Haben Sie keinen Namen? Ich habe vielleicht einen Schwächeanfall erlitten, aber wenn Sie denken, ich sei stumm geworden, dann haben Sie sich zu früh gefreut.«

»Helmut«, sagt er lächelnd.

»Helmut«, wiederholt sie, »wie Kohl und Schmidt. Der Name ist ganz aus der Mode gekommen, oder ist Ihnen in den letzten dreißig Jahren noch ein junger Mensch begegnet, der so heißt?«

»Ich glaube nicht, aber es ist mir auch egal. Wichtiger ist jetzt doch, dass Sie bald wieder auf die Beine kommen. Sie sollten besser Ihre Kräfte schonen und nicht so viel reden.«

»Solange ich lebe, rede ich, und das gilt auch andersherum.«

»Sind Sie ein Angehöriger?«, fragt der Notarzt.

»Wir wohnen beide drüben in der Residenz am See. Bilden sozusagen eine Zweckgemeinschaft. Leidensgenossen, wenn Sie so wollen«, antwortet Helmut Meißner.

»Fahren Sie mit, oder schaffen Sie's zu Fuß? Wir bringen die Dame in die Residenz zurück, dort ist sie bestens versorgt. Es war nur ein kleiner Schwächeanfall. Wahrscheinlich die Hitze.«

Meißner winkt ab. »Fahren Sie nur, es ist ja nicht weit. Machen Sie's gut, Gnädige!« Er drückt Helenes Hand.

Die Sanitäter legen sie auf eine Trage. Sie hält Helmuts Hand unnötig lange fest, klammert sich an ihn. »Und ich dachte wirklich, Sie sind der Gebrechlichere von uns beiden«, versucht sie zu scherzen. Dann erlischt das kleine Lächeln in ihrem Gesicht. »Fahren Sie mit«, flüstert sie. »Sie sind doch hier mein einziger Freund.«

***

»Wie geht es denn Frau Peinhardt? Besser?«

Schwester Pia verneint.

»Aber die Medikamente für ihre Epilepsie sind doch gut eingestellt.« Dr. Hildebrand blättert in Josefine Peinhardts Krankenakte.

»Die Epilepsie ist nicht das Problem. Die haben wir tatsächlich in den Griff bekommen.«

»Dann hat sich an ihrem Allgemeinzustand nichts geändert?«

»Sie ist ja auch selbst schuld. Neulich habe ich sie in der Umkleide des Wellnessbereichs überrascht, wie sie sich mit Schokolade vollgestopft hat. Sie ist einfach unbelehrbar. Dumm und unbelehrbar.«

»Na, na, Schwester. Ich würde sagen, ihr Geist ist willig, aber ihr Fleisch ist eben schwach. Irgendein Laster hat doch jeder Mensch.«

»Ich verstehe trotzdem nicht, wie Menschen so unvernünftig

sein können. Vor allem in dem Alter! Frau Peinhardt benimmt sich wie ein Kind.«

»Ich befürchte, im Alter werden wir alle nicht automatisch klüger oder charakterstärker. Vielleicht ist sogar das Gegenteil der Fall.« An der Anmeldung klingelt das Telefon. »Sie sehen sich regelmäßig die Füße der Patientin an, nicht wahr?«

»Natürlich. Ich achte immer sehr genau darauf. Aber Frau Peinhardt scheinen die möglichen Spätfolgen des Diabetes egal zu sein.«

»Hat sie immer noch dieses Problem mit dem Festhalten von Gegenständen?«

Schwester Pia nickt. »Es passiert immer öfter. Wenn sie etwa ein Glas hochhebt, rutscht es ihr manchmal einfach aus der Hand. Eigentlich sollte sie gar nicht mehr im Restaurant essen.«

»So schlimm?«, fragt Hildebrand.

»Sie macht dem Personal viel Arbeit.«

»Es geht also so einiges zu Bruch?« Dr. Hildebrand sieht Schwester Pia über seine schmale Lesebrille hinweg an.

»Und diese ganze Unruhe, die sie im Speisesaal verursacht.«

Dr. Hildebrand runzelt die Stirn. »Na ja, andere Patienten lassen wohl auch einmal etwas fallen.«

»Bei allem Respekt, Herr Doktor, aber Sie können sich das nicht vorstellen. Wir müssen ja nicht nur Frau Peinhardt betreuen. Viele unserer Senioren sind wie ungezogene Kinder. Streitsüchtig und uneinsichtig, eben genau wie die Peinhardt.«

»Eigentlich müsste sich mit den Medikamenten, die sie bekommt, ihr Zustand auf jeden Fall wieder bessern.«

»Von mir bekommt sie etwas zur Stärkung.«

»Was geben Sie ihr?«

»Ein homöopathisches Konstitutionsmittel. Die genauen Inhaltsstoffe könnte ich Ihnen …«

»Na, nicht nötig, Schwester. Sie wissen, dass ich kein Anhänger der Homöopathie bin.«

»Homöopathische Medikamente helfen auch denen, die nicht an sie glauben.«

»Wir wollen nicht streiten, Schwester. Das ist wie bei der Religion. Entweder glaubt man, oder man glaubt nicht. Und um einen Nichtgläubigen zu überzeugen, braucht es schon ein echtes Wunder.« Eigentlich kennt Dr. Hildebrand Schwester Pia schon ein paar Jahre, trotzdem könnte er nicht sagen, was für ein Mensch sie ist. Sie strahlt etwas Unnahbares, Überernstes aus. Er überlegt, ob er sie schon jemals lachen gesehen hat. »Sie müssen eine sehr fromme Frau sein, wenn es stimmt, was ich in der Praxis über Sie höre.«

»So? Was wird denn über mich erzählt?«, fragt sie.

»Dass Sie oft in der Kirche Mariä Himmelfahrt sind.«

»Und das interessiert die Leute?«

»Seit wir den neuen Pfarrer haben, besuchen wieder erstaunlich viele die Messen. Selbst am Beichtstuhl, der immer seltener frequentiert wurde, sollen sie schon Schlange stehen.« Hildebrand sieht Schwester Pia an. »Gehen Sie auch zu Pfarrer Borowski zum Beichten?«

»Ich glaube, das geht Sie nichts an, Herr Doktor.« Sie wendet sich zur Tür.

»Damit haben Sie recht, Schwester. Aber die Leute reden halt. Nix für ungut, gell? Und machen Sie draußen einen Termin, dann werde ich mir Frau Peinhardt nächste Woche ansehen.«

»Ist gut, Herr Doktor. Auf Wiedersehen.«

»Wiedersehen, Schwester.«

***

Helmut Meißner fährt das kurze Stück von der Uferpromenade bis zur Residenz am See im Sanka mit. Eigentlich wäre er lieber gelaufen, aber wie hätte er Helene von Hertan ihren Wunsch abschlagen können? Wann immer er sich in einer Arztpraxis oder einem Krankenhaus befindet, und sei es auch nur als Besucher, fühlt er sich selbst sofort krank. Das war immer schon so. Und ein Rettungswagen ist eigentlich noch schlimmer, noch dramatischer. Auch in seiner Senioren-Residenz, so nobel sie sein mag, beschleicht ihn oft das Gefühl, das ihn sonst im Krankenhaus überkommt. Sobald er die Villa betritt, fühlt er sich richtig alt. Die jungen Frauen, die im Haus arbeiten, sehen ihn und seine Mitbewohner mitunter fast mitleidig an. Mit diesem Blick, als wäre er schon in eine andere Daseinsform gewechselt und zu einem geschlechtlichen Neutrum geworden. So ist das Alter. Man ist nur noch ein welkes Blatt, und ob man die letzten siebzig, achtzig Jahre ein Mann war, vielleicht sogar ein attraktiver, kluger oder erfolgreicher, ist unwichtig geworden. Primäre und sekundäre Geschlechtsmerkmale schrumpfen zusammen und erregen nichts anderes mehr als Mitleid oder Spott.

Helmut Meißner fühlt sich unwohl in diesem fahrbaren Krankenhaus, in dem auf engstem Raum alle nötigen intensivmedizinischen Geräte untergebracht sind. Neben ihm liegt Helene von Hertan. Auch sie sieht alt aus. Viel älter als seine Frau, die er niemals als alte Frau wahrgenommen hat. Sie war immer seine Margarete, das Alter blendete er bei ihr aus. Vielleicht sieht man es nur bei den Menschen, die man nicht liebt. Aber dieser Mensch, mit dem er sein ganzes Leben verbracht hat, ist nun fort. Auch Helene hat niemanden mehr. Wenn man alt wird, wird es immer einsamer auf der Welt. Meißner fällt auf, wie hager ihre Waden und selbst die Füße sind, die in den abstoßenden Gesundheitsschuhen stecken. Für Frauen muss das Alter noch schlimmer sein als für Männer, denkt er. Alles, was lange Zeit so wichtig war, ist für immer verloren. Die Dietrich hat ihr Hotelzimmer in Paris zwanzig Jahre nicht mehr verlassen, weil die Welt ihr Alter nicht sehen sollte. Und Helene? Sie färbt ihre Haare dunkelbraun und lässt wahrscheinlich eine Kosmetikerin kommen, um gepflegt auszusehen. Aber gegen ihre Hagerkeit gibt es kein Mittel, und auch die Schuhe sind ein Zugeständnis an das Alter. Mit Eleganz haben sie nichts mehr zu tun. Helene von Hertan hat den Kopf zur Seite gelegt und starrt auf die medizinischen Instrumente um sie herum. Sie wirkt, als ginge es ihr schon wieder besser. Meißner findet es übertrieben, ihre Hand zu halten, also sitzt er da und hängt stumm seinen Gedanken nach.

»Wir werden gleich da sein«, sagt er schließlich und räuspert sich. Die Worte klingen fürsorglich, ja geradezu betulich. Helene von Hertan seufzt und sieht ihn dabei nicht an. Als ob auch sie ganz woanders wäre.

Vor der Residenz stehen auch schon der Heimleiter Bock und seine Geschäftsführerin Melsene Ritter zum Empfang Spalier. Man hat sie von unterwegs verständigt.

»Frau von Hertan, was machen Sie denn für Sachen?« Bock gibt sich besorgt.

»Wie geht es Ihnen?«, erkundigt sich Melsene Ritter. »Es war doch hoffentlich nichts Schlimmes?«

Die Hertan schüttelt den Kopf. »Wahrscheinlich die Hitze«, sagt sie.

Die Sanitäter heben die Trage nach draußen, und Helmut Meißner steht auf und überlegt, wie er am besten den Rettungswagen verlassen soll.

»Sie hier?«, fährt Melsene Ritter ihn an. »Wieso haben ausgerechnet Sie Frau von Hertan begleitet?«

»Wir haben zusammen einen kleinen Ausflug gemacht«, erklärt Meißner.

»Zu Fuß? Bei den Temperaturen?«, fragt Melsene.

»Ich dachte, am See weht bestimmt ein Lüftchen.«

»So, das dachten Sie also«, bemerkt Bock. »Das ist ja wohl mal gründlich in die Hose gegangen. Beim nächsten Mal bleiben Sie besser auf unserem Gelände. Wie Sie eigentlich wissen müssen, haben wir einen eigenen Seezugang, wenn Ihnen mal wieder der Sinn nach einem Lüftchen steht.«

»Aber Sie haben keine Schiffsanlegestelle, keinen Biergarten, keine italienische Eisdiele und sehr wenige Menschen, die jünger als achtzig sind, wenn ich mich nicht irre. Das alles gibt es draußen, im normalen Leben. Auch ein alter Mensch braucht gelegentlich ein gewisses Maß an Freiheit.«

Bock reicht ihm die Hand und hilft ihm beim Aussteigen. »Aber Sie sind doch frei, Herr Meißner«, sagt er. »Sie können tun und lassen, was Ihnen beliebt, solange Ihr Gesundheitszustand und der Ihrer Begleiterinnen es zulässt.«

»Ich bin alt, aber nicht krank«, fährt Helmut Meißner Bock an.

»Überschätzen Sie sich nicht, Herr Meißner, und auch nicht Ihre Kollegen und Kolleginnen«, warnt Bock. »Wie schnell etwas geschehen kann, haben Sie ja gerade selbst erlebt.«

Das kann dir und deiner Melsene auch passieren, dass ihr bei der Hitze zusammenklappt, denkt Meißner, hält aber den Mund. Er und Helene haben schon genug Aufmerksamkeit erregt. Im Hof steht bereits ein Grüppchen Residenz-Bewohner und sieht neugierig zu ihnen herüber.

Es ist nichts passiert, wir leben noch!, will Helmut ihnen zurufen, spürt aber die Blicke des Heimleiters im Nacken. Er winkt nur flüchtig in die Richtung der Beobachter und eilt, so schnell es ihm eben möglich ist, in seinen Wohntrakt. Beim Abendessen werden sie ihn bestimmt ausfragen, was passiert ist, und er wird sie beruhigen und doch so viel erzählen, dass ihr gemeinsamer Ausflug zu einem kleinen Abenteuer wird, von dem es sich lohnt, zu erzählen und zuzuhören.

***

»Guten Abend, Frau Peinhardt. Wie geht es Ihnen?«

Wie meistens, wenn Schwester Pia am Abend noch nach ihr sieht, sitzt die alte Dame auf ihrem Stuhl am Fenster, nachdem sie nach dem Essen ihre Tabletten eingenommen hat, und starrt hinaus in die Dämmerung. Ein grauer Streifen hat sich wie eine dünne Nebeldecke über dem See ausgebreitet. Josefine Peinhardt dreht ganz langsam den Kopf. Sie hat Mühe, die Augen offen zu halten, seit Schwester Pia ihre abendliche Dosis erhöht hat.

»Ich habe mich schon daran gewöhnt, dass es jetzt immer öfter so leise und friedlich bei Ihnen ist«, sagt Schwester Pia. Sie schlägt das Bett auf, geht ins Badezimmer, nimmt die Zahnbürste und gibt die Zahnpasta darauf. Dann trägt sie das Nierenbecken aus Porzellan, einen Waschlappen, den sie nass macht und wieder auswringt, ein Handtuch und die Bürste ins Zimmer.

Josefine Peinhardt nimmt keinen Blickkontakt auf, öffnet aber den Mund, als Schwester Pia sich mit der Zahnbürste nähert. Zeigefinger und Daumen der Schwester legen sich wie ein Schraubstock um das Kinn der alten Dame, dann fährt die Zahnbürste in ihren Mund, bewegt sich auf und ab, drängt sich zwischen ihre Zahnreihen. Die Schwester drückt den Mund weiter auf, und die Bürste putzt mit kreisenden Bewegungen Zähne und Zahnfleisch.

»Sie können froh sein, dass Sie noch so viele eigene Zähne haben, Frau Peinhardt. Sie scheinen in der Hinsicht gute Gene geerbt zu haben. Oder sind das Implantate? Und jetzt wollen wir die Zähne noch einmal alle schön putzen, damit Sie sie auch noch mit ins Grab nehmen können, nicht? So, fertig. Sie können in die Schüssel spucken, Frau Peinhardt.«

Doch in die Schüssel tropfen nur vereinzelte weiße, mit Zahnpasta vermischte Spuckefäden. Den Rest schluckt die alte Dame hinunter.

Schwester Pia fährt ihr mit dem Waschlappen über das Gesicht, verschwindet im Bad und taucht kurze Zeit später wieder auf. »Und zum Schluss noch etwas Nachtcreme, Frau Peinhardt.« Sie stellt sich hinter den Stuhl und massiert die Creme in die faltige Gesichtshaut der alten Dame. »Um Ihre Haare müssen wir uns heute nicht kümmern. Sie haben ja nichts mehr vor, stimmt's?«

Schwester Pia löscht das Licht und öffnet beide Fensterflügel.

»Ich lasse noch ein wenig kühle Abendluft ins Zimmer, heute war ein heißer Tag.« Sie wirft einen Blick auf den See, der sich in der zunehmenden Dunkelheit schwarz färbt. »Ihre Tochter ist dieses Wochenende wieder nicht gekommen. Haben Sie dafür gebetet, dass sie den Weg zu Ihnen findet? Sie sollten mit Gott sprechen, auch damit er Sie bald von Ihrer Krankheit erlöst.« Sie beugt sich zu der alten Dame hinunter, nimmt ihre Hände, drückt sie. »Was ist das nur für ein Leben, das Gott Ihnen auferlegt hat? Sie sind einsam und können nicht einmal mehr richtig trinken. Sie werden verstehen, dass wir Ihnen von jetzt an kein Glas auf den Tisch stellen werden. Bestimmt ist es Ihnen selbst peinlich, dass Sie immer wieder etwas fallen lassen. Und die anderen Bewohner der Residenz wollen Ihr Elend auch nicht jeden Abend mit ansehen. Sie halten sich noch für rüstig und fit, doch Sie führen ihnen ihre Zukunft vor Augen: So werde auch ich bald sein, Gott steh mir bei!« Schwester Pia streicht Frau Peinhardt zärtlich mit dem Handrücken über die Wange.

Den Kopf der alten Dame erfasst ein Zittern, das sich über

den ganzen Körper ausbreitet. Wenn sie jetzt schreien könnte, würde sie nie wieder damit aufhören. Aber sie weiß, wenn sie den Mund öffnete, brächte sie nicht mehr als ein Lallen zustande.

»Ihr fortschreitender Diabetes ist nicht aufzuhalten. Vor allem dann nicht, wenn Sie heimlich Schokolade essen und andere verbotene Dinge tun. Alkohol trinken zum Beispiel. Alles, was wir beim Aufräumen finden und Ihnen schaden könnte, entfernen wir zu Ihrer eigenen Sicherheit. Aber wenn Sie mit dem Taxi nach Prien fahren und dort giftigen Nachschub kaufen, sind wir natürlich machtlos. Wir können Sie nicht vollkommen vor sich selbst schützen, Frau Peinhardt. Wir tun alles, damit Sie noch möglichst selbstständig leben können, aber Sie unterlaufen unsere Bemühungen.«

Josefine Peinhardt versucht, die Arme zu heben, aber sie sind schwer wie Blei, keinen Zentimeter kann sie sie bewegen.

Schwester Pia bemerkt es, reagiert aber nicht. »Dr. Hildebrand ist mit seiner medizinischen Weisheit am Ende. Und Sie haben ja auch schon ein schönes Alter erreicht, Frau Peinhardt. Irgendwann müssen wir alle loslassen und uns bereit machen zu gehen. Ich hoffe, Sie haben Ihre Angelegenheiten geregelt und Ihr Vermögen verteilt, denn es gibt einen Ort, an dem sind wir alle gleich. Mitnehmen dürfen Sie dahin nichts, auch nicht Ihre geliebte Schokolade.«

Schwester Pia schließt das Fenster wieder, geht zum Schrank und zieht ein frisches Nachthemd heraus. Sie knöpft der alten Dame die Bluse auf, löst den Verschluss des BHs und zieht ihr beides mit einer schnellen Bewegung gleichzeitig aus. Kurz fällt ihr Blick auf das faltige Dekolleté und die schweren Brüste, die nach unten gesunken sind, immer noch rund wie zwei mit Wasser gefüllte Luftballons. Allerdings in einer Farbe, in der es keine Luftballons zu kaufen gibt. Dann streift Schwester Pia der alten Dame das Nachthemd über und führt ihre Arme geschickt durch die Armlöcher. Handgriffe, die lange trainiert wurden und sitzen. Sie greift ihr unter die Arme, stemmt sie aus dem Sessel, und halb trägt, halb schiebt sie sie hinüber zum Bett. Nachdem Schwester Pia ihren Oberkörper auf der Matratze abgeladen hat, zieht sie der alten Dame die Hausschuhe, Strümpfe, den Rock und den Slip aus, legt ihre Beine in die Horizontale und beugt sich über sie. »Sprechen Sie mit Gott und bitten Sie ihn um einen leichten Tod«, flüstert sie ihr ins Ohr.

Sie verschwindet im Bad und kommt mit einer Windel zurück. »Zur Sicherheit, Frau Peinhardt. Wir wollen doch niemandem unnötige Arbeit machen, nicht wahr?« Sie tätschelt der alten Dame das Knie, bevor sie sie zudeckt. »Ich bringe Ihnen noch ein Glas Wasser. Sie sollten noch etwas trinken, damit Sie nachts keinen Durst bekommen. Mit dem Plastikbecher kann auch nicht viel passieren.«

Sie holt einen gefüllten Becher aus dem Badezimmer, stellt ihn auf den Nachttisch und zieht ein kleines Plastikröhrchen aus der Tasche ihres Kittels. »Ich gebe Ihnen noch ein paar Kügelchen zur Stärkung Ihres Organismus und zwei neue Tabletten, die mir Dr. Hildebrand heute für Sie aufgeschrieben hat. Das wird Ihnen guttun. Sie werden schlafen wie ein Baby.« Schwester Pia lässt einige weiße Kügelchen aus dem Röhrchen in ihre Hand rollen. »Schön den Mund aufmachen, Frau Peinhardt. Sie kennen das doch schon.«

Doch die alte Dame presst die Lippen so stark zusammen, dass ihre Kieferknochen an den Wangen hervortreten.

»Frau Peinhardt, jetzt machen Sie den Mund auf!«

In den Augen der alten Dame liegt blankes Entsetzen.

Grob drückt Schwester Pia ihr mit Daumen und Zeigefinger den Mund auf.

Die alte Frau wimmert.

Schwester Pia legt ihr die Kügelchen und die beiden Tabletten auf die Zunge und schließt ihren Mund wieder. Josefine Peinhardt will den Kopf heben, aber Schwester Pia hält dagegen. Als der Widerstand der alten Dame endlich gebrochen ist, führt Schwester Pia ihr den Becher mit Wasser an die Lippen, lässt sie noch Luft holen und gibt ihr dann zu trinken. »Haben wir uns wieder beruhigt?«, fragt sie. »Dann sprechen wir jetzt zusammen unser Abendgebet.« Sie presst Josefine Peinhardts Handflächen aufeinander.

»Vater, lass die Augen dein über meinem Bette sein!
Hab ich Unrecht heut getan, sieh es, lieber Gott, nicht an!

Deine Gnad und Jesu Blut machen allen Schaden gut.
Alle, die mir sind verwandt, Gott, lass ruhn in deiner Hand!
Alle Menschen, groß und klein, sollen dir befohlen sein.
Kranken Herzen sende Ruh, nasse Augen schließe zu;
Lass den Mond am Himmel stehn und die stille Welt besehn!
Amen«, flüstert Schwester Pia und bekreuzigt sich. »Schlafen Sie gut, Frau Peinhardt. Gott wird Ihnen beistehen.«

Inzwischen ist es fast ganz dunkel geworden. Schwester Pia tritt kurz ans Fenster, nimmt noch einmal einen tiefen Atemzug und verlässt dann das Zimmer. Bevor sie die Tür schließt, wirft sie einen letzten Blick auf die alte Frau in ihrem Bett. Sie ist bereits eingeschlafen.

Zurück im Schwesternzimmer betrachtet Pia das Kruzifix an der Wand. Der Körper des Heilands ist ausgezehrt, seine Haut gelblich und wächsern. Sie bekreuzigt sich und denkt an Pfarrer Tadeusz, dessen Köper kräftig und sehr männlich auf sie wirkt. Will Gott sie mit diesem Körper prüfen? »Und führe uns nicht in Versuchung«, flüstert sie und bekreuzigt sich noch einmal. »Amen.«

***

Beim Abendessen sitzt Helmut Meißner allein am Tisch. Helene von Hertan hat sich hingelegt. Falls sie überhaupt ein Abendessen zu sich genommen hat, dann auf ihrem Zimmer. Auch Frau Peinhardt sitzt nicht wie üblich an ihrem Tisch. Wie schnell man sich doch an jemanden gewöhnt, von dem man vor ein paar Tagen noch nicht einmal wusste, dass er existiert. Und wie schnell man diesen Menschen vermisst, sobald er auch nur zu einer Mahlzeit nicht erscheint. Er ist schon ganz gefühlsduselig geworden. Früher, als er jung war, hätte er nicht die Zeit gehabt, um über so etwas überhaupt nachzudenken. Damals waren allein die Firma und die Geschäfte wichtig. Margarete hat für ihn gesorgt und ihm den Rücken frei gehalten. Früher hat er beim Abendessen nie allein am Tisch gesessen. Herrgott, und dieses Selbstmitleid, das hat er früher auch nicht gekannt. Eigentlich hat er keinen Appetit, aber wenn er sein Viertel Riesling ohne

Essen kippt, dann bekommt er erst Sodbrennen und ist danach wahrscheinlich betrunken. Chiemsee-Renke, kross gebraten, mit Gemüse. Ja, das hört sich leicht an, und der Fisch ist sicher fangfrisch. Eine Dame vom Peinhardt-Tisch kratzt ihr Schüsselchen Vanilleeis aus, steht auf und kommt an Helmut Meißners Tisch, um zu erfahren, was heute mit Frau von Hertan passiert ist. Wo Frau Peinhardt abgeblieben ist, darüber weiß sie nichts Genaues, sagt aber, sie habe sich heute schon den ganzen Tag nicht wohlgefühlt. Schwester Pia habe sich um sie gekümmert.

Als Helmut Meißner nach seiner Renke und dem Riesling an Josefine Peinhardts Zimmertür klopft, bekommt er keine Antwort. Vorsichtig drückt er die Klinke. Im Zimmer ist es dunkel. Er kann die alte Dame im Bett erkennen, aber nicht sehen, ob sie die Augen geschlossen hat. In ihr unregelmäßiges Ein- und Ausatmen mischt sich ein komisches Geräusch. Es hört sich an wie ein Röcheln oder Brodeln. Helmut Meißner tritt näher an das Bett und lässt die Tür einen Spalt breit offen, damit er besser sehen kann. Das Licht lässt er aus, um die Schlafende nicht zu wecken. Das Röcheln klingt ausgesprochen ungesund.

Josefine Peinhardts Gesicht wirkt hager und eingefallen, die Nase unnatürlich groß. Ihr Gesichtsausdruck ist angespannt, als leide sie Schmerzen. Strengt sie das Atmen an?

»Was machen Sie da?«

Helmut Meißner fährt erschrocken herum. In der offenen Tür steht Schwester Pia.

»Was Sie da machen, möchte ich wissen.«

»Ich wollte nach Frau Peinhardt sehen«, stottert er.

»Herr Meißner, bei allem Respekt, aber übertreiben Sie es nicht ein bisschen?«

Er kommt sich vor wie ein Kind, das beim Kekseklauen erwischt wird.

»Erst überreden Sie Frau von Hertan zu einem Ausflug in der größten Tageshitze und kommen mit ihr im Sanka zurück, und jetzt müssen Sie nach Frau Peinhardt sehen. Haben wir beide vielleicht die Rollen getauscht? Möchten Sie sich in Zukunft um Ihre Mitbewohnerinnen kümmern? Haben Sie den Eindruck, das Pflegepersonal kommt seinen Aufgaben nicht in ausreichendem Maße nach?« Sie spricht leise, aber der energische, aggressive Unterton ist nicht zu überhören. Natürlich will sie die Schlafende nicht wecken, aber sie weiß auch, dass ein lauter Ton des Pflegepersonals gegenüber den Residenz-Bewohnern von der Heimleitung nicht erwünscht ist.

Aber wenn sie könnte, wie sie wollte, würde sie mich vor Wut anbrüllen, denkt Meißner. »Hören Sie doch mal«, fordert er sie auf.

»Worauf soll ich hören?«, fragt Schwester Pia.

»Frau Peinhardt atmet so komisch.«

»Sind Sie jetzt auch noch Experte für Atemgeräusche, deren Interpretation und Diagnose, Herr Meißner?«

»Seien Sie doch endlich mal still und hören Sie sich das Geräusch an. Frau Peinhardt röchelt.«

Schwester Pia tritt näher, wirft einen Blick auf die Schlafende und lauscht. »Das ist ganz normal bei ihrem Übergewicht«, sagt sie und legt ihre Finger an das Handgelenk, um den Puls zu fühlen, »und bei ihrer Schlafposition. Die meisten Menschen schnarchen, wenn sie auf dem Rücken liegen.«

»Schnarchen? Sie schnarcht nicht, sondern hört sich eher an, als hätte sie Schmerzen«, beharrt Helmut Meißner.

»Ihr Puls ist ganz normal. Aber wenn es Sie beruhigt, werde ich ihr etwas geben, was das Atmen erleichtert. Vielleicht hat sie sich verkühlt.«

Bei der Hitze?, denkt er.

»Es ist alles in Ordnung. Machen Sie sich keine Sorgen, ich kümmere mich um Frau Peinhardt. Und Sie gehen doch jetzt auch zu Bett, Herr Meißner?«

»Ich gehe dann zu Bett, wenn ich müde bin«, antwortet er.

»Nach dem anstrengenden Ausflug heute sind Sie bestimmt müde«, redet sie mit ihm wie mit einem kleinen Kind. »Gute Nacht, Herr Meißner.« Sie hält ihm die Tür auf und schließt sie hinter ihm. Dann bleibt sie stehen und sieht ihm nach, wie er das Feld räumt.

Doch statt auf sein Zimmer zu gehen, hat Helmut vor, noch bei Helene vorbeizuschauen. Er dreht sich um, um sicher zu sein, dass Schwester Pia ihm nicht folgt.

Leise klopft er an ihre Zimmertür. Keine Antwort, »Helene«, flüstert er, »sind Sie noch wach?« Keine Reaktion. Er möchte sich heute nicht noch einmal vom Personal in einem fremden Zimmer erwischen lassen. Als er mit dem Ohr an der Tür keine Geräusche wahrnimmt, weder Schnarchen noch Röcheln noch sonst etwas, ist er einigermaßen beruhigt. Sie wird bestimmt schon schlafen.

Helmut Meißner geht den Flur entlang bis zum Treppenhaus, dann treibt ihn eine innere Unruhe noch einmal ins Freie. Es hat nun deutlich abgekühlt. Der Weg zum See hinunter ist nur schwach beleuchtet, aber von den Wohngebäuden fällt Licht in den angrenzenden Park. Er kann sehen, wie im Restaurant die Tische für das Frühstück gedeckt werden. Er erreicht den See. Die dunkle, graue Fläche bewegt sich kaum. Wieder überfällt ihn ein unangenehmes Gefühl, womöglich ist es die Einsamkeit, die ihm auf einmal so zu schaffen macht. Warum nur ist er heute so dünnhäutig? Genau jetzt wünscht er sich jemanden zum Reden. Die Gräfin zum Beispiel. Auch eine Person aus der Residenz, die es geschafft hat, ihm näherzustehen als andere. Eine, um die er sich gekümmert hat. Sie ist jetzt über zwei Wochen im Urlaub und müsste eigentlich jeden Tag wieder aus Rumänien zurückkommen. Er hat schon länger nichts mehr von ihr gehört. »Ach, Margarete«, flüstert Helmut. »Warum musstest du mich so früh verlassen? War dir nicht klar, dass ich ohne dich gar nicht weiß, was ich mit meinem restlichen Leben anfangen soll? Mit dem, was mir davon noch bleibt. In der Residenz gibt es viel mehr Frauen als Männer. Sie leben länger als wir, nur du hast dich an diese Regel nicht gehalten. Und unter den wenigen Männern habe ich noch keinen getroffen, der nicht senil, eingebildet, beschränkt oder gleich alles zusammen gewesen wäre. Mit Ausnahme von Olaf, aber der ist vor drei Monaten gestorben. Und dabei war er nicht einmal krank! Früher ist mir das nie aufgefallen. Freunde hatte ich so gut wie keine, die Kontakte zu meinem Bruder und der Familie waren auch nur spärlich. Aber Geschäftspartner hatte ich über die Jahre jede Menge, fast alles Männer. Nie habe ich bemerkt, dass sie komische Käuze gewesen wären. Vielleicht habe ich sie nicht gut genug kennengelernt, um das festzustellen. Oder sind sie erst im Alter so seltsam geworden? Ach, Margarete.«

Meißner bückt sich und greift unter die Bank nach den Kieseln. Er ertastet einen flachen, fast kreisrunden Stein, richtet sich auf, stützt sich mit den Händen auf der Bank ab und tritt ans Ufer. Wie lange ist es her, dass er das zuletzt gemacht hat? Sechzig, siebzig, fünfundsiebzig oder noch mehr Jahre? Bei der Vorstellung von diesen Zeiträumen wird ihm schwindelig. Dabei ist es doch noch gar nicht so lange her, dass er seine Firma gegründet hat, dass er Margarete geheiratet hat, dass … Was für ein Unsinn! Natürlich ist das ewig her. Er sollte endlich aufhören, sich selbst leidzutun, und gefälligst etwas aus der Zeit machen, die ihm noch bleibt! Er beugt den Oberkörper, holt mit dem Arm aus und wirft den Stein über den See. Er hüpft in die Höhe, berührt das Wasser, springt noch einmal auf und noch einmal. Meißner kann ihn nicht mehr sehen, hört aber das leise Geräusch des Aufpralls auf der Wasseroberfläche. Er freut sich wie ein Kind darüber.

Wenn es noch länger so frühsommerlich warm ist, kann er vielleicht bald im See schwimmen. Wie früher, als er mit Margarete die Sommerurlaube hier verbracht hat. Genau so. Er nimmt sich fest vor, es zu genießen.

Prien, Residenz am See, Samstag, 23. Mai 2015

Eine schlimme Nacht liegt hinter Helmut Meißner. Um drei Uhr morgens ist er aufgewacht, sein dünnes T-Shirt war nass geschwitzt. Vielleicht hat er schlecht geträumt, aber er erinnert sich nie an seine Träume. Er hat sich umgezogen, ist auf die Toilette gegangen und hat sich dann im Bett gewälzt, bis endlich die Sonne über den Horizont kroch.

An diesem Samstagmorgen erscheint er als einer der ersten Residenz-Bewohner zum Frühstück und fühlt sich, als wäre er in der Nacht verprügelt worden. Sein Rücken schmerzt, als er die Stuhllehne berührt, weshalb er sich bemüht, möglichst aufrecht zu sitzen. Auch der erste Kaffee ändert nichts an seiner miserablen Gesamtsituation.

Allmählich trudeln die anderen Senioren ein, die Frühaufsteher, die sich wundern, ausgerechnet ihn schon im Restaurant zu sehen. Er beißt in sein Vollkornbrötchen. Wenn er Weißmehlsemmeln will, muss er sie extra bestellen. Sie sagen immer, Vollkornprodukte seien besser fürs Gewicht und für die Verdauung, aber er hat mit beidem kein Problem. Da der Mensch sich jedoch an alles gewöhnt, wird er sich irgendwann auch an die Vollkornbrötchen gewöhnen.

Josefine Peinhardts Platz ist der einzige, der an ihrem Tisch noch unbesetzt ist. Helmut Meißner nimmt sich vor, gleich nach dem Frühstück bei ihr vorbeizusehen.

Helene von Hertan wird im Rollstuhl in den Frühstücksraum gefahren. Sie ist blass und dirigiert Schwester Steffi, die ihr Fahrzeug lenkt, direkt zu seinem Tisch. Er erhebt sich möglichst rückenschonend und schiebt den zweiten Stuhl am Tisch beiseite.

»Sie gestatten?«, fragt sie steif.

»Es ist mir ein Vergnügen, Gnädigste. Wie geht es Ihnen? Sind Sie immer noch so schwach auf den Beinen, dass Sie dieses Gefährt benötigen?«

»Quatsch! Ich könnte sehr gut selbst laufen, aber sie lassen mich nicht, und es ist mir nicht gelungen, mich durchzusetzen.«

»Jetzt essen Sie erst mal was, Frau von Hertan«, beschwichtigt Schwester Steffi. »Und anschließend machen wir einen Probelauf, um zu sehen, ob Sie schon wieder fit sind. Einverstanden?«

»Habe ich denn eine Wahl?«, fragt Helene.

»Nein, eigentlich nicht«, antwortet Schwester Steffi und lächelt. »Ein bisschen Geduld müssen Sie nach der gestrigen Schwäche schon mit sich haben. Sie sind ja keine fünfundzwanzig mehr.«

»Gut, dass Sie mich daran erinnern«, ätzt Helene, »sonst hätte ich das glatt vergessen.«

»Es tut mir leid wegen gestern«, murmelt Meißner, als Schwester Steffi gegangen ist. »Ich hätte bei der Hitze nicht so weit mit Ihnen marschieren dürfen.«

»Jetzt hören Sie aber auf, ich bin alt genug, um selbst auf mich aufzupassen. Bis auf den kleinen Zwischenfall und die Heimfahrt war es ein sehr schöner Nachmittag.«

Helmut winkt ab. »Soll ich Ihnen etwas bringen? Brötchen, Aufschnitt?«

»Ich bitte Sie«, wehrt Helene von Hertan ab. »Dafür gibt es schließlich Personal.«

Arrogant bis zum Ende, denkt Helmut. »Frau Peinhardt ging es gestern auch nicht gut«, sagt er. »Das ist die Dame, die sonst da drüben –«

»Die, der gestern und vorgestern das Glas aus der Hand gerutscht ist?«, fragt Helene von Hertan ungeniert. »Was fehlt ihr denn?«

»Ich weiß es nicht. Ich habe gestern Abend noch bei ihr vorbeigesehen. Sie hat geschlafen, aber seltsam geröchelt.«

»Haben Sie eine medizinische Vorbildung?«

»Dasselbe hat mich Schwester Pia gefragt, als sie mich in Frau Peinhardts Zimmer überraschte.«

»Und dann?«

»Dann hat sie gesagt, die Peinhardt würde einfach schnarchen, und hat mich hinauskomplimentiert. Aber das war kein Schnarchen, sondern ein Röcheln. Um das zu hören, musste man kein Mediziner sein.«

»Und beim Frühstück ist sie noch nicht aufgetaucht?«

»Nein. Ich werde ihr später wieder einen Besuch abstatten oder Schwester Pia nach ihr fragen.«

»Mit der hatte ich gestern Abend auch noch einen Disput. Nichts Schlimmes, nur eine kleine Meinungsverschiedenheit.«

»Worum ging es denn?«, möchte Helmut wissen.

»Um das Kreuz, das bei mir im Zimmer hängt. Ich bin nicht religiös, deshalb will ich dieses Memento mori auch nicht in meinen vier Wänden hängen haben.«

Helmut Meißner starrt sie an.

»Das heißt übersetzt: ›Gedenke des Todes‹«, erklärt sie ihm.

»Ich kenne den lateinischen Ausdruck. Und wie hat Schwester Pia reagiert?«

»Sie hat so getan, als würde sich die Erde auftun und mich verschlingen, sollte ich es wagen, das Kruzifix abzuhängen. Dann habe ich klargestellt, dass ich das bestimmt nicht eigenhändig machen werde, da es mir ja nicht gehört und ich es auch nicht da hingehängt habe. Darauf erwiderte sie, auch ihr würde es nicht gehören und sie würde es bestimmt nicht abnehmen.«

Helmut schenkt ihnen Kaffee nach.

»Früher fand ich Papst Johannes Paul II. gut. Weil er die Kommunisten bekämpft und gestürzt hat. Politisch waren wir auf einer Linie, er und ich, auch wenn ich damals in Rumänien nicht in der Kirche mein Heil gesucht habe. Mein Heil, das war der Westen. Demokratie, Privatwirtschaft, Freiheit; meine Ideale.«

»Und wie ist die Sache mit Schwester Pia nun ausgegangen?«, will Helmut wissen.

»Unentschieden. Sie hat das Kreuz nicht entfernt, ich auch nicht, aber ich habe vehement gefordert, dass jemand aus dem Haus es demnächst tun soll.«

Dann ist die Sache also noch nicht ausgestanden. Helmut ist gespannt, wer sich in der Kreuz-Angelegenheit durchsetzen wird. »Sind Sie schon satt? Sie haben kaum etwas gegessen.«

»Ich esse genügend, Sie müssen sich darum keine Sorgen machen. Und jetzt verschwinden Sie endlich und sehen nach Frau Peinhardt. Ich merke doch, dass die Ihnen keine Ruhe lässt. Los, los!«

»Wenn Sie meinen, dass ich Sie allein lassen kann.« Helmut

faltet seine Stoffserviette, als sie ein Fahrzeug in der Auffahrt zum Haupteingang bemerken. Es ist ein Krankenwagen.

»Nicht schon wieder!«, stöhnt Helene.

Die Tür öffnet sich, und der Notarzt springt heraus und eilt zum Eingang.

»Das kommt hier leider öfter vor«, sagt Helmut. »An den Anblick müssen Sie sich gewöhnen.«

Helene erhebt sich leicht wie ein Geist aus ihrem Rollstuhl.

»Was machen Sie da?«, fragt er.

»Wenn Sie nicht endlich gehen und fragen, was passiert ist, werde ich es tun«, sagt sie.

Schon kommt die besorgte Schwester Steffi angelaufen.

Um sich zu beruhigen, nimmt Helmut noch einen Schluck Wasser, bevor er aufsteht. Sein Herz klopft wie wild, als er dem Notarzt zum Wohntrakt folgt. Erdgeschoss, dann links, durch die vorletzte Tür. Jetzt weiß er, zu wem der Arzt unterwegs ist. Pia Tschiersky erwartet ihn schon vor dem Apartment. Meißner lehnt sich an die Wand, um zu verschnaufen, als die Schwester ihn entdeckt.

»Was tun Sie denn schon wieder hier?«, fährt sie ihn an. »Geht es Ihnen nicht gut?«

Der Arzt streckt seinen Kopf aus der Zimmertür.

»Entschuldigen Sie, ich kümmere mich um Herrn Meißner. Sie kommen ja allein klar«, sagt Pia und hakt sich bei Helmut unter. »Ich begleite Sie in Ihr Zimmer und gebe Ihnen etwas zur Beruhigung.«

Helmut will sich losmachen, er braucht ihren Arm nicht und auch keine Medikamente. »Was ist mit Frau Peinhardt?«, presst er hervor.

»Frau Peinhardt ist in den besten Händen«, antwortet sie.

»Sie meinen den Notarzt?«

»Nein, ich meine in Gottes Hand.« Schwester Pia schlägt das Kreuzzeichen über Stirn, Mund und Brust. »Er wird gut für sie sorgen.«

Helmut möchte sich am liebsten die Ohren zuhalten. Sein schlechtes Gewissen erdrückt ihn fast. Wie er die Peinhardt an dem Abend, als Helene sich das erste Mal zu ihm an den Tisch gesetzt hat, vorgeführt hat. Er war doch nur so überrascht und aufgekratzt, weil er endlich wieder jemanden hatte, mit dem er reden konnte. Nur deshalb hat er der Peinhardt zugeprostet, obwohl er gewusst hat, dass sie das Glas heben und dann fallen lassen würde. Ob er will oder nicht, er muss sich am Arm der Schwester festhalten.

»Kommen Sie mit auf Ihr Zimmer. Vielleicht kann der Notarzt auch nach Ihnen sehen, wenn er …«

Helmut will davon nichts hören. Er reißt sich los und hastet davon.

***

Ein einziger Gedanke ballt sich in seinem Kopf zusammen wie Schnee in einer Lawine. Er überlegt, ob es eine hysterische Überreaktion ist, die aus seiner Panik resultiert. Aber nein, denkt er, es ist einfach ein Entschluss. Er muss weg von hier. Er wird kündigen, seine Sachen packen und dann fortgehen, irgendwohin, wo es besser ist als hier. Er wird noch einmal seine Liste durchforsten, die er erstellt hat, bevor er sich dieses Haus ausgesucht hat, und sich eben Nummer zwei und drei und vier, und wie viele auch immer von dieser Liste noch nötig sein werden, ansehen. Und diesmal wird er nicht vorrangig auf die Lage und die Qualität des Restaurants schielen, sondern sich die Leute, die das Haus führen, genauer ansehen und seine Bewohner befragen. Wie blöd war er eigentlich, dass er das nicht schon gemacht hat, als er sich für Prien und die Residenz am See entschieden hat! Das wäre doch eigentlich naheliegend gewesen. Sollte doch eigentlich jeder Idiot draufkommen. Aber er hat sich von den schönen Prospekten und der hübschen Jugendstilfassade des Gebäudes blenden lassen.

Er pfeift auf das Seegrundstück. Und auf den Ex-Sternekoch. Er fürchtet um sein Leben und um das seiner Mitbewohner. Alle, zu denen er näheren Kontakt aufgebaut hat, sind entweder gestorben oder in Gefahr. Aber sind sie das wirklich?, fragt er sich. Oder phantasiere ich? Übertreibe ich? Er holt sich ein weiteres Glas Leitungswasser.

Die Gräfin. Wie lange ist sie jetzt schon in Rumänien zur Thalasso-Therapie? Sind es zwei oder drei Wochen? Er hat schon lange keine Nachricht mehr von ihr bekommen, nichts. Vom Flughafen in Bukarest aus hat sie sich noch einmal bei ihm gemeldet, und seitdem: nichts mehr. Er macht sich Sorgen um sie, umso mehr, weil jetzt auch die Peinhardt tot ist. Das geht hier doch nicht mehr mit rechten Dingen zu!

Du hörst dich wirklich an, als hättest du nicht mehr alle Tassen im Schrank, Helmut!, schimpft er mit sich selbst. Kein Wunder, dass sein Bruder am Telefon verunsichert war. Er haut mit einer Hand aufs Waschbecken, das Glas, das er in der anderen hält, kippt leicht zur Seite, und das Wasser schwappt auf den Boden. Er stellt das Glas ab, reißt etwas Toilettenpapier ab und wischt die kleine Pfütze auf. Rutschgefahr, denkt er. Nein, ich habe alle Tassen im Schrank. Hier stimmt etwas nicht. Schwester Pia ist ein Todesengel, das bilde ich mir doch nicht ein.

Er wäscht sich das Gesicht mit kaltem Wasser, trocknet es sorgfältig ab, kämmt sein zwar dünner gewordenes, aber für sein Alter doch fülliges Haar, das immer noch nicht ganz weiß ist, sondern grau, mit wenigen dunkleren Strähnen. Ein George Clooney ist er deshalb nicht, nie gewesen, und einen Vollbart würde er sich auch nie stehen lassen. Meißner streicht das Hemd glatt, das er, in der hauseigenen Wäscherei gebügelt, heute Morgen aus dem Schrank gezogen hat, wischt mit einem Taschentuch über die polierten Maßschuhe und verlässt sein Zimmer. Er muss unbedingt mit dem Heimleiter sprechen, und zwar sofort. Wahrscheinlich ahnt der gar nicht, was in der Residenz vorgeht. Aber nach der Unterhaltung muss er die Angelegenheit doch überprüfen. Wahrscheinlich ist er ihm sogar dankbar, dass er ihn auf gewisse Dinge aufmerksam macht. Seine Aufgabe ist es, ein Heim zu leiten, da kann er sich nicht um jede einzelne Person kümmern. Als Leiter muss man delegieren und seinen Angestellten vertrauen können, anders funktioniert es nicht. Man kann seine Augen und Ohren nicht überall zur gleichen Zeit haben.

Helmut geht hinüber ins Haupthaus und nimmt die Treppe in den ersten Stock. Bewegung schadet nie, und währenddessen kann er nachdenken und seine Gedanken sortieren. Er klopft an Bocks Bürotür. Nichts. Es kann doch nicht sein, dass der Heimleiter jetzt nicht da ist! Er braucht ihn doch, will ihm etwas Wichtiges mitteilen. Er klopft noch einmal, diesmal etwas energischer. Na gut, denkt Meißner schließlich, da kann man nichts machen. Schon im Weggehen drückt er einem unbewussten Impuls folgend die Türklinke – und die Tür geht auf.

Helmut streckt den Kopf durch den Türspalt. Im Raum ist niemand, aber hat er nicht gerade ein Geräusch gehört? Er kann es zunächst nicht einordnen. Ein Zischen, das sich rhythmisch wiederholt. Zischen, Pause, Zischen, Pause. Das Geräusch kommt aus dem Nebenraum hinter der Tapetentür am anderen Ende des Zimmers, hinter dem Helmut die Privaträume des Heimleiters vermutet. Er weiß, dass es ihn nichts angeht und dass man das, was er jetzt im Begriff ist zu tun, auf keinen Fall tun sollte. Doch er kann einfach nicht anders, als auf die mit einer Tapete bespannte Tür zuzugehen, sich nach vorne zu beugen und sein Auge ans Schlüsselloch zu pressen. Was er sieht, überrascht ihn nur im ersten Moment. Bock beugt sich mit heruntergezogener Hose über eine alte hölzerne Schulbank, hinter ihm steht Melsene Ritter, die Geschäftsführerin. In der Hand hält sie eine Peitsche mit Riemen aus Wildleder. Bocks Hintern ist bereits stark gerötet. Nach jedem Schlag seufzt er auf und bettelt um mehr.

Helmut wendet sich ab. Er weiß nun, woran er ist und dass er in diesem Mann keinen Verbündeten finden wird. Der Kerl ist zu schwach, zu sehr mit anderen Dingen beschäftigt, die nichts mit seinem Job als Heimleiter zu tun haben. Nein, von ihm kann er keine Unterstützung erwarten. Tief enttäuscht verlässt Helmut das Büro. Wo ist er hier nur hingeraten?

Draußen schnappt er gierig nach Luft. Es ist nicht mehr so heiß wie gestern. Ein paar Wolken türmen sich am Horizont über den Bergen. Ein leichter Wind weht. Eigentlich ist das Wetter belanglos, denkt Helmut. Wichtiger ist, dass er handeln muss! Er kann einfach nicht so tun, als wäre nichts geschehen. Weg, er muss von hier weg.

Helmut steht auf einem Stuhl vor der geöffneten Schiebetür seines Wandschranks, auf den er mit größter Mühe und Vorsicht gestiegen ist, als es klopft.

»Herr Meißner, Helmut, sind Sie da?« Es ist Helene.

»Ja, aber ich bin gerade beschäftigt. Wir sehen uns später, wenn Sie mögen.«

»Was beschäftigt Sie denn so Wichtiges, dass Sie mir die Tür nicht aufmachen wollen? Sie werden doch nichts Ungehöriges tun oder … versuchen?«, fragt sie.

»Nicht was Sie denken.«

»Dann könnten Sie aber doch aufmachen«, beharrt sie. »Geht es Ihnen auch gut?«

»Doch, doch«, antwortet er.

»Dann öffnen Sie jetzt gefälligst die Tür, das ist ja kindisch!« Sie drückt die Klinke hinunter. »Wir sollen doch von innen nicht absperren. Stellen Sie sich vor, Sie hätten einen Anfall, einen Infarkt oder was auch immer, und man kann die Tür von außen nicht öffnen. Das haben Ihnen die Schwestern bestimmt genauso eingebläut wie mir. Hab ich recht?«

»Sie würden trotzdem einen Weg finden, um reinzukommen. Darum mache ich mir gar keine Sorgen.«

»Ich mache mir aber Sorgen, und zwar um Sie. Ich glaube, die Sache mit Frau Peinhardt ist Ihnen doch sehr nahegegangen. Und jetzt lassen Sie mich nicht länger vor der Tür stehen wie Julia Romeo unter dem Balkon.«

Romeo! Die Frau hat wirklich Nerven. Endlich hat Meißner den Koffergriff in der Hand und hebt das Gepäckstück aus dem oberen Schrankfach zu sich auf den Stuhl. Dann steigt er wieder hinunter, und seine Knie knacken. Er stellt den Koffer unter das Fenster, wo er vom Vorhang fast verdeckt wird, schiebt den Stuhl an den Tisch zurück und öffnet endlich die Tür. »Wo haben Sie denn Ihren Rollstuhl gelassen?«

»Da, wo er hingehört: in der Rumpelkammer vor dem Schwesternzimmer.«

»Aber Schwester Stefanie hat doch gesagt, Sie sollen –«

»Wollen Sie mich nicht endlich hereinbitten?«, unterbricht ihn Helene von Hertan.

»Bitte sehr.« Helmut Meißner tritt zur Seite.

»Sie wissen, dass es mich nicht sehr bekümmert, was die Schwestern sagen. Nicht einmal Schwester Pia kann mir Angst machen, obwohl sie es nach allen Kräften versucht.«

»Sie sollten sich wirklich in Acht vor ihr nehmen, und diese Warnung ist kein Scherz. Passen Sie gut auf sich auf.«

»Nanu, so ängstlich? Darf ich mich setzen?« Sie steuert auf den Stuhl zu, den Helmut eben an den Tisch zurückgestellt hat.

Meißners Vorsicht vor dem siebten Sinn, über den diese Frau verfügt, ist sofort wieder da.

»Sie wollen verreisen?«, fragt sie auch schon, kaum dass sie Platz genommen hat.

»Kann gut sein«, sagt er. »Was darf ich Ihnen anbieten? Wasser, Orangensaft, vielleicht ein kleines Bier?«

»Wasser, bitte.«

Er nimmt eine Flasche aus dem Kühlschrank und schenkt ihnen beiden ein, obwohl ihm der Sinn viel eher nach Bier steht.

»Ich habe kein Problem damit, wenn Sie Bier trinken. Nur zu!«, fordert sie ihn auf. »Und dann verraten Sie mir, wohin Sie wollen. Nach Rumänien? Zur Thalasso-Therapie?«

»Nein, das ist nichts für mich.«

»Und warum nicht?«, fragt sie.

»Das kann ich gar nicht sagen, es ist nur so ein Gefühl. Die Gräfin, eine Dame, die auch hier wohnt, ist schon seit über zwei Wochen in Rumänien. Ich weiß nicht, warum sie so lange weg ist, ob irgendetwas mit ihr passiert ist. Ich habe keinen Kontakt zu ihr.«

»Sie machen sich wegen ihr also auch Sorgen?«

Helmut nickt.

»Und Frau Peinhardts Tod hat Sie auch sehr mitgenommen.«

»Es kam so plötzlich.«

»Aber Sie haben doch beim Frühstück erzählt, sie habe so seltsam geröchelt, als Sie bei ihr im Zimmer waren.«

»Das stimmt, aber …«

»Was aber? Schwester Pia hat doch auch nach ihr gesehen.«

»Ja, und angeblich nichts von einem Röcheln bemerkt. Sie hat sich über mich lustig gemacht, dabei hatte ich recht mit der

Vermutung, dass mit Frau Peinhardt etwas nicht in Ordnung war. Schwester Pia hat mich aus dem Zimmer geschickt und wollte dann ein Medikament holen.« Helmut steht auf, um sich nun doch ein Bier aufzumachen und damit Helene nicht sieht, wie sehr ihn die Sache belastet. Seine Hand zittert, als er die Flasche aus dem Kühlschrank nimmt.

Helene von Hertan steht auf, nimmt ihm die Bierflasche aus der Hand und schenkt ihm ein. »Setzen Sie sich und beruhigen Sie sich. Sie stehen ja vollkommen neben sich.«

»Wie ein Geist ist sie über den Gang gehuscht, fast durchsichtig war sie«, flüstert er, hebt das Glas mit zwei Händen und nimmt einen großen Schluck. »Ich halte es hier nicht mehr aus. Ich habe Angst. Um die Gräfin, um Sie und um mich selbst.«

»Deshalb wollen Sie sich jetzt aus dem Staub machen«, stellt Helene fest.

»Ich habe Todesangst. Das hat nichts mit Sich-aus-dem-Staub-Machen zu tun.«

»Natürlich hat es das«, antwortet sie. »Auch wenn Sie eigentlich keine Memme sind, so gut kenne ich Sie schon. Vermutlich sind durch den Tod von Frau Peinhardt und Ihr schlechtes Gewissen ein paar Sicherungen bei Ihnen durchgebrannt. Das ist absolut nachvollziehbar, aber seien Sie doch mal ehrlich, wovor sollten alte Menschen wie wir denn noch davonlaufen? Vor dem Tod? Das ist doch lächerlich.«

»Ich will aber noch nicht sterben. Ich bin doch gesund.« Ein wenig schämt Helmut sich, dass er gerade eine ziemlich jämmerliche Figur abgibt.

»Und jetzt wollen Sie von hier verschwinden, woanders weiterleben und so tun, als wäre nichts geschehen? Sie müssen doch wissen, dass das so nicht funktioniert. Haben Sie schon mit der Heimleitung gesprochen und Ihren Verdacht geäußert?«

Helmut winkt ab. Kein Wort will er über die Szene verlieren, deren Zeuge er heute geworden ist. »Ich kann hier nicht mehr bleiben. An diesem Ort geschehen schreckliche Dinge.«

»Sagten Sie nicht, dass Ihr Neffe, der Polizist, Sie eventuell bald besuchen kommt? Dann könnten Sie ihm doch von Ihren Befürchtungen erzählen.«

»Aber beweisen kann ich nichts. Mein Neffe wird denken, dass ich meschugge bin. Ein alter Mann, der unter Verfolgungswahn leidet.«

»Ich bitte Sie. Sie sind schließlich sein Onkel, nicht irgendwer.«

Meißner schüttelt den Kopf und nimmt noch einmal einen Schluck Bier. Der Alkohol beruhigt ihn ein wenig.

»Ich kann Sie nicht aufhalten«, fährt Helene fort, »aber ist Ihnen eigentlich klar, dass Sie uns alle, die wir hier leben, im Stich lassen, wenn Sie weggehen? Wenn Sie mit Ihrer Befürchtung recht haben, dann überlassen Sie uns einfach unserem Schicksal. Die Gräfin, wenn sie denn irgendwann aus diesem maroden Ostblockland zurückkommen sollte, mich und all die anderen. Sie enttäuschen mich, denn ich hatte mir schon fast eingebildet, wir könnten so etwas wie Freunde werden. Und ich habe nicht zu hoffen gewagt, so spät in diesem Leben noch einmal einen Freund zu gewinnen. Am Anfang unserer Bekanntschaft fand ich Sie zugegebenermaßen etwas vulgär und Ihre zur Schau getragene Aristokratenverachtung lächerlich. Dabei sind Sie doch sicher selbst Millionär.«

»Mein Geld steckt jetzt schon fast vollständig in einer Stiftung, deshalb bin ich auch kein Millionär mehr. Das heißt aber auch nicht, dass ich ein armer Schlucker bin.«

Helmut hat sein Bier ausgetrunken.

»Ich sage es nur ungern, noch dazu zum zweiten Mal«, Helene sieht ihn an, »aber gehen Sie bitte nicht fort. Ich habe außer Ihnen doch niemanden.«

»Sie haben einen Sohn«, widerspricht Helmut. »Ich habe gesehen, wie er Sie hergebracht hat.«

»Mein Stiefsohn. Wir haben uns nie besonders gemocht.« Schweigend sieht Helene zum Fenster hinaus. »Er lebt in Amerika, denkt nicht mehr an mich. Seine Frau hat kein Interesse an mir, und seine Kinder habe ich ganze zwei Mal gesehen. Was soll ich mir vormachen? Seit dem Tod meiner Eltern und dem meines Mannes habe ich niemanden mehr, dem etwas an mir liegt. Mir ist bewusst, dass ich selbst daran nicht unschuldig bin. Ich lege mich gern mit den Leuten an. Das war schon immer mein Problem.

Aber ich dachte, mit Ihnen wäre es anders. Mir liegt etwas an Ihnen, und ich hatte gehofft, umgekehrt könnte es vielleicht genauso sein. Aber gut. Ich lasse Sie jetzt in Ruhe packen, oder was auch immer Sie denken, tun zu müssen.« Sie steht auf. »Man soll einen Menschen, der gehen will, nicht aufhalten. Es war schön, Sie kennengelernt zu haben. Leben Sie wohl.« Sie geht zur Tür, dreht sich nicht mehr um und verlässt das Zimmer.

Helmut öffnet den Kühlschrank und macht sich ein zweites Bier auf. Heute ist ein wirklich seltsamer Tag. Er legt sich auf das Bett. Nur ein kurzer Mittagsschlaf, denkt er, aber dann schlagen die Erschöpfung, das Bier und die Aufregung zu, und er erwacht erst zwei Stunden später. Im Schlaf hat er sich durch quälende Träume gekämpft, einen nach dem anderen. Sie flossen zäh dahin und wollten nicht enden. Aber da er sich nie an seine Träume erinnern kann, weiß er auch bei diesem letzten nicht, worum es in ihm eigentlich ging.

Er liegt angezogen auf seinem Bett. Es muss schon Nachmittag sein. Er steht auf, geht ins Bad und lässt Leitungswasser in den Zahnbecher laufen. Er hat Durst. Dann erinnert er sich wieder daran, was geschehen ist. Der Notarzt, Schwester Pia, die Peinhardt, tot. Wahrscheinlich haben sie sie schon mitgenommen. Er setzt sich auf den Toilettendeckel und trinkt.

Zurück im Wohnzimmer fällt sein Blick auf den Koffer, den er packen wollte, als Helene ihn überraschte. Überrumpelt hat sie ihn richtiggehend. Und unter Druck gesetzt. Sie hat ihn gebeten zu bleiben, für sie und für die anderen, die vielleicht in Gefahr sind.

Ein insistierendes Geräusch setzt ein. Es dauert ein wenig, bis Helmut begreift, dass sein Handy, das er auf lautlos gestellt hat, der Verursacher ist. Er greift nach dem Telefon, das auf dem Sofatisch liegt.

»Hallo?«, ruft er, dann fällt ihm ein, dass er die Lautstärke hochfahren muss, wenn er etwas verstehen will. »Hallo?«, ruft er noch einmal.

»Bin ich richtig bei Herrn Helmut Meißner?« Eine männliche Stimme.

»Ja, wer ist denn dran?«

»Hier auch Meißner«, sagt der Mann.

»Klaus?« Aber die Stimme ist nicht die seines Bruders.

»Stefan«, sagt sie. »Stefan Meißner.«

Helmut Meißner versteht nicht sofort.

»Dein Neffe. Mein Vater hat mich gebeten, mich bei dir zu melden, Onkel Helmut.«

»Stefan! Der Polizist!« Endlich arbeitet Helmuts Gehirn wieder.

»Kriminalbeamter«, korrigiert sein Neffe.

»Aus Ingolstadt!« Gleich wird er alle Infos wieder parat haben.

»Richtig. Wie geht es dir, Onkel Helmut? Alles in Ordnung?«

»Sagen wir, es könnte schlimmer sein. Gerade könnte ich einen Kriminaler wie dich hier gut gebrauchen.«

»In deinem Altersheim in Prien?«, fragt Stefan.

»Senioren-Residenz«, verbessert sein Onkel ihn, »kein großer Unterschied, aber doch ein Unterschied. Letztlich läuft es auf dasselbe hinaus, nur zahlen wir ein bisschen mehr Geld für Unterkunft und Verpflegung als die meisten anderen.«

»Hast du von dort auch einen Blick auf den See?«, fragt Stefan.

»Die Residenz liegt sogar auf einem Seegrundstück und verfügt über ein Schwimmbad mit Spa. Du kannst also deine Badehose mitbringen, wenn du mich besuchst. Du kommst doch, oder?«

»Eigentlich habe ich mir Urlaub genommen, um ein Haus zu renovieren, in das wir gerade eingezogen sind.«

»Du bist verheiratet?«

»Nein, ich wohne hier mit meiner Freundin, also Lebensgefährtin.«

»Will sie dich nicht heiraten?«

»Onkel Helmut, wie viele Jahre haben wir uns eigentlich nicht mehr gesehen? Fünf, zehn? Oder sind es noch mehr?«

»Vielleicht ist es ja andersrum, und du willst sie nicht heiraten? Wollt ihr noch Kinder haben?« Helmut wartet Stefans Antwort gar nicht ab. »Margarete und ich hätten sehr gern welche gehabt, konnten aber keine bekommen. Wäre es anders gewesen, wäre ich vielleicht nicht hier.«

Stefan räuspert sich. Jetzt bloß keinen Ärger heraufbeschwören. »Und warum brauchst du in der Residenz einen Polizeibeamten?«

»Das hab ich gesagt?«, fragt Meißner senior und versucht, Zeit zu gewinnen. Wahrscheinlich hält sein Neffe ihn für verrückt, wenn er jetzt mit seinen Verdächtigungen herausplatzt. Das muss er schlauer anstellen.

»Zumindest habe ich es gehört«, antwortet Meißner junior.

»Ach so, jetzt weiß ich's wieder«, lacht der Alte. »Wegen unserer Globulimörderin.«

Stefan horcht auf.

»Wir werden hier naturheilkundlich behandelt. Du weißt, was Globuli sind?«

»So ungefähr. Aber Globulimörder, das klingt wie Teebeutelwürger oder Gummihammermörder.«

»Ich kann dir sagen, so ein Seniorenheim ist kein Ponyhof. Komm mich doch mit deiner Lebensgefährtin besuchen, dann haben wir Zeit zu reden. Ich lade euch auf die Seeterrasse ein und erzähle euch, was hier so alles passiert. Du musst keine Angst davor haben, dass ich senil geworden bin oder unter Alzheimer leide. Ich war vorhin, als du anriefst, nur ein bisschen durcheinander, weil ich gerade meinen Mittagsschlaf gehalten habe. Aber lass dir bitte nicht zu viel Zeit mit deinem Besuch. Es wäre gut, wenn du bald kämst.«

Stefan antwortet immer noch nicht.

Wahrscheinlich denkt er, ich bin vollkommen übergeschnappt, mutmaßt Meißner senior. »Ich habe hier übrigens auch eine … Freundin. Alter Adel«, prahlt er. »Sie kommt aus Bayreuth und heißt Helene von Hertan. Und wie heißt deine Freundin?«

»Sie heißt Marlu. Marlu Rosner. Eine Bürgerliche.«

»Ach was! Stammt sie etwa aus der Ingolstädter Unternehmerfamilie Rosner, den Hosenfabrikanten?«

»Kann schon sein, dass sie mit denen über zwölf Ecken verwandt ist.«

»Ist ja auch nicht so wichtig, Stefan. Wichtig ist, dass ihr mich besucht. Und zwar bald. Bitte!« Hat er jetzt tatsächlich »bitte« gesagt?

Auch Stefan ist das kleine Wörtchen aufgefallen. Eins, das er von seinem Onkel noch nie gehört hat. Und jetzt gleich zweimal. Entweder ist er senil oder auf seine alten Tage doch noch umgänglicher geworden, als er es früher war. »Offen gesagt habe ich das schon mit Marlu besprochen. Sie ist die Bauleiterin von uns beiden und hat alle Handwerker, Möbellieferanten und den Terminplan im Blick. Sie sagt, dass Sonntag eigentlich der Tag ist, der am besten geht.«

»Sonntag? Aber das ist ja schon morgen!«, freut sich Helmut.

»Morgen oder in acht Tagen, das ginge auch.«

»Nein, nein. Es wäre phantastisch, wenn wir uns morgen sehen würden. Bei dem Wetter könnten wir sogar einen Ausflug mit dem Schiff machen.«

»Na gut, dann eben morgen. Ich gebe dir Bescheid, wenn wir losgefahren sind.«

»Tu das, Stefan. Ich freue mich wirklich sehr, wenn du, also, wenn ihr kommt. Ist sie denn hübsch, deine Freundin? Und nett?«

»Beides, Onkel Helmut. Lass dich überraschen.«

»Na gut. Dann bis morgen, Stefan.«

»Bis morgen!«

Rumänien, Dobrudscha, Samstag, 23. Mai 2015

Jetzt ist dieser Mensch mit dem gelben Kopf schon über eine Stunde unterwegs. Ich habe keine Ahnung, wonach er hier sucht. Futter kann es nicht sein, denn an den besten Futterplätzen ist er schon vorbeigelaufen. Von den Eicheln haben wir nach dem Winter nicht viel übrig gelassen, aber unter dem Walnussbaum am Dorfrand könnte man immer noch etwas finden. Die Menschen nehmen zum Suchen in Ermangelung eines Schnabels ihre beiden Vorderbeine. Sie essen alles Mögliche, auch Blätter und schwammige Pilze. Und tote Tiere auch. Aber nur bestimmte, und solche, die sie selbst getötet haben. Sehen sie eine tote Maus oder einen toten Vogel im Wald herumliegen, dann machen sie einen großen Bogen drumherum und tun so, als hätten sie nichts gesehen.

Nun setzt sich dieser Mensch auf einen Baumstumpf, pflückt eine Handvoll Gräser und Blumen und lässt sie dann achtlos liegen und geht weiter. Später am Tag gelangt er auf eine Lichtung. Dort gibt es ein paar Behausungen und andere Menschen. Außerdem ein Pferd und eine Kuh. Ich betrachte meine Mission als erfüllt und fliege zurück ins Dorf.

***

In Catrinas Umhängetasche klingelt das Handy. »Habt ihr sie gefunden?«, fragt sie.

»Wie bitte?«, erwidert eine Frauenstimme auf Deutsch. »Catrina?«

Catrina kennt die Stimme. Es ist die von Frau Ritter, ihrer Chefin aus Deutschland.

»Guten Tag, Frau Ritter, wie geht es Ihnen?«

»Das tut nun wirklich nichts zur Sache. Ich rufe ja nicht an, weil ich ein Pläuschchen mit dir halten will.«

Die Chefin ist genauso unsympathisch wie der Chef, denkt Catrina. Da haben sich die zwei Richtigen gefunden. Beide sind hochnäsig, streng und müssen immer zeigen, dass sie es sind, die das Sagen haben. Sie haben kein Herz für die Leute, die für sie arbeiten, denkt Catrina, und keines für die, die sie hierherschicken, um sie von ihnen betreuen zu lassen. Wer weiß, ob in ihrer Brust überhaupt ein Herz schlägt.

»Deshalb muss es dir aber nicht gleich die Sprache verschlagen. Catrina? Bist du noch da?«

»Ja, natürlich«, antwortet Catrina.

»Was soll jemand gefunden haben?«, fragt die Schlange.

»Ach, Anton hat seine Tabletten verlegt«, lügt Catrina. »Wir suchen sie schon einige Zeit. Vielleicht hat er sie ins Klo gespült.« Sie lacht und hört, wie falsch es klingt.

»Ich rufe wegen Vera von Zeppelin an«, sagt Melsene Ritter, und Catrina wird einen Moment ganz flau.

»Wegen Vera?«, wiederholt Catrina und versucht, möglichst ruhig weiterzuatmen.

»Was ist mit ihr? Sollte sie nicht bei dem heutigen Rücktransport dabei sein? Auf der Liste, die ihr mir geschickt habt, ist ihr Name nicht dabei.«

»Das stimmt«, sagt Catrina. »Es ging ihr heute nicht gut, deshalb haben wir gedacht, wir lassen sie noch eine Woche hier und schicken sie dann beim nächsten Transport mit.«

»Und warum erfahre ich nichts davon?«

»Ich hatte noch keine Zeit, Sie anzurufen«, redet Catrina sich heraus. »Ich bin einfach noch nicht dazu gekommen. Tut mir leid.«

»Und was fehlt Frau von Zeppelin?«

»Sie ist ein bisschen schwach, vielleicht eine kleine Erkältung. Aber wir kriegen das schon wieder hin, Frau Ritter. Sie müssen sich keine Sorgen machen. Vera braucht einfach noch ein paar Tage Schonung, dann wird es schon wieder gehen.«

»Du hättest mich darüber informieren müssen. Das geht doch nicht, dass ihr sie einfach nicht mitschickt und uns nichts sagt«, blafft Melsene Ritter Catrina an. »Dann reich jetzt dein Telefon an Vera weiter, damit ich mir selbst ein Bild von ihrem Zustand machen kann. Ihr passt doch auf, dass sie ihre Medikamente bekommt?«

»Natürlich.«

»Gut, dann gib mir jetzt Vera.«

»Ja, aber …«

»Was?«

»Sie schläft. Wir haben ihr etwas zur Beruhigung gegeben.«

Catrina wundert sich, warum sie sich so aufregt. Sonst macht sie sich um ihre Patienten doch auch ungefähr so viele Sorgen wie um einen Kanten trockenes Brot.

»Wo bist du eigentlich? Unterwegs?«, bohrt die Chefin weiter.

Was geht dich das eigentlich an?, denkt Catrina. »Ich bin nur im Garten. Es ist warm heute, und ich habe Anton und ein paar andere nach draußen begleitet. Es tut ihnen gut, wenn sie im Schatten sitzen können.« Wird Melsene ihr glauben?

»Catrina, sei so nett und stiehl mir meine wertvolle Zeit nicht mit deinen Gartenanekdoten. Wenn ich im Moment nicht mit Vera reden kann, werde ich später anrufen, wenn sie wieder auf den Beinen ist.« Es knackt, dann ist die Leitung tot.

Grußlos aufgelegt. Dafür sollte ein Blitz durchs Telefon fahren und ihr die Hand versengen, findet Catrina. Aber sie ist froh, dass Melsene ihr die Geschichte mit Vera abgekauft hat. Wenigstens für den Moment. So hat sie Zeit, um ihre Suche nach der alten Frau fortzusetzen.

Die beiden Männer aus dem Dorf sind in Catrinas Nähe stehen geblieben und haben das Telefonat neugierig belauscht, obwohl sie kein Wort verstehen konnten.

»Deutsch?«, fragt der Zahnlose.

Catrina nickt.

»Du bist Deutsche?«

»Nein, ich bin Rumänin. Aber meine Großmutter war Deutsche, deshalb kann ich die Sprache.«

Der Alte nickt. »Deutschland ist gut«, sagt er.

»Mercedes«, sagt der andere, »und BMW. Die Deutschen machen viele gute Autos.«

»Wo ist Ciprians Haus?«, fragt Catrina, bevor die Alten auch noch VW, Audi und den FC Bayern aufzählen können.

Der Glückliche, der noch ausreichend Zähne sein Eigen nennt, hebt seinen Stock und zeigt mit der abgebrochenen Spitze auf die Hofeinfahrt, wo der blaue Lada steht.

Ingolstadt, Sonntag, 24. Mai 2015

Sie sind früh losgefahren. Zwischen den schnurgeraden Pflanzreihen der Hopfengärten steht noch der Morgennebel, als hielten sich die durstigen Schlingpflanzen eigene Wasserspeicher. Wer am Tag im Durchschnitt zehn, bei günstigen Bedingungen sogar dreißig Zentimeter wachsen will, muss genügend trinken. Ein so rasches Wachstum ist eigentlich beängstigend, denkt Stefan Meißner. Man könnte sich die Pflanzen auch in einem Horrorfilm vorstellen, wie sie immer weiterwachsen und Dörfer, Städte und am Ende die ganze Welt überwuchern. Schlimmer noch als das rosa blühende Springkraut, das aufschießt, blüht und am Ende des Sommers, wenn seine prall gefüllten Samenkapseln platzen, ganze Landstriche überzieht. Die Hopfenpflanze mit ihren großen behaarten Dreifingerblättern dagegen erobert sogar den Luftraum. Sie rankt sich an Masten, Schildern, Säulen und Dachrinnen hoch in die Luft und krallt sich an ihnen fest, um jedem Wetter zu trotzen. Wenn es ausreichend warm ist, wächst der Hopfen in siebzig Tagen bis zu sieben Meter, hat er mal gelesen. Gelänge es diesen Pflanzen, sich ungehindert zu vermehren, würden sie die Agrarlandschaft rasend schnell in einen Urwald verwandeln. Der Hopfen gehört zu den Hanfgewächsen und verleiht dem Bier seinen herben Geschmack, aber vielleicht kann er auch noch ganz andere Sachen.

»Hopfengärten bis zum Horizont, dazwischen ein paar weiß getünchte Kirchtürme mit Zwiebelhaube, Hügel rauf, Hügel runter, das ist die Holledau«, sagt Stefan Meißner und gibt nicht zu erkennen, ob ihm dieser Anblick nun besonders gefällt oder nicht.

»Der Hopfengarten ist eigentlich ein Harem«, sagt Marlu. »Wusstest du das?«

»Was?« Stefan, in den Beifahrersitz gelümmelt, sieht sie von der Seite an. Er ist froh, wenn er in der Freizeit nicht Auto fahren muss. Zum Glück sitzt Marlu gern hinterm Lenkrad.

»Männer haben hier keinen Zutritt«, sagt sie und hält den

Blick auf die dreispurige Autobahn gerichtet, die den sanften Hügeln der Landschaft folgt.

Stefan Meißner ist sich nicht sicher, ob sie ihn auf den Arm nehmen will.

»Wenn die weiblichen Blütendolden befruchtet werden«, fährt Marlu fort, »passieren mindestens zwei schlimme Dinge.«

»Und die wären?«, fragt er.

»Dann wird das Aroma vom Hopfen bitter, und der Bierschaum steht nicht mehr«, erklärt Marlu.

»Wirklich?«, fragt ihr Beifahrer. »Das denkst du dir doch gerade aus, oder warst du in einem früheren Leben Hopfenbäuerin?«

»Bäuerin nicht, aber Königin!«

»Stimmt ja! Holledauer Hopfenkönigin, die Botschafterin des guten Geschmacks!« Stefan grinst. »Warum habe ich von diesem Event eigentlich noch nie Fotos zu Gesicht bekommen?«

Marlu zuckt die Achseln. »Weil ich die nicht im Portemonnaie mit mir herumtrage.«

Stefan mustert sie schmunzelnd.

»Und wieso grinst du jetzt so doof?«, fragt sie.

»Weil ich mir dich gerade im grünen Dirndl mit weißer Bluse und aufgesteckten Haaren vorstelle. Du hast das ganze Brimborium damals tatsächlich mitgemacht?«

»Ich war zwanzig, ein bisschen pummelig und hatte gerade mein silbernes Leistungsabzeichen als Gruppenführerin bei der Freiwilligen Feuerwehr bestanden. Dann bin ich auch noch Hopfenkönigin geworden, und das Autohaus Stieglmayr in Pfaffenhofen hat mir einen weißen VW Polo mit grüner Aufschrift zur Verfügung gestellt. Ein triumphales Jahr.«

»Und was stand auf dem Auto drauf? ›Königliche Staatskarosse‹ vielleicht?«, feixt Stefan.

»Autohaus Stieglmayr natürlich.«

Stefan schmunzelt und sieht wieder zum Fenster hinaus. Die Landschaft wird flacher, der Blick weiter. Getreidefelder und Mais lösen das strenge grafische Muster aus Hopfenstangen und gespannten Drähten ab. Er kann sich noch gut an die Pflichtbesuche bei Onkel Helmut erinnern, als er ein Kind war. Eigentlich mochte er seinen Onkel nicht. Onkel und Tante bewohnten einen Bungalow mit Flachdach und einem gärtnergepflegten Garten. Im Haus gab es ein riesiges Schwimmbad, in dem nie ein Kind herumplanschte und Lärm machte. Keine Schaukel im Garten, keine Spielsachen, keine Süßigkeiten. Er hatte mit seiner Schwester bei den Erwachsenen am Tisch sitzen und ihnen zuhören müssen. Und dann ermahnte ihn sein Onkel auch noch bei Tisch, wenn er den Kopf auf eine Hand stützte oder mit der Gabel über den Teller kratzte. Sie behandelten ihn und seine Schwester wie Außerirdische. Und wie ein Alien fühlte er sich dort. Die Nachmittage zogen sich endlos, und als er vierzehn war, verweigerte er alle weiteren Besuche bei Onkel Helmut und Tante Margarete, was seine Eltern schließlich akzeptieren mussten. Sein Vater war Universitätsdozent in Eichstätt, er wurde erst viel später an die neue Uni Passau berufen. Sehr viel Geld hatten sie nicht. Sie besaßen kein eigenes Haus, sondern wohnten in einer Mietwohnung in Ingolstadt.

Einen silbernen 500er-Mercedes SEL hatte Onkel Helmut gefahren, mit einer Innenausstattung aus Leder. Auch am Wochenende erreichten ihn Anrufe aus der Firma, und es konnte sein, dass er schnell wegmusste und erst zum Abendessen wieder auftauchte. Ein rund um die Uhr beschäftigter Mann. Beim Abschied drückte Onkel Helmut ihm und seiner Schwester einen Fünfer in die Hand und strahlte übers ganze Gesicht, so großzügig kam er sich dabei vor. Gut, dass Tante Margarete ihnen vorher schon jedem einen Zwanziger zugesteckt hatte. Für Stefan stand fest, dass er nie so werden wollte wie sein Onkel. »Was würdest du tun, wenn du so viel Geld hättest wie Onkel Helmut?«, wollte seine Schwester regelmäßig auf der Heimfahrt von den Besuchen bei ihm wissen. Er konnte sich nicht vorstellen, jemals so viel Geld wie sein Onkel zur Verfügung zu haben, aber er dachte, dass es ihm Freude machen würde, etwas davon abzugeben, wenn er so reich wäre. Doch seine Mutter behauptete, das dächten alle Leute, aber immer nur, solange sie kein Geld hätten.

Ob das Alter Onkel Helmut verändert hat?, fragt Stefan sich. Am Telefon klang er nicht mehr so selbstsicher und autoritär wie früher. Dass er sagte, er könne einen Polizisten gebrauchen, hat ihn natürlich aufhorchen lassen. Was redet man nur mit so einem etwas verwirrten, alten Menschen, zu dem man eigentlich so gut wie keine Beziehung hat? »Wieso fährst du denn jetzt schon von der Autobahn runter?«, schreckt Stefan aus seinen Erinnerungen hoch.

Marlu hat die A 99 verlassen.

»Nehmen wir nicht die Salzburger Autobahn?«

»Du hast seit ungefähr einer halben Stunde kein einziges Wort mehr gesagt. Bei der Stille wird mir die Autobahn zu eintönig. Außerdem ist die eigentlich ein Umweg, und ich fahre lieber querfeldein.« Sie sieht ihn an. »Wo warst du denn gerade? In deiner Kindheit? Erinnerungen an deine Familie?«

»Mhm«, macht Stefan.

»Du fragst dich, ob dein Onkel noch ganz richtig im Kopf ist, stimmt's? Und jetzt, meine Damen und Herren, präsentiere ich Ihnen den Glo-bu-li-mör-der, uaaah!« Marlu hört sich an wie die Stimme in der Geisterbahn.

Stefan lacht. »Es könnte durchaus spannend werden. Vielleicht hat er auch nur noch Honig im Kopf wie Didi Hallervorden in dieser Komödie.«

»Aber du hast den Film doch gar nicht gesehen«, behauptet Marlu.

»Stimmt, aber die Plakate hab ich gesehen.«

»Dachte ich mir schon. Du und Kino!«, schnaubt sie. »Jedenfalls muss dein Onkel ziemlich reich sein, wenn er am Chiemsee in einer vornehmen Senioren-Residenz seinen Lebensabend verbringt. Deine Tante ist gestorben, er hat keine Kinder, vielleicht ...?«

»Vergiss es! Onkel Helmut hat längst alles geregelt. Für eine Familie, die ihm noch nie besonders wichtig war, fällt da bestimmt nichts ab.«

»Wer weiß das schon. Was würdest du mit, sagen wir, einer halben Million machen?«

Wie meine Schwester auf den Heimfahrten von Onkel Helmut und Tante Margarete, denkt Stefan und hört Marlu auch schon prusten. »Sehr witzig«, sagt er. »Ich habe überhaupt keine Wünsche, die Geld kosten.«

»Ach, Stefan, du langweiliger Gutmensch. Dich kann man

aber auch gar nicht aus der Reserve locken. Und was sagst du zum Glo-bu-li-mör-der?«

Er schüttelt den Kopf. »Kein Kommentar. Aber sag mal, sind wir eigentlich noch richtig hier? Die Straßen werden immer schmäler und kurviger. Nur Felder und Wiesen.«

»Links geht's nach Frauenneuharting und rechts nach Aßling. Wir befinden uns immer noch in Oberbayern und werden gleich einen finsteren Forst durchqueren.«

»Wenn wir Autobahn gefahren wären, wären wir ein ganzes Stück schneller gewesen als mit dieser Rumgondelei über die Dörfer.«

»Das stimmt. Aber wir sind ja nicht auf der Flucht«, behauptet Marlu. »Hast du Hunger?«

»Noch nicht, aber einen Kaffee könnte ich vertragen.«

***

Marlu hat die Villa aus der vorletzten Jahrhundertwende mit ihren modernen Anbauten und dem separaten Personaltrakt als Erste entdeckt. »Das sieht aber echt nobel aus.«

»Den Luxus muss man sich erst mal leisten können.«

Marlu denkt bei dem Anblick an Thomas Manns »Zauberberg«. Es ist ein schöner Tag, sie sind hundertfünfzig Kilometer weit gefahren, vor ihr liegt das bayerische Meer, dahinter stehen die Berge, und das hier ist ein Etablissement der Luxusklasse.

Marlu parkt den Audi in einer Parkbucht direkt vor dem Eingang zur Residenz, zwischen einem Bentley in Metallicgrau und einem dunkelblauen Mercedes der S-Klasse. Gegen beide Limousinen wirkt der A4 wie ein Kleinwagen.

Zwei Damen mit lilastichigem Silberhaar sitzen an einem der Tische in der Lobby und betrachten auf einem iPad Fotos. Ein älterer Herr liest die »Frankfurter Allgemeine«, die aufgeschlagene Seite dicht vor seiner Lesebrille. An der Rezeption steht ein Paar, das altersmäßig eher nicht zum Kundenkreis gehört. Er groß, dunkelhaarig, Mitte vierzig, im eleganten Lodenanzug mit weißem Leinenhemd. Sie mindestens dreißig Zentimeter kleiner als er, Mitte dreißig, offener weißer Kittel, weiße Clogs, karierter

Rock, hautfarbene Strumpfhose. Offensichtlich gehört sie zum medizinischen Pflegepersonal. Als der Mann Marlu und Stefan bemerkt, unterbricht er seine Unterredung und kommt auf sie zu.

»Guten Tag, Bock, ich bin der Leiter der Residenz am See. Wie kann ich Ihnen helfen?« Gewinnendes Lächeln, äußerst charmant. Mit einer Ausstrahlung, als habe er alles im Griff und würde alles Menschenmögliche tun, um für die Zufriedenheit seiner Kunden zu sorgen. Als würde er sich persönlich um sämtliche Belange seiner Anvertrauten kümmern, so unangenehm sie auch sein mochten. Der Mann ist durch und durch ein Macher.

»Guten Tag, Stefan Meißner.« Fast hätte er hinzugefügt: »Kripo Ingolstadt«, aber Marlu piekt ihm gerade noch rechtzeitig den ausgestreckten Finger in die Seite.

»Marlu Rosner.« Sie gibt Bock die Hand.

»Herzlich willkommen! Meißner? Dann besuchen Sie Ihren Vater?«, fragt Bock.

»Meinen Onkel.«

»Waren Sie schon einmal hier?«

»Bisher noch nicht«, sagt Stefan. »Wo finden wir meinen Onkel?«

»Welches Apartment bewohnt Herr Meißner, Schwester Pia?«

»Nummer 13 im ersten Stock«, sagt die Schwester. »Aber er ist nicht in seiner Wohnung.«

»Ach so?«, fragt Bock.

»Er ist mit Herrn Hallhuber im Park.«

»Ja, ja, unsere Schwester Pia hat ihre Augen überall«, scherzt Bock. »Sie gelangen durch die Terrassentüren zum Park. Werden Sie länger bleiben?«

»Nein, wir fahren am Nachmittag wieder nach Hause«, sagt Stefan.

»Müssen Sie weit nach Hause fahren?«

»Hundertfünfzig Kilometer. Nach Ingolstadt.«

»Ach, deshalb der Audi.«

»Den Jaguar haben wir heute in der Garage stehen lassen, in dem Wagen ist zu wenig Platz. Für längere Strecken ist er so gut wie unbrauchbar.«

Bock lacht gequält. Entweder hat er den Scherz schon öfter gehört, oder er kann grundsätzlich nicht über Scherze, die Wagen der Oberklasse zum Thema haben, lachen, weil er den Luxus für unverzichtbar hält. »Dann noch einen schönen Aufenthalt bei uns in Prien«, wünscht Bock. »Ich muss leider weiter. Sehr nett, dass Sie Ihren Onkel besuchen, er wird sich sicher freuen.«

»Er bekommt ja so selten Besuch«, ergänzt Schwester Pia. »Es ist schon lange her, dass sein Bruder da war. Ich glaube, er fühlt sich manchmal sehr einsam.«

Danke für die Portion schlechtes Gewissen, denkt Stefan.

»Möchten Sie nach der langen Fahrt vielleicht etwas trinken?«, fragt sie, wieder die Freundlichkeit in Person.

»Einen Kaffee würde ich nehmen, wenn Sie nicht nur koffeinfreien haben.«

»Sie bekommen hier alles, was Sie möchten. Jeder muss selbst wissen, was ihm guttut. Geben Sie an der Theke einfach Andrea Bescheid, sie macht Ihnen gern einen Kaffee.«

»Danke. Du auch einen, Marlu?«

»Ich geh lieber schon mal raus Richtung See und vertrete mir die Beine.«

»Gut, bis gleich.«

Marlu geht auf die Terrasse hinaus und dann den Weg zum Seeufer entlang. In einiger Entfernung sieht sie einen alten Herrn im Rollstuhl, der von einem anderen alten Herrn geschoben wird. Könnte das Onkel Helmut sein? Im Rollstuhl? Aber Stefans Vater hat nichts davon gesagt, dass er nicht mehr laufen kann. Am Ufer schlüpft sie aus ihren Sandalen und streckt eine Zehe ins Wasser. Höchstens fünfzehn, sechzehn Grad. Sie sieht sich um. Das da drüben muss die Herreninsel mit dem Königsschloss sein. Marlu hat Bilder davon im Kopf, kann sich aber nicht mehr erinnern, ob sie je selbst dort gewesen ist. Vielleicht als Kind.

Die beiden Männer mit dem Rollstuhl kommen ihr auf dem Uferweg entgegen. Der im Rollstuhl kann nicht Stefans Onkel sein. Er ist vornübergebeugt, sehr hager und bestimmt eher neunzig als achtzig. Ein richtiger Greis, denkt Marlu. Aber vielleicht der, der den Rollstuhl schiebt? Marlu zögert. Saublöd, da kommt der Onkel womöglich gerade auf sie zu, und sie erkennt ihn nicht. »Hallo, guten Tag«, sagt sie und lächelt die beiden Herren an. Der Greis kann entweder nicht mehr sprechen oder versteht nichts, auf jeden Fall schweigt er. Der andere, der Stefans Onkel Helmut sein könnte, sieht sie an, als wäre sie ein Geist. Oje, denkt Marlu, dann hat Stefan mit seiner Einschätzung vielleicht doch recht. Aber warum hat sein Vater ihnen nichts von Onkel Helmuts schlechtem Zustand erzählt? Marlu ist unentschlossen. Vielleicht sollte sie einen schönen Tag wünschen und dann schnell weitergehen.

»Wer sind Sie?«, krächzt schließlich der, der sie seit einer gefühlten Ewigkeit anstarrt. »Was tun Sie hier?«

»Ich bin zu Besuch hier. Wir besuchen den Onkel meines Lebensgefährten.«

»Wie heißt denn Ihr Lebensgefährte?«, fragt der alte Herr.

»Stefan Meißner. Da kommt er.« Sie zeigt hinauf zur Terrasse, auf der Stefan gerade aufgetaucht ist.

»Dann wollen Sie zu mir! Helmut Meißner, guten Tag. Entschuldigen Sie meine Verträumtheit. Ich habe Sie doch glatt mit jemandem verwechselt. Jemandem, der … Ach, ist ja auch egal. Dann sind Sie Frau Rosner aus Ingolstadt. Sind Sie mit der gleichnamigen Hosenfabrikantendynastie verwandt?«

»Nur sehr entfernt. Ich heiße Marlu.« Sie gibt ihm die Hand.

»Freut mich sehr! Mein Neffe scheint ja ein echter Glückspilz zu sein. Das ist übrigens Herr Hallhuber. Er ist dreiundneunzig, verlangen Sie also bitte nicht von ihm, dass er sich noch daran erinnert, wie man eine junge Dame begrüßt. Er hat so ziemlich alles vergessen, was in seinem Leben einmal wichtig war. Aber er ist gern draußen, zumindest bilde ich mir das ein.«

Während sie sich unterhalten, kommt Stefan dazu. »Hallo, Onkel Helmut! Ihr habt euch schon bekannt gemacht?«

»Glückwunsch zu deiner Marlu, Junge! Ich an deiner Stelle würde sie sofort heiraten.«

Stefan denkt: Onkel Helmut, wie er leibt und lebt. Kann es tatsächlich sein, dass sich Menschen niemals ändern?

»Schön, dass ihr beide da seid«, versucht Helmut, den ersten Eindruck zu verbessern. »Aber wenn ihr in erbschleicherischer Absicht gekommen seid, muss ich euch gleich enttäuschen. Ich habe alles geregelt. Da ich selbst keine Kinder habe, geht mein ganzes Geld an eine Stiftung, die Wirtschafts- und soziale Projekte in Südamerika unterstützt. Ich hoffe, dass mein Geld noch einige Zeit ausreicht, um möglichst viele der Projekte voranzubringen und zum Erfolg zu führen.«

»Das trifft sich wunderbar, Onkel Helmut, denn wir sind beide abgesichert, gehobene Beamtenlaufbahn, und brauchen nichts von dir«, stellt sein Neffe klar. »Das Geld hat in der Überlegung, ob wir dich besuchen oder nicht, keine Rolle gespielt. Aber gut, dass wir das gleich geklärt haben.«

Entweder bekommt der Onkel von der plötzlich aufgeheizten Stimmung nichts mit, oder sie macht ihm nichts aus. Jedenfalls lässt er sich nichts anmerken. Oder er wollte die Sache tatsächlich sofort geklärt haben, denkt Marlu.

Im Gegensatz dazu scheint der Rollifahrer die aggressive Atmosphäre sehr deutlich zu spüren. Eine plötzliche Unruhe hat den Greis erfasst, sein Kopf wackelt hin und her, er stößt unverständliche Laute aus, die nichts Gutes bedeuten können.

»Ganz ruhig, Horst«, redet der Onkel beschwichtigend auf ihn ein. »Unsere Unterhaltung hat ihm anscheinend nicht gefallen. Aber ich sage immer: Hosen runter und alle Karten auf den Tisch! Das war eine Maxime in meinem Berufsleben.« Sein Ton ist etwas zackiger geworden. »So eine Art legst du nie wieder ab, schon gar nicht, wenn du mal über achtzig bist.«

Helmut schiebt seinen Freund Hallhuber zurück in den Wohntrakt, und Marlu und Stefan folgen ihnen. Im Erdgeschoss sehen sie, wie Schwester Pia sich gerade mit einer Patientin unterhält.

Helmut tut, als hätte er sie nicht gesehen, flüstert stattdessen dem Mann im Rollstuhl irgendeinen Unsinn ins Ohr und tätschelt ihm die Schulter. »Ich bringe Horst noch schnell auf sein Zimmer, dann bin ich wieder für euch da.« Er läuft zum Aufzug, während Stefan und Marlu in der Lobby bleiben.

Er muss auf die Ankunft des Lifts warten. »Margarete, die Zeit hat mir einen dummen Streich gespielt«, murmelt Helmut Meißner halblaut vor sich hin. »Und der Mut ist so müde geworden und die Sehnsucht so groß. Wer hat das geschrieben,

Rilke? Du wüsstest es wahrscheinlich.« Der Aufzug verharrt im Untergeschoss. »Ich habe sie von hinten am Ufer stehen sehen, in ihrem Sommerkleid, schlank, jung und begehrenswert. Mein Herz hat geschlagen wie verrückt, die Brust ist eng geworden. Es war so schön, dass es wehtat. Ich habe sie mit dir verwechselt. Wie kann man so dumm sein und eine Fremde mit seiner Frau verwechseln, Margarete? Es war ein schöner Moment, kurz habe ich daran geglaubt, dass du es sein könntest. Dass du mir wieder nah bist, dass du mich vielleicht holen kommst.« Endlich setzt sich der Aufzug in Bewegung. »Ich wäre sofort mitgegangen, Margarete, ohne Zaudern. Nichts hält mich mehr hier, wenn ich weiß, dass ich dich noch einmal sehen, noch einmal spüren kann, wenn ich gehe.« Helmut schiebt den Rollstuhl in den offenen Aufzug.

Horst sieht mitgenommen aus, hat sich aber wieder beruhigt.

»Sie sieht dir ähnlich, findest du nicht?«, brabbelt Helmut weiter. »Meinst du, sie hat gemerkt, wie durcheinander ich war, als sie sich umdrehte?« Er drückt den Knopf für den ersten Stock. »Es war nicht recht, dass du mich verlassen hast. Du warst so viel jünger als ich. Ich habe dich immer irgendwann als Witwe gesehen, nicht mich als Witwer. Das ist doch gegen die Natur. Aber was verstehen wir Menschen schon, nicht, Margarete? Viele können nicht einmal sagen, was sie wollen. Ich dagegen weiß genau, was ich will, aber ich werde es in diesem Leben nicht mehr bekommen.«

»Pling!« Der Aufzug hält, sie steigen aus. Helmut schiebt Horst in sein Zimmer und stellt den Rolli ans Fenster, wo Horst am liebsten sitzt. Aus der Küche holt er ihm ein Glas Wasser, und Horst trinkt es gierig aus, sodass Helmut es erneut füllt und es ihm in greifbare Nähe stellt. Bevor er der Schwester Bescheid gibt, nach Horst zu sehen, setzt Helmut sich noch einmal kurz zu ihm. Es tut zwar weh, ist aber auch schön, an Margarete zu denken. Er muss sie sich immer wieder vorstellen, sonst wird er sie irgendwann vergessen, und das darf auf keinen Fall geschehen.

»Von hinten sieht sie aus wie du, Margarete«, flüstert er. »So schmal, sie hat genau deine Figur und deine Größe. Was hat das zu bedeuten? Ich wünschte, du wärst noch bei mir, hier am See, an dem es dir immer so gut gefallen hat. Du könntest bei mir wohnen, wir könnten jeden Tag ins Restaurant gehen, und wenn du wolltest, könntest du auch kochen. Wir würden Ausflüge machen, reden, und ich wäre nicht mehr allein. Ja, natürlich hast du recht, Margarete, ich bin nicht allein, Horst ist auch noch da. Aber nicht mehr lange. Olaf ist schon fort, die Peinhardt ist auch tot und die Gräfin in Rumänien. Dafür ist die Hertan neu angekommen. Und jetzt ist sogar Stefan da, mein Neffe, erinnerst du dich an ihn? Bestimmt tust du das. Der Junge, dem bei uns immer langweilig war, weil wir keine Spielsachen im Haus hatten. Nicht einmal eine Schaufel oder einen Sandkasten. Seine Freundin sieht aus wie du, aber das habe ich dir schon erzählt. Holst du mich bald, Margarete?« Er steht wieder auf, klopft Horst auf die Schulter und drückt auf einen Knopf, damit die Schwester kommt. »Aber solange ich hier bin, werde ich kämpfen, Margarete. Schlafen kann ich auch noch, wenn ich tot bin. Auch wenn mein Mut schon müde ist. Ich werde in Erfahrung bringen, ob es Rilke war, der das gesagt hat. Und jetzt überrede ich meine Besucher zu einer Schifffahrt. Du bist in meinem Herzen dabei, Margarete.«

***

Der Himmel ist bedeckt, als zierte er sich oder wartete noch auf den richtigen Moment, in die weiß-blaue Symphonie einzustimmen, die die Gäste und Tagesausflügler, die mit gezückten Handys auf den Schaufelraddampfer »Ludwig Feßler« harren und dann doch mit der »Irmengard« oder »Edeltraud« vorliebnehmen müssen, von ihm erwarten. Das enttäuschte »Ohhh« der Kinder ist unüberhörbar. Ein schwacher Trost, dass das große Schaufelrad der »Ludwig Feßler« zwar noch das Wasser bewegt, das Schiff aber schon lange mit einem Dieselmotor angetrieben wird. Genau wie die »Irmengard« und die »Edeltraud«.

Eine Schar Möwen jagt über die Menschenmenge hinweg. Sie wartet auch auf die Abfahrt des nächsten Schiffs und trägt in der Flaute in kräftezehrenden Manövern den Kampf um die beste

Lauerposition aus. Die bewaldete Herreninsel ist in Sichtweite, als könnte man leicht zu ihr hinüberschwimmen.

»Vielleicht war die Idee mit dem Ausflug doch nicht so gut«, stöhnt Stefan in dem Gedränge der Leute, die den Kini auf seiner Insel besuchen wollen.

»An die Menschen gewöhnt man sich mit der Zeit.« Helmut ist die Ruhe selbst. »Es haben eben schon viele Leute gemerkt, wie schön es hier ist. Versuch einfach, zu entspannen und die Überfahrt zu genießen.«

Das Schiff legt an, und sie suchen sich einen Platz auf dem Oberdeck, weil Helmut gern draußen sitzen will.

»Wie lange bist du jetzt schon Witwer, Onkel Helmut?«, will Stefan wissen.

Helmut schluckt. »Ich bin schon sieben Jahre allein«, sagt er und bemüht sich, tapfer zu lächeln.

»Und in der Residenz gibt es keine schnittige Seniorin, die dir gefallen könnte?«, fragt Marlu.

»Schnittig?« Helmut lächelt. »Du hast sie ja gesehen, wie sie sich gegenseitig die Fotos ihrer Enkel auf den Tablets zeigen. Sie gehen alle paar Tage zur Friseurin, die extra ins Haus kommt, und zur Maniküre, von der Fußpflege gar nicht erst zu sprechen. Aber, na ja, es gibt wirklich einen interessanten Neuzugang. Schnittig ist die Dame zwar nicht gerade, und sonderlich nett ist sie eigentlich auch nicht, eher ein richtiger Besen. Sie nimmt kein Blatt vor den Mund, ist aber intelligent und leidlich gebildet. Außerdem adelig und bestimmt mit dieser Wilfried-Winifred-Mischpoke verschwippt und verschwägert, denn sie kommt aus Bayreuth. Davon abgesehen ist sie okay. Ich kann mich gut mit ihr unterhalten, und das ist in diesem Etablissement eine Seltenheit, wenn ihr wisst, was ich damit meine.«

Allmählich füllt sich das Deck.

»Und diese Frau Peinhardt, die gestorben ist, war das auch eine Freundin von dir?«

»Zumindest kannte ich sie schon eine gewisse Zeit. Ihre Passion war die Schokolade, und das hat man ihr auch angesehen. Aber auch ihr Diabetes Typ zwei hat sie nicht davon abgehalten, dieser Leidenschaft weiterhin ausgiebig zu frönen.«

»Dann hat sie nicht besonders gesund gelebt«, wirft Stefan ein.

»Das ist richtig, aber so viel Schokolade kannst du gar nicht essen, dass sie dich umbringt. Außerdem war diese Schwester dauernd hinter ihr her. Sie hat die Schokolade in all den Verstecken der Peinhardt aufgespürt und immer wieder ihre Lager ausgehoben. Wie ein Blockwart hat sie sie terrorisiert. Ich habe es mit eigenen Augen gesehen. Josefine Peinhardt hat geweint wie ein Kind, wenn Schwester Pia ihr die Schokolade weggenommen hat.«

»Wahrscheinlich wollte sie sie vor sich selbst schützen«, wendet Stefan ein. »Das wäre doch nachvollziehbar.«

»Musst du einen alten Menschen, der ein langes Leben gehabt hat, wirklich vor sich selbst schützen? Kann er nach so vielen Jahren des Zwangs nicht endlich tun und lassen, was er will? Vielleicht will er ja gar nicht hundert werden!« Onkel Helmut hat sich in Rage geredet. »Entschuldigt, das alles ist noch so frisch. Darf ich euch zu einem Getränk einladen?«

»Wie lange dauert denn die Überfahrt?«, fragt Marlu.

»Zwanzig Minuten.«

»Dann lass uns lieber auf der Insel etwas trinken.«

Plötzlich kramt Stefan hektisch in seinen Taschen.

»Die Tickets habe ich«, sagt Marlu, »falls du die suchst.«

»Ich habe mein Handy im Auto liegen lassen«, sagt Stefan.

»Nicht schon wieder«, stöhnt Marlu.

»Eine Marotte von ihm?«, fragt Helmut. »Das Liegenlassen oder dass er ohne Handy keinen Schritt tun kann?«

»Das ist beruflich bedingt, keine Marotte«, berichtigt Stefan und steht auf.

»Du willst es jetzt noch holen? Aber das Schiff ist schon fast voll, bestimmt legen wir bald ab.«

»In einer halben Stunde geht das nächste«, sagt Helmut. »Oder sollen wir jetzt alle drei noch mal vom Schiff runter?«

»Ich werde es schon schaffen, wenn ich mich beeile.« Stefan nimmt sein Ticket mit und stürzt los.

Die letzten Passagiere drängen auf das Schiff. Stefan kämpft sich gegen den Strom durch. Bis zum Hauptdeck hat er es schon geschafft.

»Er wird wohl das nächste Schiff nehmen«, sagt Helmut.
»Dann fahren wir eben zu zweit, ist doch auch schön.«
»Stefan hat offenbar ein Problem mit mir, sonst hätte er mich doch schon früher besucht und nicht erst jetzt, nachdem sein Vater ihn anscheinend mit irgendetwas erpresst hat. Vielleicht hat er ihm sein halbes Haus versprochen, wenn er sich überwindet, den bösen Onkel in Prien zu besuchen.«
»Das kann es nicht sein«, sagt Marlu. »Davon hätte ich etwas mitbekommen.«
»Fast bin ich froh, dass ich keine eigenen Kinder habe, denn lieber war ich als Onkel ein Ekel denn als Vater. Entschuldige, wenn ich jetzt zu persönlich geworden bin, ich will dir nur sagen, dass ich weiß, was er von mir denkt. Ich falle deshalb nicht aus allen Wolken und verstehe Stefan sogar. Man fährt nicht freiwillig zu einem Verwandten, der einem immer schon herzlich unsympathisch war und der sich um nichts anderes als um seine Firmen gekümmert hat. In der Beziehung war ich ein Vollversager.«
»Ach, Helmut. Ich darf doch Helmut sagen?«
Er nickt. »Natürlich. Ich hoffe ja sehr, dass wir bald zur selben Familie gehören.«
Marlu schüttelt lachend den Kopf. »Diese Entscheidung werden wir unabhängig von deiner Einschätzung treffen, Helmut. Wir sind ja schon etwas länger erwachsen.«
Der Dampfer legt ab, und Stefan ist auf dem Weg zum Parkplatz. Marlu sieht den Möwen zu, wie sie flügelschlagend über ihren Köpfen in der Luft stehen und lauern. Betteln kann man ihr Verhalten fast nicht mehr nennen. Als eine ältere Dame und ihre Enkeltochter mit der Verfütterung ihrer Brezen beginnen, schnappen die Vögel nach den in die Luft geworfenen Brocken, als seien sie kurz vor dem Verhungern.
»Aber der Tod von Frau Peinhardt«, sagt Marlu, »hat doch vermutlich medizinische Gründe, oder? Vielleicht sind mehrere Faktoren zusammengekommen.«
»Nein, liebe Marlu, weißt du, was ich glaube? Es war Mord.«
»Solange du keine Beweise hast, solltest du so etwas nicht behaupten.«

»Ich weiß, ich weiß«, antwortet Helmut. »Trotzdem weigere ich mich, einen Mörder laufen zu lassen. Damals in Vietnam war das so üblich.«

»Ich verstehe nicht, worauf du hinauswillst.« Marlu ist irritiert. »Was hat Vietnam mit dem Todesfall in deiner Residenz zu tun?«

»In Vietnam wurde mit Napalm und längerfristig mit Agent Orange gemordet, aber die Mörder wurden nie benannt.«

»Und wo ist jetzt der Bezug zum Hier und Heute?«

»Ich bin der Bezug, oder besser: Meine Feigheit ist es.« Das Schiff hat ohne Stefan abgelegt. Helmut sieht nachdenklich auf den See hinaus. »Am schlimmsten hatte meine Frau unter meiner Feigheit zu leiden. Ich habe bisher mit niemandem darüber gesprochen. Aber bei dir hatte ich heute Vormittag gleich das Gefühl, dass wir verwandt sind«, sagt Helmut. »Seelenverwandt, so wird das in rührseligen Filmen immer genannt. Ich habe den Eindruck, du spürst, was in mir vorgeht. Das macht es mir leicht, ehrlich mit dir zu reden.« Er sieht sie an. »Als ich dich am Ufer stehen sah, habe ich dich mit meiner Frau verwechselt.«

»Deshalb warst du so durcheinander?«

»Ich war nicht einfach nur durcheinander. Ich habe gedacht, ich drehe durch.«

»Aber am Ende ist nur dein Mitbewohner Horst durchgedreht«, stellt Marlu fest.

»Und wie!« Helmut grinst sie an. »In dieser Hinsicht sind viele Alte wie Kinder. Sie saugen jede Stimmung auf wie ein Schwamm und leiden tierisch darunter.«

Ein angenehm milder Fahrtwind weht über das Deck und wirbelt Marlus Haare durch die Luft. Das Bild erinnert Helmut schon wieder an seine Frau, und für einen Augenblick verklärt sich sein Blick. Auch Margarete hatte dunkelblondes, volles Haar, ungefähr schulterlang, und genau diese seidige Haut, die auch Marlu hat.

»Soll ich weitererzählen, oder langweile ich dich mit meinen Geschichten aus Zeiten, die längst vergangen sind?«, fragt er Marlu mit verlegenem Lächeln.

»Du langweilst mich überhaupt nicht. Ich war in den Sechzigern ja noch nicht auf der Welt. Keine Ahnung, wo ich gesteckt habe.« Marlu lacht Helmut an. »Vielleicht auf einem anderen Stern oder in einer anderen Dimension. Vielleicht habe ich in dem Vietnam gelebt, das dich so betroffen gemacht hat, und als eines von Tausenden Kindern zu den Flugzeugen hochgesehen, als sie über Wälder und Felder geflogen sind, um alles zu vernichten. Vielleicht habe ich das fast Unsichtbare nach unten stürzen sehen, das bei dem kleinsten Hautkontakt brannte wie Höllenfeuer. Vielleicht war ich ein von Napalm verbranntes Mädchen, das nie wieder auf diese Erde zurückwollte, weil es wusste, dass die Mörder, die ihm das angetan hatten, niemals zur Rechenschaft gezogen wurden. Und vielleicht bin ich zurückgekommen, um zumindest ein klein wenig der Gerechtigkeit zum Sieg zu verhelfen. Oh, sorry. Jetzt ist die Fantasie mit mir durchgegangen«, wundert sich Marlu. Hat sie das alles gerade wirklich gesagt?

Ohrenbetäubend tutet plötzlich das Horn ihres Schiffes. Sie sehen sich erschrocken um und bemerken einen Windsurfer, der sehr wackelig auf seinem Board steht. Scheinbar unberührt vom nicht endenden Krach steuert er auf den Bug des Ausflugsdampfers zu. Der Kapitän stoppt abrupt die Maschinen und will das Schiff in die entgegengesetzte Richtung abdrehen, doch es ist träge und bewegt sich nur in Zeitlupe. Zwanzig Meter bevor der Surfer mit dem Bug kollidieren würde, entschließt er sich doch noch zur Notbremse und lässt sich ins kalte Wasser fallen. Das plötzlich herrenlose Surfboard schaukelt auf den Wellen, sein Besitzer rudert mit den Armen, dann ist der Spuk vorbei, und das Schiff nimmt wieder Fahrt auf und korrigiert seinen Kurs.

»Es sah aus, als hätte er absichtlich das größte sichtbare Hindernis angesteuert, findest du nicht?«

»Surfanfänger«, sagt Helmut. »Gut, dass sich unser Crashkandidat von seinem Board gestürzt hat, bevor es zur Katastrophe kommen konnte.«

Marlu kommt wieder auf die Vergangenheit zu sprechen, die sie vor wenigen Minuten so aufgewühlt hat. »Erzähl weiter von damals. Aber nicht von Vietnam, sondern von dir und deiner Frau. Wo seid ihr euch zum ersten Mal begegnet?«

»Das war Ende der Sechziger. Damals war ich schon ein erfolgreicher Unternehmer«, beginnt Helmut. »Und wie es sich für einen Unternehmer gehörte, war ich streng konservativ. Ich habe Margarete 1969 kennengelernt – aber langweilt dich das wirklich nicht? Wann bist du geboren?«

»1980«, antwortet Marlu.

»Dann bist du noch ein Küken. Also?«

»Nein, du langweilst mich nicht, erzähl weiter.«

»Na gut. Nach Verhandlungen wegen der ersten großen Werbekampagne meiner Firma in der ›Bild‹-Zeitung bin ich, ohne an die Demos vor dem Springer-Hochhaus zu denken, wie immer durch dessen Vordertür wieder hinaus auf die Straße gegangen. Seit Benno Ohnesorgs Tod zwei Jahre zuvor und den Schüssen auf Rudi Dutschke verging fast keine Woche mehr, in der nicht die APO, Mao-, Marx-, Stalin- oder Trotzkisten gegen die Zeitung demonstrierten. Auf der gegenüberliegenden Straßenseite machte sich die Polizei bereit, um gegen die Demonstranten vorzugehen, und als ich hinter mich sah, erkannte ich, dass ich genau zwischen die Fronten geraten war. Hinter mir standen die Chaoten, bewaffnet mit Molotowcocktails und Pflastersteinen, vor mir die Polizisten mit Schildern, Wasserwerfern, Knüppeln und Tränengasgranaten. Wenn kein Wunder geschähe, würde ich in den nächsten Minuten überrannt und wahrscheinlich zerrieben werden, das war mir völlig klar. Nun war ich zwar konservativ und eigentlich Christ, aber mit den Riten und der Gedankenwelt der christlichen Lehre nur wenig vertraut. Im Normalfall lehnte ich es strikt ab, Gott um Hilfe zu bitten, doch in dieser Situation musste ich einfach eine Ausnahme machen. Ich wandte mich mit einem kurzen, aber inbrünstigen Stoßgebet nicht nur an Gottvater, sondern auch gleich an den Heiligen Geist, Jesus Christus und die Heilige Jungfrau Maria. Mein Tun wäre von allen Katholiken sicher als einfältig und naiv verurteilt worden, doch zu diesem Zeitpunkt kümmerte mich das herzlich wenig.«

Marlu hört gespannt zu.

»Als ich aus dem Hochhaus trat, war ich in Gedanken noch bei dem Vertrag, den ich kurz zuvor unterschrieben hatte. Ich hatte alles auf diese Werbekampagne gesetzt. Würde sie schiefgehen, wäre ich wahrscheinlich pleite. Meine Baumärkte würden versteigert werden, und weil ich etwas geflunkert hatte, was meinen Vermögensstand betraf, hätte ich wahrscheinlich privat haften und vielleicht sogar für ein bis zwei Jahre ins Gefängnis gehen müssen. Mein Schicksal stand also Spitz auf Knopf – wenn dir diese Redensart noch geläufig ist.«

»Auf Messers Schneide.«

»Genau. Trotzdem beschäftigten mich diese Überlegungen nur kurz, denn ich war mir sicher, dass meine Kampagne das Vielfache von dem, was sie kostete, einspielen und ich meiner Konkurrenz uneinholbar weit davonsegeln würde. Niemand zuvor hatte es gewagt, eine derart große Werbeaktion für Werkzeug-Fachgeschäfte in der ›Bild‹-Zeitung zu starten. Sie hatte damals täglich sechs Millionen Leser; ich war davon überzeugt, dass das von mir eingegangene Risiko nicht zu groß war. Möchtest du auch wirklich nichts trinken?«

»Nein, erzähl weiter!« Marlu hängt an Helmuts Lippen.

»Ich stand also auf der Straße zwischen den beiden Fronten. Der Ostwind hatte aufgefrischt, ein paar Tropfen gesellten sich dazu und peitschten mir waagrecht ins Gesicht. Und dann passierte etwas, von dem ich sofort wusste, dass ich es mein Leben lang nicht vergessen würde.«

»Du solltest ein Buch schreiben, Helmut!«, wirft Marlu ein. »Das ist so spannend.«

»Pass auf, die Geschichte ist noch nicht zu Ende. Plötzlich verstummten die zuvor noch lärmenden Martinshörner und Sirenen der Einsatzwägen. Nur die Blaulichter rotierten stumm weiter. Die Stiefel der heranrückenden Polizeieinheiten hörte ich genauso wenig wie die zuvor noch randalierenden Demonstranten. War ich taub geworden, oder war die Zeit für einen Augenblick stehen geblieben? In Romanen, die von geschichtlichen Großereignissen handeln, hatte ich schon öfter von einem solchen Phänomen gelesen, und jetzt war ich selbst dieser unbegreiflichen Stille ausgesetzt. In diesem Moment waren meine Firma, die Werbekampagne und der Vertrag mit Springer vergessen.« Helmut unterbricht sich und zieht einen Flachmann aus der Jackentasche. »Ich brauche eine kleine Stärkung«, sagt er, nimmt einen Schluck und hält seiner Begleitung die Flasche hin.

Marlu schüttelt den Kopf. »Ich möchte wissen, wie es weitergeht.«

»In der Sekunde fiel mein Blick, frag mich nicht, warum, auf meine biedere hellbraune Aktentasche, wie sie damals jeder Buchhalter mit sich herumtrug. In ihr waren die eben unterschriebenen Verträge. Nur wenn etwas schiefginge, würde ich sie noch einmal benötigen, ansonsten würden sie von meiner Sekretärin archiviert und in zehn Jahren weggeworfen werden. Ich konnte mir jedenfalls nicht vorstellen, dass ich meine Aktentasche retten könnte, sollten die Polizisten und die Demonstranten aufeinander losgehen. Blöd nur, dass auch noch fünfzigtausend Mark in der Tasche waren. Denn um einen besonderen Rabatt zu bekommen, hatte ich meinen Partner im Springer Verlag schmieren müssen, wie man das damals halt so machte. Sein Entgegenkommen wäre mir bis zu fünfundsiebzigtausend Mark wert gewesen, aber er war schon bei fünfundzwanzigtausend Mark schwach geworden und hatte in das von mir vorgeschlagene Geschäft eingewilligt.«

»Den Demonstranten wären die Fünfzigtausend nicht gerade ungelegen gekommen«, warf Marlu ein.

»Das ist anzunehmen. Ich schaute jedenfalls in Richtung des neu erbauten Ostberliner Fernsehturms, ohne zu erwarten, dort etwas zu entdecken, das mir dabei helfen würde, dem bevorstehenden Zusammenprall zu entkommen. Immer noch war alles gespenstisch still. Ich erinnerte mich an einen Western von Sergio Leone, den ich ein paar Tage davor im Kino gesehen hatte. Charles Bronson und Henry Fonda standen sich gegenüber, und es war nicht klar, wann sie aufeinander schießen würden. Bronson war der Schnellere von beiden. Fonda konnte seine Pistole nicht mal mehr ins Halfter zurückstecken, sie fiel ihm aus der Hand auf den staubigen Boden. Er wankte ein paar Schritte auf seinen Widersacher zu, bevor er niedersank. ›*Who are you?*‹, fragte er ihn, aber Bronson antwortete ihm nicht. Stattdessen riss er eine Mundharmonika von dem ledernen Band um seinen Hals und presste sie Fonda zwischen die Zähne. Es folgte die

Auflösung, und der Zuschauer sah, welches Schwein Fonda in diesem Film hatte spielen müssen und dass Bronson alles Recht der Welt gehabt hatte, ihn umzubringen.«

»›Spiel mir das Lied vom Tod‹?«, fragt Marlu.

»So hieß der Film. Eine halbe Stunde zuvor war ich noch der Meinung gewesen, dass dem Studentenpack endlich mal die Leviten gelesen werden müssten. Aber jetzt überkam mich plötzlich so eine Ahnung, dass die Sache womöglich komplizierter sein könnte als die in dem Kinofilm.«

Der Dampfer umrundet die Herreninsel ein Stück, um zur Anlegestelle zu gelangen, und Marlu hofft, dass ihnen noch etwas Zeit für das Ende der Erzählung bleibt. Helmut scheint nichts von dem, was um sie herum vorgeht, zu bemerken.

»Der Blick zum Fernsehturm brachte mir also auch keine Lösung«, fährt Helmut fort. »Noch immer waren die Fronten wie eingefroren. Ein Knattern beendete schließlich die unnatürliche Stille. Ich schaute in die Richtung, aus der das Geräusch kam, und sah eine junge Frau in einem engen schwarzen Rollkragenpullover auf einem Roller sitzen. Sie gab Vollgas, fuhr direkt auf mich zu, bremste und schrie mich an: ›Aufsteigen, du Idiot!‹ Im gleichen Moment sah ich den ersten Stein in Richtung Polizei fliegen, die sofort reagierte und Tränengasgranaten über die Straße auf die Demonstranten schoss. Ich schaffte es gerade noch, mich auf den Roller zu schwingen, schlang die Arme um die Taille der Frau, dann rasten wir auch schon mit einem Affenzahn davon. Sie bog in eine Straße ein, wo keine Polizisten und Polizeiautos zu sehen waren. Die Demonstranten hatten sich vor dem Springer-Gebäude aufgestellt, also waren wir fürs Erste in Sicherheit. Ich überlegte, wie ich mich bei der jungen Frau für die unerwartete Rettung bedanken sollte. Sollte ich sie zum Abendessen einladen oder mich mit einem Geldgeschenk erkenntlich zeigen? Vielleicht mit den fünfzigtausend Mark in meiner Tasche?«

»Einen Anteil davon hatte sie sich bestimmt verdient«, sagt Marlu.

»Als sie den Roller zum Stehen gebracht hatte, stieg ich ab. Sie blieb sitzen, als wollte sie gleich weiter. ›Was bist du für ein erbärmliches Arschloch?‹, schrie sie mich plötzlich an. ›Weißt du, weshalb ich dich überhaupt da rausgeholt habe? Weil du sonst von den Polizisten und den Studenten erschlagen worden wärst und die ›Bild‹ dann getitelt hätte: ›Studenten erschlagen Buchhalter‹.«

Marlu muss lachen. »Und was hast du geantwortet?«

»Ich war froh, dass sie mich gerettet hatte, aber auch verblüfft, dass mich jemand, noch dazu jemand, der jünger ist als ich, so anbrüllt. Einen Augenblick lang wusste ich nicht, was ich tun sollte. ›Darf ich Sie als Dank für die Rettung zum Abendessen einladen?‹, fragte ich sie, als ich mich wieder gefangen hatte. In dieser Situation hatte sie damit offensichtlich nicht gerechnet. Sie lachte, und sosehr sie sich auch bemühte, ein grimmiges Gesicht zu machen, es gelang ihr nicht mehr. ›Sind Sie so blöd oder so abgebrüht, dass Sie nicht so reagieren, wie man es von einem halbwegs normalen Menschen erwartet?‹ ›Ehrlich gesagt‹, antwortete ich, ›vermutlich Ersteres. Abgebrüht bin ich jedenfalls nicht, aber heilfroh, dass Sie mich und meine Tasche aus dieser brenzligen Situation gerettet haben.‹ Die junge Frau bekam fast einen Lachanfall und ließ mich, ich war zehn Jahre älter als sie, wie einen Schuljungen aussehen. Schließlich nahm sie meine Einladung an, und wir gingen noch am selben Abend zusammen essen. So habe ich meine Frau Margarete kennengelernt.«

Marlu applaudiert. »Das war die beste Kennenlern-Geschichte, die ich je gehört habe.«

***

Prien, den 24. Mai 2015

Eure Hochwürdigste Eminenz,
verzeiht, dass ein einfacher Priester einer Landgemeinde, wie ich einer bin, sich an Euch in einer Sache wendet, die ich eigentlich mit mir selbst und meinem Gewissen ausmachen müsste. Tatsächlich versuche ich dies seit geraumer Zeit, komme aber zu keiner Entscheidung. Mein Gewissen will keine Ruhe finden. Seht mir meine charakterliche Schwäche nach, Euer Exzellenz, und leiht mir, wenn möglich, Euer Ohr beziehungsweise Eure Zeit, um Euch mein Anliegen vorzutragen.

Den Mut, mich an Euch zu wenden, nehme ich daher, dass Ihr meine Übersiedelung nach Deutschland und meine Übernahme einer Pfarrei in Eurem Erzbistum aus eigenem Willen betrieben habt und als mein Mentor aufgetreten seid, nachdem Ihr in Polen meine Bekanntschaft gemacht hattet. Ihr erinnert Euch an Euren Aufenthalt im Minoritenkloster in der Nähe der Gedenkstätte Auschwitz, wo mir die große Ehre beschieden war, Euch durch die Ausstellung im Untergeschoss unserer Kirche zu führen? Mein einziges Verdienst, das mich unter all meinen Mitbrüdern für diese Aufgabe empfahl, war die Tatsache, dass ich am Gymnasium in Warschau und später an der Universität Deutsch gelernt und dabei ein gewisses Geschick bewiesen hatte.
Mit meiner Pfarrei bin ich sehr zufrieden. Die Menschen in Prien haben mich freundlich aufgenommen, und nach zwei Jahren verstehe ich mich gut mit ihnen und sie sich mit mir. Der Altersdurchschnitt meiner Kirchenbesucher ist höher als zu Hause in Polen, aber für eine deutsche Gemeinde wohl noch relativ niedrig, so wurde mir von Kollegen gesagt.
Ich wende mich heute mit einem ganz speziellen Thema an Euch, Eminenz, es geht um das Sigillum confessionis. Ich kenne seine Bedeutung sehr genau und weiß, dass ein Verletzen des Beichtgeheimnisses unweigerlich meine Exkommunikation nach sich ziehen würde, die schlimmste Strafe für einen katholischen Priester. Dieser Gefahr werde ich mich also nicht aussetzen. Dennoch liegen hierin mein Dilemma und der Grund, warum ich mich heute direkt an Euch wende und auf Anhörung hoffe.
Der heilige Nepomuk starb den Märtyrertod, weil er das Beichtgeheimnis wahrte, wenn man der Legende Glauben schenken darf. Auf die Frage König Wenzels, ob er davon Kenntnis habe, dass seine Frau ihn betrüge, weil sie es ihm als ihrem Beichtvater eingestanden habe, schwieg Nepomuk. Er schwieg nicht, weil die Frau des Königs, also seine Königin, ihm die Wahrheit gesagt hatte und er sie schützen wollte, sondern weil das Beichtgeheimnis nach ältestem kirchlichen Recht für einen christlichen Priester heilig und zu bewahren ist. Jan Nepomucký hatte also keine Wahl, so wie ich kleiner polnischer Priester keine Wahl habe. Wobei ich mich natürlich nicht mit dem heiligen Johannes Nepomuk vergleichen

will. Für mein Schweigen werde ich von keinem König zum Tode durch Ertränken verurteilt werden. Ich bin kein Märtyrer – und außerdem ein guter Schwimmer. Auch zur Polizei gehen werde ich mit dem, was ich mehr ahne als tatsächlich weiß, nicht, obwohl mein Gewissen Qualen leidet. Doch um mich und mein Gewissen geht es in dieser Sache nicht, sondern darum, dass möglicherweise Menschen in Gefahr sind und ich durch Verrat Gefahr von ihnen abwenden könnte. Der Verdacht quält mich und lässt mich nicht mehr ruhig schlafen.

Darum wende ich mich heute an Euch, Eminenz, denn Ihr seid klüger als ich und habt so viel mehr Erfahrung. Euch steht es zu, zu urteilen und zu entscheiden, wohingegen ich nur von meinem Gewissen und meinem Unwissen geplagt werde. Und so möchte ich Euch, wenn es Eurer Eminenz nicht zu viele Umstände macht und Ihr mein Dilemma nicht als pure Nichtigkeit anseht, um Euren Beistand bitten. Helft mir aus meiner Not, mein Bischof und Kardinal, helft mir, aus meiner Krise und Seelenqual einen für mich gangbaren Weg zu finden.

Euer ergebenster Diener
Tadeusz Borowski
Pfarrer der Mariä-Himmelfahrts-Gemeinde in Prien am Chiemsee

***

München, den 24. Mai 2015

Mein lieber Bruder Tadeusz,
haben Sie Dank für Ihre Nachricht, die ich soeben empfangen und gelesen habe. Natürlich erinnere ich mich an Sie! Wie sollte ich vergessen, welche hervorragenden Dienste Sie mir in Ihrem Heimatland erwiesen haben, dessen Sprache ich in meiner Jugend vergeblich versucht habe zu lernen. Ich bin sehr froh, Sie damals bei den Minoriten angetroffen zu haben, sonst hätte ich vermutlich nie einen Zugang zur Kunst von Marian Kolodziej gefunden, der zusammen mit dem heiligen Pater Maximilian Kolbe in Auschwitz gewesen ist und die Hölle auf Erden in

seinen Bildern dargestellt hat. In meinen Augen ist es ihm gelungen.
Dass Ihre Schäfchen, oder sagen wir besser: Schafe, Ihnen im Beichtstuhl nicht gerade von Sünden wie Mord und Totschlag erzählen werden, davon gehe ich aus. Trotzdem wird Ihnen etwas Schwerwiegendes zu Ohren gekommen sein, denn sonst hätten Sie sich vermutlich nicht in der Weise an Ihren Bischof gewandt, in der Sie es getan haben.
Wenn also, wie ich annehme, in Ihrer Gemeinde Mariä Himmelfahrt nicht direkt Gefahr im Verzug ist, so kann ich Ihnen frohen Herzens einen Besuch anbieten. Bald werde ich mich in Ihrer Nähe auf der Fraueninsel aufhalten. Die Äbtissin des Klosters Frauenwörth feiert einen runden Geburtstag und hat mich dazu eingeladen. So wie jedes Jahr, seit ich Erzbischof von München und Freising bin; aber dieses Mal habe ich mir vorgenommen, die Einladung endlich anzunehmen und ihr persönlich zu gratulieren. Die Geburtstagsfeier ist am Samstag, dem 30. Mai, und ich gedenke, am frühen Nachmittag anzureisen. Die Äbtissin weiß noch nichts von meinem Entschluss, also behalten Sie bitte die Neuigkeit für sich, sollten Sie Kontakt zu den Schwestern von Frauenwörth pflegen. Einzig Schwester Scholastika, eine sehr gute und sehr alte Freundin von mir, ist in die Sache eingeweiht. Sie bereitet mir eine Zelle vor, in der ich wie alle anderen Gäste übernachten werde. Ich hoffe, mein kleines Geheimnis ist bei Ihnen, verehrter Tadeusz, in guten und sicheren Händen. Jedenfalls würde ich mich freuen, wenn Sie mir auf der Insel einen Besuch abstatten würden. Ich verspreche, mir Zeit für Sie und Ihr Anliegen zu nehmen. Wenden Sie sich nur an meinen Sekretär Pater Reinhold. Seine Telefonnummer erfahren Sie im Sekretariat meiner Residenz. Zögern Sie nicht, sich zu melden und mir Ihr Anliegen vorzutragen.

Der Herr sei mit Ihnen!
gez. Kardinal Engels, Erzbischof der Diözese München und Freising

***

Das Schiff steuert den Hauptanleger an, der dem Schloss Ludwigs II. am nächsten ist. Sehen kann man den Versailles-Nachbau mit seiner Parkanlage und den Brunnen von hier aus noch nicht, nur einen Teil des Alten Schlosses und davor die Schlosswirtschaft mit Aussichtsterrasse. Von ihr aus hat man einen Blick auf die Fraueninsel mit dem Kloster Frauenwörth, auf den gedrungenen Glockenturm und auf die beiden winzigen vorgelagerten Inseln, auf denen gerade mal ein Baum und ein Busch Platz haben.

»Hat er hier eigentlich gelebt?«, fragt Marlu.

»Der König Ludwig?«, fragt Helmut, und Marlu nickt. »Nein, der hat hier nur seine Träume von der absolutistischen Monarchie und dem Prunk der Bourbonen nachbauen lassen. Sein Idol war Ludwig XIV., der Sonnenkönig. Er selbst war ein machtloser Mondkönig, so hat er sich selbst genannt. Er wurde zu spät in der Zeit geboren, war ein Träumer und ausgemachter Geldverschwender. Aus unternehmerischer Sicht eine Katastrophe. Sein Größenwahn hat sich nur langfristig ausgezahlt. Ohne ihn wäre die Gegend rund um den Chiemsee vielleicht immer noch ein abgelegener bäuerlicher Landstrich mit ein paar Fischerdörfern und einem Kloster, in dem alle Jubeljahre mal ein Yogawochenende stattfände. Auch eine schöne Vorstellung, aber Touristen aus der ganzen Welt könntest du damit nicht anlocken.«

»Auf die Touristenmassen könnte ich gern verzichten«, meint Marlu.

»Der Rubel muss rollen, liebes Kind. Es kann ja nicht jeder beim Staat beschäftigt sein wie du und mein Neffe. Und sollte dieser mal nicht mehr über genügend Geld verfügen, so wirst du das irgendwann auch spüren und vielleicht für den Tourismus dankbar sein. Entschuldige, ich wollte dich nicht belehren. Manchmal bin ich wirklich ein elender Besserwisser.«

»Unternehmer und Beamte haben sich noch nie besonders verstanden«, antwortet Marlu. »Das kenne ich aus meiner Familie.«

»Die Hosen-Rosners?«

»Genau. Aber meine Eltern sind beide Lehrer, und ich bin Polizistin geworden. Die Unternehmerseite der Familie hat uns abgeschrieben. Für sie sind wir nur risikoscheue Weicheier und arme Schlucker, die es nie zu mehr als zu einer staatlichen Rente bringen werden. Außerhalb des Familienumfelds gibt es wiederum viele, die uns genau darum beneiden. Aber so ist das Leben. Man kann es nicht allen recht machen. Auch wenn Stefan und ich uns einen längeren Aufenthalt in deiner Residenz am See niemals werden leisten können.«

»Bis ihr in das entsprechende Alter kommt, habt ihr ja noch ein paar Jahre. Bleibt zusammen und macht was draus. Altsein ist wirklich nichts so Tolles, dass man sich lange darauf freuen muss. Und das Alleinsein noch weniger. Beides zusammen ist jedenfalls die Hölle.«

Sie verlassen als letzte Passagiere das Schiff. Zwischen den Bohlen des Holzstegs tauchen Blesshühner nach Futter. Im sich nach Osten erstreckenden Schilfgürtel steht regungslos ein Silberreiher und lauert auf Beute.

»Hunger?«, fragt Helmut.

Marlu nickt.

»Wollen wir uns in die ›Schlosswirtschaft‹ setzen? Von der Terrasse sehen wir auch, wenn Stefan mit dem nächsten Schiff eintrifft.«

Eine Treppe führt hinauf zur Gaststätte. Sie nehmen auf der Terrasse Platz und bestellen Kaffee. Der Kellner in Lederhose und schwarzen Nike-Turnschuhen mit pinkfarbener Sohle empfiehlt dazu Marillenstrudel mit Vanilleeis. Als er wieder verschwunden ist, fragt Marlu: »Wie ging es nach dieser fulminanten Erstbegegnung mit deiner späteren Frau eigentlich mit euch weiter?«

»Das ist schon fast fünfzig Jahre her«, sagt Helmut. »Wer interessiert sich noch für diese alten Geschichten? Wahrscheinlich willst du nur höflich sein. Meine Tage sind längst gezählt, wie man so schön sagt.«

»Unsere Tage sind doch schon gezählt, bevor wir auf die Welt kommen. Wenn es für mich schlecht läuft, kann es sogar passieren, dass ich mich zehn Jahre vor dir zur ewigen Ruhe lege«, sagt Marlu und grinst. »Also los, erzähl weiter, sonst ist Stefan zurück und ich weiß immer noch nicht, wie die Geschichte weiterging.«

»Du willst es ja nicht anders. Also hör zu. Mein erstes Abendessen mit Margarete war für mich nicht nur eine Geste des

Dankes oder des Anstands. Irgendwas an ihr hatte mich gerührt. Die Chaoten mit ihren Molotowcocktails und die Polizisten in ihrer martialisch anmutenden Aufmachung hatte ich schon längst vergessen, als ich an diesem Nachmittag schließlich zu Hause war. Die Frau mit dem engen schwarzen Pullover auf dem Roller ging mir jedoch nicht aus dem Sinn. Ich sah ihre Haare im Wind wehen, ihre Figur, die durch den Pulli und die figurbetonte Hose in Szene gesetzt wurde. Ich saß also daheim und wusste, dass ich in ein paar Stunden mit einer linken Studentin, die mindestens zehn Jahre jünger war als ich, zum Abendessen gehen würde. Was ich zu diesem Zeitpunkt noch nicht wusste, war, dass ich schon längst einer fixen Idee verfallen war. Ich wollte mit dieser Frau nicht nur zusammen zu Abend essen oder eine Affäre beginnen. Ich wollte, dass sie bei mir einzieht und für immer bei mir bleibt. Heute weiß ich, dass fixen Ideen meistens kein gutes Ende beschieden ist. Damals dachte ich, dass unsere Begegnung Schicksal, Bestimmung, Kismet war. So etwas war mir bis dahin noch nie passiert. In meinem Leben hatte es die Firma gegeben. Alles andere war mir nicht wichtig gewesen.« Helmut betrachtet ein Paar, das eng umschlungen auf dem Aussichtsplatz unter den Platanen steht und auf den See hinaussieht.

»Bis dahin hatte ich geglaubt, dass Liebe, mehr noch Liebe auf den ersten Blick, nichts anderes als riesengroßer Selbstbetrug ist. Meistens war ich ziemlich enttäuscht von dem gewesen, was ich fühlte, wenn ich mit einer Frau zusammen war. Dass wegen dem, was zwischen Mann und Frau passiert, Sex oder Liebe, nenn es, wie du willst, so viel Tamtam gemacht wurde, fand ich übertrieben. Ich konnte nicht einmal verstehen, wie ein ernsthafter und ernst zu nehmender Mensch beziehungsweise Mann sich dazu hinreißen lassen konnte, Liebesromane oder Liebestragödien zu lesen oder sich im Kino einen Liebesfilm anzusehen, geschweige denn selbst einen Liebesbrief zu verfassen. Und dann war von einer Minute zur nächsten plötzlich alles anders.«

»Schön.« Marlu ist entzückt.

»Allerdings stand für mich außer Frage, dass Margarete sich nie in mich verlieben würde. Ich war Realist, und bin es, denke ich, immer noch. Ich konnte mir gut vorstellen, wie sie mich gesehen hatte. Ein etwas zu dicker und außerdem ungebildeter Klassenfeind, der zudem viel älter war als sie. Wäre ich ein französischer Existenzialist gewesen, hätte das Alter vermutlich keine Rolle gespielt. Aber ich war ein deutscher Unternehmer, leider. Mir war also klar, dass sie nicht einmal in Erwägung ziehen würde, mit mir eine Verbindung einzugehen. In meinem Selbstmitleid stellte ich mir sogar vor, wie sie mich für nichts anderes als für ein Objekt hielt. Für ein Fahrrad, einen Motorroller oder etwas ähnlich Geschlechtsloses.« Helmut grinst verlegen.

»Du bist doch gar nicht dicklich«, protestiert Marlu. »Du bist ein großer, schlanker Mann, eine tadellose Erscheinung. Und damals warst du außerdem noch jung!«

»Heute bin ich schlank, ich weiß. Aber damals in den Wirtschaftswunderzeiten hat man schnell mal zugelegt. Vor allem dann, wenn man nicht ständig auf Demos unterwegs war«, erzählt Helmut weiter. »Ich saß also zu Hause am Küchentisch und überlegte, wie ich diese Nuss knacken könnte. Strategisches Denken, du verstehst.«

Marlu lacht. »Du machst mich neugierig.«

»Ich kritzelte unsinnige Schaubilder und Flussdiagramme in ein Heft, das ich immer bei mir trug. Visualisierte Angriffspläne auf Margaretes Herz. Doch keiner von ihnen hatte auch nur die geringste Chance, zu gelingen. Klar war mir nur, wie ich sie nicht erobern würde. Mit Geld und Protzgehabe würde ich höchstens Abscheu bei ihr wecken. Genauso sinnlos wäre es gewesen, sie mit einem Abendessen im Sternerestaurant oder einer Ausfahrt im teuersten Auto zu umgarnen. Ich lebte damals in Saus und Braus. Tausend Mark, für die ein Arbeiter mehrere Monate schuften musste, waren für mich kein Geld. Ich beschäftigte zu der Zeit etwa dreihundert Angestellte und kaufte waggonweise Ware ein.

Mein Bruder Klaus, also Stefans Vater, hatte gerade einen Job in Eichstätt an der Katholischen Uni bekommen und war ein großer Idealist. Er wollte die Welt retten, insbesondere Südamerika. Monatelang hatte er mich mit der Bitte genervt, für eine chilenische Kooperative Geld lockerzumachen. Er war und ist ja nicht blöd. Er wusste genau, dass die tausend Mark, die ich ihm schließlich vor einer Woche gegeben hatte, für mich nicht mehr als Peanuts waren. Trotzdem bedankte er sich überschwänglich für meine Spende und versicherte mir, sie würde sehr viel Gutes bewirken. Ich glaubte keine Minute daran, sondern stellte mir vor, dass für mein Geld ein oder zwei Kalaschnikows mehr eingekauft würden, mit denen dann die großartigen Revolutionäre Polizisten und andere Familienväter erschossen. So funktioniert die Welt, das hat mal dieser ›Schlachthof-5‹-Autor gesagt. Dieser ... Wie hieß er noch mal?«

Marlu zuckt die Achseln. »Kenn ich nicht.«

»Vonnegut, jetzt fällt es mir wieder ein. Ein Amerikaner, der die Bombardierung von Dresden miterlebt und darüber geschrieben hat. Hab ich erst sehr viel später gelesen. Er war einer von Margaretes Lieblingsautoren. Ist auch schon vor einigen Jahren gestorben, aber vermutlich älter als Margarete geworden.« Helmut zieht ein Stofftaschentuch aus der Hosentasche und schnäuzt sich. »Entschuldige. Also weiter. Endlich hatte ich eine Idee. Sofort rief ich Klaus an und sagte ihm, dass ich mich entschlossen hätte, noch mehr zu spenden. Ich hätte ein bisschen Bargeld übrig, das ich selbst zu dieser Kooperative bringen könnte, um mich persönlich davon zu überzeugen, wie viel Gutes es bewirkt. Ich stellte mir Klaus vor, wie er mit dem Telefonhörer vor seinem erst kürzlich gekauften Nussbaum-Sideboard stand, die Füße in dünnen Lederpantoffeln. Stefan war damals schon geboren, seine Schwester vielleicht auch, er hatte also eine kleine Familie zu versorgen. Ich sah ihn vor mir, wie er nach Luft schnappte, ungefähr so wie der fette Karpfen, den unser Vater, als ich klein war, immer an Weihnachten aus der Badewanne hob, um ihn mir zu zeigen. Eine arme Kreatur mit starren Augen und einem Maul, das ständig auf- und zuging. Ich überlegte jedes Jahr, ob der Fisch mich überhaupt sehen konnte oder seine Augen an der Luft so nutzlos waren wie sein Maul. Wie auch immer, Klaus hatte Schwierigkeiten, zu verstehen, was ich ihm erklärte. Ich glaube fast, dass ich ihm etwas unheimlich wurde oder er Angst bekam, ich könnte ihm mit dem Geld die Show stehlen. Irgendwann hatte ich ihn davon überzeugt, dass ich nur Gutes im Sinn hätte, und er erzählte mir mehr über das Kooperativen-Projekt. Die Fakten würden mir helfen, Margarete davon zu überzeugen, dass ich meine bürgerliche Existenz nur dazu benutzte, um mir Mittel zu verschaffen, mit denen ich die linken Revolutionen in Lateinamerika unterstützte.

Abends lud ich sie in einen der neuen Italiener ein, von denen gerade einige in Berlin eröffnet hatten. Eine wohlüberlegte und tatsächlich clevere Entscheidung, denn immerhin war der damalige italienische Präsident Saragat. Giuseppe Saragat. Er war mit den Stimmen der Kommunisten gewählt worden, was Italien auch bei kritischen Studenten einen Bonus eintrug, den ich kulinarisch ausnutzte. Margaretes Herz konnte ich an diesem Abend noch nicht gewinnen, schaffte es aber zu guter Letzt, dass sie zustimmte, mich nach Chile zu begleiten. Dort endlich erhörte sie mich und hatte trotz ihrer revolutionären Einstellung nichts gegen einen anschließenden Erholungsurlaub in der Karibik einzuwenden.«

»Moment mal«, sagt Marlu. »Das geht mir jetzt aber doch zu schnell. Wie war das mit Südamerika? Warum hat sie sich breitschlagen lassen, dich zu begleiten?«

»Da ich eigentlich keine Chance bei ihr hatte, musste ich mir eine List einfallen lassen«, meint Helmut ein wenig verlegen.

»Eine List, damit die Frau, die eigentlich nichts von dir wissen wollte, dich ein Leben lang begleiten würde«, fasst Marlu zusammen. »Ganz schön dreist.«

»Im Krieg und in der Liebe ist alles erlaubt«, rechtfertigt sich Helmut. »Von Krieg verstehe ich nichts, von der Liebe immerhin ein bisschen. Oder sollte ich sagen, von der Liebe zu Margarete, der einzigen Frau, die mir jemals etwas bedeutet und die meinem Leben einen Sinn gegeben hat? Du kannst dir nicht vorstellen, was für ein eindimensionaler, ja einfältiger Mensch ich war, bevor ich sie kennenlernte. Wie kam es also dazu, dass wir zusammen nach Südamerika reisten? Sie hatte mir erzählt, dass sie Hispanistik studierte, also heckte ich einen Plan aus. Ich schrieb ihr kurz nach dem Abendessen beim Italiener einen Brief. Er ging ungefähr so:

Liebe Margarete,
während unseres gemeinsamen Essens hast du mir von deinem Studium erzählt. Daher wende ich mich mit einer Bitte an dich, vielleicht kannst und möchtest du mir helfen. Ich unterstütze eine chilenische Fischereikooperative mit etwas Geld. Nun haben mich die Genossen eingeladen. Ich würde gern zu ihnen fahren, spreche aber kein Spanisch. Eventuell kennst du an deiner Fakultät ja jemanden, der mich begleiten und dolmetschen könnte. Flug und Verpflegung würde ich natürlich bezahlen, dazu ein kleines Taschengeld. Von einem Gehalt sehe ich ab, da es mir wichtiger ist, dass möglichst viel Geld in das Projekt fließt.
Dein Helmut

In einem Gespräch hatte mein Bruder mir zuvor den Namen der Kooperative in Chile genannt und dafür gesorgt, dass ich mit einer Begleitperson eingeladen wurde.«

Marlu schüttelt den Kopf. »Ist das wirklich wahr?«

Der Kellner bringt den Marillenstrudel, als an dem kleineren Steg der Dampfer »Stefanie« anlandet.

Marlu hält nach Stefan Ausschau, aber Helmut sagt, dass das Schiff aus Felden oder Übersee kommt, nicht aus Prien.

»Dann erzähl weiter«, fordert sie ihn auf und spießt ihre Gabel in den Strudel. »Wie hat sie darauf reagiert?«

»Kurz darauf erhielt ich die Antwort, dass sie vielleicht einen Dolmetscher wisse. Und dass sie mich gern sprechen und mir dabei die Person vorstellen wolle. Ist der Strudel gut?«

Marlu reckt den Daumen hoch.

»Wir trafen uns in dem Italiener, bei dem wir schon zum Abendessen gewesen waren. Als ich sah, dass Margarete allein kam, fiel mir ein Stein vom Herzen.«

»Das kann ich mir vorstellen.«

»Dieses Mal herrschte eine ganz andere Stimmung am Tisch. Margarete löffelte gerade ihre Minestrone und hielt plötzlich inne, um mir auf eine Frage zu antworten, als ich bemerkte, wie der Löffel in ihrer Hand zu zittern anfing. Sieh an, die wagemutige Demonstrantin ist also auch nur ein Mensch aus Fleisch und Blut, dachte ich bei mir. Im nächsten Moment begann mein rechtes Knie zu zucken, sodass sich die Tischdecke, die über ihm hing, merkwürdig bewegte. Ich versuchte, das Knie mit der Hand zu beruhigen, aber vergeblich.«

»Dann hat es also zwischen euch gefunkt.« Marlu schaufelt sich den letzten Bissen Strudel in den Mund.

»Als sie endlich mit der Sprache rausrückte, dass sie selbst mit dem Gedanken spiele, mitzufahren, wären mir fast die Tränen gekommen. Ihre Stimme klang so dünn, dass ich Margarete am liebsten in den Arm genommen hätte. Aber sie fing sich schnell wieder und begann, Bedingungen zu stellen. Ich sollte für sie ein eigenes Zimmer organisieren und dafür sorgen, dass sie keine Ausgaben hätte. Und ich sollte mir ja nicht einbilden, dass zwischen uns irgendetwas laufen könnte.«

»Und dann seid ihr beide nach Chile?«

»Wir sind tatsächlich geflogen. Und bewohnten in der ersten Woche auch brav zwei Einzelzimmer, die uns die Kooperative für die Zeit unseres Aufenthalts zur Verfügung stellte.« Helmut schmunzelt bei der Erinnerung. »Anschließend hätte uns auch ein Zimmer gereicht.«

»Aha, und ab jetzt schweigt der Gentleman?«

»Und genießt. Außerdem kommt dort drüben gerade das nächste Schiff aus Prien an, und ich will Stefan ganz bestimmt nicht mit den alten Geschichten langweilen. Er mochte mich schon als Kind nicht.«

»Na ja«, wiegelt Marlu ab.

»Ich habe schon gesagt, dass ich ihm das nicht zum Vorwurf mache. Im Nachhinein wünschte ich, es wäre anders gewesen.«

Stefan Meißner genießt die Überfahrt: nur das Geschrei der Möwen, das Kreischen von Kindern, die auf dem Deck hin und her laufen.

Eine feine Urlaubsstimmung macht sich breit, und eigentlich ist er froh, einmal aus der gewohnten Umgebung herauszukommen, ein bisschen Seeluft zu schnuppern und das Gesicht in den Wind zu halten.

Jetzt drosselt der Kapitän die Geschwindigkeit und legt sehr sanft am Landungssteg an. Die Metallbrücke wird zwischen

Backbord und Steg eingehängt, und der Passagierstrom ergießt sich auf den Steg.

Stefan hält sich links und steigt die Treppe zur »Schlosswirtschaft« hinauf. Er hat die beiden schon aus einiger Entfernung erkannt. Junge blonde Frau und grauhaariger Alter. Er erzählt, und sie hängt so aufmerksam an seinen Lippen, dass sie ihn nicht kommen sieht. Dabei sehen sich die beiden heute zum allerersten Mal.

»Ah, Stefan, da bist du ja. Hast du dein Handy?«, fragt Helmut.

Stefan klopft auf seine Jackentasche, nähert sich Marlu von hinten und gibt ihr einen Kuss. »Und ihr unterhaltet euch prächtig?«

»Helmut hat mir erzählt, wie er seine Frau kennengelernt hat. Das ist vielleicht eine Geschichte. Hast du Hunger? Ich kann dir den Marillenstrudel empfehlen.«

Stefan hätte eher Lust auf etwas Deftiges, aber am Nachmittag bleibt die Küche kalt. Es gibt nur Kaffee und Kuchen oder ein Paar Wiener, weshalb Stefan schließlich doch den Strudel bestellt. »Dann ist es jetzt sieben Jahre her, dass wir uns das letzte Mal gesehen haben?«, fragt Stefan.

»Bei Margaretes Beerdigung«, sagt Helmut und nickt. Er sieht auf den See hinaus, der Richtung Osten tatsächlich weit wie ein Meer wirkt. »Ich habe immer gedacht, als Mann und der Ältere von uns beiden sterbe ich ganz sicher vor ihr. Aber nein. Du kannst Gerechtigkeit einfordern, aber das heißt nicht, dass sie dir auch gewährt wird.«

Der Kellner kommt auf leisen Turnschuhsohlen mit der Bestellung.

»Nach Margaretes Tod ging es mir sehr schlecht. Ein Leben ohne sie erschien mir sinnlos. Im ersten halben Jahr habe ich jeden Halt verloren. Ich wusste morgens nicht mehr, aus welchem Grund ich überhaupt noch aufstehen sollte. Warum etwas essen? Meine Trauer oder Depression hat lange angehalten. Ich war sogar in einer Klinik im Taunus. Als es mir irgendwann besser ging, merkte ich, dass es mir dort nicht gefällt, wollte aber auch nicht mehr nach Hause. Nicht ohne Margarete. So entschloss ich mich, umzuziehen und die Möglichkeit des betreuten Wohnens ins Auge zu fassen, wegen der medizinischen Versorgung. Plötzlich fiel mir der Chiemsee ein. Ich glaube, ich habe an einem Sonntagabend eine Reisesendung gesehen. Margarete und ich hatten hier oft zusammen unseren Urlaub verbracht. Sie hat den See geliebt. Offen gestanden habe ich das früher nicht immer verstanden. Ich dachte, dass es doch noch so viel mehr schöne Gegenden auf der Welt gibt. Rio, Kapstadt, meinetwegen auch Paris oder die Bretagne. Island, was weiß denn ich. Als wir noch jünger und fitter waren, haben wir von der Welt viel gesehen, aber Margaretes Herzenslandschaft – so hat sie sich ausgedrückt – ist immer dieser See geblieben. Sie liebte den Chiemgau und die Leute hier. Also habe ich recherchiert, die Residenz am See entdeckt und mich hier eingekauft. Ich hatte vor, bis zum Ende zu bleiben.« Helmut sieht erst Marlu, dann Stefan an.

Marlu legt ihre Hand auf seinen Arm.

»Alle, mit denen ich mich anfreunde oder an die ich mich gewöhne, sterben einfach weg. Erst Günter Czichowski, ein Unternehmer aus dem Ruhrgebiet, sehr netter Mann, dann Olaf Janssen, der Bordellbesitzer aus St. Pauli. Und jetzt auch noch die Peinhardt. Wer wird der oder die Nächste sein? Man muss dieser Frau das Handwerk legen. Stefan, ihr müsst mir helfen!« Helmut zieht ein Taschentuch aus der Hosentasche und wischt sich über das Gesicht.

»Du solltest mit deinen Anschuldigungen vorsichtig sein, Onkel Helmut«, sagt Stefan. »Warum sollte eine Schwester ihre Patienten umbringen? Was hätte sie davon? Was wäre ihr Motiv?«

»Ihr Motiv?« Helmut ist so perplex, als hätte er sich die Frage niemals gestellt. »Woher soll ich denn das wissen? Jedenfalls spüre ich, dass sie nicht halb so gut zu ihren Mitmenschen ist, wie sie vorgibt zu sein. Sie ist herrschsüchtig, will anderen ihren Willen aufzwingen, weiß immer alles besser.«

»Das sind keine Motive für einen Mord. Aber genau das unterstellst du ihr«, sagt Stefan.

»Was meinst du, Marlu? Denkst du auch, ich phantasiere mir hier etwas zusammen?«

»Na ja, ich kenne die Schwester nicht, wir haben sie ja nur einmal kurz gesehen. Ich höre nur, was du sagst. Natürlich haben Pfleger oder Krankenschwestern schon Patienten getötet. Erinnert ihr euch an diesen Pfleger, der in Oldenburg dreißig oder mehr Patienten auf dem Gewissen hat? Der schlimmste Serienmörder der Nachkriegsgeschichte. Was war noch mal sein Motiv?«

»Geltungssucht«, sagt Stefan. »Er hat die Patienten mittels Spritzen in einen lebensbedrohlichen Zustand versetzt, um seine intensivmedizinischen Fähigkeiten an ihnen zu beweisen. Leider ist ihm das nicht in allen Fällen gelungen. Durch Vertuschungen und Schlampereien in den Kliniken und bei den Ermittlungen hat er jahrelang weitermachen können, obwohl er vielen Kollegen und Vorgesetzten schon längst unheimlich geworden war.«

»Siehst du, also wäre so etwas durchaus denkbar«, erwidert Helmut. »Und auf sein Motiv hätte man als normaler Mensch auch nur schwer kommen können. In Bezug auf unsere Schwester weiß ich nur eines, nämlich dass die Peinhardt gar nicht so krank war, dass sie von heute auf morgen hätte sterben müssen. Vielleicht solltet ihr zuallererst mit ihrem behandelnden Arzt reden, damit ihr euch ein besseres Bild machen könnt. Dr. Hildebrand hat seine Praxis in Prien.«

»Hildebrand?«, fragt Marlu. »Weißt du auch seinen Vornamen?«

Helmut schüttelt den Kopf.

»Ist das denn wichtig?«, fragt Stefan.

»Ich kannte mal einen Hildebrand, er war auf dem Gymnasium ein Mitschüler von mir und hat später in München Medizin studiert. Aber das wäre schon ein verrückter Zufall.«

Stefan hat schon das Handy in der Hand. »Dr. Johannes Hildebrand«, sagt er.

»Also, wenn der Hannes keinen Doppelgänger hat, dann ist das wirklich mein alter Schulfreund.«

»Das sind ja beste Voraussetzungen«, sagt Helmut erfreut. »Dann könnt ihr sogar am Sonntag bei ihm vorbeischauen.«

»Moment mal«, protestiert Stefan. »Ich dachte, jetzt fängt endlich das Besichtigungsprogramm an: Königsschloss, Gemäldegalerie …«

»Nichts da«, entscheidet Helmut. »Es gibt Wichtigeres für euch zu tun.«

»Echt nett, dass wir das auch endlich erfahren, Onkel Helmut. Dann hätten wir uns die Überfahrt auf die Insel glatt sparen können.«

»Hätten wir nicht«, sagt Marlu. »Sonst hätte ich Helmuts tolle Geschichte nicht gehört.«

»Außerdem müsst ihr mir noch helfen, herauszufinden, was mit der Gräfin geschehen ist«, insistiert Helmut. »Warum sie sich nicht mehr meldet.«

»Soll das ein weiteres Opfer von Schwester Pia sein?«, wundert Stefan sich. »Kann sie jetzt auch schon Gräfinnen verschwinden lassen?«

»Ich erzähle euch keine Märchen, Stefan. Ich weiß, du denkst, ich erfinde hier Geschichten, um mich wichtigzumachen oder weil ich schon in die Altersdemenz hinüberdämmere. Aber ich kann dir versichern: Nichts davon ist richtig.«

»Und wer ist jetzt die Gräfin?«, fragt Marlu.

»Eine Mitbewohnerin der Residenz am See. Sie macht derzeit Urlaub in Rumänien.«

»Ist doch schön für sie«, sagt Stefan. »Und wo ist jetzt das Problem?«

»Sie ist jetzt schon über zwei Wochen weg, und ich kann sie telefonisch nicht erreichen. Dabei sollte sie eigentlich schon wieder zurück sein.«

»Vielleicht gefällt es ihr in Rumänien so gut, dass sie ihren Urlaub verlängert hat. Pensioniert wird sie ja schon sein, und über genug Geld wird sie bestimmt auch verfügen, die Gräfin. Natürlich nur, wenn sie eine echte Gräfin ist und ihr Titel nicht nur ein Spitzname ist.«

»Die ist schon echt, mein Lieber. Eine echte Gräfin von Zeppelin.«

»Sie stammt also in direkter Linie von einem Luftschiff ab, ja?«, fragt Stefan.

Marlu grinst. »Und wieso ist sie in Rumänien? Wer macht denn da Urlaub?«

»Die Residenz schickt manche Bewohner zur Thalasso-

Therapie ans Schwarze Meer. Aber nicht so lange. Das ist nicht normal.«

»Damit kann aber Schwester Pia nichts zu tun haben, oder reichen ihre Kräfte bis ans Schwarze Meer?«, wendet Stefan ein.

»Nein, das ist Sache des Chefs und seiner Geschäftsführerin. Also, von Bock und der Ritter.«

»Hast du ihn denn schon nach dem Verbleib deiner Gräfin gefragt?«, möchte Stefan wissen.

»Ich wollte, habe ihn aber nicht angetroffen. Die Gräfin ist überfällig und ihr Handy abgeschaltet. Ich habe es schon zu allen Tages- und Nachtzeiten versucht. Könnt ihr euch darum nicht auch kümmern?«

»Dir ist aber schon bewusst, dass wir nicht im Dienst sind, oder, Onkel Helmut?«, erinnert ihn Stefan.

»Umso besser, sonst hättet ihr ja gar keine Zeit für meine Anliegen.«

Kein Dienst, keine Zuständigkeit, aber zwei Fälle, von denen außer Onkel Helmut niemand weiß, denkt Stefan. Fast schon hätte er sich an diese Art der Familienzusammenführung gewöhnen können. Aber in der Freizeit am Chiemsee Detektiv spielen, das hätte jetzt auch nicht sein müssen.

***

»Manchmal sind die Menschen böse, dann muss ich sie bestrafen«, flüstert sie durch das Gitter der hölzernen Trennwand in das Halbdunkel. Die Situation erinnert sie an das Umkleiden in den Kabinen des Schwimmbads, in denen sich Unerhörtes zugetragen hatte. Brüste, die weiß leuchteten, ein milchig weißes Dreieck, das die Scham einrahmte.

»Was tun die Menschen Böses, dass du sie bestrafen willst?«, fragt er, die Stimme heiser, belegt.

Ist er erkältet? Oder erregt, so wie sie? Wenn sie jetzt ihre Bluse vollständig öffnete, würde er sie wegschicken? Feine französische Spitze, cremefarben wie Vanilleeis. Ihre Haut ist zart. Sie pflegt sie mit einer für ihr Gehalt viel zu teuren Creme, die sie jeden Abend sanft einmassiert. »Sie versündigen sich«, flüstert sie.

»An Gott oder an anderen Menschen?« Er räuspert sich.

»An beiden. Denn wer sich an seiner Schwester oder seinem Bruder vergeht, der vergeht sich auch an Gott. Das wissen Sie doch, Herr Pfarrer.«

»Was hat man dir angetan, Schwester?«

Sie schluchzt, knöpft rasch die beiden offenen Knöpfe ihrer Bluse wieder zu. »Mein Vater war ein guter Mensch, aber er konnte nicht mit uns zusammenleben. Er brauchte seine Freiheit. Er schickte Geld, aber meine Mutter nahm es nie an. Lieber ging sie nachts putzen. Deshalb legte er es auf einem Ausbildungskonto für uns an. Aber mein Bruder wollte keine Ausbildung machen, sondern lieber mit seinen Freunden herumhängen. Ein Jahr vor dem Abschluss hat er die Schule verlassen. Bis zu seinem Unfall hat er mal hier und mal dort gejobbt.«

»Er hatte einen Unfall?«

»Er ist nachts die schlecht beleuchtete Treppe einer Fußgängerunterführung hinuntergestürzt. Ich war dabei, konnte ihm aber nicht helfen. Es ging alles so schnell.«

»Ist er gestolpert?«

»Wir kamen von einer Fete, und er war nicht mehr ganz nüchtern.«

»Ein schlimmer Unfall?«

»Ja.«

»Wie alt war er?«

»Siebzehn. Ich war damals vierzehn.«

»Er hat sich Verletzungen zugezogen?«

»Ein Schädel-Hirn-Trauma mit folgender Infektion. Seitdem hat er spastische Lähmungen. Und er ist geistig behindert.«

»Das tut mir leid.« Pfarrer Tadeusz faltet die Hände. »Kann er sprechen?««

»Nein«, flüstert Pia.

»Wo lebt er?«

»Ich habe ihn zu mir geholt. Er ist in einem Pflegeheim hier in Prien untergebracht.«

»Und nun kümmerst du dich um ihn?«

»Ich besuche ihn regelmäßig.«

»Dein Bruder hat ein schweres Los zu tragen.«

»Ja, Herr Pfarrer, das hat er.«

»Wir wissen nicht, warum manche Menschen ein solches Schicksal erdulden müssen.«

»Für manche ist es eine Prüfung, für andere eine Strafe«, sagt Pia.

»Gottes Güte ist groß, und auch seine Gnade«, antwortet der Priester.

»Aber nicht jeder ist seiner Gnade würdig. Manche müssen bestraft werden, sonst hören sie nie auf.«

»Womit, Schwester?«

»Damit, Böses zu tun. Schlimme Dinge.«

»Du meinst, sie vergehen sich an Menschen?«

»Ja, an Menschen.«

»Und du bist sicher, dass es Gott ist, der diese Menschen, die anderen Schlimmes antun, bestraft?«

Sie sieht ihn an, seine Silhouette, die Erinnerungen an die Umkleidekabine, die unzüchtigen Gedanken, sie kehren zurück zusammen mit dem Begehren, ihre Finger durch das Gitter zu strecken und sein Gesicht, sein dunkles, seidig glänzendes Haar zu berühren. »Es gibt Menschen, die leben zwar, wären aber lieber tot«, flüstert sie dem Priester ins Ohr, »und solche, für die es besser wäre, zu Gott zu gehen. Sie haben schon so viele Jahre gelebt und sollten bereit sein, doch stattdessen klammern sie sich ans Leben. Wenn sie das tun, sündigen sie, leugnen ihren Schöpfer und wehren sich dagegen, ihm gegenüberzutreten.«

»Nur Gott kennt den richtigen Zeitpunkt. Nur er bestimmt das Ende, Schwester.«

»Das heißt, man darf Gott ungestraft lästern?« Ihre Stimme ist laut geworden. Im Kirchenschiff räuspert sich jemand.

»Gott straft nicht«, versucht Tadeusz sie zu beruhigen. »Gott liebt, er verzeiht, er hört zu, und er versteht. Seine Helfer auf Erden sind diejenigen, die Liebe predigen, nicht Hass oder Strafe. Wer in seinem Namen straft, wird selbst bestraft werden.«

Er macht eine Pause, und Pia erwartet, dass er ihr jetzt die Absolution erteilen und sie entlassen wird. Schick mich nicht fort, denkt sie.

»Du wirst doch nicht richten wollen über deine Mitmenschen, Schwester«, sagt Tadeusz sanfter als zuvor. Als sei alles nur ein Gedankenspiel gewesen, ein theologischer Disput. Etwas in ihm weigert sich noch immer, zu glauben, sie sprächen über Menschen aus Fleisch und Blut.

»Aber das Böse existiert, Herr Pfarrer. Sie wissen, dass es in der Welt ist, dass Menschen voller Bosheit sein können. Sie können sich von Gott abwenden, ihn aus ihrem Leben verbannen. Unter den Senioren, die ich betreue, gibt es immer wieder welche, die alle religiösen Symbole aus ihrem Zimmer entfernt haben wollen.«

»Ich verstehe deine Nöte, Schwester. Du möchtest deinen Glauben leben, und das ist auch dein gutes Recht. Aber du bist nur für die Gesundheit und das Wohlbefinden der Menschen, die dir anvertraut sind, zuständig, nicht für ihr Seelenheil. Du bist kein Priester, Schwester, also lass den Menschen ihren freien Willen. Gott wird sich nicht von ihnen abwenden, wenn sie Buße tun und bereuen.«

»Aber sie wollen nicht einmal mit mir über den Glauben sprechen, der ihnen fehlt.«

»Auch das musst du akzeptieren. Vielleicht werden sie später mit dir sprechen wollen, vielleicht nächste Woche, im nächsten Monat oder vielleicht auch nie. Das liegt weder in meiner Hand noch in deiner, Schwester.«

»Sie haben keine Vorstellung davon, wie anmaßend diese alten Leute oft gegenüber dem Personal sind, Herr Pfarrer. Sie haben sich für ihr Geld alles im Leben gekauft: Besitz, Personal, Hilfe, Dankbarkeit. Sie betrachten alle Menschen, die nicht so viel besitzen wie sie, als Diener und kommandieren sie herum.«

»Aber du bist frei, Schwester. Gott hat dich frei geschaffen. Du musst dich von niemandem so behandeln lassen. Du hast das Glück, in einem freien Land zu leben, hast einen Beruf, mit dem du deinen Lebensunterhalt verdienst. Du kannst in einem bestimmten Rahmen tun und lassen, was du willst.«

So einfach ist das also, denkt Pia. Für ihn ist es so einfach.

»Ego te absolvo a peccatis tuis«, murmelt Tadeusz, *»in nomine Patris et Filii et …«*

»Warten Sie«, sagt sie. Es kommt ihr so vor, als wollte er gar nicht mehr wissen. Ein Feigling, ihr kleiner Tadeusz. Äußerlich ein Mann, aber in Wirklichkeit ein Angsthase. Ob er je mit einer Frau zusammen war? Vor seiner Berufung? Ob es ihr gelänge, ihn mit den teuren Dessous zu verführen? »Der nächste Bewohner, der Gott aus seinem Zimmer entfernen lässt«, zischt sie, »wird dafür büßen. Er wird vom Stuhl fallen. Genauso wie mein Bruder die Treppe hinuntergestürzt ist. Er wird sich seinen alten, faltigen Hals brechen, und falls er den kleinen Unfall überlebt, werde ich ihm etwas geben, das ihn lange, sogar sehr lange schlafen lässt.« Pia erschrickt. Hat sie das wirklich ausgesprochen oder nur gedacht? Warum sagt Tadeusz denn nichts? Sie wartet. Was ist das für ein leises Klopfen? Ist er das?

»Bitte gehen Sie«, flüstert der Priester. »Wir befinden uns mitten in einem Beichtgespräch. Kommen Sie morgen nach der Frühmesse, dann habe ich Zeit für Sie.«

Gemurmel, dann das Geräusch sich entfernender Schritte.

Pia lauscht, wartet ab. Sie beginnt zu schwitzen und schlüpft aus ihrer Jacke, öffnet die beiden obersten Knöpfe ihrer Bluse wieder. Die Luft wird immer stickiger. Ihre Knie schmerzen. Tadeusz sitzt so nah bei ihr. Er hat den Ellbogen aufgestützt, den Kopf in die Hand gelegt, das Ohr an die Trennwand zwischen ihnen gelegt. An die verfluchte Trennwand.

Die Hitzewelle kommt noch einmal wieder. Pia kann nicht anders, sie muss sich die verschwitzte Bluse ausziehen. Sie fühlt sich schmutzig, kann ihren eigenen Schweiß riechen. Sie öffnet den Verschluss ihres BHs.

»Schwester!«, fleht Tadeusz. Hell leuchtet ihre nackte Haut und drängt sich gegen die Trennwand. Seine Berührung des Gitters ist wie ein Stromschlag, unwillkürlich stöhnt sie auf.

Immer schon hat er die Fleischeslust gefürchtet, stärker als die Liebe zu einer Frau. Er hat sie für sich nie ausgeschlossen. Alles, was passiert, ist Gottes Wille. Sollte Gott ihm eine Frau schicken, die er liebt, dann wird er sich der Liebe ergeben. Aber die Fleischeslust kann er von der Liebe klar unterscheiden. Dieser Versuchung wird er widerstehen, vor allem dann, wenn sie von einem schönen Körper ausgeht, in dem ein kranker Geist wohnt. Der Mensch, der ihm im Halbdunkel gegenübersitzt, durch nichts als eine dünne, symbolische Wand von ihm getrennt, ist verwundet und hat womöglich große Schuld auf sich geladen. Tadeusz' Geist ist stärker als die Verlockungen des Fleischs. Diese Frau kann keine Gefahr für ihn darstellen, denn er sieht ihren Mangel, erkennt ihr Versehrtsein. Es wäre großes Unrecht, ihrem Drängen nachzugeben. Tadeusz erhebt sich.

»Bedecke dich, Schwester«, sagt er, »und dann verlasse den Beichtstuhl. Ich werde für dich beten. Hast du gerichtet, dann bete, dass dir vergeben wird. Bereue deine Sünden und lass dir helfen. Du brauchst einen Arzt und einen anderen Beruf. Wenn du wieder zur Beichte kommen willst, so kann ich dich nicht daran hindern. Aber lass mich dir sagen: Dann musst du mir alles erzählen. All deine Gedanken und alles, was du getan hast. Bitte um Vergebung deiner Sünden, Schwester, und dafür, dass dir Reue zuteilwird. Ich werde dich heute nicht von deinen Sünden lossprechen. Denn dafür musst du ehrlich bereuen und auf den Pfad der Tugend zurückkehren. Dann wird auch Gott dir vergeben. Auf Wiedersehen, Schwester. Der Herr sei mit dir.«

Tadeusz verlässt den Beichtstuhl, kniet nieder und bekreuzigt sich. Er sieht hinauf zur Gottesmutter, die in der Seeschlacht über die Schiffe der Christen wacht, und gesteht sich zum ersten Mal ein, dass er das Fresko für eine große Lüge hält. In der Darstellung wurde die Heilige Jungfrau benutzt, um den Sieg der Christen über die Ungläubigen zu verherrlichen. Nie hätte sie sich in Wahrheit dafür hergegeben, eine Schlacht zu entscheiden, niemals.

***

Das Haus ist dreistöckig, modern, weiß gestrichen. Viel Glas, große Balkone, alles freundlich und sauber. Es wirkt nicht wie eine Einrichtung für Menschen mit Behinderung, aber das hätte sie auch nicht gewollt. Es geht ihm gut hier, alle sind nett – genau wie sie. Sie kommt ihn regelmäßig einmal pro Woche besuchen. Oft sitzt er am Fenster im Gemeinschaftsraum im ersten Stock. Wenn sie ihn schon von draußen erkennt, winkt sie ihm zu. Sie bringt ihm fast immer etwas mit: eine Muschel aus dem

Chiemsee oder einen schönen Stein, den sie ihm dann in die Hand drückt und seine Finger darum schließt, damit er seine Form und die Glätte oder die Rauheit seiner Oberfläche spürt. Wenn er das Mitbringsel fallen lässt, hebt sie es auf und legt es in den Setzkasten, den sie auf einem Flohmarkt für ihn gekauft hat, zu den anderen Sachen, die dort schon aufbewahrt werden.

Heute hat sie einen Zweig Tränendes Herz mitgebracht. Vom Vorplatz sieht sie hinauf ins erste Obergeschoss, doch er sitzt nicht am Fenster. Sie klingelt, der Pförtner öffnet und wünscht ihr einen guten Tag. Sie nimmt den Aufzug in das erste Stockwerk, und schon, als sie sich seinem Zimmer nähert, hat sie das Gefühl, dass heute etwas anders ist als sonst. Sie bleibt an der Tür stehen, lauscht und meint, Stimmen zu hören. Sie legt ihr Ohr an die Tür: leises Lachen, Prusten und Kichern. Jemand ist bei ihm im Zimmer. Die Reinigungskraft vielleicht oder eine der Krankenschwestern. Sonst kommt ja niemand zu ihm. Wenn ihre Mutter ein- oder zweimal im Jahr anreist, meistens zu Thorstens Geburtstag oder zu Weihnachten, dann weiß sie das vorher und begleitet sie. Ihre Mutter schafft es heute noch nicht, ihrem Sohn allein gegenüberzutreten. Sie kann es immer noch nicht ertragen, ihn so zu sehen. Ein Mann, der außer Schlafen und Am-Fenster-Sitzen nichts mehr allein tun kann und von dem sie sich nicht sicher ist, ob er sie wiedererkennt, wenn sie ihn in halbjährlichen Abständen besucht. Die Mutter hat sich nicht dagegen gewehrt, dass ihr Sohn jetzt in einer Einrichtung am Chiemsee lebt, wo seine Schwester sich rührend um ihn kümmert.

Eine helle Stimme dringt aus dem Zimmer, ein Stimmchen. Pia drückt die Türklinke hinunter und steht im Zimmer. Ein junges Ding, eine Schwesternschülerin, wie es aussieht: mit kurzem Rock unter dem weißen Kittel, schulterlangem, schwarz gefärbtem Haar und einer scheußlichen Frisur mit ausrasierten Schläfen. Die junge Frau sitzt auf Thorstens Bett, erhebt sich aber sofort, als Pia ins Zimmer tritt. Sie lächelt, und Pia blitzt der Ring zwischen ihren Schneidezähnen entgegen. Lippenbandpiercing, auch das noch, denkt Pia. Thorsten sitzt in seinem Rollstuhl. Er grinst und verdreht und windet seine Arme wie ein Schlangenmensch. Das macht er immer, wenn er nervös ist.

»Wer sind Sie?«, fragt Pia.

»Schwesternschülerin Luisa«, antwortet die junge Frau. »Ich habe mich ein bisschen mit Thorsten angefreundet. Sind Sie seine Schwester?«

»Ich wüsste nicht, was Sie das angeht. Lassen Sie uns bitte allein.«

»Wir wollten gerade in den Hof hinaus«, sagt sie, als hätte sie die Aufforderung nicht gehört. »Vielleicht wollen Sie ja mit Thorsten einen Spaziergang machen. Zum See ist es ja nicht weit.«

»Ich glaube, Sie wollten gerade gehen.«

»Nein, ich wollte mit Thorsten hinausgehen, aber jetzt lasse ich Sie mit ihm allein. Das ist es doch, was Sie möchten.« Sie greift nach Thorstens Händen, die immer hektischer und unkontrollierter durch die Luft fliegen, und hält sie fest. »Scht, scht«, macht sie, wie um ein weinendes Kind zu beruhigen. Thorsten stößt einen Schrei aus, dann spannen sich seine Halsmuskeln an, und er wirft in einer spastischen Zuckung den Kopf hin und her. Die Kleine hält seine Arme fest, bis er ruhiger wird und das Kopfschütteln immer schwächer.

»Bis später, Thorsten«, sagt sie, »und schön brav sein, hörst du? Ciao!«

Pia schließt die Tür hinter ihr. »Warum sollten wir an den See gehen?«, fragt sie, ohne eine Antwort ihres Bruders zu erwarten.

Sofort fangen seine Hände wieder an zu rudern.

»Ach, jetzt hätte ich wegen dieser Göre beinahe vergessen, dass ich dir etwas mitgebracht habe«, sagt sie und zieht die in Alufolie gewickelten Blumen aus ihrer Tasche. Als sie sie Thorsten reicht, schlägt er wild um sich. »Dann eben nicht«, sagt Pia leise und verlässt das Zimmer, um eine Vase zu organisieren.

Sie kommt mit einer grünen Flasche mit engem Hals zurück, füllt sie mit Wasser, steckt den Zweig hinein und stellt die Vase außerhalb von Thorstens Reichweite auf das Fensterbrett. Sie setzt sich auf den Stuhl, legt die Hände in den Schoß und beobachtet ihren Bruder, der seine Hände wie in Abwehr vor sich ausgestreckt hält. Dabei will sie ihm gar nicht näher kommen.

Pia sieht auf ihre Armbanduhr und merkt sich die Uhrzeit.

Genau eine Stunde wird sie von jetzt an hier sitzen bleiben und ihrem Bruder zusehen, wie er mit den Armen rudert, dann allmählich ruhiger wird, irgendwann die Augen schließt und schließlich einnickt. An den meisten Tagen weckt sie ihn wieder auf. Er soll nicht schlafen, wenn sie da ist.

Anfangs hat sie mit ihm immer wieder über den Tag des Unfalls gesprochen. Wie sie zusammen aus der S-Bahn stiegen, es war schon fast dunkel, und nur wenige andere Menschen hatten den Zug zusammen mit ihnen verlassen. Wie sie über den Bahnsteig zu der Treppe liefen, die zur Fußgängerunterführung unter den Gleisen führte. Ihr Bruder legte den Arm um sie, wobei seine rechte Hand wie unbeabsichtigt in ihren Ausschnitt fiel und ihre Brust berührte. Sie war vierzehn und trug ein einfaches T-Shirt. Es war gelb, daran erinnert sie sich bis heute. Thorstens Verhalten war ihr peinlich. Er war ihr Bruder, nicht ihr Freund, und selbst bei ihrem Freund, hätte sie denn einen gehabt, hätte sie nicht gewollt, dass er in der Öffentlichkeit mit seiner Hand unter ihr T-Shirt fasste und ihre Brüste berührte. Sie hatte keinen Freund, wegen Thorsten. Er vertrieb jeden, der bei ihnen zu Hause auftauchte. So lange, bis keiner mehr kam. Jungs nicht und Mädchen auch nicht mehr. Er wollte sie, Pia, für sich allein haben.

Thorstens Arme hängen jetzt schlaff herab. Er bewegt seine Hände, ballt sie zu Fäusten und öffnet sie wieder, wobei er mit den einzelnen Fingern über die Handinnenflächen streicht, einmal, zweimal, immer wieder. Sie glaubt, die Tabletten sind schuld an diesem Tick.

Es war ihr so peinlich. Jemand hätte sie auf dem Bahnsteig sehen können, jemand, der sie kannte, jemand von der Schule oder von den Nachbarn. Sie schämte sich so sehr. Zog die Schultern hoch, versuchte, seinen Arm abzustreifen. Er wollte sich nicht abschütteln lassen.

Pia betrachtet ihn. Jemand, der ihn als Jugendlicher gekannt hat, würde ihn heute nicht wiedererkennen, so sehr hat er sich verändert. Aber sie sieht in ihm immer noch den, der er damals war. Hinter seinen Zuckungen, seinem Aufstöhnen oder Lallen, seinen fahrigen Armbewegungen, dem Reiben der Nägel über die Handinnenflächen verbirgt sich immer noch derselbe Mensch. Erst wenn sie ihn irgendwann einmal nicht mehr als ihren Peiniger erkennt, wird es vorbei sein. Erst dann wird sie fortgehen und ihn sich selbst und dem Pflegepersonal überlassen können.

Als sie die Treppe zur Unterführung erreichten, drängte er sich an sie. Mit der linken Hand griff er ihr unter den Rock. Sie trug eine hautfarbene Strumpfhose und Ballerinas. Ihr Körper wurde steif. Die Menschen, die ihnen von unten entgegenkamen, sahen an ihnen vorbei. Ein etwas zu intimes Pärchen, dachten sie, und dann, dass sie ihren Zug erwischen mussten.

Das Zimmer hat kein Telefon und keinen Fernseher. Beides braucht ihr Bruder nicht mehr. Die Fernsehbilder und die Geräusche machen ihn zu nervös. Manchmal versuchen es die Schwestern mit etwas Musik und schalten das Radio ein. Barockmusik soll beruhigend auf die meisten Patienten wirken. Thorstens Hände sind jetzt fast ruhig, flattern nur noch selten auf und ab. Er wird müde, verdreht die Augen. Sie lässt ihn einschlafen. Für einen Moment.

Auf der ersten oder zweiten Treppenstufe versuchte er, sie zu küssen, ihr seine Zunge in den Mund zu stecken. Er hatte getrunken, sie konnte es riechen. Bier und Wodka. Seine Spucke lief in ihren Mund. Sie wollte weitergehen, er ließ sie nicht los. Dann plötzlich stolperte er über seine eigenen Füße, schlitterte über die nächste Stufe, fing sich aber wieder. Schnell zählte sie die Stufen, vielleicht wären es genügend, warf sich mit ihrem ganzen Gewicht gegen seinen Rücken, passte auf, nicht selbst die Balance zu verlieren, und sah ihn stürzen.

Sie nimmt seine Hand, drückt sie gerade so kräftig, dass er wieder erwacht. Sie hätte gern, dass er die Bilder vor ihren Augen auch sieht: die schlecht beleuchtete Treppe aus Beton, menschenleer, und er selbst, der fällt. Sie, die auf dem Treppenabsatz steht und wartet. Er soll den Zug hören, der über ihnen hinwegdonnert, ohne stehen zu bleiben.

Thorsten schlug mit dem Kopf auf, mit dem Hals, mit dem Rücken. Als er am Fuß der Treppe liegen blieb, war er ganz verdreht. Ein Mann tauchte plötzlich neben ihr auf, er trug einen dunklen Mantel. »Was ist passiert?«, fragte er. »Ein Unfall?«

Sie war ihm dankbar für dieses Wort. »Ja«, sagte sie, »ein Unfall.« Dann sackte sie zusammen.

Der Mann fing sie auf, legte sie auf den Boden, zog seinen Mantel aus und stopfte ihn ihr unter den Kopf. Dann rief er den Notarzt.

Thorsten ist wieder wach. Seine Blicke rasen durch das Zimmer, streifen sie, die vor ihm auf dem Stuhl sitzt, und sie ist sich fast sicher, dass er sich nicht daran erinnert, was damals geschah. Am liebsten würde auch sie sich an nichts erinnern, den Tag in ihrem Gedächtnis auslöschen, genauso wie das, was davor geschah und der Grund dafür war, warum ihr Bruder stürzen musste. Vielleicht wird es noch einmal zehn Jahre dauern, bis die Erinnerungen endlich verblassen.

Pia sieht auf die Uhr. »Noch zwölf Minuten«, flüstert sie, »dann darfst du wieder schlafen oder dich von deiner Schwesternschülerin verwöhnen lassen. Wie heißt sie noch? Hast du ihren Namen behalten? Nein? Dann sage ich ihn dir noch einmal: Luisa!«

Thorsten wimmert.

Sie steht auf und tritt ans Fenster. Als die Zeit um ist, verabschiedet sie sich und verspricht, nächste Woche wiederzukommen und ihm wieder etwas Schönes mitzubringen. Dann verlässt sie sein Zimmer und das Haus. Bald beginnt ihre Schicht.

***

»Und wieso sollte dein Dr. Hildebrand ausgerechnet am Sonntag in seiner Praxis sein?«, möchte Stefan von Marlu wissen.

»Er hat Wochenendbereitschaft. Ich hab gerade dort angerufen und es erfahren. Passt doch. Schau, da ist die Praxis.« Marlu parkt den Wagen.

»Grüß Gott, haben Sie einen Termin bei uns?« Die Dame am Empfang hat noch gar nicht aufgesehen. Sie spricht, tippt und hat den Blick gleichzeitig auf den Monitor gerichtet, auf dem sich eine Formularmaske aufbaut.

»Rosner, grüß Gott. Wir sind eher privat oder zumindest halb privat da und würden gern Dr. Hildebrand sprechen«, antwortet Marlu dem Profil, das sich jetzt doch ihr zuwendet.

»Das ist aber gerade ganz schlecht. Das Wartezimmer ist voll. Alles Notfälle, die nicht bis morgen warten können«, jammert die Sprechstundenhilfe.

»Es ist kein Problem, wenn wir warten müssen. Aber sagen Sie dem Doktor bitte nichts von uns, es soll eine Überraschung sein.«

Die Dame nickt gnädig, tippt weiter, und Marlu öffnet die Tür zum Wartezimmer.

»Die Idee mit der Überraschung ist ja wirklich super«, sagt Stefan hinter ihr, »aber ich glaube, sie würde noch besser gelingen, wenn ich nicht dabei bin. Ich brauche sowieso mal wieder dringend einen Kaffee, sonst schlafe ich noch ein.«

»Jetzt bleib doch da, Stefan«, protestiert Marlu.

Aber er hat schon den Rückwärtsgang eingelegt. »Ich komme dann wieder her«, ruft er schon in der Tür zum Ausgang. »Oder du gibst Bescheid, wenn du fertig bist.« Und weg ist er.

Marlu denkt, dass das eine von Stefans Eigenschaften ist, wegen der sie möglicherweise noch öfter zusammenkrachen werden. Immer diese Alleingänge, dieses Sich-Abseilen. Lässt mich einfach hier stehen und dampft ab!

Kurz darauf steht Marlus alter Schulfreund Johannes Hildebrand in der halb geöffneten Tür. Auf dem Kopf hat er etwas weniger Haare, am Bauch ist er etwas fülliger als damals, aber es ist doch unzweifelhaft Hannes, mit dem sie etliche Jahre zusammen in derselben Klasse im Gymnasium war.

Sie steht auf.

»Ja, bist du's, oder bist du's nicht? Marlu? Marlu Rosner aus Ingolstadt?«

»Genau die«, antwortet Marlu. Es ist ihr unangenehm, dass sie sich vordrängelt. »Zehn Minuten?« Sie sieht die Wartenden an.

»Aber freilich sind meine Patienten geduldig, wenn die erste große Liebe des Doktors nach zehn Jahren plötzlich in seinem Wartezimmer auftaucht, oder? Mei, is des lang her!«

Vielleicht doch gut, dass Stefan nicht dabei ist, denkt Marlu. Womöglich hätte er den harmlosen Scherz in den falschen Hals gekriegt.

»In Gottes Namen«, sagt ein älterer Herr, »wenn die Dame früher auch schon so hübsch war, kann ich das direkt verstehen.«

»Sie war damals schon fesch«, sagt Hildebrand, der Marlu inzwischen von oben bis unten gemustert hat, »aber jetzt ist sie glatt noch fescher!«

Sie gibt ihm zur Begrüßung die Hand, und er zieht sie mit sich ins Behandlungszimmer.

»Entschuldige die kleine Liebesgeschichte, aber so sind die Patienten ein bisschen gnädiger gestimmt, obwohl sie warten müssen.«

»Gut, dass Stefan sich einen Kaffee holen gegangen ist, er hätte deine Notlüge bestimmt sofort geglaubt.«

»Stefan? Dein Mann? War der auch bei uns auf der Schule?«, fragt Hildebrand.

»Schon, aber ein paar Jahre vor unserer Zeit.«

»Aha«, sagt Hildebrand.

»So alt, wie du jetzt denkst, ist er auch wieder nicht. Aber es hat einen Grund, weshalb ich dich heute besuche, und wir wollen die Geduld deiner Patienten doch nicht überstrapazieren.«

»Dann schieß los, aber glaub ja nicht, dass ich dich nach zehn Minuten einfach wieder für die nächsten zehn Jahre laufen lasse. Also?«

»Du kennst doch eine Frau Peinhardt.«

»Aus der Residenz am See?«

»Genau. Sie ist letzte Nacht gestorben.«

»Davon weiß ich noch gar nichts.«

»War sie sehr krank?«, will Marlu wissen.

»Sie war Epileptikerin und hat seit vielen Jahren Medikamente genommen. Außerdem hat sie in den letzten Jahren Diabetes bekommen und sich nicht an ihre Essensvorschriften gehalten, aber was hast du damit zu tun? Bist du verwandt mit ihr? Sonst darf ich dir ja gar keine Auskünfte geben.«

»Die Sache ist die: Wir haben heute Stefans Onkel besucht, der auch in der Residenz lebt. Er ist wegen des Todes von Frau Peinhardt ziemlich durch den Wind.«

»Dann war sie eine Freundin von ihm? Das ist schon hart, wenn dir ab einem gewissen Alter laufend die Freunde wegsterben, mit denen du dasselbe Haus bewohnt und die du täglich gesehen hast. Schon allein deshalb möchte ich später in kein Heim gehen, selbst wenn es so eine piekfeine Senioren-Residenz ist wie die bei uns. Mit eigenem Seezugang. Da pfeif ich drauf!«

»Es ist nicht nur, dass er sie gekannt hat. Er sagt, es sei Frau Peinhardt die Tage davor überhaupt nicht schlecht gegangen, sie sei wie immer gewesen.«

»Mei, manchmal geht's halt schnell und unerwartet dahin. Ist eigentlich nicht das Schlechteste.«

»Es ist mir ein bisschen peinlich, aber Stefans Onkel macht auf mich eigentlich einen ganz vernünftigen Eindruck, deswegen erzähl ich dir das jetzt überhaupt. Er glaubt nämlich nicht daran, dass die Peinhardt einfach so, auf natürlichem Weg gestorben ist.«

»Aha, und was meint der Onkel von deinem Stefan dann, wie sie gestorben ist? Seid ihr beiden verheiratet?«

»Nein, aber wir ziehen gerade zusammen. In das Haus meiner Oma.«

»Das in der Stadtmauer?«

»Das weißt du noch?« Marlu kann sich nicht erinnern, Hannes je dorthin mitgenommen zu haben.

»Ich schon, aber du weißt es anscheinend nicht mehr. Na, ist ja auch nicht so wichtig.«

»Hannes, lassen wir die alten Geschichten. Die Sache ist mir wirklich wichtig.«

»Okay, okay, also glaubt der Onkel, dass Frau Peinhardt nicht an ihren Krankheiten gestorben ist, sondern an etwas anderem. Und woran?« Plötzlich schlägt er sich mit der Hand auf die Stirn. »Mensch, bin ich blöd! Beim letzten Klassentreffen haben mir die anderen ja erzählt, dass du bei der Kripo in Ingolstadt gelandet bist. Ich bin wirklich ein Trottel. Da denk ich doch wirklich, du bist vielleicht wegen mir da, hast meinen Namen gelesen, dich an mich erinnert und gedacht: Ach, den Hannes hab ich ja ewig nicht mehr gesehen. Dabei bist du bei der Polizei, und dein Interesse ist ein berufliches, hab ich recht? Das hättest du aber auch gleich sagen können.«

Marlu grinst gequält. »Eigentlich ist mein Interesse vorerst rein privat.«

»Ach so, ja, der Onkel in der Residenz. Also, wie soll Frau Peinhardt denn dann zu Tode gekommen sein, wenn sie nicht an dem Diabetes, einem Herzversagen oder sonst einer Krankheit gestorben ist? Was steht auf dem Totenschein?«

»Ich weiß es nicht, gehe aber davon aus, dass ein natürlicher Tod eingetragen wurde. Die Leiche ist schon abgeholt worden und wird demnächst verbrannt.«

»Dann hat der Onkel also nur einen Verdacht und kann nichts beweisen?«

»Er sagt, sie hat am Vorabend, als er bei ihr war, so seltsam geröchelt. Die Schwester soll ihr noch ein Medikament gegeben haben, und am Morgen war die alte Dame tot.«

»Welche Schwester?«

»Schwester Pia, kennst du sie?«

»Freilich. Sie war erst letzte Woche bei mir. Sie ist öfter da, ich glaub, sie geht viel in die Kirche. Bei ihrem letzten Besuch haben wir uns noch über Frau Peinhardt unterhalten. Sie hat nichts Besonderes gesagt, nur dass die Patientin ihre Diät nicht einhält und sie sie auch schon beim Weintrinken erwischt hat, obwohl sie auf Alkohol verzichten soll. Ich hab ihr gesagt, sie soll einen Termin ausmachen, damit ich mir Frau Peinhardt anschauen kann. Aber dazu ist es nicht mehr gekommen.«

»Und wie ist die Schwester sonst noch? Außer gläubig, mein ich.«

»Sie ist sehr bemüht um ihre Patienten, sehr gewissenhaft. Vielleicht ist sie mit ihnen manchmal sogar ein bisschen zu streng. Sie hat hohe Ansprüche an die Menschheit im Allgemeinen, sieht selbst kleine Missetaten nicht nach. Steht auf Naturheilkunde und verteilt Globuli nach eigenem Gutdünken. Aber dagegen sag ich nichts, das Zeug richtet ja keinen Schaden an. Doch sie kennt sich auch mit den klassischen Medikamenten aus und würde keinem Patienten etwas Falsches geben. Das kann ich mir nicht vorstellen. Da glaube ich schon eher, dass die Phantasie ein bisschen mit dem Onkel durchgegangen ist. Vielleicht hat Schwester Pia ihm mal ein Bierflascherl aus der Hand genommen, weil er zuvor schon seine Tabletten eingenommen hatte, die sich mit Alkohol nicht vertragen. Alte Leute sind da sehr eigen. Viele meinen, sie werden ständig benachteiligt und schlecht behandelt und schlagen dann zurück. Die haben zu viel Zeit, zu wenig Ansprache und kreisen deshalb ganz gern um sich selbst. Also, ich will jetzt nicht sagen, dass der Onkel von deinem Stefan so ist, ich kenn ihn ja nicht, aber meiner Erfahrung nach wäre das durchaus vorstellbar.«

Es klopft, und die Arzthelferin streckt ihren Kopf zur Tür herein und zeigt auf die Uhr. »Zehn Minuten, die wär'n dann jetzt um.«

Marlu steht auf. »Sie hat recht, Hannes. Lassen wir deine Patienten nicht noch länger warten. Darf ich dich anrufen, wenn ich noch etwas wissen möchte?«

»Wir machen das anders, Marlu. Wo ihr schon mal hier bei uns seid, müsst ihr unbedingt bis zum Abend bleiben und zu uns zum Essen kommen.«

»Zu uns?«

»Zu mir und meiner Frau. Bei dem schönen Wetter wollten wir sowieso grillen. Kommt einfach dazu, dann haben wir genügend Zeit zum Ratschen. Und wenn es länger wird, gibt es bei uns auch ein Gästezimmer.«

»Ich muss erst Stefan fragen, was er dazu meint. Vielleicht geht es sich ja wirklich aus. Und die Handwerker sind erst wieder für morgen Nachmittag bestellt, bis dahin hätten wir also noch Zeit.«

»Das alte Haus wird endlich renoviert?«

Marlu nickt und steckt Hannes' Visitenkarte ein, auf die er seine Privatadresse notiert hat.

»Dann kommt ihr abends vorbei, wenn es euch passt. Wir werfen den Grill um sechs an, ab sieben gibt's Essen.«

»Ich geb dir vorher Bescheid«, sagt Marlu beim Hinausgehen.

»Ich rechne fest mit euch!«, antwortet Hannes Hildebrand und holt den nächsten Patienten aus dem Wartezimmer.

Marlu muss nicht lange nach Stefan suchen. Sie entdeckt ihn hinter einer Zeitschrift in der italienischen Eisdiele im Nebenhaus. Sie will gar nicht wissen, den wievielten Cappuccino er gerade trinkt.

Wenn man sich Kaffee intravenös verabreichen könnte, hinge

Stefan an der Nadel. »Und, steht was Interessantes drin?« Sie zeigt auf den »Spiegel«, in dem er gerade gelesen hat.

»Hast du gewusst, dass vierzig Prozent aller Selbstmorde von Menschen über sechzig begangen werden?«

»So viel?«

»Und hast du eine Ahnung, was das bedeutet?«

Marlu setzt sich und verdreht die Augen. »Sag's mir.«

»In Deutschland gibt es circa zehntausend Selbstmorde im Jahr. Doppelt so viele wie Verkehrstote. Vierzig Prozent davon sind viertausend.«

»Stimmt«, sagt Marlu.

»Dann nimmt sich etwa alle zwei Stunden ein Mensch über sechzig bei uns das Leben.«

»Hört sich schlimm an. Und was haben diese Zahlen mit unserem Fall zu tun? Meinst du, die Peinhardt hat Selbstmord begangen?«

»Unser Fall? Spinnst du? Es gibt keinen Fall, und wenn es ihn gäbe, wäre er mit Sicherheit nicht unserer. Wir sind nicht im Dienst, Frau Polizeikommissarin, und ich denke nicht daran, mich von den Rosenheimer Kollegen runterputzen zu lassen, weil ich in ihrem Revier herumermittle.«

»Und warum hast du dann gleich den thematisch passenden Artikel im ›Spiegel‹ gefunden?«

»Wenn wir einmal annehmen, dass Frau Peinhardt tatsächlich nicht eines natürlichen Todes gestorben ist, dann ist es immer noch wahrscheinlicher, dass sie sich selbst umgebracht hat, als dass ein anderer sie auf dem Gewissen hat. Morde hat es in der jüngeren Vergangenheit nicht einmal dreihundert jährlich gegeben. Was sagt denn dein Doktor zu der Sache?«

»Das ist nicht ›mein Doktor‹, und er hat gesagt, dass Frau Peinhardt von den Medikamenten her sehr gut eingestellt war. Die Nachricht von ihrem Tod hat ihn überrascht.«

»Und warum hat er dich so schnell wieder gehen lassen?«

»Weil er noch einige Patienten im Wartezimmer hatte, das hast du doch gesehen. Aber er hat uns zum Grillen eingeladen. Ab sieben.«

»Grillen?«, fragt Stefan. »Meinst du, es gibt Chiemsee-Renken?«

»Keine Ahnung.«
»Vielleicht sogar Steckerlfisch?«
»Lass dich halt überraschen. Und übernachten können wir auch bei ihnen, sollte es später werden oder wenn wir morgen noch etwas hier zu tun haben, hat der Hannes gesagt.«
»Und haben wir morgen noch etwas hier zu tun?«, fragt Stefan.
»Ich glaub schon«, antwortet Marlu. »Die Handwerker kommen erst am Nachmittag, dann müssen wir wieder daheim sein. Wenn wir Glück haben, schaffen wir den Rückweg in eineinhalb Stunden.«
»Über die Autobahn«, sagt Stefan.
»Freilich über die Autobahn, wenn du nicht wieder den großen Schweiger machst.«

***

»Ist Ihr Besuch schon wieder fort?« Helene von Hertan sitzt bei einer Tasse Tee im Foyer der Residenz. Leise Klaviermusik erfüllt den Raum, dessen große Fenster den Blick auf den See freigeben.
»Nein, er ist noch da, aber für heute Abend zum Grillen eingeladen. Sie bleiben bis morgen.«
»Wollen Sie nicht ein bisschen erzählen? Wie sind sie denn so, Ihr Neffe und seine Begleiterin?«
Helmut Meißner setzt sich zu ihr. »Sie ist eine nette, charmante Frau, jung, sehr attraktiv und blitzgescheit.«
»Na, na, na, Sie werden Ihrem Neffen doch nicht die Braut ausspannen?« Helene sieht ihn belustigt an. »Sagten Sie nicht, Ihr Neffe sei nicht gerade begeistert von der Bitte seines Vaters gewesen, ihn in Prien zu vertreten?«
»Ich fürchte, er ist es noch immer nicht. Wahrscheinlich hätte er mich einfach als senilen Trottel abgehakt, hätte nicht Marlu, seine Freundin, warum auch immer Gefallen an mir gefunden und seine abweisende Art ignoriert. Eine wunderbare Frau! Ich an seiner Stelle würde sie vom Fleck weg heiraten.«
»Feste Bindungen sind unter jungen Leuten heutzutage nicht mehr der Renner, oder irre ich mich? Aber was sagen die beiden

zu Ihren Mutmaßungen über Frau Peinhardts Tod? Sie haben ihnen doch davon erzählt?«

»Zuerst nur Marlu.«

»Und wie hat sie reagiert?«

»Sie war ziemlich betroffen. Und da sie mir ganz unvoreingenommen begegnet ist und mir nicht den Eindruck vermittelt hat, dass sie mich für einen Idioten hält, nehme ich an, sie hat mich und meine Befürchtungen ernst genommen.«

»Und Ihr Neffe? Der ist doch bei der Polizei.«

»Sie auch! Stellen Sie sich das vor! Und Marlu ist ja ein ganzes Stück jünger als er.«

»Das sagten Sie schon.«

»Deshalb auch noch einen Dienstgrad unter ihm, aber sie arbeiten in derselben Abteilung bei der Kripo Ingolstadt.«

»Wenn das mal gut geht!«

»Wieso? Wegen des Altersunterschieds?«, fragt Helmut.

»Nein, wegen der Konkurrenz. Viele Männer haben doch immer noch Probleme damit, wenn eine Frau beruflich mit ihnen gleichzieht oder auf die Überholspur ausschert.«

»Wer mit diesem Risiko nicht umgehen kann, hat keine tolle Frau verdient. Meine Einstellung.«

»Dann sind wir uns in diesem Punkt ja einig. Und die beiden gehen heute Abend zum Grillen, fahren dann wieder heim und überlassen uns unserem Schicksal?«

»Die tun schon was.«

»Und was?«

»Heute Nachmittag waren sie bei Dr. Hildebrand. Frau Peinhardt war seine Patientin. Ich habe die beiden zu ihm geschickt.«

»Und? Was sagt er?«

»Marlu hat mir erzählt, dass er von ihrem Tod überrascht war. Sie konnte in seiner Praxis nur kurz mit ihm sprechen, aber sie treffen ihn ja heute Abend noch mal.«

»Ich denke, sie gehen zum Grillen?«

»Zu Dr. Hildebrand.«

»Aber wieso? Lädt der jeden zum Grillen ein, der zu ihm in die Praxis kommt?«

»Natürlich nicht. Er und Marlu kennen sich noch aus der Schulzeit. Ein Zufall.«

»Und was für einer! Dann gehen die Ermittlungen sozusagen heute Abend weiter. Eine gute Entwicklung.«

»Finde ich auch. Ich habe mir übrigens gedacht, wir beide könnten heute Abend zusammen essen gehen. Was meinen Sie?«

»Mein lieber Herr Meißner –«

»Sie wissen doch, dass ich Helmut heiße.«

»Ich weiß. Wie Schmidt, Kohl und dieser Fußballtrainer damals.«

»Helmut Schön.«

»Ja, genau der.«

»Eigentlich war das soeben der Versuch, Ihnen das Du anzubieten.«

»Ich hab's mir fast gedacht, Helmut, ein bisschen unbeholfen, aber so sind Männer nun mal.«

»Und?«

»Ich akzeptiere dein Angebot. Für lange Siezerei sind wir eindeutig zu alt. Dass ich Helene heiße, weißt du ja, seit ich vor dir in die Knie gegangen bin.«

»Und?«, fragt er wieder.

»Was und, Helmut?«

»Gehen wir zusammen essen, Helene?«

»Aber wir essen doch abends sowieso gemeinsam, Helmut, hast du das schon vergessen? Dort drüben ist unser Tisch.« Sie zeigt zum Speisesaal hinüber.

»Nicht hier. Ich wollte dich in Aschau ausführen, zu Heinz Winkler, dem Sternekoch. Du hast bestimmt schon von ihm gehört.«

»Hab ich. Aber wie kommen wir nach Aschau? Mit dem Taxi?«

»Ach was, Taxi. Mit meinem 500 SE natürlich. Wozu bezahle ich denn das ganze Jahr den sündteuren Tiefgaragenplatz? Ab und zu muss das gute Stück ausgefahren werden, auch wenn es bis nach Aschau eigentlich nur ein Katzensprung ist.«

»Ein 500 SE? Das ist aber auch nicht mehr das taufrischeste Modell.«

»Aber eines der besten!«, entrüstet sich Helmut. »Früher hat Mercedes alles so geplant und gebaut, dass es nie kaputtgeht. Erst in den neunziger Jahren hat man damit angefangen, die Kofferräume so zu projektieren, dass sie nur noch mindestens hunderttausend Öffnungs- und Schließvorgänge aushalten. Damit hat Mercedes den Anspruch aufgegeben, für die Unendlichkeit zu bauen.« Helmuts Augen leuchten bei dem Wort »Unendlichkeit« kurz auf.

»Wie auch immer. Wenn du meinst, dass der alte Mercedes noch fahrtüchtig ist und –«

»Natürlich!«

»Und du es auch bist, wollte ich noch sagen.«

»Keine Sorge!«

»Dann bin ich ja beruhigt. Und noch etwas: Natürlich kenne ich Heinz Winkler. Hättest du früher etwas gesagt, hätte ich mir noch die Haare machen lassen. So musst du mich mitnehmen, wie ich bin.«

Helmut hofft nur, dass sie diesmal andere Schuhe als die, die er bereits kennt, wählt, hütet sich aber, etwas zu sagen, was nur eine Trotzreaktion ihrerseits hervorrufen könnte. Er hat so eine Ahnung, dass sie nicht bereit ist, sich von ihm etwas vorschreiben zu lassen.

»Das ist aber kein Abschiedsessen, oder?«, fragt Helene.

»Wie meinst du das?«

»Ich erinnere mich noch allzu gut daran, dass ich dich heute Morgen beim Kofferpacken überrascht habe.«

»Ach so, das«, versucht er, die Angelegenheit herunterzuspielen. »Mittlerweile hab ich's mir anders überlegt.«

»Weil dein Neffe mit seiner fabelhaften Marla hier aufgetaucht ist?«

»Marlu, nicht Marla«, verbessert Helmut.

»Ich will eine Antwort.« Helene lässt nicht locker.

»Ich hab's mir eben anders überlegt.«

»Aha. Ich hätte äußerst gern gehört, dass nicht nur Marlu, sondern auch noch eine andere Frau deine Entscheidung beeinflusst hat.«

»Du meinst die Peinhardt?«

»Quatsch, wegen der wolltest du ja wegrennen.«

Helmut weiß, auf wen sie anspielt, und sie weiß, dass er es weiß. Aber es auszusprechen, ist unmöglich. »Ich werde nicht weglaufen«, sagt er, und Helene muss die Ohren spitzen, damit sie ihn versteht. »Ich will, dass ihr Tod aufgeklärt wird und die Gräfin zurückkommt.« Er seufzt. »Und ich bleibe, weil jemand auf dich aufpassen muss. Du bist so stur und hast dich schon am ersten Tag mit Schwester Pia angelegt. Du weißt ja gar nicht, in welche Gefahr du dich damit begeben hast.«

»Jetzt machst du mich aber ganz verlegen. Wenn es also nicht dein Abschiedsabend ist, dann verbringe ich ihn gleich noch lieber mit dir. Sag, welche Farbe hat dein Mercedes? Vielleicht kann ich ja meine Garderobe darauf abstimmen.«

Er ist sich nicht sicher, ob sie ihn nicht auf den Arm nimmt. »Impala«, sagt er, »das ist so …«

»Das geht in die goldene Richtung, ich weiß. Ziemlich aufdringlich.«

»Finde ich überhaupt nicht«, widerspricht Helmut.

»Entschuldigung, ich wollte nicht dein Auto beleidigen, den alten Mercedes. Auf dem Winkler-Parkplatz fallen wir damit wahrscheinlich nicht einmal auf.«

»Wie lange brauchst du, um dich herzurichten? Der Tisch ist für neunzehn Uhr dreißig reserviert.«

»Du hast ihn schon bestellt? Und was hättest du getan, wenn ich keine Lust gehabt hätte, dich zu begleiten? Eine andere Dame mitgenommen?«

»Dann hätte ich die Reservierung rückgängig gemacht«, gesteht Helmut. »Es gibt nicht so viele Damen, die ich fragen könnte oder möchte, um ehrlich zu sein.«

»Vielleicht ja diese Marlu, die Freundin deines Neffen.« Sie blinzelt ihm zu. »Aber nein, die ist ja beim Grillen im Arzthaushalt. Dann mache ich mich altes Schlachtross mal winklertauglich oder versuche es zumindest. Neunzehn Uhr Abfahrt?«

»Das wäre prima.«

»Also dann, geben wir unser Bestes, wie Mercedes mit der 500er-Serie vor 1990.«

»Meiner ist Baujahr '88«, sagt Helmut stolz.

»Haben bei deinem die Scheinwerfer auch diese lustigen Scheibenwischerchen?«, will Helene wissen.

»Natürlich, was denkst du denn?«

Er bringt sie zu ihrem Zimmer, und sie kramt ihre Magnetkarte aus der Jackentasche.

»Dann bis später«, sagt sie. »Müssen wir eigentlich noch Bescheid geben, dass wir heute auswärts essen?«

»Das mache ich gleich«, sagt er, aber es ist gelogen. Er hat es längst getan.

»Hoffentlich sehe ich nicht allzu sehr aus wie die Queen«, sagt Helene, als Helmut sie um sieben Uhr abholt. »Aber das war das einzig Goldfarbene, was ich gefunden habe.«

Sie trägt ein schlichtes schwarzes Kleid und darüber ein besticktes Jäckchen in Gold. Helmuts zweiter Blick gilt ihren Schuhen. Es sind tatsächlich Pumps mit kleinem Absatz, nicht die Gesundheitsschuhe, dazu magere Waden in hautfarbenen Strümpfen. Nun ja, denkt er, man kann nicht alles haben. »Du siehst bezaubernd aus, Helene!«

»Du siehst auch gut aus, alle Achtung!«

Helmut trägt einen seiner tiefblauen italienischen Anzüge mit hellem Hemd und passender blauer Seidenkrawatte. Seinem Haar hat er mit Pomade neuen Schwung verliehen. Ein Gentleman.

Sie nehmen den Aufzug. In der Tiefgarage steht sie, neben anderen S-Karossen, die 500-SE-Limousine. Natürlich mit genügend Abstand zum Nebenwagen, damit beim Ausparken nichts passiert, zwischen einem aktuellen 7er-BMW und einem neuen Audi A6. Kein anderer Wagen in der ganzen Garage schimmert in diesem Goldbraun der afrikanischen Steppe, das seine ehemalige Popularität wahrscheinlich Professor Grzimek und seinen Fernsehauftritten verdankt.

Helmut öffnet Helene die Beifahrertür und hilft ihr beim Einsteigen. Beige Ledersitze, ein Armaturenbrett aus Echtholzfurnier, der Fußraum geräumig.

»Der sieht ja aus wie neu«, staunt Helene.

»Hab ich's nicht gesagt? Die Alten sind die Besten.«

Die Ausfahrt aus der Tiefgarage bereitet Helmut keine Schwierigkeiten. Er kann es also noch, denkt Helene.

Von Prien aus nehmen sie die Staatsstraße Richtung A 8.

Helene lehnt sich entspannt in den Sitz zurück. »Wie weit ist es nach Aschau?«, fragt sie.

»Vielleicht zwölf Kilometer«, sagt Helmut.

»Nur? Wie schade! So könnte ich bis an die Adria durchfahren.«

Er ist geschmeichelt. »Wir könnten noch ein bisschen länger auf der Staatsstraße bleiben, bis Grassau oder Marquartstein, vielleicht sogar bis Reit im Winkl. Magst du? Es ist ja noch Zeit.«

Helene nickt, und schon fahren sie unter der Autobahn München-Salzburg hindurch Richtung Süden, auf die Berge zu. »Ich habe noch gar nichts von der Gegend gesehen«, sagt sie. »Nur den See.«

»Aber heute machst du mir nicht so schlapp wie gestern!« Helmut droht ihr spielerisch mit dem Finger.

»Bestimmt nicht. Und am Abend ist es ja auch nicht mehr so heiß. Außerdem habe ich mittags ein Nickerchen gemacht, die ganze Aufregung hat mich doch ein bisschen mitgenommen. Jetzt geht es mir wieder gut, fast hätte ich Lust, mich auch mal wieder hinters Steuer zu setzen und ein paar Meter zu fahren, nur ganz kurz.«

Helmut reagiert nicht sofort.

»Aber wahrscheinlich gehörst du zu der Sorte Männer, die eine Frau nicht ans Steuer lassen, hab ich recht? Und bei diesem Auto könnte ich es sogar verstehen.«

Obwohl sie mit ihrer Einschätzung ins Schwarze getroffen hat, springt Helmut über seinen Schatten, fährt bei der nächsten Möglichkeit rechts ran und lässt den Motor laufen. Er holt Helene an der Beifahrertür ab, begleitet sie auf die Fahrerseite und hilft ihr wieder beim Einsteigen.

»Du musst den Sitz etwas nach vorne ziehen und dir den Spiegel einstellen.« Er hilft ihr auch dabei, dann nimmt er auf dem Beifahrersitz Platz. »Alles klar, Helene?«

Sie reckt den Daumen hoch. »Bin schon ein Weilchen nicht mehr gefahren«, gibt sie zu, »aber ich verspreche dir, ganz vorsichtig zu sein.« Sie stellt den Hebel des Automatikgetriebes auf D und gibt langsam Gas.

Helmut verkrampft sich auf seinem Ledersitz.

»Du sagst ja gar nichts mehr«, meint Helene. »Hast du Angst?«

»Nein, nein«, behauptet er, »es ist nur so ungewohnt für mich. In diesem Auto habe ich tatsächlich selten auf der Beifahrerseite gesessen. Mir hat es immer so viel Spaß gemacht, und Margarete war nicht sonderlich scharf aufs Autofahren.«

Sie passieren das Ortsschild von Marquartstein. »Es wäre ziemlich schlimm für mich, wenn ich irgendwann meinen Führerschein abgeben müsste, darum fahre ich auch immer sehr vorsichtig«, sagt er. »Sich nur nichts zuschulden kommen lassen, das ist meine Devise.«

»Da kann ich dir nur beipflichten«, antwortet Helene, die in der geschlossenen Ortschaft etwas zu schnell fährt. »Für mich war das furchtbar.«

Helmut bleibt fast das Herz stehen. »Ich hoffe, das war jetzt ein Scherz«, sagt er.

»Leider nein«, seufzt sie. »Ich bin vor ein paar Jahren über eine Verkehrsinsel gefahren und gegen ein Verkehrsschild geprallt. Ich musste verschiedene Tests machen, und flugs war der Lappen weg.«

»Du fährst sofort rechts ran«, zischt Helmut.

»Wieso, ist hier irgendwo Polizei?«

»Helene, du hältst jetzt da vorne.«

»Aber wieso denn? Sollte etwas passieren, können wir doch immer noch die Plätze wechseln und sagen, dass du es warst«, schlägt sie vor und erntet dafür einen vernichtenden Blick von Helmut. »Okay, okay, aber das war jetzt wirklich ein Scherz. Ich hab ja nicht geahnt, dass du so ein …«

»So ein was?« Helmut wird lauter.

»Na ja, dass du jemand bist, der immer alles richtig machen und ja nicht gegen eine Vorschrift verstoßen will.« Sie fährt rechts ran. »Könnte ich dann vielleicht auf einem Parkplatz mal ein bisschen fahren? Vor einem Supermarkt wäre ich auch keine Gefahr für andere Verkehrsteilnehmer.«

»Du bist eine Gefahr für meinen SE 500, und den fahre ich

jetzt seit siebenundzwanzig Jahren. Unfallfrei!« Sobald sie stehen, schnallt sich Helmut ab und springt aus dem Auto. »Rüber auf den Beifahrersitz mit dir, hopp, hopp!«

Aber so schnell geht es bei Helene nicht. Sie steigt aus, streckt sich und zeigt auf die Berge. »Ist das nicht wunderbar? Wie im Urlaub!«

»Ich brauche jetzt einen Schnaps«, sagt Helmut.

»Vielleicht hier?« Helene zeigt auf ein Schild, das von der Hauptstraße nach links weist. »›Hofwirth zur Post‹«, liest sie laut. »Da gibt's bestimmt Schnaps.«

Helmut ist klar, dass sie mit diesem Zwischenstopp viel zu spät für ihre Reservierung in Winklers »Residenz« dran sein werden, aber er hat sich innerlich so aufgeregt, dass er jetzt sofort eine Pause braucht. Er biegt links ab, sie überqueren die Tiroler Ache auf einer historischen Betonbogenbrücke und gelangen auf der Alten Dorfstraße zum Gasthof.

»Guck mal«, sagt Helene, »hier kochen die ›Chef's‹ noch selbst, und für den überflüssigen Apostroph sind sie vermutlich auch selbst verantwortlich.«

»Hauptsache, sie können kochen.« Helmut betritt das Lokal mit seinem rot-weiß gefliesten Steinboden, der aus Marmor sein könnte.

Nach dem ersten Birnenbrand geht es ihm wieder besser, und er hat sich beruhigt.

Helene, die das Innere des »Hofwirths« urig findet, schlägt vor, spontan zu bleiben. »Der Winkler wird doch sowieso überbewertet. Und ich habe diese rechteckigen Teller mit den kleinen Löffeln mit gebogenem Stiel, auf denen je ein grünes oder blaues Häppchen drauf ist, sowieso schon immer dekadent gefunden.«

»Ein wenig overdressed sind wir hier aber schon, oder? Andererseits würde ich zu einem deftigen Spanferkel mit Kartoffelknödeln oder einer Ente mit Blaukraut nicht Nein sagen. In unserer Residenz werden uns ja immer nur gesunde Sachen vorgesetzt.«

Helmut zückt sein Handy, schützt eine plötzliche Unpässlichkeit vor und sagt die Reservierung bei Winkler ab.

Beim Essen erzählt Helene, sie habe in einem der »Reader's Digest«-Hefte, die in der Residenz ausliegen, gelesen, dass in Amerika ein Pfleger ein halbes Altenheim mit dem Verabreichen von Barbituraten ausgerottet hat.

»Barbiturate?«, fragt Helmut.

»Schlafmittel. Er hat sie den Senioren in einer tödlichen Dosis verabreicht.«

»Und du meinst, Schwester Pia könnte der Peinhardt auch so etwas wie Barbiturate eingeflößt haben?«

»Wissen tu ich's natürlich nicht, aber es wäre eine Möglichkeit.«

»Aber wie könnten wir das herausfinden?«

»Indem ich mir den Apothekenschrank im Schwesternzimmer mal genauer ansehe«, schlägt Helene vor.

Helmut verschluckt sich fast. »Das würdest du tun?«, will er fragen, aber eine andere innere Regung gewinnt die Oberhand. »Du musst auf dich aufpassen, Helene! Das ist kein Spiel und womöglich noch gefährlicher als das Fahren ohne Führerschein.« Da kommt ihm ein Verdacht. »Hast du wirklich keinen, oder wolltest du mich nur auf den Arm nehmen?«

»Ich hatte plötzlich eine solche Lust, wieder Auto zu fahren«, gesteht sie. »Ich wollte sehen, ob ich es noch kann. Es war der richtige Tag dafür, und du warst der richtige Begleiter an meiner Seite. Danke, dass du es mir erlaubt hast. Ich habe leider wirklich schon lange keinen mehr.«

***

Das Haus der Hildebrands liegt nördlich und etwas außerhalb von Prien, auf einer Anhöhe, zwischen Feldern und Wiesen. Von hier oben hat man einen beneidenswerten Blick auf den See. Zwei Autos stehen in der Doppelgarage, ein großer SUV und ein schnuckeliger Mini in Silbergrau mit dunklerem Dach und Alufelgen.

Herren- und Frauenwagen, denkt Stefan Meißner in Analogie zu den Inseln. Vielleicht ist es aber auch genau umgekehrt, und der Doktor bevorzugt den Mini. Die Herreninsel hat jedenfalls die fünfzehnfache Größe der Fraueninsel. Das müsste man mal auf die Kubikzahlen der Autos übertragen. Aber egal. Er wird jetzt den Doktor und ehemaligen Schulkameraden von Marlu und seine Frau kennenlernen und von Ersterem hoffentlich erfahren, dass sein Onkel sich einfach nur zu viele Gedanken um den Tod seiner Mitbewohnerin macht. Deshalb sind sie hier. Das Wetter passt auf jeden Fall bestens zum Grillen, und Stefan hofft auf einen Fisch zum Abendbrot. Eine Chiemsee-Renke wäre schön, gegrillt, seinetwegen auch in Alufolie gegart. Seine kulinarischen Visionen werden unterbrochen, als die Hausfrau ihnen die Tür öffnet. Sie stellt sich als Meseret vor und bietet auch gleich das Du an. Stefan tippt auf Äthiopien oder Eritrea als Herkunftsland. Hinter ihr erscheint der Doktor.

Nach der allgemeinen Begrüßung zieht es Stefan direkt in die Küche, wo allerdings keine Fische aufgespießt, sondern Teigfladen gebacken und exotische Soßen zusammengerührt werden. »Scharf?«, fragt er.

»Normal«, meint sie, »europäisch. Koste doch mal.«

Er tut es, und die Soße ist so pikant, dass es ihm das Wasser in die Augen treibt.

»Entschuldigung«, sagt Meseret. »Ich vermute, da hast du dich an meiner Portion vergriffen. Die anderen sind dort in dem Topf und wirklich viel milder.«

Das erste Bier trinkt Stefan fast vollständig zu Löschzwecken. Es verdampft sozusagen. Auf dem Grill im Garten liegt magere Hähnchenbrust, kein Fisch, nirgendwo.

Meseret ist Ärztin an einer Priener Privatklinik. »Psychosomatik, Essstörungen«, erklärt sie.

»Auch Magersucht?«, fragt Marlu.

»Magersucht, Bulimie und BES, also Fressanfälle und Heißhungerattacken«, erklärt sie. »Aber wir wollen jetzt essen, also hören wir mit diesen Themen am besten auf. Außerdem seid ihr ja eigentlich aus einem anderen Grund hier, wie Johannes erzählt hat.«

»Richtig, wegen der Frau Peinhardt«, sagt ihr Mann. »Nach deinem Besuch habe ich mir ihre Krankenakte noch einmal angesehen. Ich kann nichts finden, was für ihren raschen Tod verantwortlich sein könnte, aber trotzdem passieren solche Dinge, ohne dass man sie vorhersehen kann. Um die Ursachen genau zu verstehen, müsste man eine Autopsie machen.«

»Kann die Epilepsie dafür verantwortlich gewesen sein?«, fragt Stefan.

»Eigentlich eher nicht. In der Zeit, in der ich sie betreut habe, hatte sie einen einzigen Anfall«, antwortet der Doktor.

»Und welches Medikament hat sie gegen die Anfälle eingenommen?«, fragt Marlu.

»Ein Barbiturat, das bei dieser Diagnose gut hilft. Auch bei Frau Peinhardt hat es angeschlagen.«

»Ist das nicht so ein Schlafmittel wie das, an dem die Monroe damals gestorben ist?«, fragt Stefan.

»Vielleicht an einer Überdosis davon in Kombination mit Alkohol oder anderen Substanzen. Das hat man nie genau herausgefunden. Dafür gibt es jede Menge Verschwörungstheorien. Aber Frau Peinhardt hat seit Jahren ihre Dosis gekannt, und die Schwestern in der Residenz achten sehr darauf, dass die Patienten sie auch richtig einnehmen. Die Senioren medikamentieren sich ja nicht selbst.« Er hat das Fleisch auf dem Grill verteilt und setzt sich zu den anderen an den Tisch. »Und wegen deines Onkels, Stefan, ich will ihm wirklich nichts unterstellen, aber sein Verdacht gegen Schwester Pia ist schwerwiegend, und ich halte ihn außerdem für absurd. Wenn ihr sie selbst fragt, wird sie euch bestimmt erklären, warum Frau Peinhardt an eben jenem Abend so schwer geatmet hat.«

»Könnte sie nicht ihre Tabletten gesammelt haben, um dann alle auf einmal …?«, fragt seine Frau.

»Suizid?« Hannes Hildebrand schüttelt den Kopf. »Das ist natürlich sogar in so noblen Heimen wie der Residenz am See ein Thema. Im Alter haben Menschen mit Schwierigkeiten zu kämpfen, auf die sie das Leben meist nicht vorbereitet hat: chronische Krankheiten, Einschränkungen in ihrem Bewegungsradius oder eine verordnete Diät. Und zu dem langsamen körperlichen oder geistigen Verfall kommt dann noch die Einsamkeit. Das Gefühl, nicht mehr gebraucht zu werden, anderen eine Last zu sein. Das hält nicht jeder gleich gut aus.«

»Stefan hat mir heute erzählt, dass vierzig Prozent aller Selbstmörder Senioren über sechzig sind«, sagt Marlu.

»Das stimmt, interessiert aber niemanden«, antwortet Hannes Hildebrand. »Die Jungen denken: Mei, irgendwann müssen wir alle sterben, und die Alten haben ihr Leben ja schon gehabt. Das ist leicht dahingesagt, bis man selbst alt ist. Dann jammert man genauso wie die Alten heute, aber dann sagen einem die Jungen, was man früher gedacht hat: dass man sein Leben gelebt hat.« Ein Thema, über das er anscheinend gern spricht. »Aber wer bestimmt, wann jemand genug gelebt hat, wann es reicht?« Er schiebt seinen halb vollen Teller von sich. »Mein Praxisvorgänger hat mir mal eine Geschichte erzählt. Er hatte einen Abteilungsleiter in einem mittelständischen Unternehmen als Patienten, der ein Problem mit alten Leuten hatte. Er sagte meinem Kollegen immer, die Menschen würden heutzutage viel zu alt werden, er selbst würde das gar nicht wollen. ›Mit siebzig reicht es, dann soll Schluss sein‹, hat er immer gesagt. ›Und was machen Sie dann an Ihrem letzten Tag, an dem Sie noch neunundsechzig sind?‹, fragte Dr. Wiesinger. Darauf gab der Mann keine Antwort. Mit Anfang sechzig hatte er einen schweren Herzinfarkt, kämpfte sich aber ins Leben zurück. Mit siebzig ging es ihm bestens, er war pensioniert, fuhr alle Strecken im Ort mit dem Fahrrad und ging jeden Tag im See schwimmen, von Mai bis Oktober.«

»Und wie ist die Pointe dieser Geschichte?«, fragt Marlu.

»Erst hat er sein Wunschtodesalter auf fünfundsiebzig erhöht, und als er das erreichte, auf achtzig. Ich glaube, momentan steht es bei fünfundachtzig, und der Mann, der jetzt mein Patient ist, fährt immer noch mit dem E-Bike und geht von Juni bis September täglich schwimmen. Nur die Saison hat er ein bisschen verkürzt.«

»Ist diese Geschichte wahr, oder hast du sie dir gerade ausgedacht?«, fragt seine Frau.

»Sie stimmt, Wort für Wort. Wenn du im Ort oder am See einem kleinen Hutzelmännchen begegnest, schlank, agil, mit schlohweißem Haar, bunten Radlklamotten und einer blauen Badehose mit Delphinen drauf, dann weißt du, dass ich nicht gelogen habe.«

Meseret glaubt ihrem Mann trotzdem nicht ganz und schüttelt amüsiert den Kopf. Immerhin ist es eine schöne Geschichte.

»Wenn der morgen eine schwere Krankheit bekommt, sein Radl verkaufen und seine Badehose in die Kleidersammlung geben muss, dann ändert sich seine Situation massiv. Wenn er keine Familie oder Freunde hat, die ihm beistehen. Wenn er sieht, dass er für andere nur noch eine Last ist, wird ihm schon bald etwas einfallen. Er verweigert die Nahrungsaufnahme, nimmt seine Medikamente nicht mehr oder zu viel davon oder spritzt sich eine zu hohe Dosis Insulin, wenn er Diabetiker ist. Das kann leicht tödliche Folgen haben, und kaum jemand würde die Absicht dahinter erkennen. Oder erkennen wollen.«

»Aber wenn es diese Statistiken gibt, dann muss es doch bekannt sein, dass sich viele alte Menschen selbst töten«, sagt Stefan.

»Richtig. Es ist kein Geheimnis«, sagt Hildebrand, »aber ein Tabu.«

»Kann es sein, dass Frau Peinhardt unter Depressionen gelitten hat?«, fragt Stefan.

»So gut kannte ich sie auch wieder nicht, aber Äußerungen in dieser Art hat sie nie gemacht. Unter ihrem Gewicht hat sie schon gelitten. Als Diabetiker ist es immer gut, wenn der Partner noch lebt und ein Auge darauf hat, was man zu sich nimmt. Aber wenn der auch schon nicht mehr ist …«

»Also, Johannes, jetzt wird es aber wirklich zu traurig. Das ist ja ein schreckliches Gesprächsthema für einen Grillabend.«

»Tut mir leid. So wie Meseret jetzt reagiert, reagiert immer einer, wenn es um das Sterben der alten Leute geht. Ich sagte es ja, es ist ein Tabu.«

»Leider können wir dagegen auch nichts machen, außer hinzusehen und hinzuhören«, sagt Marlu. »Aber wenn du wirklich die Möglichkeit eines Selbstmordes in Betracht ziehst, dann könnte man das doch untersuchen.«

»Du weißt genau, dass kein Staatsanwalt der Welt eine Obduktion anordnet, wenn es keine belastbaren Indizien gibt«, sagt Stefan. »Aber vielleicht hat die Peinhardt ja der Schwester gegenüber etwas in die Richtung geäußert. Wir werden morgen mit ihr reden.«

Marlu lehnt sich entspannt auf dem Stuhl zurück. Dann bleiben sie also noch etwas länger in Prien. »Hannes, jetzt mal rein akademisch«, fragt Stefan. »Angenommen, jemand hätte Zugang zu Frau Peinhardt gehabt und sie umbringen wollen. Wie hätte er das mit Dingen, die er in der Residenz und Frau Peinhardts Zimmer vorgefunden hätte, deiner Meinung nach angestellt?«

»Aha«, antwortet Hildebrand grinsend. »Die Katze lässt das Mausen nicht.«

Prien, Montag, 25. Mai 2015

Der Frühstückstisch ist für zwei gedeckt. Stefan hat sich mit der Kaffeemaschine auseinandergesetzt und beißt verträumt in eine Butterbreze. Marlu tappt barfuß in die Küche.

»Wie machen wir das jetzt eigentlich?«, fragt sie. »Wir können ja schlecht zu Schwester Pia gehen und ihr sagen, dass dein Onkel sie verdächtigt, eine alte Dame um die Ecke gebracht zu haben.«

Ihre Frage reißt Stefan aus seiner entspannten Stimmung. »Bist du verrückt? Am Ende geht sie noch zur Polizei und blamiert uns bis auf die Knochen, und zwar nicht nur bei den Kollegen in Rosenheim. Ich will mir auf keinen Fall nachsagen lassen, wir würden hier privat ermitteln.«

»Ist schon klar, deshalb habe ich dich ja auch gefragt.«

»Wir sind einfach nur Angehörige und kümmern uns um meinen Onkel«, sagt Stefan und vernichtet den letzten Rest seiner Breze.

Im Speisesaal der Residenz am See sitzt Onkel Helmut mit einer Dame beim Frühstück, die er Marlu und Stefan als Helene Hertan vorstellt, worauf sie ihn prompt korrigiert: »Von Hertan.« Gefärbtes Haar in Mahagoni, eine cremefarbene Seidenbluse mit altmodischer Schleife am Hals, dünne, mit Altersflecken gesprenkelte Hände mit langen Fingern.

»Aus Bayreuth und bestimmt mit der ganzen Wagner-Mischpoke verbandelt«, raunt Marlu Stefan zu. Sie setzen sich dazu, bekommen einen Kaffee serviert und Vollkornsemmeln mit hausgemachter Marmelade angeboten.

»Lauter gesunde Sachen«, sagt Marlu. »So ein Frühstück jeden Morgen würde mir auch gefallen.«

»Aber nicht an diesem Ort, meine Liebe«, sagt Helene von Hertan. »Im Übrigen bin ich der Meinung, dass sie es hier mit dem gesunden Essen übertreiben. Sollen wir denn ewig leben?«

»Wenigstens haben wir gestern beim ›Hofwirth‹ erfolgreich gegengesteuert.« Helmut schmunzelt.

»Hattet ihr einen schönen Abend?«, fragt Marlu.

»Wie man's nimmt. Zuerst haben wir minimal gegen die Straßenverkehrsordnung verstoßen, dann gegen die Ernährungsvorschriften. Zum Glück wird man hier so gut wie nie kontrolliert.«

»Du bist noch motorisiert, Onkel Helmut?«, fragt Stefan.

»Na klar, mein Wagen steht unten in der Tiefgarage. Andere nehmen ihren Hund mit ins Altersheim, ich mein Auto.«

»Es ist aber nicht mehr der Mercedes in dieser seltsamen Farbe, den du mal gefahren hast?«, fragt Stefan.

»Das ist Impala, ein warmer Goldton, junger Mann«, erklärt ihm Helene. »Er ist genauso altmodisch wie wir, deshalb passt er auch so gut zu uns.«

»Und was habt ihr jetzt vor?«, fragt Helmut. »Geht's endlich los mit den Ermittlungen?«

»Wir dürfen leider nicht ermitteln, Onkel Helmut. Aber natürlich dürfen wir als Angehörige eines Residenz-Bewohners, der sich Sorgen macht, weil er denkt, dass eine Verstorbene eigentlich gar nicht sterbenskrank war, mit Schwester Pia reden.«

»Wann gehen Sie zu ihr?«, fragt Helene. »Jetzt gleich?« Sie wirft Helmut einen verschwörerischen Blick zu.

»Sobald ich meine zweite Tasse Kaffee ausgetrunken habe«, sagt Stefan.

»Ich habe sie heute noch gar nicht gesehen«, sagt Helmut, »und bin darüber eigentlich auch nicht traurig.«

»Vielleicht hat sie heute frei oder Spätschicht«, wirft Marlu ein.

»Das glaube ich nicht«, antwortet Helmut. »Ich kenne ihren Dienstplan: fünf Tage Arbeit, zwei Tage frei. Sie müsste eigentlich da sein, aber wahrscheinlich verschwendet sie ihre Zeit wieder mit Frommsein und Beten.«

»Gibt es eine Kapelle in der Residenz?«, fragt Marlu.

»Die heißt hier ›Raum der Stille‹«, sagt Helmut, und Helene lacht höhnisch auf.

»Als sehnten wir uns nach Stille«, sagt sie. »Wenn wir tot sind, haben wir es noch still genug!«

»In der Residenz ist man überkonfessionell und offen für alle Religionen«, erklärt Helmut. »Eine Kapelle wäre zu deutlich christlich.«

»Und warum hängt dann in meinem Zimmer ein Kruzifix?«, fragt Helene. »Wieso muss ich darum kämpfen, dass es entfernt wird?«

»Das musst du nicht«, sagt Helmut. »Sag es einfach unserem Herrn Bock, der ist liberal. Nur Schwester Pia solltest du damit nicht behelligen, weil die eben nicht liberal, sondern stockkatholisch ist. Bei der beißt du auf Granit. Aber ich weiß ja, dass du dich gern mit Leuten anlegst.«

»Ich gehe Konflikten nicht unbedingt aus dem Weg«, sagt Helene.

»Und wo ist nun dieser Raum der Stille?«, fragt Stefan.

»Dritter Stock im Hauptgebäude, unterm Dach, ganz am Ende des Ganges«, sagt Helmut. »Ist außerdem beschriftet.«

Noch bevor Stefan seinen Kaffee ausgetrunken hat, entschuldigt Helene sich und verlässt den Frühstücksraum.

»Hast du gesehen, wie diese Frau von Hertan deinem Onkel beim Aufstehen zugezwinkert hat?«, fragt Marlu auf dem Weg zum Leiter der Residenz.

»Natürlich. Und Onkel Helmut ist ganz nervös geworden. Seine Hände haben gezittert.«

»Hast du eine Ahnung, was das zu bedeuten hat?«

Stefan schüttelt den Kopf.

»Ein ziemlich verschworenes Pärchen«, lacht Marlu.

»Ich möchte gar nicht genau wissen, was die beiden gestern Abend getrieben haben«, sagt Stefan. »Am Ende hat Onkel Helmut schon ewig keinen Führerschein mehr und fährt trotzdem immer noch.«

Sie treffen Anselm Bock, den Leiter der Residenz, in seinem Büro an. Er trägt eine lange Hose aus Wildleder und ein weißes Leinenhemd mit Stehkragen, was zugleich bodenständig und modern, ja fast mondän wirkt. Auch sein Büro vereint Gediegenes und Großbürgerliches mit erlesenen Objekten aus fremden Ländern und Kulturen. Eine japanische Stabpuppe hier, ein goldener Buddha da, dazu plätschert ein Zimmerbrunnen, in dessen Becken eine Lotosblüte schwimmt.

»Sie verlassen uns schon wieder?«, kommt Bock auf sie zu.

»Ja, fast, zumindest für dieses Mal«, sagt Stefan.
»Ihr Onkel hat sich über Ihren Besuch bestimmt sehr gefreut.«
»Ich hoffe es.«
»Aber sicher! Es ist ja so wichtig, dass die Kontakte unserer Bewohner zur Familie nicht abreißen.«
»Da haben Sie natürlich recht.«
»Wenn ich sonst also nichts mehr für Sie tun kann –«
»Vielleicht können Sie uns doch noch weiterhelfen«, sagt Stefan. »Wir würden vor unserer Abreise gern noch mit Schwester Pia sprechen.«
»Aber warum denn?«
»Mein Onkel ist ein bisschen durcheinander. Sie wissen schon, weil diese alte Dame, die er wohl ganz gut kannte und auch mochte, gestorben ist.«
»Frau Peinhardt? Ich hatte keine Ahnung, dass Ihr Onkel in einer wie auch immer gearteten Beziehung zu ihr stand. Das wäre mir doch aufgefallen.«
»Er hat schon einige Bekannte hier verloren.« Marlu geht auf Bocks Bemerkung nicht ein. »Sie ist nicht die erste.«
»Tja, das liegt leider in der Natur der Sache«, sagt Bock. »Wir tun alles für unsere Senioren und sind sehr um die Gesundheit jedes Einzelnen besorgt, aber gegen die Natur sind wir machtlos.« Er lässt die Arme sinken und faltet schicksalsergeben die Hände. »Ich fürchte, Schwester Pia wird Ihnen auch nicht mehr sagen können. Der Tod ist ein ungebetener, aber trotzdem häufiger Gast in unserer Residenz.«
»Könnten wir sie dennoch kurz sprechen?« Stefan ist nicht ganz wohl in seiner Haut. Allmählich geht ihm dieses Gelaber über das Leben und das Sterben gehörig auf die Nerven. Trotz der beachtlichen Größe des Büros wird ihm ganz eng in der Brust. Sein Instinkt sagt ihm, dass an diesem Bock etwas falsch ist, dass der Mann etwas verbirgt. Es ist nur ein Gefühl, aber ein sehr intensives.
»Warten Sie, ich funke Frau Tschiersky kurz an.«
Es meldet sich niemand. Bock sieht auf seine Uhr. »Kann sein, dass sie oben im Raum der Stille ist. Für ihre kostbaren Minuten der Besinnung schaltet sie meistens das Funkgerät aus. Am besten warten Sie, bis sie wieder erreichbar ist. Man soll Menschen, die

beten oder meditieren, nicht stören. Diese wertvolle Zeit der Ruhe kann man durch nichts ersetzen. Frau Tschiersky kommt bestimmt gleich wieder ins Schwesternzimmer.«

»Danke, dann wissen wir Bescheid.« Marlu stößt Stefan in die Seite und schiebt ihn zur Tür hinaus.

»Was war denn los?«, fragt sie, als sie auf dem Gang stehen. »Du warst ja plötzlich wie weggetreten.«

»Ich hatte so ein Gefühl, als ob er eine Rolle in einem Theaterstück spielen würde.«

»Du meinst, an Helmuts Behauptungen könnte doch etwas dran sein?«

»Keine Ahnung, aber irgendetwas stimmt hier nicht.«

»Spricht das Orakel«, zieht Marlu ihn auf.

Sie finden den Raum unter dem Dach. Die Tür ist gepolstert und lässt sich fast lautlos öffnen und wieder schließen. Drinnen ist es wirklich sehr still. Eine einsame Person kniet auf dem nackten Holzboden. Vor ihr liegen ein Holzkreuz und ein aufgeschlagenes Gebetbuch, aus dem farbige Lesebänder heraushängen. Vor dem großen Fenster in der Giebelwand stehen Trennwände aus transparenten Stoffbahnen, die das Licht dämpfen; die Welt bleibt außen vor.

Erst als Marlu sich räuspert, dreht Schwester Pia sich um. Sie greift nach ihrem Gebetbuch, und ein paar kleine Bilder flattern zu Boden. Hastig sammelt sie sie wieder auf.

»Entschuldigen Sie, wir wollten Sie nicht erschrecken«, sagt Stefan.

Schwester Pia schlägt ihr Gebetbuch zu und steht auf. Ihre Knie in den fleischfarbenen Strumpfhosen sind gerötet. Sie zeigt stumm auf die Tür.

Draußen auf dem Flur entschuldigen sich Marlu und Stefan noch einmal für die Störung. Herr Bock habe sie angefunkt, aber da sie nicht geantwortet habe, dachten sie …

»Was kann ich für Sie tun?«, unterbricht ihn Schwester Pia, als sie sich wieder im Griff hat.

»Meinen Onkel hat der Tod von Frau Peinhardt sehr mitgenommen«, sagt Stefan.

»So?«, fragt Schwester Pia. »Es ist mir gar nicht aufgefallen, dass die beiden sich so gut verstanden haben.«

»Vielleicht hat er auch nur ein schlechtes Gewissen, weil er am Abend vor ihrem Tod bei ihr im Zimmer war und das Gefühl hatte, dass es ihr nicht gut ging.«

»Ich weiß, ich habe ihn dort angetroffen.«

»Und Sie haben nicht bemerkt, dass es Frau Peinhardt schlechter ging als sonst?«

»Nein, das habe ich nicht.«

»Aber mein Onkel sagt, dass sie –«

»Ich habe Ihrem Onkel an dem Abend bereits gesagt, dass Frau Peinhardt lediglich ein wenig, nun ja, laut geatmet oder geschnarcht hat. Nichts Auffälliges. Ich weiß wirklich nicht, wie er darauf kommt, sie hätte, wie nennt er es gleich?«

»Geröchelt«, sagt Stefan.

»So ein Unsinn. Sie hat nicht geröchelt. Ich habe ihr ihre Medikamente gegeben, habe mit ihr gebetet, und dann ist sie eingeschlafen. Als ich noch einmal nach ihr sehen wollte, war Ihr Onkel im Zimmer, und ich habe ihn wieder weggeschickt.«

Marlu und Stefan folgen der Schwester durchs Treppenhaus nach unten. Sie schaltet ihren Piepser wieder an.

»Und Frau Peinhardt hat die Medikamente genommen, die sie auch sonst bekommen hat«, sagt Stefan.

»Natürlich, was sonst?«, antwortet sie.

»Woran ist Frau Peinhardt denn eigentlich gestorben?«, wagt Marlu sich vor.

»An Herzversagen. Sie ist einfach eingeschlafen. So ein Tod ist ein Segen, wenn Sie mich fragen. Frau Peinhardt hätte in ihrem weiteren Leben noch viel leiden müssen.«

»Wie meinen Sie das?«, fragt Stefan.

»Sie hatte Epilepsie, da häufen sich im Alter die Anfälle, und die Phasen, die zur Erholung nötig sind, dauern immer länger und werden häufig schon vom nächsten Anfall abgelöst. Ein elender Kreislauf.«

»Und die Epilepsie war es, die zum Herzstillstand geführt hat?«

»Ich tippe eher auf die Gesamtbelastung durch den zusätzlichen Diabetes. Frau Peinhardt hat sich nicht an die Regeln gehalten. Ich habe sie oft mit Süßigkeiten erwischt, die sie nicht hätte essen dürfen. Oder mit Alkohol. Wozu sie übrigens Ihr Onkel selbst noch vor wenigen Tagen animiert hat.«

»Dass sie Alkohol trinkt?«

»Ganz genau. Er hat ihr Prosecco eingeschenkt, obwohl er genau wusste, dass das Gift für sie ist. Mit all den Medikamenten, die sie nimmt, und ihrem hohen Blutzuckerwert. Nicht dass ich ihm etwas unterstellen oder ihm eine Mitverantwortung in die Schuhe schieben möchte, verstehen Sie mich nicht falsch.«

»Vielleicht hat er ja genau deshalb ein schlechtes Gewissen«, räumt Stefan ein.

»Das würde mich nicht wundern. Alte Menschen sind manchmal wie Kinder. Es reizt sie, etwas Verbotenes zu tun, aber wenn sie es getan haben und etwas Schlimmes passiert ist, dann wollen sie nicht wahrhaben, dass tatsächlich sie die Verursacher waren«, antwortet Pia.

»Dann danke ich Ihnen sehr für die Auskünfte, Schwester.«

»Ich wünsche Ihnen eine gute Heimfahrt«, sagt Schwester Pia überraschend freundlich. »Ihr Onkel wird sich schon wieder beruhigen. Der Tod bestürzt uns einfach immer wieder.«

»Dann noch einmal vielen Dank.«

»Und kommen Sie ihn bald wieder besuchen. Jetzt kennen Sie ja den Weg!«, ruft sie ihnen nach, bevor sie in Richtung Schwesternzimmer davonhastet.

»Die hat es aber verdammt eilig«, sagt Marlu.

Stefan nickt. »Sie muss irgendetwas gehört oder gesehen haben, während wir mit ihr gesprochen haben.«

»Wie kommst du darauf?«, fragt Marlu.

»Im Treppenhaus war es plötzlich mit ihrer andächtigen Stimmung vorbei.«

»Und was kann das gewesen sein?«

»Vor dem Gang mit den Aufzügen liegt das Schwesternzimmer, daran sind wir heute schon einmal vorbeigelaufen. Eine Glaswand trennt es vom Durchgang.«

»Ist mir nicht aufgefallen.« Marlu zuckt die Achseln.

»Aber mir«, sagt Stefan. »Vorhin im Treppenhaus habe ich rübergeschaut und eine alte Dame in dem Zimmer gesehen. Ich bin mir nicht sicher, aber ich glaube, dass es die adelige Freundin von Onkel Helmut war.«

»Helene von Hertan?«, fragt Marlu.

»Genau die.«

»War sie allein?«

Stefan nickt.

»Du glaubst doch nicht, dass sie jetzt auf eigene Faust ermittelt?«

»Zuzutrauen wäre es ihr, und meinem Onkel sowieso. Aber wir sind nicht die Kindermädchen von den beiden. Sollen sie sich in die Sache reinknien, wahrscheinlich ist das sogar gut für ihre grauen Zellen. Gehirnjogging und so.«

»Ich glaube nicht, dass die beiden das als Sportersatz sehen«, sagt Marlu. »Die nehmen das todernst.«

»So wie die Schwester, sonst wäre sie jetzt nicht so abgezischt.« Sie nähern sich dem Haupteingang. »Konntest du sehen, was das für Bilder waren, die aus ihrem Gebetbuch rausgefallen sind?«

»Sterbebilder«, antwortet Marlu. »Vielleicht von ihren Eltern.«

»Sterbebilder«, überlegt Stefan. »Wir müssen noch mal zum Bock. Onkel Helmut hat uns doch auch gebeten, bei ihm nach der Gräfin zu fragen. Wenn ich nicht erlebt hätte, wie ernst er dabei war, würde ich diese Rumänien-Geschichte auch für eine Einbildung von ihm halten.«

»Auf mich macht er nicht den Eindruck, dass er sich Sachen einbildet«, sagt Marlu. »Er ist doch kein Spinner.«

»Da gebe ich dir recht. Mein Onkel war schon immer das genaue Gegenteil von einem Spinner.«

***

Pia stürmt den Gang entlang. Das ist doch nicht zu fassen! Darf jetzt schon jeder im Schwesternzimmer aus- und eingehen, wie er möchte? Was sich diese Alten herausnehmen! Sie glauben wohl, für sie gelten die vereinbarten Regeln nicht. Das war doch diese Neue, die Hertan, die auf ihr »von« im Namen besteht. Wenn sie könnte, würde sie auch noch einen artigen Knicks oder Diener vom Personal einfordern. Und der alte Meißner scharwenzelt um sie herum, dass einem schlecht werden kann. Wenn sie wüssten, wie abstoßend das ist. Mit In-Würde-alt-Werden hat das, was die da treiben, jedenfalls nichts zu tun. Sie sollten sich lieber um ihr Seelenheil kümmern, ihren Weg zu Gott, aber stattdessen vergnügen sie sich auf Ausflügen, prassen und leugnen damit den Herrn. Und wollen das Kruzifix aus dem Zimmer entfernen lassen! Diese aufsässige Person sollte sich schämen. Das wird noch ein böses Erwachen geben, spätestens auf ihrem Sterbebett. Lang kann es bis dahin ja nicht mehr dauern. Und dabei tun die Alten gerade so, als hätten sie das halbe Leben noch vor sich. Was wollte sie im Schwesternzimmer?

»Der Messerwerfer« fällt ihr ein, ein Thriller, den sie im Kino gesehen hat. Letzte Woche, als sie eine innere Spannung fast zerriss. »Mike's Kino« hat ihr schon öfter in solchen Situationen geholfen. Sie ging nicht dorthin, um einen bestimmten Film zu sehen, nicht, um zu lachen, zu bangen oder sich rühren zu lassen, sondern um die unerträgliche Spannung, die an ihr zerrte, die ihr aus dem Nichts Schweißperlen auf die Stirn trieb, wenigstens für neunzig Minuten zu vergessen.

»Der Messerwerfer« warf jeden Tag Hunderte Male ein Messer, einen Dolch, eine Kampfaxt oder einen Wurfstern in Richtung von Marlene, seiner Assistentin und zugleich seiner Geliebten.

Einen Augenblick lang wird es dunkel um Pia herum, und sie sucht mit der Hand die Wand des Schwesternzimmers, um sich daran abzustützen und Luft zu holen, sich ein wenig auszuruhen. Und dann, als hätte sich der rote Vorhang im Kino gehoben, sieht sie wieder die Geliebte des Messerwerfers in ihrer Vorstellung vor sich. Schwarze glatte Haare, die seidig glänzen. Den Rücken durchgedrückt, ein goldener Slip über der Nahtstrumpfhose. Ein straff sitzendes rotes Bikinioberteil, weiß gesäumt, auf dem im Scheinwerferspot Strasssteine funkeln. Pia sieht die Szene noch einmal vor sich, wie diese Frau am Todesrad festgeschnallt wird. Ihr ist, als hörte sie noch einmal den Trommelwirbel und dann die unerträgliche Stille. Die Gefahr, der sich Marlene aussetzt, ist ungeheuer. Im Film wurde in fiktiven Sequenzen durchgespielt, was passieren könnte. Das Geschoss hätte mit seiner Spitze nicht das Holz, sondern direkt den Schädel der schönen Assistentin treffen können. Eine der drei rasierklingenscharfen Schneiden des Wurfsterns hätte sich zu weit drehen und ihre Halsschlagader durchtrennen können. Sie wäre innerhalb weniger Minuten verblutet, vielleicht sogar innerhalb von Sekunden. Der Schütze hätte nach dem geglückten Kunststück noch einen Dolch im Köcher haben und ihn direkt ins Herz seiner Assistentin schleudern können. Auch diese Möglichkeit zeigte der Film, bevor die Akteure überhaupt die Manege betraten. Die Zuschauer warteten gespannt, was nun wirklich geschehen würde.

Gleich würde er werfen, beginnend mit den Messern, dann die Dolche, zum Abschluss der Wurfstern. In der Hand des Messerwerfers lag er wie ein zu kleiner Diskus, und wenn er ihn warf, schnappten drei glänzende Messerklingen aus, wirbelten durch die Luft und knallten auf das Todesrad. Die Spitze drang tief ins Holz. Ein Spiel mit der Angst der Zuschauer. Was, wenn der Artist nicht knapp daneben, sondern den Körper der schönen Assistentin treffen würde? Im Film hat Pia gesehen, was sich in der Stunde vor dem Auftritt in der Manege ereignet hat. Der Messerwerfer kam am Wohnwagen des Hochseilkünstlers vorbei, da hörte er sie. Er sah durch das Fenster in den Wagen. Seine Geliebte saß auf dem Schoß des Kettensprengers. Sie schrie vor Lust. Ihre Brüste hüpften wie Bälle auf und ab. Zwanzig Minuten später kam sie zum Vorstellungsbeginn zu ihm und tat so, als wäre nichts geschehen. Kurze Zeit danach lag der Dolch in seiner Hand. Die schöne Assistentin starb, und schon im Kino konnte Pia kein Mitleid mit ihr haben. Noch besser und spannender hätte sie es gefunden, wenn die auf dem Rad festgeschnallte Frau die Gefahr gesehen und gewusst hätte, dass sie ihr nicht entrinnen kann.

Pia schüttelt die Erinnerung an den Film ab, stößt sich energisch von der Wand ab und dreht sich um, um sich zu vergewissern, dass niemand sie in diesem Moment der Schwäche gesehen hat. Was sucht die Alte im Schwesternzimmer? Wie ist sie überhaupt dort hineingekommen? Die letzte Kollegin, die den Raum verlässt, sperrt normalerweise die Tür ab, das ist Vorschrift. Schließlich befinden sich darin die Krankenakten und der Apothekenschrank. Unbefugten ist der Zutritt untersagt. Als

Pia vom Treppenhaus aus bemerkte, dass Helene von Hertan in der Apotheke stöberte, spürte sie förmlich, wie ihr Gesicht rot anlief. Hoffentlich sind dem Neffen des alten Meißner und seiner Freundin ihre plötzliche Aufregung und der Grund dafür nicht aufgefallen. Es muss ja keiner mitbekommen, dass sich hier Hinz und Kunz Zugang zum Schwesternzimmer verschaffen kann. Unerhörte Zustände sind das, davon darf nichts nach außen dringen. Sie verabscheut zwar die Neigungen ihres Chefs und seiner Gespielin Melsene, fühlt sich ihrem Arbeitgeber gegenüber aber loyal. Es besteht eine Art unausgesprochenes Abkommen zwischen ihnen: ihre Loyalität gegen seine Respektierung ihrer Selbstständigkeit und Autonomie im Umgang mit den Patienten.

Sie hat die Tür zum Schwesternzimmer fast erreicht. Einatmen, ausatmen, einatmen, redet sie sich selbst zu. Ausatmen, einatmen. Ausatmen, einatmen. Wie soll sie sich verhalten, wenn sie jetzt gleich dieser alten Schachtel gegenübersteht? Sie muss sich zusammennehmen. Wut bringt nichts außer einem Haufen Ärger. Sie hält sich mit der rechten Hand am Handlauf fest, atmet noch einmal aus, ganz lange, bis sie meint, keinen noch so kleinen Rest Luft mehr in sich zu haben. Sie öffnet die Tür. »Was suchen Sie hier?«, herrscht Pia Helene von Hertan an. Sie ist lauter geworden, als sie es sich vorgenommen hat.

Helene, deren Nase gerade noch im Medikamentenausgangsbuch steckte, richtet sich erschrocken auf. »Saridon«, antwortet sie wie aus der Pistole geschossen.

Du verdammte Lügnerin, denkt Pia. »Sie dürfen hier nicht einfach rein und sich selbst bedienen, Frau Hertan.«

Helene bleibt stumm. Sie verzichtet sogar darauf, das »von« einzufordern.

»Unsere Aufzeichnungen gehen Sie nichts an. Datenschutz, verstehen Sie?« Schwester Pia ist kurz davor, die Beherrschung zu verlieren. Ihre alte Schwäche, sie hat sich nicht besonders gut in der Gewalt. Irgendwann ist der Punkt überschritten, dann brennen bei ihr die Sicherungen durch.

»Was haben Sie eben gesagt?«, fragt Helene. »Ich habe Sie leider nicht verstanden.«

Jetzt spielt sie auch noch die Schwerhörige, denkt Pia.

»Wie sind Sie überhaupt hier reingekommen?«, herrscht sie Helene an.

»Der Schlüssel steckte im Schloss«, behauptet Helene. »Den müssen Sie oder eine Ihrer Kolleginnen wohl vergessen haben.«

Ich lasse mir von dir nicht ins Gesicht lügen, denkt Pia. Du schnüffelst mir doch hinterher. »Und, haben Sie das Saridon gefunden?« Pia will, dass Helene von Hertan endlich den Raum verlässt.

»Eben nicht«, jammert Helene. »Und wenn ich es nicht bald bekomme, ist meine Migräne nicht mehr aufzuhalten.«

Für Pia ist das nur ein armseliger Versuch der Hertan, ihren Kopf im letzten Moment noch aus der Schlinge zu ziehen. Draußen hat der Wind eine Wolke zur Seite geschoben, sodass ein greller Lichtkeil durchs Fenster bis in die Mitte des Raums dringt. Staubpartikel tanzen in der Sonne.

Pia geht zu einer abgeschlossenen Glasvitrine, öffnet sie mit einem Schlüssel aus ihrer Kitteltasche und nimmt aus einer weißen Klinikpackung einen Tablettenblister. »Hier, schlucken Sie davon drei Stück, nicht mehr. Das sind keine Saridon, aber sie sind viel wirksamer. Mit denen bekommen Sie ganz sicher keine Migräne. Am besten legen Sie sich gleich nach der Einnahme ins Bett, das Medikament wird Sie müde machen.«

Helene nimmt die rosafarbenen Tabletten. »Danke«, murmelt sie beim Hinausgehen.

Pia zieht einen Stift aus der Brusttasche ihres Mantels und hält die Medikamentenausgabe im Ausgangsbuch fest. In das Feld »Notizen« schreibt sie: »Dosierungsvorschrift erteilt«.

***

»Was ist denn jetzt mit dieser Frau in Rumänien? Hast du sie ans Telefon bekommen?« Anselm Bock köpft sein Ei mit dem Messer.

»Du meinst die Gräfin?«, fragt Melsene. Es ist eine rhetorische Frage.

»Natürlich die Gräfin! Du weißt genau, von wem ich spreche. Hast du herausgefunden, was mit ihr los ist?« Er fuchtelt mit der

Hand, in der er das kleine abgetrennte Stück Ei hält, als würde es ihm die Haut verbrennen.

»Zufällig hatte ich bei meinem heutigen Anruf nicht Catrina, sondern ihre Kollegin Marina am Telefon. Du wirst es nicht glauben, was mir dieses Trampeltier nach einigen Drohungen heulend gestanden hat: Die Gräfin ist nicht kränklich, wie Catrina mir vorgestern erzählt hat, sondern schon seit zwei Tagen abgängig. Catrina hat inzwischen ihre Spur aufgenommen und ist ihr angeblich auf den Fersen.« Melsene starrt auf den Ei-Skalp in Anselm Bocks Hand.

»Abgängig?«, fragt Bock. »Das heißt, sie ist abgehauen? Dann kümmere dich gefälligst darum, dass das wieder in Ordnung kommt! Ich habe hier schließlich genug zu tun. Irgendwo muss die Alte doch stecken«, flüstert er. Die neue Bedienung im Café der Residenz, eine junge Frau aus Gstadt im grün-rosa Dirndl mit weißer Bluse, bringt gerade seinen frisch gepressten Orangensaft an den Tisch.

»Der sollte übrigens immer schon auf dem Tisch stehen, wenn ich mein zweites Frühstück einnehme.« Das Lächeln, das er für das Mädchen aufsetzt, sieht nach plötzlicher Gesichtslähmung aus.

»Freilich«, antwortet die Bedienung perplex. »Darf's vielleicht sonst noch etwas sein, Herr Bock?«

»Durchaus. Mein Croissant. Bitte immer ein ofenwarmes Buttercroissant. Über meine Gewohnheiten wissen auch Christa und Steffi Bescheid, lassen Sie sich das von ihnen erklären.«

»Das habe ich schon. Nur das Croissant und den Orangensaft habe ich leider vergessen.«

»Schon gut. Am Anfang darf man noch Fehler machen.«

Das Mädchen eilt mit roten Backen in die Küche.

»Wie heißt die Kleine eigentlich?«

»Anna-Lena«, sagt Melsene. »Gefällt sie dir?«

»Ach was«, antwortet Bock, »ihre Arbeit soll sie anständig machen, das ist das Wichtigste.«

»Und dir alle deine kulinarischen Wünsche erfüllen.«

»Was ist jetzt mit dieser Gräfin?«

»Ich habe doch schon gesagt: Catrina ist hinter ihr her.«

»Und wer ist Catrina?«, fragt Bock und löffelt sein Ei aus.

»War das Ei recht?«, fragt Anna-Lena, die das angewärmte Croissant bringt.

»Danke«, antwortet Bock gnädig. »Wenn etwas nicht recht ist, dann werden Sie das von mir schon erfahren, verlassen Sie sich drauf.«

»Du solltest etwas netter zu dem Mädel sein«, sagt Melsene, als Anna-Lena weg ist. »Sonst läuft sie uns gleich wieder davon.«

»Ach was«, meint Bock. »Und wer so schnell davonläuft, passt eh nicht zu uns. Apropos davonlaufen: Warum ist die Alte, die Gräfin, eigentlich weg? Hat sie nicht genügend Medikamente bekommen, dass sie noch munter ausbüxen kann, ohne dass das Personal etwas davon bemerkt? Auf den Begleitbriefen steht doch die genaue Dosierung, und Deutsch sollten die Betreuer ja wohl können.«

»Sie hat bestimmt die richtige Dosis bekommen. Vielleicht sogar eine etwas zu hohe, sodass sie verwirrt losgelaufen ist und nicht mehr zurückgefunden hat. Ich vermute, sie wusste überhaupt nicht, was sie tat.«

»Aber wenn sie so verwirrt ist, wie ist es ihr dann gelungen, sich bis dahin durchzuschlagen, wohin ihr das Personal nicht folgen kann? Diese Catrina sucht sie doch auch wirklich, oder was meinst du?«

»Natürlich! Ich würde für Catrina meine Hand ins Feuer legen.«

Bock schüttelt die Croissantbrösel von seiner Serviette auf den Teller.

»Es ist ihr sehr unangenehm, dass die Gräfin ihr entwischt ist. Bestimmt wollte sie die Sache selbst klären, bevor wir davon erfahren. Sie wird alle Hebel in Bewegung setzen, damit sie bei uns nicht in Ungnade fällt.«

Bock nickt. »Ich verstehe. Wie viele unserer Patienten haben jetzt in Rumänien ihren Urlaub verbracht?«

»Sieben, die Gräfin eingerechnet. Die anderen sechs sind alle wohlbehalten wieder bei uns eingetroffen. Der Urlaub der Gräfin wird dann eben um eine Woche verlängert. Bis jetzt hat keiner ihrer Angehörigen sich gemeldet oder sich darüber beschwert.«

Bock nickt. »Und von den Alten hat sich noch niemand darüber beklagt, dass ihre Handys in Rumänien eingesammelt wurden?«

»Mit der richtigen Dosis Tabletten vergessen sie sogar, dass sie überhaupt eines besitzen.«

»Und was, wenn diese Gräfin da draußen herumirrt? Gibt es in Rumänien nicht auch Wölfe?«

Melsene zuckt die Achseln.

Mit vollem Mund ist Bock kaum zu verstehen, aber Melsene kennt ihn gut genug, um sein Kauderwelsch zu dekodieren.

»Weißt du, ob sie ihre Tabletten mitgenommen hat?«

»Ich werde gleich noch mal mit Marina sprechen. Vielleicht hat sich unser Problem ja inzwischen auch schon gelöst, weil Catrina sie gefunden hat.«

»Sollte es gelöst sein, wirst du alles aber noch mal genau mit dieser Catrina durchsprechen. Ich will wissen, wie so etwas überhaupt passieren konnte. Noch einmal möchte ich diese Aufregung nicht erleben.«

»Bisher ist noch nie etwas schiefgegangen.«

»Und so soll es auch sein. Am besten fährst du mal wieder runter und verschaffst dir selbst einen Überblick. Vielleicht sollten wir, wenn die nächste Fuhre wieder zurück ist, mal eine Pause mit den Rumänien-Fahrten machen, was meinst du?«

»Ein kleiner Zwischenfall, und du ziehst den Schwanz ein? So kenne ich dich ja gar nicht«, spottet Melsene. »Wir haben so lange gebraucht, die Sache zu planen und aufzuziehen, und eine horrende Summe an Schmiergeldern investiert, um an die richtigen Kontakte zu kommen und das Geschäft zum Laufen zu bringen. Bisher haben uns die Fahrten eine Menge Geld eingebracht, das gerade du sehr gut gebrauchen kannst. Bei deinem Lebenswandel«, sagt sie und droht ihm wie einem unartigen Kind mit dem Finger.

»Na, na, bei dir ist ja auch einiges hängen geblieben, du solltest dich nicht beklagen. Der Geschäftszweig ist für uns beide äußerst rentabel.« Bock grinst. »Wenn diese Sache mit der Gräfin ausgestanden ist, dann machen wir einen drauf. Und ich hab auch schon eine Idee, wie.«

»So?« Melsene ahnt bereits, in welche Richtung das Vergnügen gehen könnte.

»Karl hat aus Amerika eine neue Maschine importiert, die soll einen Stoß draufhaben, dass die Frauen, die mit ihr Bekanntschaft gemacht haben, zwei Tage lang unansprechbar und mit verklärter Miene durch die Welt laufen. Die würde ich mir dann von ihm ausleihen, damit du mit ihr in unserer Kammer mal so richtig Spaß haben kannst.«

»Karl ist ein Schwätzer, das weißt du doch. Wahrscheinlich braucht er das Ding nur, weil seine blonden Schönheiten aus dem Osten ihm sonst noch aus purer Langeweile eingehen, wie Pflänzchen, die zu wenig gegossen werden.«

»Und wenn schon«, sagt Bock. »Dann weiß er immerhin, dass er seinen blonden Pflänzchen etwas Außerordentliches bieten muss, damit sie nicht vertrocknen. Und wenn wir davon profitieren, kann uns das doch nur recht sein.«

Aus dem Augenwinkel sieht Bock, wie die Eingangstür aufgeht und ein Paar eintritt, das ihm gerade schon einmal in seinem Büro gegenüberstand. »Dreh dich nicht um. Der Neffe von Herrn Meißner mit seiner Begleitung. Vor einer halben Stunde haben sie mir noch gesagt, dass sie gleich abreisen.«

Stefan und Marlu kommen direkt auf ihn und Melsene zu.

»Herr Meißner, haben Sie Schwester Pia nicht gefunden? Ich sagte Ihnen doch –«

»Doch, doch«, antwortet Stefan. »Tut mir leid, dass wir Sie noch einmal stören müssen, noch dazu beim Essen, Herr Bock.«

»Unsere Geschäftsführerin, Melsene Ritter. Herr Meißner und …«

»Marlu Rosner.«

»Bitte, nehmen Sie doch Platz. Kaffee?«

Stefan hat schon zugestimmt, bevor Marlu ablehnen kann. Mit Kaffee kriegt man ihn immer, denkt sie.

»Wie heißt die neue Bedienung noch mal?«, fragt Bock.

»Anna-Lena«, antwortet Melsene Ritter. »Cappuccino?«

Stefan nickt.

»Für mich nicht, danke«, winkt Marlu ab.

»Ich kümmere mich drum.« Sie steht auf und geht Richtung Küche.

»Konnte Schwester Pia Ihnen helfen?«

»Sie sagt, Frau Peinhardt sei einfach eingeschlafen. Es habe keine Anzeichen gegeben, die auf ihren bevorstehenden Tod hindeuteten.«

»Das hat sie mir auch gesagt. Eigentlich schön, so schmerzlos aus der Welt zu gehen.« Er sieht auf den See hinaus, als würde er der Verstorbenen noch einmal gedenken. »Auf Schwester Pia kann ich mich hundertprozentig verlassen. Sie ist quasi die Seele dieser Einrichtung, ein Engel! Sie ist rührend um ihre Schäfchen besorgt und dabei noch überdurchschnittlich kompetent. Ein Segen für die Residenz am See.«

»Schwester Pia scheint sehr religiös zu sein«, sagt Marlu.

»Sie ist eine geradezu leidenschaftliche Christin. Eine wie sie findet man heutzutage ja nicht mehr oft, aber sie lebt die Religion sehr überzeugend. Um ihren behinderten Bruder, der auch in Prien, im ›Rosenhof‹, lebt, kümmert sie sich wirklich aufopferungsvoll. Man kann von Glück reden, dass es solche Menschen wie Frau Tschiersky heutzutage noch gibt, die meisten denken im Leben doch nur an sich selbst.«

»Ich hatte vorher noch vergessen, etwas zu fragen«, setzt Stefan an.

»Was haben Sie denn noch auf dem Herzen?« Bock hat zu seiner jovialen Souveränität zurückgefunden. Er schätzt den Altersunterschied zwischen den beiden auf zehn bis fünfzehn Jahre und findet das spannend. »Oder sollte ich besser danach fragen, was Ihr Onkel noch auf dem Herzen hat? Ich weiß nur nicht, warum er nicht selbst mit mir spricht. Der alte Herr wirkt weder besonders schüchtern, noch bin ich ein unnahbarer Eisblock oder ein mönchischer Schweiger.« Er ist der Einzige, der über seine bemühte Metaphorik schmunzeln kann. »Ich habe immer ein offenes Ohr für meine Klienten.«

»Danach sollten Sie ihn selbst fragen. So gut kenne ich meinen Onkel auch wieder nicht.«

Anna-Lena serviert den Cappuccino. Melsene Ritter will ihnen anscheinend keine Gesellschaft mehr leisten.

»Vielen Dank, meine Liebe«, ringt Bock sich ab.

»Mein Onkel macht sich auch Sorgen um eine Bekannte, zu der der Kontakt anscheinend abgerissen ist.«

»Sie wohnt auch hier?«, fragt Bock.

»Ja, aber ich kenne ihren richtigen Namen nicht. Er spricht von ihr als ›die Gräfin‹.«

Die Wandlung, die binnen Sekundenbruchteilen mit Bock vorgeht, bleibt Stefan und Marlu nicht verborgen. Er wischt mit einer fahrigen Bewegung fast seine Kaffeetasse vom Tisch.

»Mein Onkel sagt, sie sei auf Urlaub in Rumänien.«

»Ganz recht, zu einer Thalasso-Therapie am Schwarzen Meer.« Bock räuspert sich und nimmt den letzten Schluck von seinem Orangensaft. Eigentlich ist es nur mehr der Bodensatz, in dem ein paar Fetzen Fruchtfleisch herumschwimmen.

»Er sagt, er habe schon oft versucht, sie dort anzurufen, aber ihr Handy sei tot, als ob sie es abgeschaltet hätte.«

»Na ja, was die alten Leute mit ihren Smartphones machen, das kann ich aus der Ferne natürlich nicht wissen. Vielleicht hat sie vergessen, den Akku aufzuladen. Offen gestanden ist die Gräfin, wie Ihr Onkel sie nennt, ab und zu etwas vergesslich. Sie leidet unter einer beginnenden Demenz, aber wir haben sie medikamentös gut eingestellt. Wenn sie ihre Medikamente nach Vorschrift nimmt, dürfte die Krankheit sich nicht rasch verschlimmern.«

»Aber wenn sie ihr Handy verlegt, verloren oder einfach nur vergessen hat, könnte man sie in dem Hotel doch mal ans Telefon holen. Ich meine, dann könnte mein Onkel mit ihr sprechen, wüsste, dass es ihr gut geht, und könnte aufhören, sich Sorgen um sie zu machen.« Das hätte Stefan sich bis vor einem Tag nicht träumen lassen, dass er hier sitzen und das Anliegen von Onkel Helmut verteidigen würde. »Könnten Sie uns vielleicht den Namen des Hotels nennen und eine Telefonnummer, wo mein Onkel anrufen kann?«

Bock sieht sich nach Melsene Ritter um, aber sie hat sich zurückgezogen und ihn mit diesem Problem allein gelassen.

»Ich werde versuchen, schnellstmöglich den Kontakt mit dem Ansprechpartner in Rumänien herzustellen. Dieses Problem ist sicher nicht unlösbar«, sagt Bock scherzhaft. »Die Internetverbindungen sind manchmal ausgesprochen schlecht. Sie dürfen nicht den Fehler machen, von unseren mitteleuropäischen Ansprüchen auszugehen. Rumänien war schließlich bis 1989 eine Diktatur, das Land erholt sich erst sehr langsam von der jahrzehntelangen Misswirtschaft.«

»Aber Festnetztelefone wird es wohl auch in rumänischen Hotels geben«, sagt Stefan trocken.

»Natürlich«, beeilt sich Bock, ihnen zu versichern. »Ich werde herausfinden, warum sich die Gräfin nicht meldet, und Ihren Onkel darüber informieren. Versprochen.« Er steht abrupt auf. »Wenn Sie mich dann entschuldigen? In meinem Büro wartet eine Menge Arbeit auf mich. So viel Zeit hatte ich für das zweite Frühstück eigentlich nicht eingeplant.« Er gibt den beiden Besuchern die Hand. »Und gute Heimreise!«

»Entschuldigen Sie, eine Frage hätte ich noch«, hält Marlu ihn noch einmal auf, was Bock sichtlich missfällt. »Ist die Dame denn wirklich eine Gräfin, oder ist das nur ein Spitzname?«

»Sie trägt den Titel zu Recht. Wir haben es in dem gehobenen Segment, in dem wir uns mit der Residenz befinden, relativ häufig mit altem Adel«, er grinst über seinen Scherz, »zu tun. Die Gräfin ist eine von Zeppelin und Anteilseignerin eines großen Unternehmens im Münchner Norden. Geld hat sie also genug«, lacht er.

»Nur das Gehirn spielt nicht mehr so mit«, ergänzt Marlu.

»Ja, Gesundheit kann man sich für kein Geld der Welt kaufen«, nimmt Bock Zuflucht zu einem Gemeinplatz. »Aber optimale Pflege und Versorgung schon.«

»Wir könnten das nicht«, sagt Marlu. »Zumindest nicht in diesem Rahmen. Wir sind beide nur kleine Beamte.«

Stefan wirft ihr einen bösen Blick zu.

»Aber Sie sind ja beide noch sehr jung«, schmeichelt Bock. »Sie haben das Leben noch vor sich und müssen sich keine Sorgen um das Alter und seine spezifischen Herausforderungen machen. Guten Tag.« Er stürmt davon, stößt gegen einen Serviertisch, der ein hässliches Geräusch macht, als er an der Wand entlangschrammt, und ist fort.

»Gräfin von Zeppelin«, murmelt Marlu. »Also hat Helmut uns nicht nur eine schöne Geschichte erzählt. Ist dir auch aufgefallen, wie nervös Bock geworden ist, als du ihn nach der Gräfin gefragt hast?«

Stefan nickt. »Du bist ihm ganz schön auf den Pelz gerückt.«

»Und was steckt jetzt hinter dem Verschwinden der nachweislich echten Gräfin?«

»Keine Ahnung«, antwortet Stefan, »aber irgendetwas stinkt hier.«

***

»Ihr könnt mich doch jetzt nicht hier allein lassen!«

»Wir müssen sogar, Onkel Helmut. Marlu hat es dir schon erklärt. Am Nachmittag kommen die Handwerker, dann müssen wir zu Hause sein. Du weißt doch, wie das ist. Monatelang wartet man auf einen Termin, da kann man nicht sagen: Hey, mir passt es heute doch nicht, könnt ihr morgen wiederkommen?«

»Aber wir sind hier doch nicht mehr sicher. Womöglich läuft in unserer unmittelbaren Nähe eine Mörderin frei herum.«

»Das ist nur eine Vermutung von dir, die du nicht beweisen kannst.«

»Du denkst also immer noch, dass ich ein alter Kerl bin, der nicht weiß, wovon er redet?« Hilfesuchend sieht Helmut Marlu an.

»Nein, das glaube ich nicht«, erwidert Stefan. »Aber mehr kann ich jetzt hier nicht tun. Wir bleiben dran, Onkel Helmut.«

»Versprochen?«

»Versprochen.«

»Wir tun, was wir können«, gibt auch Marlu ihr Wort. »Und du passt in der Zwischenzeit gut auf dich auf. Und auf deine Helene.«

Helmut schluckt. »Dann kommt mal gut nach Hause«, sagt er leise. »Und vergesst mich nicht.« Als sein Neffe ihm die Hand gibt, zieht er ihn zu sich heran, umarmt ihn, klopft ihm auf den Rücken und flüstert ihm ins Ohr: »Heirate sie! Lass sie nicht mehr gehen, hörst du?«

Stefan weiß nicht, ob er seinen Ohren trauen kann.

»Und besucht mich bald wieder!«, ruft er ihnen noch nach, als sie schon im Auto sitzen. »Das nächste Mal fahren wir auf die

Fraueninsel. Dort im Klosterladen hat Margarete immer so gern eingekauft.«

»Was hat er davor noch gesagt?«, fragt Stefan.

»Ich habe es nicht verstanden«, antwortet Marlu. »Ich finde ihn aber sehr nett, deinen Onkel Helmut.«

Die besondere Sympathie und Herzlichkeit zwischen den beiden ist Stefan nicht entgangen.

»Ich fahre gleich auf die Autobahn, ist das okay?«, fragt Marlu. »Moment, warte mal. Hast du das Schild eben gesehen?«

»Was für ein Schild?«

»Da links. ›Rosenhof‹! Das ist doch die Einrichtung, in der Schwester Pias Bruder lebt? Ich biege da mal kurz ab.«

»Ich dachte, wir wollten auf dem schnellsten Weg zur Autobahn?«

»Ich will nur mal sehen, wie der ›Rosenhof‹ aussieht.«

Wie wird er schon aussehen?, denkt Stefan. Wie eine Einrichtung für Menschen mit Behinderung eben. »Meinst du, die Handwerker warten vor unserem Haus, bis wir irgendwann eintrudeln?«

»Ich weiß, ich weiß. Dann muss ich halt danach ein bisschen schneller fahren oder meine Mama anrufen, damit sie die Handwerker reinlässt.«

Marlu ist wie ein Jagdhund, der mit der Nase drei Zentimeter über dem Boden einer frischen Spur folgt, denkt Stefan. »Ich habe keine Ahnung, was du dir von dieser Aktion erwartest«, sagt er.

»Ich selbst ja auch nicht. Aber ich bin mir sicher, dass mir das Schild nicht ohne Grund aufgefallen ist.«

Weibliche Logik mit einer Spur Magie, denkt Stefan.

An der Pforte gibt Marlu sich einer plötzlichen Eingebung folgend als Cousine von Pia Tschiersky und ihrem Bruder aus, den sie gern besuchen würde. Der junge Mann an der Pforte bittet sie, zu warten, und telefoniert. »Sie werden gleich abgeholt«, sagt er schließlich.

Marlu braucht Stefan nicht einmal anzusehen, um zu wissen, was er denkt: Das ist Wahnsinn, was du hier machst. Damit bringst du uns in Teufels Küche.

Eine junge Frau mit pink-schwarzen Ringelsocken und fadenscheinigen grauen Chucks kommt die Treppe herunter. Sie stellt sich als Schwesternschülerin vor. »Ich bin Luisa. Haben Sie Thorsten schon einmal besucht?«

»Ja«, sagt Marlu, ohne zu erröten, »aber das ist schon länger her.« Was für ein Glück, denkt sie, jetzt wissen wir wenigstens, wie er heißt.

»Sind Sie auch aus dem Rheinland? Sie hören sich gar nicht so an.«

»Wir haben lange in München gewohnt.«

»Ach so, deshalb. Da sind wir auch schon.«

Stefan bleibt ein Stück hinter den beiden Frauen zurück.

»Hallo, Thorsten, ich habe dir Besuch mitgebracht. Es ist nicht deine Schwester, du musst dich nicht so aufregen. Schau, es ist deine Cousine! Entschuldigung, jetzt habe ich Sie gar nicht nach Ihrem Namen gefragt.«

»Marie«, sagt Marlu. »Das ist mein Mann, Stefan.«

Stefan schüttelt den Kopf und bleibt in der offenen Tür stehen.

»Kommen Sie doch herein, Marie. Aber machen Sie die Tür hinter sich zu. Na, Thorsten, was sagst du? Erinnerst du dich an deine Cousine?«

Thorsten starrt Marlu mit großen Augen an.

»Wenn Sie schon mal hier waren, dann kennen Sie ja seinen Zustand. Eine normale Unterhaltung ist mit ihm leider nicht möglich.«

»Ja, ja, ich weiß«, sagt Marlu alias Marie und legt Thorsten eine Hand auf die Schulter. »Hallo.« Dann wendet sie sich wieder an Luisa. »Ich war mir unsicher, was ich ihm mitbringen soll. Was kann er denn gebrauchen?«

»Ach, am meisten braucht er Liebe.« Luisa lacht.

Marlu denkt, dass sie entweder die gute Fee aus dem Märchen ist oder einen an der Klatsche hat. »Aber Pia kümmert sich doch um Thorsten, oder etwa nicht?«

»Schon«, sagt die gute Fee, »aber sie empfindet keine Liebe für ihn.«

»Woher wollen Sie das wissen?«

»Weil Thorsten Angst vor ihr hat. Wenn sie kommt, wird er

unruhig, und ich kann an seinen Augen sehen, dass er sich vor ihr fürchtet. – Vor Ihnen hat er keine Angst«, fährt Luisa fort. »Sehen Sie? Er ist ganz entspannt. Wenn seine Schwester im Zimmer ist, fuchtelt er immer mit den Armen, so, sehen Sie?« Sie ahmt ihn nach und lacht wieder. »Nicht wahr, Thorsten, das stimmt doch, dass du dann mit den Armen herumfuchtelst?« Ihre Arme fliegen erneut durch die Luft. »Er findet das lustig, sehen Sie?«

Marlu bemüht sich, etwas in Thorstens angespanntem, von spastischen Zuckungen geschütteltem Gesicht zu erkennen. Am ehesten ähnelt sein Ausdruck jetzt tatsächlich einem Lächeln.

»Kann sein«, sagt sie. »Aber warum sollte Thorsten Angst vor seiner Schwester haben? Und warum denken Sie, dass sie ihn nicht liebt?«

»Ich weiß es nicht«, sagt Luisa. »Leider kann er es mir nicht erzählen. Und seine Schwester mag mich nicht, die wird mit mir bestimmt nicht über ihre Gefühle reden.«

»Sie mag Sie nicht?«

»Ich glaube, sie ist eifersüchtig auf mich. Nicht was Sie denken, aber Thorsten ist irgendwie, ach, er tut mir einfach leid. Er kommt so selten raus, und dabei ist er so gern draußen an der frischen Luft. Ich kann das spüren.«

Ja, ja, die liebe Fee, denkt Marlu. »Aber Pia wird doch auch mit Thorsten rausgehen.«

»Nie! Ich glaube sogar, sie macht das absichtlich. Weil sie weiß, wie gern er draußen sein würde. Es kommt mir vor, als würde sie ihn bestrafen.«

»Aber wofür denn?«, fragt Marlu.

»Ich weiß es nicht.« Luisa rückt ihren Stuhl vor Thorsten, der im Rollstuhl sitzt, und streichelt seine Hände.

Marlu weiß, dass Stefan draußen vor der Tür auf sie wartet und womöglich jeden Augenblick reinplatzt und sie zur Rede stellen wird, aber sie rührt sich nicht vom Fleck. Sie hofft, dass Luisa weiterreden wird – und wird nicht enttäuscht.

»Ich habe mir Thorstens Krankenakte angesehen, ich darf das ja.«

Marlu nickt. Das kann sein, kleine Luisa, aber du darfst mir eigentlich nicht erzählen, was drinsteht. Sie hofft, dass die Schwesternschülerin sich über die Schweigepflicht hinwegsetzt.

»Wenn Sie Familie sind, wissen Sie ja eh, was vor zwanzig Jahren passiert ist.«

»Es ist schon so lange her«, sagt Marlu.

»Wahrscheinlich hatte Thorsten zu viel getrunken, als er die Treppe runterstürzte. Seine Schwester war dabei und konnte ihm nicht helfen. Kennen Sie die Unterführung am Bahnhof? Haben Sie früher auch in Leverkusen gewohnt?«

Marlu nickt. »Ich kenne die Stelle. Es war schrecklich, danach daran vorbeizugehen. Aber wieso vermuten Sie, dass Pia Thorsten bestrafen will?«

»Es ist nur so ein Gefühl. Sie ist so hart zu ihm.« Luisa steht auf. »Ich muss jetzt nach den anderen Patienten sehen. Ich komme später noch mal. Thorsten, hast du gehört? Ich komme wieder!«

»Wir müssen dann leider auch schon gehen«, sagt Marlu. »Aber wir werden bald wieder vorbeischauen, dann auch länger.«

»Ein sehr kurzer Besuch«, sagt Luisa traurig. »Aber besser als keiner oder einer, der Thorsten nur aufregt.« Gemeinsam verlassen sie das Zimmer. »Bringen Sie aber nächstes Mal wirklich mehr Zeit mit«, sagt Luisa zum Abschied. »Und keine Geschenke, sondern nur viel Liebe. Die kann jeder Mensch brauchen. Und Thorsten ganz besonders.«

»Sag nichts.« Marlu setzt sich ins Auto und starrt nach vorne, um Stefan nicht ansehen zu müssen. »Ich fühle mich so beschissen.«

»Das kann ich mir vorstellen. So viel Kaltblütigkeit hätte ich dir echt nicht zugetraut. Ich nehme jetzt einfach mal an, dass das eine berufliche Deformation ist. Dein Aufklärungsinstinkt ist einfach stärker ausgeprägt als Ehrlichkeit, Mitleid und der ganze andere Kram.«

»Ich schäme mich in Grund und Boden.«

»Nicht nur du. Aber das hilft uns auch nichts.«

»Jedenfalls haben wir jetzt etwas zu tun«, sagt Marlu und fährt los.

»Die Handwerker?«

»Du bist lustig! Eher Recherche.«

Sie erzählt Stefan alles, was sie von Luisa erfahren hat, von dem Unfall in Leverkusen, bei dem Thorsten sich seine schweren Verletzungen zugezogen hat und bei dem Pia Tschiersky dabei war.

»Vor zwanzig Jahren«, meint Stefan. »Das dürften wir rauskriegen, was damals passiert ist.«

»Gut. Und jetzt ruf bitte meine Mutter an. In einer Stunde schaffe ich es ganz bestimmt nicht bis nach Ingolstadt. Da müsste ich fliegen können. Ich kann es immer noch nicht glauben, dass ich mich als falsche Cousine in ein Patientenzimmer geschlichen habe.«

»Wahrscheinlich tust du das alles nur, weil du so einen Narren an Onkel Helmut gefressen hast.«

»Dich lässt die Geschichte doch auch nicht kalt, gib's zu.«

»Das stimmt. Die reine Erholung war der Ausflug zum Chiemsee jedenfalls nicht.«

»Eher aufregend. Aber ich finde es schön, dass du jetzt wieder Kontakt zu deinem Onkel hast. Das allein war es wert. Mission Familienzusammenführung erfüllt, sozusagen.«

»Dazu noch der mögliche Kriminalfall Peinhardt und die Vermissung der Gräfin.« Stefan sucht nach Marlus Handy.

»Wir haben noch drei Wochen Urlaub«, meint Marlu.

»Vergiss das Haus nicht, das wir eigentlich renovieren wollen.«

»Das schaffen wir schon. Und wenn nicht, müssen wir eben noch ein paar Wochenenden dranhängen.«

»Ja, genau. Ein Raum nach dem anderen. Bis Weihnachten müssten wir dann mit dem Erdgeschoss fertig sein.«

»Du alter Pessimist! Wenn wir wollen, dann schaffen wir alles!«

»Jawohl, Memsahib.« Mehr braucht es für Stefan nicht, um das letzte Wort zu behalten.

Rumänien, Dobrudscha, Montag, 25. Mai 2015

Vera geht auf eine Lichtung zu. Was ist das, ein Dorf, ein Bauernhof? Sie hat solche Haufen schon einmal gesehen, aber das ist sehr lange her. Damals war sie noch ein Kind. Aus der Spitze und einigen seitlichen Löchern des pyramidenförmigen Hügels tritt dicker grauer Rauch aus. Ein Stück weiter steht noch ein Kegel, aus rohen Holzstämmen aufgerichtet. Sie sind in drei Reihen übereinandergestellt und bilden ein Zelt. Jetzt nähert sich ein Mann mit einem Metallrechen. Er trägt eine Hose ohne Gürtel und einen Hut, dazu ausgetretene Schuhe. Über der Hose sieht sein Bauch hervor, rußschwarz. Der Mann stößt die langen Zinken des Rechens in einen der Hügel, und eine Flamme schießt heraus. Er schiebt die schwarzen Brocken, mit denen der Kegel außen abgedeckt ist, über das entstandene Loch und erstickt so das Feuer. Eine Frau kommt hinzu, sie ist ganz in Schwarz gekleidet, und kippt Wasser aus einem Plastikeimer auf die Stelle, wo gerade noch die Flamme ausgetreten ist.

Die Leute machen Holzkohle, denkt Vera. Die Köhler arbeiten so wie damals in ihrer Kindheit. Wo war das noch? Sie erinnert sich nicht, es ist so lange her. Egal, immerhin ist ihr wieder eingefallen, dass es Köhler sind. Vera fühlt sich besser als in den letzten Tagen oder Wochen. So, als würde sie wieder anfangen, am Leben teilzuhaben, und sich erinnern, was das Leben ausmacht.

Die frische Luft und ihr langer Waldspaziergang haben ihr gutgetan. Sie ist wach, bei Sinnen und unter Menschen. Sie erkennt eine Hütte aus groben, zusammengenagelten Brettern, in der die Köhler leben. Ein Weg aus Planken führt zu ihrem Eingang, der offen steht. Davor eine Bank und ein Tisch. Hinter der Hütte grast eine einzige Kuh auf einer Weide, die sie sich mit zwei Pferden teilt.

Vor dem Haus laufen mehrere Hühner umher, darunter ein besonders schönes, das sich aufplustert und mit den kurzen Flügeln schlägt. Ein Perlhuhn! Vera findet auch dieses Wort wieder und ist stolz darauf. Sie erinnert sich, dass sie nach Rumänien geschickt wurde. Und an dieses schreckliche Haus, in dem sie leben musste und aus dem sie jetzt fortgegangen ist. Sie hat keine Ahnung, wie lange sie schon unterwegs ist. Aber das ist jetzt einerlei. Sie hat Durst, großen Durst, und Hunger. Bei den Köhlern sollte es Wasser geben, schließlich bewässern sie die Kohlehaufen. Ein Stück weit entfernt entdeckt sie einen uralten Traktor mit einem rostigen Fass auf dem Anhänger. Vera beobachtet, wie die Frau mit ihrem Plastikeimer hinübergeht, den Hahn am Fass aufdreht und Wasser in den Eimer laufen lässt. Vera schluckt. Sie hat solchen Durst. Sie wartet ein paar Minuten, schleicht zum Wagen und hält ihren Mund unter das Fass, um ja keinen Tropfen zu vergeuden und ihre Hände nicht benutzen zu müssen, denn sie sind schmutzig von Erde und Harz. Sie verschluckt sich und fängt an zu husten.

Plötzlich steht die schwarz gekleidete Frau neben ihr und sagt etwas, was Vera nicht versteht. Auch die Frau ist schmutzig, wenn auch nicht ganz so schmutzig wie der dicke, rußschwarze Mann. Ihr Gesicht ist zerknittert von unzähligen Fältchen. Das Haar kinnlang, glatt und rehbraun. Sie öffnet den Wasserhahn und reicht Vera den gefüllten roten Plastikeimer, dessen Rand ebenfalls schwarz ist. »Danke«, sagt Vera, als sie fertig getrunken hat. *»Grazie.«* Rumänisch ist eine romanische Sprache, denkt sie.

»Da!«, sagt die Frau. Und noch einmal: *»Da!«* Dann tut sie so, als würde sie einen Löffel zum Mund führen.

Vera nickt. Ja, sie hat Hunger.

Die Frau geht in Richtung der Hütte voraus und ruft dem Mann, der auf einer angelehnten Leiter den Hügel hinaufsteigt, etwas zu.

Kohlenmeiler, denkt Vera.

Der Mann hebt die Hand, und Vera macht dasselbe. Gastfreundliche Leute. Sie fragen nicht, sondern geben ihr etwas zu essen.

Vera folgt der Frau über die Bohlen zum Eingang der Hütte. Dort soll sich Vera auf die Hausbank setzen. In der Hütte gibt es keine Fenster und keinen Strom. Das einzige Licht in der Hütte tritt durch die offene Tür ein. Auf einem kleinen Ofen steht ein schwarzer Emailletopf mit Suppe. Die Frau schneidet eine dicke Scheibe Weißbrot ab und legt sie vor Vera auf den Tisch. Dazu einen hölzernen Löffel, den sie an ihrer Schürze abgewischt hat, und einen Teller Gemüsesuppe mit Stücken von ausgelassenem Speck.

Die Suppe ist lauwarm, und der Löffel schmeckt nach dem Rauch der Holzkohle, aber Vera verschlingt alles gierig. Die Frau sieht ihr von der Küche aus zu und kommt dann mit zwei Äpfeln in der Hand zu ihr heraus. Sie setzt sich neben sie auf die Bank, schneidet das Obst in Viertel. Sie selbst nimmt ein Stück, beißt das Kerngehäuse heraus und spuckt es auf den Boden, wo das Perlhuhn sofort danach pickt. Mit einer Geste lädt sie Vera ein, sich zu bedienen.

Der dicke Mann auf dem Meiler überprüft währenddessen den Abzug des Rauchs durch die Deckenluke und verschließt nach und nach die anderen Löcher des Meilers mit dem Rechen. Der Meiler ist mit Kohlenstaub, der mit Wasser zu einer mörtelähnlichen Masse verquollen ist, abgedeckt.

»Lajosch«, sagt die Frau und zeigt auf den Mann. »Raluka.« Sie deutet auf sich selbst.

Vera sagt: »Vera.«

»Vära«, wiederholt Raluka.

Die Namen muss ich mir merken, denkt Vera, als Raluka sie etwas fragt, was sie nicht versteht. Vera vermutet, dass sie wissen möchte, woher sie kommt. »Deutschland«, sagt sie. *»Germany.«*

Raluka hat verstanden. *»Germania«*, sagt sie und nickt. Dann ruft Lajosch nach ihr, und sie nimmt ihren roten Plastikeimer und geht zum Traktor, um Wasser einzufüllen.

Vera ist satt und wird müde. Der Kohlenmeiler, der Traktor, die Kuh, das pickende Perlhuhn, alles bündelt sich zu einem warmen, sicheren Gefühl, und sie schläft auf der Bank ein. Als sie wieder aufwacht, steht die Sonne ein ganzes Stück tiefer. Am Wassertank schrubbt sich Lajosch mit einem schmutzigen Lappen den staubigen Bauch, die schwarzen Schultern und das Gesicht. Die Frau ist in der Hütte, im Ofen knistert ein Feuer. In einem gusseisernen Topf schlägt sie mit einem Stück Holz eine dicke gelbe Masse. Mais, denkt Vera. Die Frau bearbeitet den Maisbrei, bis er ein fester Klumpen geworden ist, nimmt ihn dann heraus und legt ihn auf einen Teller. Stellt ihn zusammen mit einer Schüssel mit gekochtem Gemüse auf den Tisch und ruft ihren Mann.

Er ist nicht besonders sauber geworden. *»Salut«*, sagt er, und sie antwortet: *»Salut.«*

»Lajosch«, sagt Vera und deutet auf ihn.

Er nickt.

Sie zeigt auf die Frau: »Raluka«, dann auf sich selbst: »Vera.«

Raluka schneidet mit einem Faden Scheiben von dem Maisklumpen ab und verteilt sie auf den Tellern.

»Polenta?«, fragt Vera.

»Mamaliga«, sagt Lajosch.

Nach dem Essen schenkt Raluka einen goldbraunen Kräuterschnaps aus.

»Norok«, sagt Lajosch und stößt mit Vera an.

Sie sagt »Prost!«, worauf die beiden lachen.

Als Lajosch aufsteht und in die Hütte geht, nimmt Raluka Vera bei der Hand und führt sie um die Hütte herum zu einem Bauwagen. Sie steigen eine Holztreppe hinauf, und Raluka zeigt ihr ihren Schlafplatz. Eine Matratze auf dem Boden, eine Wolldecke, ein verschlissenes Sofakissen. Kein Strom, kein Licht, keine Kerzen. Ich habe nichts Wertvolles bei mir und bin eine alte Frau, denkt Vera. Wer sollte mir hier schon etwas antun?

Ein zotteliger grauer Hund, den sie bisher nicht bemerkt hat, trottet auf sie zu. Langsam, als habe er einen ebenso langen Weg wie Vera hinter sich und sei genauso müde wie sie.

»Iuliu«, sagt Raluka, aber Vera nennt ihn einfach Julius. Er legt sich zu Füßen der Leiter vor ihre Tür. Vera streichelt den Hund, der sie zum Pinkeln hinter den Wagen begleitet und dann wieder seinen Platz einnimmt.

Durch die offene Tür sieht sie hinaus in die Nacht, die still und schwarz wie Kohle ist. Die Matratze riecht nach Schweiß. Diese Leute haben kein Telefon, aber einen Traktor. Die beiden sind freundlich zu ihr. Ein Käuzchen schreit, es muss ganz in der Nähe sein.

Prien, Residenz am See, Montag, 25. Mai 2015

Noch bevor Helene den Raum betritt, riecht sie den stinkenden schwarzen Tabak. Herr Grünthal sitzt am anderen Ende des Cafés und raucht französische Zigaretten. Die blaue Schachtel liegt vor ihm auf dem Marmortischchen.

Rauchen ist sein Markenzeichen. Er raucht ständig und so gut wie überall. Auch im Café der Residenz am See. Bestimmt wird gleich eine der Schwestern um die Ecke biegen und ihm klarmachen, dass man seit einigen Jahren in geschlossenen Räumen nicht mehr rauchen darf. Und Grünthal wird wie immer antworten: »Ach, das wusste ich noch gar nicht. Dann gehe ich eben zum Rauchen vor die Tür. Ist bestimmt auch besser für meine Gesundheit.«

Helmut hat Helene schon einige Geschichten über ihn erzählt. Wilhelm Grünthal war Apotheker und ist vor ein paar Wochen achtundneunzig geworden. Er ist nett, findet Helene, wenn er nur nicht immer nach Rauch stinken würde!

»Ich würde gern einhunderteins Jahre alt werden«, hat Grünthal Helmut Meißner gestanden. »Aber ich vermute, das wird sich leider nicht ausgehen. Dafür hätte ich weniger rauchen müssen, doch für Reue ist es jetzt zu spät.«

In der Mitte des Cafés stehen vier gusseiserne Tische mit je einer rechteckigen Marmorplatte und zwei schwarzen Thonet-Stühlen. Es sieht aus wie in einem K.-u.-k.-Jugendstil-Kaffeehaus, das sich so oder so ähnlich in Wien, Triest oder Prag befinden könnte. Von der Decke hängen drei schwere Messingleuchter. Hohe Fenster öffnen den Blick zum See. Die Tische direkt am Fenster sind aus Kirschbaumholz. Eine mit rotem Samt bezogene Sitzbank zieht sich entlang der Wand und unter den Fenstern hin.

Helmut hat an einem der Fenstertische mit Blick auf den See Platz genommen und ist ganz in ein großformatiges Hochglanzmagazin vertieft. Helene nähert sich ihm, bleibt unmittelbar hinter ihm stehen und blickt ihm interessiert über die Schulter. Ein

Bild mit vier Männern und einer Frau sowie zwei Hunden und einem fuchsartigen Wesen. Eine Art von Ritual wird dargestellt: Die Frau trägt mit beiden Händen eine Kröte, die wiederum ein Ei stemmt.

Plötzlich beginnt Helmuts Hand zu zittern. Wie am ersten Abend, als sie sich kennenlernten.

Helmut will die Kontrolle über seine Hand zurückgewinnen. Ein leises Stöhnen zeugt von der Anstrengung und Entschlossenheit, deren es bedarf, um ihr seinen Willen aufzuzwingen.

»Herr Kommerzialrat«, flötet Helene, als sei sie gerade erst hinter ihn getreten und nicht Zeugin des eben ausgetragenen Kampfes zwischen seinem Kopf und der störrischen Hand geworden. »Ah, dich interessiert also die Versuchung des Antonius«, kommentiert sie das Gemälde von Hieronymus Bosch, das in dem Magazin abgebildet ist. »Glaubst du, dass so die Welt aussieht, auf die wir uns langsam vorbereiten sollten?«

Helmut schüttelt bedächtig den Kopf. »Aber mich fasziniert Boschs Vorstellungskraft, auch wenn ich längst nicht alles verstehe. Ich glaube nicht an Fabelwesen, Folter im Jenseits und Bestrafung für Wollust, Faulheit und Völlerei zu unseren Lebzeiten.« Helmut legt das Magazin zur Seite. »Ist alles glattgegangen?«

»So würde ich mich nicht ausdrücken. Aber ich habe nach dem ersten Schreck wohl ganz gut reagiert.« Helene setzt sich zu Helmut an den Tisch.

»Jetzt lass dir halt nicht alles aus der Nase ziehen. Ist es dir gelungen, ins Schwesternzimmer zu kommen?«, fragt Helmut.

»Ich hatte Glück. Die Tür war zwar abgesperrt, aber der Schlüssel steckte praktischerweise außen. Schlamperei. Ich drehte den Schlüssel um, und – zack! – war ich drin. Keine Kunst, und niemand hat mich gesehen. Dachte ich zumindest. Ich sah mich um. Auf einer Ablage neben dem Medikamentenschrank, der übrigens abgesperrt war und für den ich auf die Schnelle keinen Schlüssel fand, lag das Verzeichnis der entnommenen Medikamente. Das habe ich mir natürlich näher angesehen.«

Diese Frau kann einem unheimlich werden, denkt Helmut. Unglaublich, mit welcher Kaltblütigkeit sie vorgeht. »Und dann?«, fragt er.

»Dann kam der Schock.«

»Aber du hast doch gesagt, dich hätte niemand gesehen.«

»Das dachte ich auch. Aber während ich noch in dem Medikamentenbuch blätterte, stand plötzlich jemand im Zimmer. Ich hab vielleicht einen Schrecken bekommen«, sagt Helene.

»Wer war es?«

»Wer wird es wohl gewesen sein? Genau die Person, die ich dort am wenigsten brauchen konnte.«

»Schwester Pia.«

»Wie sie leibt und lebt. Wie eine Furie ist sie auf mich losgegangen. Es war ihr anzusehen, dass sie mir am liebsten ins Gesicht gesprungen oder an die Gurgel gegangen wäre.«

»Und weiter?«

»Sie fuhr mich an, ob ich nicht wisse, dass den Bewohnern der Zutritt verboten sei. Dann fragte sie, wie ich überhaupt hereingekommen sei.« Helene genießt es, dass Helmut an ihren Lippen hängt. »Ich sagte ihr, es sei offen gewesen und ich sei vor Kopfschmerzen schon ganz verzweifelt auf der Suche nach Saridon.«

»Und das Buch? Hat sie nicht bemerkt, dass du nach etwas gesucht hast?«, fragt Helmut.

»Sie hat zwar so getan, aber wenn du mich fragst, hat sie mir kein Wort geglaubt.«

»Und hast du etwas gefunden?«

»Also, am Freitag –«

»Das war der Abend oder die Nacht, in der die Peinhardt gestorben ist«, sagt Helmut.

»Genau. Am Freitag wurde tatsächlich gegen acht Uhr abends noch ein Medikament ausgegeben. Wenn ich die Schrift richtig entziffert habe, Nembutal.«

»Nembutal?«

»Ein starkes Schlafmittel. Mein Exmann hat das auch genommen. Man muss mit der Dosierung vorsichtig sein.«

Helmut pfeift durch die Zähne. »Und wer hat es ausgetragen?«

»Angeblich Schwester Patricia.«

»Aber das glaubst du nicht, stimmt's?«

»Du vielleicht?«, fragt Helene.

»Können wir das nicht herausfinden?«, fragt Helmut.

»Wie denn? Bist du Grafologe?«

Helmut verdreht die Augen.

»Jetzt im Ernst: Ab hier ist das alles vielleicht doch eine Nummer zu groß für uns.«

»Vielleicht für uns zwei alte Mohikaner, aber für meinen Neffen, seine Marlu und ihre Kollegen sollte die Nummer genau richtig sein. Ich werde Stefan sofort von deinem Fahndungserfolg berichten. Aber du hältst dich jetzt ein bisschen zurück, damit Schwester Pia sich nicht in die Enge getrieben fühlt.« Helmut rüttelt an ihrem Arm. »Das ist kein Spiel mehr, Helene, sondern brandgefährlich.«

»Bis vor Kurzem dachte ich ja, dass ich gar nicht mehr so sehr am Leben hänge. Aber jetzt, wo das Leben in einer Senioren-Residenz sich überraschend aufregend gestaltet –«

»Da willst du nichts verpassen, das kann ich verstehen«, sagt Helmut. »Pass trotzdem auf, das hier ist ja keine Schnitzeljagd. Auch einen Cognac oder einen kleinen Likör?« Helmut gibt der Kellnerin ein Zeichen.

»Danke, aber nicht vor achtzehn Uhr«, lehnt Helene ab. »Hier.« Sie legt die Tabletten, die ihr Schwester Pia gegen ihre Kopfschmerzen gegeben hat, auf den Tisch. »Weißt du, was das für Pillen sind?«

»Nein, aber vielleicht können wir im Internet nachlesen, wofür die verwendet werden und welche Nebenwirkungen sie haben«, schlägt Helmut vor. »Ich kann auf der Blisterverpackung nur ein paar Buchstaben, nicht aber den kompletten Namen lesen. Hat dir Schwester Pia keinen Beipackzettel mitgegeben?«, will Helmut grinsend wissen. Er zieht sein Smartphone aus dem Sakko und tippt die fünf Buchstaben des Medikamentennamens, die er lesen kann, in die Suchmaschine.

»Kannst du damit überhaupt umgehen?«, fragt Helene.

»Womit?«, fragt Helmut.

»Na, mit diesem Smartdings.«

»Smartphone? Natürlich.«

»Aber diese vielen kleinen Tasten und dann der winzige Bildschirm.«

»Du hast schon recht, auf meinem Tablet wäre das übersichtlicher. Aber ein kleines Handy passt besser in die Jackentasche. Ist schon praktisch.«

»Gummistiefel sind auch praktisch, aber habe ich deshalb Gummistiefel an?« Helene streckt ihre Beine triumphierend unter dem Tisch hervor. »Ich meine, in unseren Kreisen sollte ›praktisch‹ doch wirklich kein Argument für den Gebrauch eines Gegenstandes sein. Zu Hause besaß ich sogar noch ein ganz normales Telefon mit Drehscheibe.«

»Wählscheibe«, verbessert Helmut und denkt wieder einmal, was Helene doch für ein blasierter Snob ist. Außerdem sind ihre Gesundheitsschuhe bestimmt auch praktisch. Aber er hält wohlweislich den Mund.

»Hast du schon etwas über die Tabletten herausgefunden?«, fragt Helene ungeduldig, während Google noch immer sucht.

»Ein bisschen dauert es noch«, antwortet er.

»Aber wir haben nicht ewig Zeit. Geht es nicht schneller?«

Helmut nimmt sein Handy, macht ein Foto und schickt es an Stefan.

»Und jetzt?«, fragt Helene.

»Die Kripo sollte ja wohl in der Lage sein, das Rätsel zu lösen«, sagt Helmut. »Dass man mit einem Handy oder Smartphone auch fotografieren kann, müsstest selbst du schon mitbekommen haben.«

»Jawohl, mein Herr, und auch, dass man elektronische Post damit sowohl verschicken als auch empfangen kann, ist mir nicht neu. Man muss nicht alle Moden mitmachen und kann trotzdem über sie Bescheid wissen, nicht wahr? Außerdem hat Herr Bill Gates schon 1995 gesagt, dass das Internet nur eine Modeerscheinung sei, und der muss es ja wissen.«

Rumänien, Dobrudscha, Dienstag, 26. Mai 2015

Am Morgen wird Vera vom Motor des Traktors geweckt. Lajosch fährt mit dem Wasseranhänger fort. Auf dem Tisch in der Hütte steht der rote Eimer mit Wasser, und Vera wäscht sich. Raluka ist nirgendwo zu sehen, aber ein Teller mit einem harten Stück Maisbrei ist offenbar für sie bestimmt, und eine Birne. Sie trägt den Teller auf die Bank nach draußen und sticht mit der Gabel in den Brei aus gesalzenem Wasser und Maisgrieß.

Raluka kommt mit einem Blecheimer zurück. Sie hat die Kuh gemolken. Mit der Schöpfkelle gießt sie etwas frische Milch über Veras Brei. *»Lapte«*, sagt sie. *»Mamaliga ku lapte.«*

Das Haus, in dem sie die letzten Wochen untergebracht war, war kein schöner Ort, denkt Vera. Die vielen alten Menschen in den Zimmern mit Krankenhausbetten. Alles sah aus wie nach dem Krieg. Sie ist in Rumänien, ja, aber wo ist das versprochene Meer? Sie sollte doch auf Badekur gehen, Wasseranwendungen bekommen. An nichts davon kann sie sich erinnern. Auch an das Meer nicht. Eigentlich ist sie sicher, dass sie es nie gesehen hat.

***

Zwei alte Männer sitzen auf der Bank vor dem offenen Tor zu Ciprians Gehöft, dem dieser baldmöglichst einen neuen Anstrich gönnen sollte. Als Catrina an den beiden vorbeigeht, hebt der eine kurz den Kopf, während der andere etwas fester an seiner Pfeife zieht. Im Innenhof, zwischen desolaten Landmaschinen und einem angeschlagenen Betontrog mit verrosteter Schwengelpumpe, steht der nicht mehr ganz neue Lada.

»Hallo, ist jemand zu Hause?«, ruft Catrina.

»Wer will das wissen?«, antwortet eine Männerstimme aus einem der Stallgebäude.

»Ich bin Catrina und möchte den Lada ausleihen, wenn das möglich ist.«

»Catrina?« Ein Mann tritt aus einer Scheune, in der Catrina

zwei Pferde und einen Wagen erkennt. »Bist du nicht Florims Flamme?«

»Genau«, sagt Catrina.

»Und was willst du von mir? Dein Verlobter ist nicht hier, falls du den suchst.«

»Ich habe doch schon gesagt, dass ich mir deinen Lada ausborgen möchte.«

»Ich borge nicht, sondern vermiete. Der Lada ist ein Mietauto. Ach, jetzt kapiere ich. Florims Škoda steht ja zurzeit in der Werkstatt und wartet auf ein Ersatzteil. Deshalb ist er heute auch mit der Pferdekutsche zur Arbeit gefahren.«

»Was kostet der Lada?«

»Zweihundert Lei pro Tag.«

»Bist du verrückt geworden, Ciprian? Sehe ich vielleicht aus wie eine reiche Touristin? Außerdem brauche ich ihn wahrscheinlich nicht den ganzen Tag. Mach mir ein faires Angebot.«

»Hundertfünfzig, weil du es bist.«

»Sagen wir hundert. Dafür verspreche ich, dir den Wagen vor Einbruch der Dunkelheit zurückzubringen.«

»Na gut, weil du so schöne grüne Augen hast. Wohin willst du?«

»Ich bin dir keine Auskunft schuldig, oder? Ich bezahle und fertig.«

»Das ist im Geschäftsleben so, also okay«, sagt Ciprian und zieht einen Autoschlüssel aus seiner Westentasche.

Als Catrina näher kommt, sieht sie, dass Ciprian mindestens drei Zähne fehlen, obwohl er doch einer der reichsten Männer im Dorf sein muss. Eine Schande ist das. Jeder Achtzigjährige, der aus Deutschland zu ihnen ins Heim kommt, hat mehr Zähne als ein fünfunddreißigjähriger Rumäne, der auf dem Dorf lebt und sein Geld als Bauer, Handwerker oder Taxiunternehmer verdient. Ohne Schmiergeld geht in rumänischen Arztpraxen und Krankenhäusern gar nichts mehr.

»Hast du das Geld dabei?« fragt Ciprian. »Ich nehme nur Bares.«

»Dann kann ich meine goldene Mastercard ja in der Brieftasche stecken lassen«, scherzt Catrina und zieht einen Hundert-Lei-Schein aus der Geldbörse.

Ciprian lässt ihn in seiner Hosentasche verschwinden. »Einen Führerschein hast du, und fahren kannst du auch, oder?«

»Du kannst ganz beruhigt sein.«

»Ist ein guter Wagen, wirst schon sehen.« Ciprian reicht Catrina den Schlüssel und beobachtet, wie sie einsteigt, den Motor anlässt, den Rückwärtsgang einlegt, wendet und das Fenster herunterkurbelt.

»Stell doch bitte mein Fahrrad in deine Scheune!«, ruft sie, bevor sie zum Tor hinausfährt.

Buia. Als Kind hat sie dort mit ihrer Mutter eine Messe mit einer Prozession besucht. In dem Ort wird sie mit der Suche beginnen und dann mit dem nächsten weitermachen. Irgendwer muss Vera doch gesehen haben. Eine unbekannte alte Frau, allein, die muss auf dem Land doch auffallen. Und irgendwo muss sie stecken. Catrina will nicht daran denken, dass Vera etwas zugestoßen sein könnte. Das darf einfach nicht sein. Das würde das Ende für ihren Job in dem Heim bedeuten.

Es kracht ein wenig, wenn man die Gänge wechselt, aber der Wagen fährt, und das ist mehr, als Florims Škoda zurzeit bieten kann. Meine Heimat ist schon schön, denkt Catrina, während die Landschaft an ihr vorbeifliegt. Aber auf dem Land leben fast nur alte Leute, die von der vielen Feldarbeit krumm geworden sind. Sie schuften sich kaputt und haben trotzdem kein Geld.

In Buia sieht sie den klapprigen Verkaufswagen der Metzgerei der nächsten Kreisstadt wegfahren, der die Dörfer ein- bis zweimal wöchentlich mit frischem Fleisch und Lebensmitteln versorgt. Die Frauen stehen noch zusammen auf dem Dorfplatz und tauschen Neuigkeiten aus.

Catrinas Handy klingelt. Es ist noch einmal ihre Chefin, Melsene Ritter. Catrina überlegt, nicht ranzugehen, aber wenn sie das tut, ruft Frau Ritter immer wieder an, bis sie die Geduld verliert und das Heim kontaktiert. »Hallo?«

»Ja, hier noch einmal Melsene Ritter. Im Heim sagte man mir, die Gräfin sei nicht da. Wo steckt sie, Catrina?«

Catrina holt einmal tief Luft und entschließt sich, die Wahrheit zu sagen. »Sie ist weggelaufen. Fragen Sie mich nicht, wie, aber sie hat es geschafft. Vor zwei Tagen schon. Seitdem suche ich sie.«

Catrina muss das Handy vom Ohr weghalten, so laut schreit die Chefin. »Aber jetzt weiß ich, wo die Gräfin ist«, versucht sie, Melsene Ritter zu beruhigen. »Nicht weit von hier, wenn es stimmt, was die Leute sagen. Ich finde sie.«

»Das möchte ich dir auch geraten haben! Wenn die Gräfin bis heute Abend achtzehn Uhr nicht wieder im Heim ist, wirst du deine Kündigung wegen Verletzung der Aufsichtspflicht per Fax erhalten, verstanden?«

»Sie müssen nicht so schreien, und ja, ich habe verstanden«, sagt Catrina und legt auf. Sie seufzt, steigt aus und fragt die Dorffrauen nach einer alten Dame, einer Deutschen, die sich wahrscheinlich in der Gegend verirrt hat. »Hat jemand von euch sie gesehen?«

»Gesehen nicht«, sagt eine Frau. Aber ein Mann namens Lajosch sei heute Morgen mit seinem Traktor ins Dorf gekommen, um sich wie immer Wasser am Dorfbrunnen für seinen Tank zu holen. »Er und seine Frau sind Köhler«, sagt sie, und es klingt mitleidig. Die Dorfleute schauen auf die Köhler herab, weil sie ihre Arbeit in Ruß und Staub verrichten müssen und immer schmutzig sind.

»Und?«, fragt Catrina. »Was ist mit diesem Lajosch?«

»Er hat gesagt, dass gestern eine alte Frau aufgetaucht ist, die bei ihnen auch übernachtet hat. Sie soll eine Deutsche sein.«

»Hat er gesagt, wie sie aussieht?« Catrinas Herz schlägt schneller.

»Sie soll strohblondes Haar haben und viel älter als er und seine Raluka sein.«

»Wo leben die Köhler?«

Die Frau zeigt mit der Hand in Richtung eines Feldwegs, der aus dem Dorf hinaus in einen Wald führt.

Wie um Himmels willen ist Vera nur bei den Köhlern gelandet?, wundert sich Catrina, als sie wieder in den Wagen steigt.

Wegen der vielen Schlaglöcher kommt sie nur langsam voran. Hoffentlich ist Vera noch da, denkt sie immer wieder wie ein Mantra. Sie fährt durch Wald, über Grasland und Weiden und erreicht schließlich einen Platz, der dem ähnelt, den die alte Dorfbewohnerin ihr beschrieben hat. Auch mehrere Kohlenmeiler tauchen auf, darunter einer, der erst aufgebaut wird und vorerst nur ein Skelett ist. Anderswo könnten sie als modernes Kunstwerk gelten, denkt Catrina. Sie hat in einer Zeitschrift einmal einen Artikel über sogenannte *Land Art* gesehen. Rumänien ist voll davon, hat sie gedacht. Ein weiterer Meiler ist schwarz, mit Kohlesand abgedeckt, das Feuer schwelt im Inneren und zersetzt das Holz zu Kohle. Der dicke Mann mit dem Rechen, der am Fuß des Meilers steht, könnte Lajosch sein. Eine Frau in ähnlichem Alter arbeitet im Garten. Aber wo ist Vera? Catrina hält den Wagen an und steigt aus.

»Vera ist hinter der Hütte«, ruft die Frau. Iuliu, der Hund, sei bei ihr.

Catrina fällt ein Stein vom Herzen. Hinter dem Bauwagen entdeckt sie schließlich Vera, die mit dem zottelingen Hund an ihrer Seite zur Weide hinübertrippelt. »Vera!«, ruft Catrina. Der Hund beginnt zu knurren.

»Brav, Julius«, redet Vera beruhigend auf ihn ein und dreht sich zu ihr um. »Ich kenne Sie, auch wenn ich Ihren Namen vergessen habe.«

»Ich bin Catrina. Geht es Ihnen gut, Vera?«

»Mir geht es so gut wie schon lange nicht mehr. Ist es nicht schön hier in der Natur?« Sie zeigt auf die Weide und die beiden stämmigen Kaltblüter, die neugierig zu ihnen herübersehen. »Ich habe gar nicht gewusst, wie wunderbar Rumänien ist. Auch wenn es hier kein Meer gibt. Sie sind eine der Schwestern aus dem Heim, stimmt's?«

Catrina nickt und kann gar nicht glauben, was sie sieht. So wach hat sie Vera noch nie erlebt. In der Einrichtung war sie die meiste Zeit über gar nicht ansprechbar. Catrina war bei ihr von einer fortgeschrittenen Altersdemenz ausgegangen, wie auch bei Anton und den anderen Alten, die ihnen aus Deutschland geschickt werden. »Wie sind Sie hergekommen? Vom Heim sind es zwölf Kilometer oder mehr.«

»Genau weiß ich das auch nicht mehr«, antwortet Vera. »Aber ich war in einem Dorf mit Kindern und rosafarbenen Häusern. Von dort bin ich weitergewandert und irgendwann hier gelandet.«

»Aber warum sind Sie weggelaufen? Hat es Ihnen bei uns nicht gefallen?«

»Nein«, sagt Vera. »Es hat mir wirklich nicht gefallen. Zu Hause am Chiemsee ist es viel schöner.«

Gemeinsam schlagen sie den Weg zurück zur Behausung der Köhler ein.

»Aber haben wir uns nicht gut um Sie gekümmert?«, fragt Catrina.

»Doch, ich glaube schon«, gibt Vera zu. »Aber daran kann ich mich kaum mehr erinnern. Alles liegt wie hinter einer dichten Nebelwand. Erst hier im Wald hat der Nebel begonnen, sich zu lichten, und mein Gedächtnis kommt allmählich wieder zurück.«

Der Hund trottet neben ihr her, hebt seine Schnauze und leckt ihr die Hand. »Braver Julius«, sagt Vera und streicht ihm über den Kopf. »Sehen Sie? Ich habe einen Freund gefunden und zwei Menschen, die mich aufgenommen haben und mich versorgen, obwohl sie selbst nicht viel zum Leben haben.«

»Das ist schön, aber jetzt kommen Sie wieder mit mir zurück. Wir haben uns große Sorgen um Sie gemacht. Ich suche schon seit zwei Tagen nach Ihnen.«

Aus der Hütte riecht es nach frisch aufgebrühtem Pulverkaffee.

»Ist das nicht herrlich?«, seufzt Vera.

Raluka streckt ihren Kopf zur Tür heraus und ruft Catrina etwas zu.

»Wir sollen uns hinsetzen, sie bringt gleich Kaffee und Cozonac. Sie hat ihn gerade frisch gebacken.«

»Diese Leute sind so liebenswürdig«, sagt Vera. »Ich weiß gar nicht, wie ich mich bei ihnen bedanken kann. Ich habe ja nichts bei mir. Gar nichts. Aber ich habe mir schon etwas überlegt.« Sie zwinkert Catrina zu.

Catrina erkennt Vera fast nicht wieder. Sie hat ihre Tasche verloren, ist zwei Tage durch den Wald gelaufen, hat in einem Bauwagen geschlafen, und jetzt hat sie einen Plan, obwohl sie vor drei Tagen nicht einmal zuverlässig ihren Namen oder das Datum wusste.

»Sind Sie verheiratet, Catrina?«

»Ich bin verlobt.«

»Und was macht Ihr Verlobter?«

»Er ist Elektriker und arbeitet hier in der Nähe bei einer Firma, die Alarmanlagen einbaut.«

»Alarmanlagen? Wer braucht denn hier so was?« Die Gräfin umfasst mit einer Armbewegung die Kohlenmeiler und den Wald.

»In Rumänien gibt es nicht nur arme Leute. Manche kommen zu Geld, bauen sich große Häuser und lassen sich Alarmanlagen einbauen, damit die armen Teufel von Landsleuten nicht auf die Idee kommen, sich bei ihnen zu bedienen.«

»Ist das Ihr Auto, mit dem Sie gekommen sind?« Sie zeigt auf Ciprians blauen Lada.

»Es ist ein Leihwagen.«

»Hält er auch längere Strecken durch?«

»Was haben Sie denn vor?«

»Ich will Ihnen ein Geschäft vorschlagen. Passen Sie auf: Sie bringen mich mit dem Auto zum nächsten Flughafen. Wenn Sie wollen, dürfen Sie mich auch nach Deutschland begleiten. Ich komme natürlich für alle Kosten auf, auch für den Rückflug.«

Catrina glaubt nicht, was sie da hört.

»Ich möchte nach Hause, und das möglichst bald. Verstehen Sie das?«

Catrina schüttelt den Kopf. »Sie wissen gar nicht, was Sie da von mir verlangen. Damit würde ich meinen Job riskieren. Meine Aufgabe ist es, Sie ins Heim zurückzubringen und dafür zu sorgen, dass Sie Ihre Medikamente einnehmen.«

»Catrina, darf ich Du sagen?«

Catrina nickt.

»Hast du den Eindruck, dass mir meine Medikamente fehlen? Sei ehrlich und benutz deinen Verstand. Du bist doch ausgebildete Krankenschwester, oder?«

»Natürlich.«

»Also?«, beharrt die Gräfin.

Catrina zögert, überlegt.

Weil Raluka Kaffee und Hefekuchen serviert, legt Lajosch seinen Kohlenrechen weg und wäscht sich am Tankwagen Gesicht und Hände. Er strahlt. Cozonac gibt es sonst nur an Weihnachten und Ostern.

»Sag den beiden, dass ich für Kost und Logis bezahlen werde, sobald ich wieder in Deutschland bin«, bittet Vera.

Catrina redet es ihr aus. »Gastfreundschaft ist für sie selbstverständlich. Sie wollen bestimmt kein Geld von Ihnen.«

»Dann sag ihnen, dass ich ihnen sehr dankbar bin für alles, was sie für mich getan haben.« Sie haben mir das Leben gerettet, denkt Vera. Sie weiß nicht, ob sie Catrina trauen kann. Die Kuh ist noch nicht vom Eis und sie noch nicht auf dem Weg nach Deutschland. »Und?«, fragt Vera. »Hast du es dir überlegt?«

»Damit riskiere ich meinen Job«, sagt Catrina noch einmal.

»Den riskierst du sowieso, denn ich werde nicht freiwillig mitgehen. Du müsstest mir schon Gewalt antun.« Sie sieht, wie Catrina mit sich ringt. »Weißt du eigentlich, was mit uns Alten in dem Heim wirklich passiert?«

»Was soll schon passieren? Ich kümmere mich um euch, als wärt ihr meine eigenen Großeltern«, verteidigt sich Catrina. »Und ich mache meine Arbeit gern. Ich mag alte Menschen.«

»Das glaube ich dir sogar, Kindchen, aber ich glaube auch, dass du nicht allzu genau hinschaust. Aber regt sich nicht langsam dein Gewissen und flüstert dir ins Ohr, dass du es eigentlich tun müsstest – hinsehen?« Ich packe sie bei ihrer Ehre, denkt Vera. »Riskier deinen Job, indem du mich nach Deutschland bringst, und ich werde mich um dich und deinen Verlobten kümmern. Wie heißt er eigentlich?«

»Florim«, sagt Catrina. »Er will schon lange von hier weg.«

»Das trifft sich ja prima«, triumphiert Vera.

»Aber wie sollen wir an das Geld für die Reise kommen?«, fragt Catrina. »Sie haben nicht aufgepasst und sich bestehlen lassen.«

»Ich habe nicht aufgepasst, weil ihr mir zu viele Medikamente gegeben habt, Catrina. In diesem Zustand dämmert man nur noch durch die Tage und Nächte und weiß nicht einmal mehr genau, ob man noch lebt oder schon gestorben ist.«

»Sie weinen ja«, sagt Catrina. »Das sollen Sie nicht. Alte Menschen sollen nicht weinen müssen.« Sie reicht Vera ein Taschentuch und streichelt ihr die Hand. »Also, woher soll das Geld für die Reise kommen? Ich habe keines, Florim nicht und Sie auch nicht.«

»Aber ich kann welches besorgen. Vielleicht sogar heute noch, und wenn nicht heute, dann eben morgen. Dafür brauche ich nur ein Telefon und den Namen der nächsten größeren Stadt, in der es mindestens eine, aber besser noch mehrere Banken gibt.«

Catrina reagiert nicht.

»Du hast doch ein Handy«, behauptet Vera. »Wie also heißt die Stadt, in die ich mir Geld schicken lassen kann?«

»Cernavodă«, sagt sie.

Fast geschafft, denkt Vera. »Die Nummer der Residenz am See kennst du ja bestimmt. Ruf an und verlange Herrn Helmut Meißner. Er bewohnt Apartment dreizehn, das habe ich mir zum Glück merken können.«

»Und wer ist dieser Herr Meißner?«, fragt Catrina misstrauisch.

»Mein bester Freund. Er wird mich schon vermissen. Auf ihn kann ich mich verlassen.«

»Aha. Und unter welchem Namen soll ich da anrufen? Ich kann ja schlecht als Catrina Radu aus Rumänien anrufen, dann merken die doch, dass da was faul ist.«

»Du meldest dich einfach als Katharina Meißner und sagst, du bist Helmuts Schwägerin, die Frau seines Bruders. Ich weiß, dass er einen Bruder hat. Er besucht ihn manchmal.«

»Und das soll klappen?«

Vera nickt. »Also los«, fordert sie Catrina auf, die sich nicht rührt. »Du bist doch dabei?«

»Das geht mir jetzt doch alles ein bisschen zu schnell.«

»Dann fahre ich morgen, wenn der Kohlelaster kommt, mit in den nächsten Ort und gehe zur Polizei«, droht Vera. »Und ihr werdet für eine Sache zur Rechenschaft gezogen, deren Drahtzieher eigentlich in Deutschland sitzen.«

»Ich rufe Florim an«, sagt Catrina und springt auf.

»Du kannst ruhig sitzen bleiben«, sagt Vera. »Ich verstehe ja sowieso kein Wort Rumänisch außer *mamaliga* und *lapte*.«

Aber Catrina ist schon unterwegs zu dem Lada. Mit dem

Handy am Ohr läuft sie auf dem Weg auf und ab. Als sie zurückkommt, ist ihr nicht anzusehen, wie sie sich entschieden hat.

»Was sagt er?«, fragt Vera.

»Er will nach Deutschland«, antwortet Catrina. »Aber er möchte einen Vertrag mit Unterschrift. Wenn er jetzt geht, verliert er seinen Job. Nicht dass er sehr an ihm hängt, aber einen anderen wird er so schnell nicht finden. Er fordert eine Garantie dafür, dass Sie uns helfen und uns für eine Übergangszeit in Deutschland finanziell unterstützen.«

»Das lässt sich machen. Wenn sich nichts Passendes für euch findet, könnt ihr vorübergehend auch für mich arbeiten. Du als meine private Hausdame und dein Freund in unserer Firma.« Dort hat zwar ihr Enkel, der sich mit Vera und seinem Vater überworfen hat, das Kommando, aber das muss Catrina ja nicht wissen. Vera ist sich sicher, dass sie einen Weg finden würde. Zudem muss man ja nicht für immer und ewig zerstritten bleiben.

»Was ist das für eine Firma?«, fragt Catrina.

»Baumaschinen.«

»Florim ist aber Elektriker.«

»Das ist doch nebensächlich«, behauptet Vera. »Wenn du Papier und Stift besorgst, setzen wir gleich einen Vertrag auf. Aber vorher rufen wir noch am Chiemsee an, schließlich brauchen wir Geld.«

Vera betet, dass Helmut in seinem Apartment erreichbar ist. Es ist später Nachmittag, kurz vor dem Abendessen, da macht er bei gutem Wetter gern einen Spaziergang.

»Moment!«, ruft Catrina plötzlich. »Sehen die denn nicht sofort an meiner Nummer, dass ich aus Rumänien anrufe?«

Rechtzeitig fällt Vera ein, dass die Apartments auch direkt angerufen werden können. Man hängt einfach statt der Null am Ende die Nummer des Apartments an.

»Dann muss ich auch nicht seine Schwägerin spielen«, bemerkt Catrina.

»Lass uns lieber auf Nummer sicher gehen. Stell dir vor, es geht jemand anderer an den Apparat. Und jetzt ruf an.«

Catrina lässt es lange klingeln. Niemand hebt ab.

»Geh ran, geh ran, geh endlich ran«, hofft Vera.

»Guten Tag, spreche ich mit Herrn Helmut Meißner?«

Vera ballt beide Hände zu Fäusten. »Frag ihn, ob er allein ist«, sagt sie, da reicht Catrina das Handy auch schon an sie weiter.

»Helmut? Hier spricht Vera. Ich benötige ganz dringend deine Hilfe. Hol dir etwas zu schreiben. – Hast du was? – Natürlich, wenn du deine Brille zum Schreiben brauchst, dann such sie, aber beeil dich. – Ja, es geht mir wieder gut, aber damit das auch so bleibt, musst du mir helfen. Ich bin auf der Flucht. – Ja, du hast richtig gehört. Ich erkläre dir alles, was du willst, aber jetzt ist keine Zeit dafür. Ich benötige Geld für meine Heimreise. Wie viel kannst du mir bis spätestens morgen hierherschicken? – Hierher heißt Rumänien, genau. – Zweitausend Euro. – Genügt uns das, Catrina? – Okay, sie meint, es genügt. Jetzt schreib auf. Wie heißt der Ort noch mal, Catrina? Cernavodă. Cäsar, Emil, Richard, Nordpol, Anton, Viktor, Otto, Dora, Anton. Hast du das? Dorthin schickst du das Geld an eine Bank. Gib aber nicht meinen Namen an, weil ich keinen Pass mehr habe. – Jetzt reg dich nicht auf, schick es an Catrina. Ich buchstabiere: Cäsar, Anton, Theodor, Richard, Ida, Nordpol, Anton. Und dein Nachname, Catrina? Radu. Richard, Anton, Dora, Ulrich. – Ja, Helmut. Es geht mir gut, aber ich muss dringend von hier weg. Kannst du dich gleich um das Geld kümmern? Und informiere Catrina, wenn du das Geld angewiesen hast. Ich geb sie dir noch mal, sie soll dir noch ihre Telefonnummer sagen. – Brauchst du nicht? Ach so, klar, siehst du ja auf dem Telefon. Tausend Dank, du bist ein wahrer Freund. – Nein, ich kann dir jetzt nicht sagen, wo ich bin, aber ich werde dir alles ganz genau erzählen, wenn ich wieder in der Heimat bin, versprochen. – Und nein, sag meiner Familie bitte nichts, du weißt doch, wie zerstritten wir untereinander sind. Da würde nur irgendetwas schiefgehen. Und auch kein Wort zu Herrn Bock oder Frau Ritter. Am besten zu niemandem, bis ich wieder in Sicherheit bin. Du bist ein Schatz. Ich danke dir. Bis bald!«

Prien, Residenz am See, Dienstag, 26. Mai 2015

»Dir ist doch klar, dass zwischen Russland und den USA längst schon wieder Krieg herrscht? Momentan zerstören sie gegenseitig ihre Computernetze und Satelliten, verzichten aber zum Glück noch auf den Einsatz ihrer thermonuklearen Potenziale.« Anselm Bock doziert gern und ist darauf aus, andere mit seinen Einschätzungen zur aktuellen Weltpolitik zu beeindrucken. Bei Melsene beißt er damit auf Granit.

»Okay, und was bedeutet das jetzt für uns am Chiemsee?«, möchte sie genervt wissen.

Bock zieht es vor, Melsenes Frage zu ignorieren, und schwadroniert stattdessen weiter. »Kannst du dir vorstellen, wie die Russen, die ja, wie ich schon sagte, mit den Amis im Krieg sind, sie völlig unauffällig vor einem bevorstehenden Angriff durch den Islamischen Staat auf ihren Flugzeugträger ›Theodore Roosevelt‹ warnen würden?«

»Nein, weiß ich nicht. Aber du wirst es mir bestimmt erklären, damit ich nicht doof sterben muss«, antwortet Melsene.

»Sie würden von ihren Raketenbooten im Kaspischen Meer sechsundzwanzig Marschflugkörper in Richtung Süden schicken. Die Amis würden verdammt schnell kapieren und ihre ›Theodore Roosevelt‹ in Sicherheit bringen«, erklärt ihr Bock.

»Ehrlich gesagt interessiert mich das alles jetzt nicht so brennend. Sollte es eine Pointe geben, dann erzähl sie mir und lass mich dann mit deinem Politikkram in Ruhe«, regt Melsene sich auf.

»Du kapierst es wirklich nicht, oder? Theodore Roosevelt war der sechsundzwanzigste Präsident der Vereinigten Staaten von Amerika. Na? Klingelt da was bei dir?«

Melsene verdreht nur die Augen.

»Wenn Russland sechsundzwanzig Marschflugkörper in Richtung Süden schickt, also in etwa dorthin, wo die ›Roosevelt‹ gerade kreuzt, nämlich vor der iranischen Küste, dann ist das ein klares Zeichen für die Amis, mit ihrem Flugzeugträger abzuzischen!« Bock freut sich, dass er Melsene dergestalt aufklären durfte.

»Ah ja, und jetzt mal wieder im Ernst. Du hast mich doch nicht gerufen, um mir diese äußerst wichtige weltpolitische Erkenntnis zu offenbaren?«, fragt Melsene und sieht dabei den Möwen vor dem Fenster zu, wie sie über dem See außergewöhnliche geometrische Schwarmgebilde in die Luft zaubern.

»Nein, nicht nur«, gesteht Bock. »Ich will wissen, was mit unserer dementen Gräfin Zeppelin ist. Ist sie denn jetzt endlich wieder aufgetaucht?«

»Noch nicht.« Melsene klingt trotzig. Ist das vielleicht meine Schuld?, liegt ihr auf der Zunge, aber sie spricht es nicht aus.

»Aber das geht doch nicht!«, regt Bock sich auf. »Melsene, wir müssen etwas tun. Und zwar pronto! Wenn die Verwandten vom alten Meißner erfahren sollten, dass wir in unserem Thalasso-Spa am Schwarzen Meer Bewohner der Residenz verlieren, dann brennt die Hütte, das kannst du mir glauben! Was hast du für einen Plan?« Bock starrt seine Geschäftsführerin mit weit aufgerissenen Augen an.

»Ehrlich? Fragst du mich das wirklich?«

Bock nickt heftig.

»Ich habe keinen«, antwortet Melsene. »Du bist doch der Chef, wie soll ich wissen, was wir tun sollen? Fahr doch nach Rumänien und sieh dir das ganze Debakel mit eigenen Augen an.«

»Das kann ich nicht, ich habe viel zu viele wichtige Termine, die ich nicht absagen kann.« Bock setzt sich an seinen Schreibtisch, schiebt hektisch die Maus hin und her und öffnet seinen Kalender auf dem Monitor. »Chancenlos, sag ich dir. Diese Woche kommt noch der Landrat mit dem Landwirtschaftsminister, dessen Ministerium die Kofinanzierung für unser rumänisch-bayerisches EU-Projekt übernommen hat. Da kann ich mich nicht einfach nach Rumänien absetzen, auch wenn das prinzipiell sogar passen würde. Aber weißt du was? Ich habe eine Idee! Wenn du in Rumänien bist, halten wir eine kurze Skype-Konferenz mit den Politikern und dir ab.«

»Mit mir in Rumänien?« Melsene will protestieren, aber Bock lässt sie nicht zu Wort kommen.

»Am besten an der Strandpromenade von Constanţa. Und am Tag darauf kommen auch noch die Herren von der Sanus Sanus Group aus der Schweiz zu Besuch. Die könnten mit etlichen, aber wirklich etlichen Millionen bei uns einsteigen. Du siehst es ja selbst, ich schaffe es auf keinen Fall, nach Rumänien zu fahren. Du musst dort leider ohne mich für Ordnung sorgen«, bestimmt Bock. »Schlimm genug, dass ich hier dann allein die Stellung halten muss.«

»Was ist das da eigentlich für ein Abendtermin?« Melsene deutet auf den Kalender auf dem Monitor.

»Ach, ich glaube, das ist ein Essen mit irgendwelchen Investoren, die Karl eingeladen hat.«

»Und wie stellst du dir das praktisch vor?«, will sie wissen. »Soll ich wie diese Catrina mit dem Fahrrad nach der Alten suchen?«

»Natürlich nicht. Aber du sorgst organisatorisch dafür, dass die Gräfin endlich gefunden wird, gibst den Leuten einen Tritt in den Arsch, knallst ein Bündel Lei auf den Tisch und stellst drei Flaschen Schnaps dazu. Du wirst schon sehen, wie schnell die Flüchtige dann wieder auftaucht«, sagt Bock. »Ist doch ein armes Land, mit Geld geht da so gut wie alles.«

»Ich soll den jungen Männern und Frauen, die in dem Heim für uns arbeiten, also einen Tritt in den Arsch geben? Eigentlich habe ich es nicht mit solcher Art von Gewalt. Vielleicht sollte ich meine Gerte aus dem Nebenraum mitnehmen? Ich bin mir sicher, du bist nicht der Einzige, der allzu gern von mir ab und zu mal den Arsch versohlt bekommt.« Melsenes Stimme hat einen verführerischen Ton angenommen. Doch selbst damit kann sie Bock im Augenblick nicht überreden, von seinem Plan abzulassen. Lautes Telefonklingeln macht die Stimmung kaputt.

»Wer stört?«, schreit Bock in den Hörer. »Aber nein, du störst doch nie«, antwortet er dem Anrufer. »Karl, das war doch nicht ernst gemeint, ich bitte dich!« Bock verdreht genervt die Augen. »Ja, ja, nein, nein«, sagt er wiederholt und versucht dann, seinen Freund Karl abzuwimmeln. »Du, ich muss mit Melsene noch etwas Wichtiges besprechen. Können wir später noch mal telefonieren?« Doch Bock kann immer noch nicht auflegen, weil der

Anrufer einfach weiterredet. »Ja, Melsene ist bei mir im Büro, und ich muss jetzt wirklich Schluss machen. Bis später dann.«

Anselm Bock atmet übertrieben laut aus, als er endlich auflegt. »Der kann ja so anstrengend sein«, beschwert er sich, bevor er fortfährt, Melsene über die rumänischen Verhältnisse aufzuklären. »Gib dich keinen Illusionen hin, die Burschen dort unten sind etwas rustikaler als ich, keine Genießer. Die sind mit ganz normaler Hausmannskost zufrieden – auch in Bezug auf erotische Praktiken.« Er schmunzelt. »Also, du wirst dorthin fahren, die Gräfin finden und sie ruhigstellen, damit sie schnell wieder vergisst, was sie möglicherweise auf ihrer Flucht erlebt hat. Wenn ihr auf direktem Weg zusammen zurückgekommen seid, dann sedieren wir sie einige Zeit, damit der alte Meißner aufhört, sich darüber zu wundern, dass er mit ihr nicht telefonieren konnte.« Bock gibt sich ganz cool, ganz Herr der Lage.

»Aber ich will nicht nach Rumänien fahren. Such dir jemand anderen, den du hinschicken kannst«, protestiert Melsene jetzt doch.

»Du musst ja auch nicht fahren, du fliegst natürlich, alles andere wäre grober Unfug. Ab München brauchst du keine zwei Stunden nach Bukarest. Am Flughafen mietest du die dickste Karre, die es gibt, damit die Dorfbewohner auch Respekt vor dir haben. Wenn du Mercedes oder BMW fährst, kapiert jeder, dass du das Sagen hast. Du musst den Leuten von Anfang an demonstrieren, dass du die Chefin bist und keiner auf die Idee kommt, dir etwas am Zeug zu flicken. Du sagst weder Bitte noch Danke und besorgst dir einen Dolmetscher. Mit dem gehst du als Erstes zum Bürgermeister, zu dem du sehr nett bist, auch wenn es dir schwerfällt. Nach der Begrüßung gibst du ihm ein Bündel Fünfzigeuroscheine und sagst, das sei eine kleine Spende. Er möchte das Geld doch in deinem Namen einem sozialen Projekt in der Stadt zuführen, das sich für arme Kinder einsetzt. Erst anschließend sagst du, dass du etwas aufklären müsstest, und fragst, ob er dir nicht einen guten oder den besten Privatdetektiv der Gegend ins Hotel schicken kann, da du einen lukrativen Auftrag für ihn hast. Ich bin mir sicher, das wird dir großen Spaß machen«, versichert ihr Bock selbstzufrieden. »Und dann finde sie, sonst sind wir dran. Dir ist doch hoffentlich klar, dass hier einiges auf dem Spiel steht, oder?«

»Okay, dann versuche ich mal, einen Flug zu buchen, und anschließend sehen wir weiter«, gibt Melsene sich geschlagen und verschwindet in ihr Büro.

Das Telefon klingelt wieder. »Karl? Ah, vorher konnte ich wegen Melsene nicht reden.« Bock klemmt sich ein Headset ans Ohr. »Jetzt sag schon, was hast du vor?« Grinsend geht er zum Balkon, schiebt die Tür auf und genießt den Ausblick auf den gepflegten Park zu seinen Füßen. »Was? Du hast einen Swingerclub gekauft? Nicht schlecht, Frau Specht. Meine Gratulation! Natürlich komme ich zur Einweihung. Aber wen soll ich mitbringen, wenn du Melsene nicht dabeihaben möchtest?« Bock beobachtet die Gärtner, die Schläuche für eine neue Bewässerungsanlage verlegen. »Du hast für mein Seelenheil gesorgt? Da bin ich aber neugierig. – Eine Brünette und eine Blonde? Das hört sich vielversprechend an. – Keine Sorge, selbst wenn die ein bisschen jung sind, macht mir das nichts aus. In der Beziehung bin ich nun wirklich nicht zimperlich. Die Adresse schickst du mir noch, oder? – Gut. Dann ciao, alte Fischhaut, ich freu mich.«

***

Sie trägt eine weiße Bluse, einen knielangen schwarzen Rock und dunkle Pumps. Wie ein Wasserfall stürzen die glatten blonden Haare über ihre Schultern. Helmut starrt die junge Bedienung so schamlos an, dass Helene kurz darüber nachdenkt, aufzustehen und zu gehen.

»Herr Kommerzialrat, könnten Sie mir bitte eine Postkarte schicken, wenn Sie aus dem pannonischen Hügelland wieder bei uns am See angekommen sind?«, zischt sie.

Helmut fühlt sich ertappt und ärgert sich, dass Helene immer gleich so auf ihn losgehen muss. Er bestellt bei der Kellnerin mit dem netten ungarischen Akzent zwei Cappuccino und erinnert sich an seine gute Erziehung. »Und zweimal Birne Helene, ich darf dich doch dazu einladen?«

Als das Dessert serviert wird, Vanilleeis mit einer kleinen geschälten Birne, beides mit Schokoladensoße garniert, schnaubt Helene.

»Was ist denn jetzt schon wieder?«, fragt Helmut.

»Dachte ich's mir doch, dass etwas Wichtiges fehlt.«

»Es fehlt etwas?«, fragt die pannonische Bedienung besorgt.

»Was denn?«, fragt Helmut. »Sieht doch einwandfrei aus.«

»Die kandierten Veilchen«, behauptet Helene.

»Bitte?« Helmut gibt dem Mädchen ein Zeichen, dass die alte Dame es mit den Spitzfindigkeiten gerade etwas übertreibt und sie sich besser um die anderen Gäste kümmern soll.

»Das Rezept für die *›Poire Belle-Hélène‹* stammt schließlich aus der *haute cuisine française*, wusstest du das? Und dieses Rezept sieht vor, frische, geschälte Birnen in Läuterzucker zu pochieren und diese nach dem Auskühlen auf Vanilleeis anzurichten und mit kandierten Veilchen zu bestreuen. Da musst du gar nicht die Augen so verdrehen, lieber Helmut. Aber nun ja, lass es dir trotzdem schmecken. Es sieht ja gar nicht einmal so schlecht aus. Bis auf die fehlenden Veilchen, natürlich.« Helene brummelt noch ein bisschen weiter, aber Helmut hört nicht mehr zu, sondern genießt stattdessen die Süßspeise. In Maßen und nur an Tagen, an denen er sein übliches Schwimmpensum absolviert hat, gönnt er sich Kohlenhydrate in dieser Form.

»Jetzt hätte ich fast vergessen, es dir zu erzählen«, sagt er nach dem letzten Löffel. »Die Gräfin hat sich bei mir gemeldet. Sie hat angerufen. Kurz habe ich überlegt, ob ich jetzt schon halluziniere, aber sie war es tatsächlich. Und dabei war sie so klar im Kopf, wie ich sie schon seit Ewigkeiten nicht mehr erlebt habe. Denn schon vor ihrer Abreise nach Rumänien war sie ein wenig angeschlagen, und ihr Zustand wurde von Woche zu Woche eher schlimmer.«

»Jetzt bitte mal langsam und zum Mitschreiben. Diese ominöse Gräfin, die du seit Tagen oder Wochen vergeblich versucht hast, telefonisch zu erreichen, hat nun dich angerufen und ohne erkennbare gesundheitliche Einschränkungen mit dir gesprochen, obwohl sie vor ihrer Abreise einen ziemlich verwirrten Eindruck machte?«, fasst Helene zusammen.

»Genau. Sie ist wohl gerade auf dem Heimweg nach Deutschland und hat ein Problem.«

»Lass mich raten: Sie hat ihren Flieger verpasst?«

»Ihren Flieger? Nein, davon hat sie nichts gesagt. Vielmehr, dass sie Geld braucht, weil sie nichts mehr hat außer der Kleidung, die sie am Leib trägt. Sogar ihren Ausweis hat sie verloren, oder er wurde ihr gestohlen, genau weiß sie das nicht.«

»Aber sagtest du nicht, sie sei nicht mehr verwirrt?«, unterbricht ihn Helene. »Kein Pass und nur die Kleider, die sie am Leib trägt. Kommt dir das nicht ein wenig seltsam vor?«

»Aber sie klang ganz normal«, verteidigt Helmut die Gräfin.

»Und wo will sie das Geld herbekommen?«

Aus Helmuts Miene spricht die reinste Arglosigkeit.

»Helmut! Du wirst ihr doch kein Geld schicken?«

Helmut schweigt.

»Wozu braucht sie es überhaupt? Und wie viel will sie?«

»Für die Rückreise. Zweitausend Euro«, gesteht Helmut.

»Und du bist dir sicher, dass es wirklich deine Bekannte war? Es gibt genügend Verbrecher, die es auf uns Alte abgesehen haben und uns ausnehmen wollen.«

»Mich legt keiner so schnell rein. Da müsste ich schon noch ein bisschen matschiger in der Birne sein. Ich habe ihr das Geld online an zwei verschiedene Empfangsstellen überwiesen, das war kein Problem.«

»So, so. Und wieso kommt sie mit der Bitte zu dir und wendet sich nicht an ihre Familie? Wäre das nicht das Normale?«

»Das Verhältnis zu ihrer Familie ist nicht das beste.«

Helene schüttelt den Kopf. Helmuts Antworten überzeugen sie nicht. Aber schließlich ist er alt genug, um selbst zu entscheiden, wem er Geld überweist und wem lieber nicht.

Die Gräfin, denkt Helmut. Die vielen Sorgen, die er sich um sie gemacht hat. Er ist so froh, endlich wieder eine Nachricht von ihr zu haben. In manchen Momenten hat er schon befürchtet, sie sei vielleicht schwer krank oder verstorben. In ihrem Alter wäre das ja nun keine Riesenüberraschung. Erst die Peinhardt, dann die Gräfin. Oder andersrum: erst die Gräfin und dann die Peinhardt. Im ersten Augenblick war er einfach nur froh und glücklich darüber, dass sie sich bei ihm gemeldet hat. Aber jetzt schleichen sich kleine Zweifel ein. Was, wenn seine Freundin jetzt komplett verrückt geworden ist, wenn das alles nicht stimmt, was sie ihm erzählt hat? Aber was hätte sie davon? Das Geld? Lachhaft! Helmuts Gedanken rotieren, wollen sich nicht mit unangenehmen Themen wie Gefahr und Betrug beschäftigen. Nur dumpf dringt Helenes Stimme an sein Ohr. Helmuts Blick wandert durchs Fenster hinaus in den Park, bleibt am Springbrunnen hängen. Im Kopf versucht er, das Gewirr vergoldeter Schlangen und grünspaniger Nixen, die unentwegt Wasser speien müssen, zu entwirren, bis er sich darüber ärgert, dass er sich so leicht ablenken lässt. Kann es gar sein, dass es zwischen Josefine Peinhardts Tod und dem Verschwinden der Gräfin einen Zusammenhang gibt? Oder ihrem Wiederauftauchen?

Das Betrachten der Schlangen und Nixen bringt auch keine Klärung. Er wird sich einfach noch gedulden müssen, bis er eine Chance hat zu erfahren, ob, und wenn ja, wie alles miteinander zusammenhängt. Erst das Auftauchen des pannonischen Hügellandes bringt ihn wieder restlos zurück ins Hier und Jetzt.

»Möchten die Herrschaften noch etwas?« Die junge Frau beugt sich zu Helmut hinunter und gewährt ihm einen langen Blick in ihre weiße Bluse.

»Äh, möchtest du noch etwas, Helene?«, fragt Helmut. »Ich glaube, ich nehme doch einen kleinen Schnaps.«

»Dann bleiben wir bei der Birne, was meinst du?«

»Gute Wahl. Zweimal einen kleinen Williams Christ, bitte«, bestellt Helmut.

»Sehr wohl.« Ihre Rückseite, die sie Helmut beim Weggehen präsentiert, ist ebenso spektakulär wie die Vorderfront.

»Wusste ich es doch«, sagt Helene, »dass die dich wieder aus deinen Gedanken zurückholt. Und jetzt bleib bitte hier, bei mir. Es ist nämlich sehr unhöflich, andauernd zum Fenster rauszusehen und vor sich hin zu träumen, während man mit einer Dame am Tisch sitzt. Dann hoffen wir einfach, dass alles gut wird. Ich bin schon gespannt auf deine Gräfin. Sie kommt doch hoffentlich hierher?«

»Das weiß ich ehrlich gesagt gar nicht. Aber ich denke schon. Sie wohnt ja schließlich in der Residenz.«

»Und hat praktischerweise bestimmt auch noch ein paar Kleider hier im Schrank hängen. Das trifft sich doch gut, wo sie ja nur mehr das hat, was sie am Leib trägt.«

»Stimmt«, antwortet Helmut. »Und Turbane.«

»Turbane?«

»Sie schlingt sich ganz gern so bunte Tücher um den Kopf.«

Helene sieht ihn fragend an.

»Die Gräfin ist etwas Besonderes, eine Künstlerin. Na, du wirst sie ja bald mit eigenen Augen sehen.«

Helene kommt zum Glück um eine Erwiderung herum, weil in diesem Moment der Schnaps serviert wird.

Ingolstadt, Dienstag, 26. Mai 2015

»Stefaaaan!«

Stefan Meißner wirft seine Farbrolle in den Eimer. Ein kleiner Tsunami entsteht, und ein paar Spritzer fliegen über die Eimerwand und landen auf den Tritten der Leiter, von der er heruntersteigt, und auf seinen Füßen. Sein Blick wandert sorgenvoll zur Schlafzimmerdecke, die immer noch fleckig aussieht. Hoffentlich geht das beim Trocknen weg. »Was ist los?«, brüllt er in die Richtung, aus der Marlus Schrei gekommen ist.

Marlu ist seit dem Vormittag mit Putzen beschäftigt.

Weiß gesprenkelt und mit einem aus Zeitungspapier gefalteten Malerhut auf dem Kopf rennt Stefan auf Socken in die Küche.

Aber Marlu hat sich weder in den Finger geschnitten, noch ist ihr gutes Porzellan beim Auspacken zu Bruch gegangen, stattdessen fläzt sie sich in einen der neuen Sessel am Küchentisch.

»Kaffeepause?«, fragt Stefan.

»Recherchepause! Mich regt dieses Auspacken und Einräumen echt auf.«

»Wollen wir die Aufgaben tauschen?«, fragt Stefan. Seine Saeco steht immer noch am Boden.

»Mach ja nichts dreckig!«, ruft Marlu, ohne hinzusehen.

»Das ist kein Dreck, nur Farbe. Und wenn du mir keinen Kaffee machst, muss ich eben selbst ran.«

»Ich kann's dir mit dem Kaffeekochen doch eh nicht recht machen. Aber jetzt schau mal her, ich hab's gefunden!«

»Was denn?«

»Im Lokalteil Leverkusen der ›Rheinischen Post‹ online.«

»Echt? Lies vor, ich hab meine Brille verlegt.«

»Okay, also:

Drama in Schlebusch
17-Jähriger überlebt Treppensturz schwer verletzt
›RP‹, 26.09.1995, 13.21 Uhr

Bei einem schweren Treppensturz hat sich ein junger Mann in Leverkusen-Schlebusch schwerste Verletzungen zugezogen.

Schlebusch – Der 17-Jährige ist am vergangenen Freitag die Treppe einer Fußgängerunterführung unter dem DB-Bahnhof hinuntergestürzt. Laut Polizei blieb er bewusstlos am Treppenende liegen.
Wie die Polizei mitteilt, sind die Verletzungen so schwer, dass der Mann notoperiert und anschließend in ein künstliches Koma versetzt wurde. Sein Zustand ist nach wie vor kritisch. Zeugen, die am vergangenen Freitag zwischen 23.00 und 24.00 Uhr die Bahnunterführung benutzt und den Unfall beobachtet haben, werden gebeten, sich an die Polizeiinspektion 7 – Leverkusen zu wenden. Polizeiwache Wiesdorf in der Heymannstraße 22 in Leverkusen. Telefon: 0221 229-4730.

Und, was sagst du jetzt?«

Stefan schlürft seinen Espresso und reckt den Daumen hoch.

»Im Recherchieren bin ich wirklich gut, da muss ich mich direkt selbst loben.«

»Was machen wir jetzt mit diesen Informationen?«

»Wir rufen natürlich dort an! Netterweise steht sogar die PI mit der Telefonnummer dabei.«

»Moment mal, das ist jetzt wie lange her? Zwanzig Jahre?«

Marlu nickt. »Demnach ist er jetzt siebenunddreißig und seine Schwester ein paar Jahre jünger. Das passt doch.«

»Und was willst du denen sagen, warum du anrufst?«

»Da wird mir schon was einfallen.«

»Also echt, Marlu, manchmal übertreibst du's wirklich mit deiner Spontaneität. Ich hab eine andere Idee. Morgen oder übermorgen hat doch der Stangelmayer Geburtstag.«

»Unser Stangelmayer?«

»Genau der. Eigentlich haben wir ja Urlaub, aber ich hab gedacht, ich oder wir könnten kurz vorbeischauen und ihm gratulieren. Dann könnten wir die Gelegenheit nutzen, um wenigstens vom Büro aus einen kurzen Anruf bei den Kollegen in Leverkusen zu machen.«

»Das ist tatsächlich besser. Dort haben wir recherchemäßig auch mehr Möglichkeiten.«

»Aber ganz vorsichtig vorgehen, gell?«, warnt Stefan.

»Sowieso. Wie alt wird er denn?«

»Wer?«

»Der Stangelmayer, wer denn sonst?«

»Keine Ahnung, ist doch auch egal.«

»Stimmt, ist ja sowieso nur ein Vorwand. Trotzdem kannst du nicht ohne Geschenk aufkreuzen.«

»Hm. Was für ein Geschenk denn?«

»Ich weiß es! Er kriegt von uns einen Gutschein fürs Wonnemar, für die ganze Familie. Ein bisschen Bewegung kann ihm nicht schaden.«

»Aber ein Gutschein für ein Schwimmbad? Dort ist es doch immer so kalt.«

»So ein Blödsinn«, sagt Marlu. »Im Wonnemar gibt's eine tolle Saunalandschaft und sogar einen Raum mit offenem Kamin. Warst du da noch nie?«

»Die Leute sitzen da echt nackt am Kamin, oder wie?«

»Sie können auch ihren Bademantel anbehalten, wenn sie sich genieren. Also, was ist? Soll ich den Gutschein besorgen?«

»Okay. Im Notfall kann ja die Familie allein hingehen, ohne Stangelmayer.«

Bukarest, Mittwoch, 27. Mai 2015

Ein bisschen fühlt sich Vera wie Bonnie. Clyde fährt den Wagen und heißt im wahren Leben Catrina. Okay, sie erleben gemeinsam keine heißen Liebesnächte, aber die erste Bank haben sie schon geplündert, die Raiffeisenbank in der Strada Ion Mușat. Jetzt sind sie auf dem Weg zur zweiten, die sie ebenfalls um tausend Euro erleichtern wollen, die Banca Transilvania in der Strada Crișan, ebenfalls in Cernavodă. Auch dorthin hat Helmut Meißner Catrina Geld überwiesen.

Natürlich hat ihr Auto nicht das Format des originalen Gangsterwagens, ein Ford V8 war das, für dessen Fluchtqualitäten sich Clyde sogar persönlich in einem Brief an Henry Ford bedankte. Das Beste an ihrem Wagen ist die Farbe, findet Vera. Blau ist gut. Ansonsten ist der Lada nach ihrem Geschmack untermotorisiert, und jede seiner Fehlzündungen bringt sie an den Rand eines Nervenzusammenbruchs.

Jetzt also Bank Nummer zwei. Catrina, bewaffnet mit Ausweis, ihrer Handtasche und einem bei Bedarf ziemlich charmanten Lächeln, betritt das Gebäude und verlässt es Minuten später um eintausend Euro reicher. Als sie wieder im Auto sitzt, nimmt Vera ihr das dünne Bündel Scheine aus der Hand und fächelt sich Luft zu, die sie tief einatmet. »Geld ist geprägte Freiheit«, sagt sie, »das wusste schon Dostojewski.«

»Bargeld ist gut, um problemlos nach Deutschland zu kommen«, sagt Catrina. »Wenn Dostojewski das damit meinte, stimme ich ihm zu.«

»Ich wusste, dass auf Helmut Verlass ist«, sagt Vera. »Wenn wir in Deutschland sind, wirst du ihn kennenlernen.«

»Dann holen wir jetzt Florim, damit es endlich losgehen kann«, bestimmt Catrina.

»Er kann kein Deutsch, oder?«, fragt Vera.

»Nein, nur Rumänisch und Englisch. Aber ich kann ja übersetzen«, bietet Catrina an.

Mit ihrem Handy ruft Vera in der Deutschen Botschaft in

Bukarest an und macht dem Beamten klar, dass sie ihren Pass verloren hat und dringend einen neuen braucht. Er verspricht ihr, dass er ein vorläufiges Reisedokument vor Ort ausstellen kann. Also ist Bukarest ihr erstes Ziel, sobald sie vollzählig sind.

Florim wartet zu Hause schon mit zwei gepackten Reisetaschen auf sie. Zusammen fahren sie zurück nach Cernavodă und von dort auf die A2, die Constanța und die Schwarzmeerküste mit Bukarest verbindet.

»Unsere einzige Autobahn, die komplett fertiggestellt wurde«, erklärt Florim, und Catrina übersetzt.

»Da bin ich aber froh«, sagt Vera. »Jetzt war ich in Rumänien und bin kein einziges Mal am Schwarzen Meer gewesen. Eigentlich ein Frevel«, seufzt sie.

»Möchtest du umkehren?«, fragt Catrina. Das Du, das Vera ihr angeboten hat, geht ihr noch etwas schwer von der Zunge.

Vera schüttelt den Kopf. »Lasst uns meinen Pass abholen und dann nach Hause fliegen.«

In Cernavodă überqueren sie die Donau. Parallel zur Autobahn verläuft eine Eisenbahnbrücke, die wie ein umgefallener Eiffelturm aussieht. Anghel Saligny, so heißt die eingleisige Brücke, erklärt Florim. »Sie ist über hundert Jahre alt und schon länger stillgelegt. Auf der anderen Seite der Autobahn wurde eine neue gebaut. Bis Bukarest sind es von hier aus noch ungefähr hundertfünfzig Kilometer.«

Nie hätte Vera sich träumen lassen, dass sie mit dreiundachtzig noch einmal ein richtig großes Abenteuer erleben würde. Eigentlich war sie schon immer eine Abenteurerin, auch wenn das ihrer Familie kein bisschen gefiel. Sie hatte Angst, dass der gute Ruf der Zeppelins leiden könnte. Aber Vera hatte immer ihren eigenen Kopf und ihre eigenen Pläne – und hat sie immer noch. Vielleicht hat gerade dieser Charakterzug ihr in den letzten Tagen und Wochen geholfen, sich nicht aufzugeben. Die ganze Aufregung macht sie müde, und als sie eingeschlafen ist, deckt Catrina sie mit einer leichten Decke zu. Erst in Bukarest wacht Vera wieder auf.

»Guten Mittag, Vera. Sieh raus, wir sind schon in unserer Hauptstadt«, sagt Catrina. »Das da ist eines der größten Gebäude der Welt, Ceaușescus Parlamentspalast. Hast du schon mal etwas von ihm gehört?«

»Gehört ja, und im Fernsehen gesehen. Aber ich war noch nie zuvor in Rumänien. Und eigentlich steht mir der Sinn auch nicht nach monströsen Sehenswürdigkeiten. Ich möchte nur noch nach Hause.«

Florim findet erst zwei Straßen von der Deutschen Botschaft entfernt einen Parkplatz. Das letzte Stück gehen sie zu Fuß.

Das Gebäude hat etwas Bunkerartiges. Eine Betonmauer und ein hoher Metallgitterzaun mit lanzenartigen Spitzen als Abschluss sichern es ab. Über dem Eingang schwebt ein Glasdach.

Florim bleibt in dem offenen Wartebereich sitzen, während Catrina Vera in den Empfangsraum begleitet.

Der Botschaftsmitarbeiter, der das Ersatzdokument ausstellt, hat eine Überraschung für Vera parat. »Sie dürfen gern bei uns bleiben, Frau von Zeppelin«, bietet er an. »Man wird Sie von hier abholen und nach Hause bringen.«

»Wer wird mich abholen?«, fragt Vera.

»Wir haben uns erlaubt, in der Residenz am See, die Sie als Ihren Wohnsitz angegeben haben, anzurufen. Dort sagte man uns, dass man Sie schon zwei Tage vermisst. Und dass Sie dringend Ihre Medikamente brauchen. Wenn Sie akut Hilfe benötigen, kann ich Ihnen auch einen Notarzt rufen.«

»Danke, aber Sie können mir glauben, dass ich genauso wenig einen Notarzt nötig habe wie Sie«, entgegnet Vera.

»Tja, dann …«

»Dann was?«, fragt Vera.

»Dann wird jemand von der Leitung der Residenz kommen, um Sie abzuholen und sicher nach Hause zu bringen, Frau von Zeppelin. Wir verfügen über eine kleine Gästewohnung, in der Sie sich gern so lange aufhalten können.«

Wahrscheinlich ausgestattet mit Bademantel, Probepackungen an Seife und Shampoo und Einwegpantoffeln, denkt Vera.

»Vielleicht möchten Sie sich ja zu einem Mittagsschläfchen hinlegen?«, schlägt der Beamte vor.

»Das ist wirklich sehr freundlich von Ihnen, und ich danke

Ihnen von Herzen für Ihr Angebot, aber ich möchte jetzt gern mit meinem Ersatzausweis dieses Haus wieder verlassen.«

Catrina tritt zu Florim hinaus auf den Gang und zeigt auf die beiden Kameras, die im Wartebereich installiert sind. Florim deutet mit einer Kopfbewegung in Richtung einer Box, die Catrina ansonsten für einen Sicherungskasten gehalten hätte. Stumm formen seine Lippen das Wort *»Alarma«*, und er reckt den Daumen hoch. Florim kennt sich aus mit Alarmanlagen.

Catrina übersetzt seine Gesten so, dass er sich das System angesehen hat und sich zutraut, es zu deaktivieren. Wie zwei Taubstumme unterhalten sich die beiden ohne Worte. Er bestätigt ihre Interpretation, bevor sie zurück zu Vera in das Büro geht.

»Ich bin nicht allein und weder dement noch gehunfähig, wovon Sie sich selbst überzeugen konnten.« Vera steht auf. »Und im Vollbesitz meiner geistigen Kräfte. Deshalb nehme ich jetzt auch das Dokument, das Sie mir freundlicherweise ausgestellt haben, und gehe. Ich finde selbst hinaus. Guten Tag.« Vera greift sich den Ersatzausweis und wendet sich zur Tür.

»Aber die Dame von der Residenz ist schon auf dem Weg hierher«, protestiert der Botschaftsbeamte mit dem leicht schütteren Haar.

»Sagen Sie ihr bitte, ich komme allein zurecht.« Vera verlässt den Raum.

»Jetzt schnell weg von hier!«, sagt Catrina. »Vermutlich wird er gleich den Alarm auslösen. Aber wenn Florim keinen Mist gebaut hat, wird er sein blaues Wunder erleben.«

Das alles ist im Moment ein bisschen viel für Vera. Sie versteht gar nichts mehr.

»Florim hat sich mit seinen Zauberhänden um die Alarmanlage gekümmert«, erklärt Catrina. »War eine Abwechslung für ihn.«

Tatsächlich ist kein Alarm zu hören, und es gibt keine Türen, die sich automatisch verriegeln.

»Dann weg hier und zum Flughafen. Wie es aussieht, ist Frau Ritter schon auf dem Weg hierher«, vermutet Catrina.

Vera humpelt, so schnell es eben geht, zum Ausgang. Ihre

Hüfte hasst es, wenn sie es eilig hat, und sendet Schmerzen bis ins linke Bein.

»Los, Vera«, feuert Catrina sie an. Sie erreichen den Ausgang – die Tür lässt sich von Hand öffnen – und finden sich auf der Straße wieder. Dass das Auto nicht vor dem Haus, sondern zwei Straßen entfernt steht, ist in dieser Situation sogar ein Vorteil. So kann sich auch niemand die Autonummer notieren.

Atemlos und völlig erschöpft erreicht Vera den Lada. Florim klemmt sich hinter das Steuer, will den Motor anlassen, aber der Wagen ziert sich und stottert. »Na komm schon, alter Knabe!«, ermuntert ihn Florim, und endlich springt der Motor an. »Wohin jetzt?«, fragt Florim.

»Zum Flughafen natürlich«, ordnet Vera noch immer keuchend an.

»Wie hast du die Alarmanlage eigentlich außer Gefecht gesetzt?«, fragt Catrina.

»Das war eine alte Geryon-Privat-Funkalarmanlage. Sie weist einige Sicherheitsmängel auf, die jeder kennt, der auch nur ein wenig Bescheid weiß. Wenn du ein, zwei Kabel falsch zusammensteckst, geht nichts mehr. Obwohl sie *made in Germany* ist.«

»Geht's wieder?« Catrina dreht sich zu Vera um, die ganz rote Bäckchen hat.

»Schon, aber noch mehr solcher Aufregungen verkrafte ich nicht.«

»Ruh dich ein wenig aus«, sagt Catrina. »Es ist nicht mehr weit bis zum Flughafen.«

Florim wendet und ordnet sich in den Straßenverkehr Richtung Norden ein. Auf einem breiten Boulevard fahren sie auf einen überdimensionalen Triumphbogen zu.

»Na?«, fragt Catrina nach hinten. »Siehst du das? Was habe ich gesagt? Bukarest ist ein bisschen wie Paris.«

»Du hast etwas von Klein-Paris gesagt, aber dieser Bogen ist um einiges größer als der Arc de Triomphe«, sagt Vera.

»Das ist typisch Rumänien«, behauptet Catrina, »und daran ist nicht einmal Ceaușescu schuld, denn er hat ihn nicht gebaut. Er stand schon, als er der mächtigste Mann im Staat wurde.«

Als sie den Flughafen Bukarest-Otopeni erreichen, hofft Vera, kurzfristig drei Plätze in einem Flieger nach München zu bekommen. Florim hinterlegt den Schlüssel für den Lada zusammen mit Ciprians Telefonnummer, seiner Adresse und einem Umschlag mit den Autopapieren und der Entschädigung, die Vera ihm zukommen lässt, bei einer Autovermietung. Gemeinsam steuern sie in der großen Eingangshalle auf die Anzeigetafel zu. Plötzlich hakt Catrina Vera unter und dreht sie mit dem Rücken zu den Check-in-Schaltern.

»Was ist los?«, fragt Florim.

»Wir müssen untertauchen«, flüstert Catrina. »Und vor allem müssen wir Vera verstecken. Ich habe sie gesehen!«

»Wen?«, fragt Florim.

»Melsene Ritter, meine Chefin aus Deutschland. Sie ist hier!«

»Was ist los?«, will Vera wissen. Und als Catrina ihr erzählt, wen sie da gerade entdeckt hat, fragt sie: »Hat sie dich auch gesehen? Und mich?«

»Ich glaube nicht. Sie steht da drüben am Lufthansa-Schalter. Die Dame im eleganten hellen Mantel mit Hut. Siehst du sie?«

Vera nickt. »Dann weg von hier«, sagt Vera. »Wer weiß, was sie den Leuten von der Fluggesellschaft über mich erzählt.«

»Aber wohin?«, fragt Catrina.

»Zurück zum Auto.«

»Florim hat doch gerade die Schlüssel abgegeben.«

»Dann holt er sie eben wieder. Los jetzt, dalli, dalli.«

Florim spurtet auch ohne Übersetzung los und sitzt, noch bevor Catrina mit Vera am Auto ist, mit Schlüssel und Umschlag schon wieder auf dem Fahrersitz. »Ich habe dem Autovermieter eine Provision überlassen«, sagt Florim. »Und wohin jetzt?«

Catrina übersetzt die Frage.

»Wir fahren mit dem Auto nach Deutschland«, beschließt Vera. »Wie weit ist das ungefähr?«

»Tausendsechshundert Kilometer«, meint Florim, nachdem Catrina die Frage übersetzt hat.

»Wird der Wagen durchhalten?«

»Der schon, aber meinst du, du schaffst die lange Reise?«

Vera nickt. »Ich werde doch jetzt auf der Zielgeraden nicht schlappmachen.«

»Na, dann los.«

Florim fährt auf die Stadtautobahn, und sie erreichen die A 1. »Irgendwann wird sie von Ost nach West durch ganz Rumänien bis zur ungarischen Grenze verlaufen«, erklärt Florim. »Aber seit etwa fünfzig Jahren ist schon bei Pitești Schluss, in hundertzwanzig Kilometern. Große Bauvorhaben dauern in Rumänien zehnmal so lange wie in anderen Ländern. Ganz gleich, welche Regierung wir haben und wie viel Geld wir noch von der EU bekommen. Das ist ein rumänisches Gesetz.«

»Darf ich dich etwas fragen, Vera?« Vera nickt. »Warum musste dieser Freund aus der Residenz dir Geld schicken? Hast du keine Familie in Deutschland?«

»Die sind alle mit der Firma beschäftigt, auch mein Sohn und meine beiden Enkel. Sie haben keine Zeit.«

»Aber du bist ihre Mutter und Großmutter.«

»Du hast recht. Und es ist ja auch nicht nur die Firma. Wir haben uns zerstritten. Deshalb bin ich in die Residenz gezogen. Ich wollte ihnen zeigen, dass ich niemanden brauche. Dass ich allein zurechtkomme.«

»Ist denn etwas Schlimmes vorgefallen?«

»Nein, eigentlich nicht.« Vera sieht zum Fenster hinaus. Autofahren ist eigentlich ganz schön, nur die Sitze könnten etwas besser gepolstert sein. »Aber ich hatte diese Pflichtbesuche einfach so satt, verstehst du? Ich wusste, sie kommen nicht freiwillig, sondern nur, weil sie irgendwann das schlechte Gewissen plagt und sie sich erinnern, dass die Alte ja immer noch lebt. Dabei interessieren sie sich nicht für mich. Das haben sie noch nie getan.«

»Das kann ich mir nicht vorstellen«, sagt Catrina.

»So ist es aber. Ich bin in dieser Familie eine Außenseiterin, ich interessiere mich weder für Maschinen noch für Geschäftsabschlüsse. Sie wissen nicht, was sie mit mir reden sollen. Und wahrscheinlich bin ich ihnen auch ein bisschen peinlich.«

»Hast du früher nicht in der Firma mitgearbeitet?«

»Nein, ich habe zunächst Medizin studiert, weil es das einzige Fach war, was mein Vater mir erlaubt hat. Aber heimlich habe ich mich an der Kunstakademie herumgetrieben. Zwar hat mein

Talent nicht gereicht, um Künstlerin zu werden, aber später habe ich in München am Viktualienmarkt eine Kunstgalerie eröffnet.«

»Das ist doch interessant«, sagt Catrina.

»Schon, aber verdient habe ich nie viel, manchmal sogar noch draufgezahlt. Dafür habe ich viele Leute kennengelernt. Meine Familie hat meinen Beruf leider nie ernst genommen.«

»Das kann ich nicht verstehen«, sagt Catrina.

»Tja. Als mein Sohn groß war, haben mein Mann und ich uns getrennt. Und so haben meine Familie und ich uns mit der Zeit immer weiter auseinandergelebt. Und jetzt bin ich alt, und er hat selbst Kinder. Zwischen uns hat sich nicht viel geändert. Es kommt, wie es kommt«, sagt Vera. »Das hat man nicht in der Hand, und man kann auch nicht alles ändern, was man gern ändern würde.«

»Ich werde dir dabei helfen, es zu ändern.«

»So?«, lacht Vera. »Das kann ja lustig werden mit uns beiden.«

Erst viel später, auf der endlos langen Landstraße, auf der sie, unterbrochen von jeweils ein paar Kilometern Autobahn, den Westen Rumäniens durchqueren, erfährt Vera von Catrina, warum sie so gut Deutsch spricht. Mit einem kleinen Akzent zwar, aber ansonsten einwandfrei und flüssig. Was sie erzählt, lässt Vera staunen.

Florim liegt mittlerweile auf der Rückbank und schläft. Catrina sitzt am Steuer, Vera daneben. Ihre Geschichte beginnt mit einer Volksgruppe, von der Vera noch nie zuvor gehört hat, den Dobrudschadeutschen. Sie lebten im Osten Rumäniens an der Schwarzmeerküste, hauptsächlich als Handwerker, Schneiderinnen und Fotografen. Catrinas Großmutter war eine von ihnen. Sie war noch ein Kind, als Hitler 1940 diesen »Splitter des Deutschtums«, wie er es bezeichnete, in Osteuropa für unhaltbar erklärte und die Dobrudschadeutschen heim ins Reich umsiedeln ließ. Fast alle gingen weg, doch Catrinas Oma Klara blieb zusammen mit ihren Eltern als eine von sehr wenigen zurück. Sie sprach natürlich auch Rumänisch, gab ihr altertümliches Deutsch aber an ihre Enkelinnen weiter. Irgendwann verließen Catrinas Eltern zum Arbeiten das Land. Einige Jahre lebten sie in Spanien, später in Italien. Ihre beiden Töchter ließen sie bei der Großmutter. Sie schickten Briefe und Pakete, konnten aber nicht oft nach Hause kommen. Als die Großmutter starb, lebten die beiden Mädchen allein in deren Haus weiter. Morgens gingen sie zur Schule, mittags kochte Catrina, die Ältere, nachmittags versorgten sie die Ziegen, molken sie und machten Käse. Das hatten sie von der Großmutter gelernt. Zusätzlich bauten sie ihr eigenes Gemüse an und backten Brot. Catrinas Eltern blieben für immer in Italien, wo auch ihre Schwester jetzt lebt. Nur Catrina ging nicht fort. Sie absolvierte die Schwesternschule und begann, in dem Altenheim zu arbeiten, in das Anselm Bock und Melsene Ritter ihre Senioren aus Deutschland schicken. Doch jetzt sieht es so aus, als würde auch sie als Letzte ihrer Familie Rumänien den Rücken kehren.

Es ist Nacht, als der blaue Lada die Grenze zu Ungarn passiert. Sie haben die Positionen wieder getauscht: Vera liegt auf der Rückbank, Florim fährt, und Catrina schläft auf dem Beifahrersitz. Vera wacht erst auf, als sie Ungarn schon zur Hälfte durchquert haben. In Budapest machen sie eine längere Pause. Sie essen etwas, vertreten sich am Donauufer die Beine. Vera ruft Helmut an, sagt ihm, wo sie sich gerade befinden. Wenn sie in München ankommen, wird sie sich bei ihm melden und ihm in aller Ausführlichkeit erzählen, was ihr in Rumänien geschehen ist. Sie wisse jetzt, wie das Geschäft mit den Senioren in Rumänien läuft, mit dem Bock sein Geld scheffelt. Sie bringe sogar eine Zeugin mit, kündigt Vera ihm an und fragt, wie es ihm gehe.

»Gut«, sagt er. »Mein Neffe Stefan hat mich besucht, er ist Hauptkommissar bei der Kripo in Ingolstadt.« Vom Tod ihrer Mitbewohnerin Josefine Peinhardt und seinem Verdacht erzählt Helmut der Gräfin vorläufig nichts.

Ingolstadt, Mittwoch, 27. Mai 2015

»Marlu, Stefan, ja, da schau her! Dass ihr extra aus dem Urlaub in die Dienststelle kommt! Mensch, ihr seids echt super.« Kollege Stangelmayer bekommt vor Rührung fast feuchte Augen. »Jetzt gebt es schon zu: Ist es wegen dem warmen Leberkäs, den frischen Brezen oder dem alkoholfreien Bier?«

»Nur wegen dir natürlich, Kollege.« Marlu umarmt ihn. »Alles Gute zum Geburtstag! Ohne dich würd hier wirklich was fehlen, das wollt ich dir schon lange sagen.«

Stangelmayer kramt in seiner Hosentasche, zieht sein fast schon legendäres kariertes Sacktuch heraus und wischt sich über die Augen. »Mei, des werd ich euch nie vergessen«, seufzt er. »Wie schaut's denn mit eurem Häuserl aus, geht's voran?«

»Sagen wir so: Es hat schon seinen Grund, dass wir Polizisten sind und keine Restaurateure. Aber wenn's fertig ist, kommt ihr alle zum Housewarming.«

»Was?«, fragt Stangelmayer. »Habts ihr da keine Heizung drin?«

Stefan hat sich schon in sein Büro verdrückt und wählt die Nummer der Kollegen in Leverkusen. Der erste Beamte, mit dem er spricht, kann sich an den Fall nicht erinnern und gibt ihn an einen älteren Kollegen weiter.

»Dat können Sie aber auch nicht verleugnen, dat Sie aus Bayern kommen«, sagt der sofort, als Stefan sich vorstellt, kann sich aber genauso schnell an den Fall erinnern. »Der Kollege, der den damals bearbeitet hat, das war der Bosbach. Richtig reingefressen hat der sich damals.«

»Kann ich mit dem Kollegen sprechen?«, fragt Stefan.

»Der ist schon in Pension, aber anrufen können Sie den trotzdem. Er langweilt sich zu Tode mit seinen Kaninchen oder Tauben oder was der da in seinem Hinterhof züchtet. Manfred Bosbach heißt er und wohnt in Manfort.«

»Und das ist auch im Rheinland?«

Der Kollege erklärt, dass Manfort ein Teil von Leverkusen ist, und schlägt sogar die Telefonnummer nach. Weshalb Stefan nach der alten Geschichte fragt, will er gar nicht wissen.

Stefan muss es ewig klingeln lassen, bis Bosbach ans Telefon geht. Aber die Beharrlichkeit zahlt sich aus.

Bosbach erinnert sich gut an den Unfall vor zwanzig Jahren. Ein Passant hatte die Polizei verständigt, und er, Bosbach, war fast gleichzeitig mit dem Rettungswagen an der Unfallstelle, der Bahnhofsunterführung, eingetroffen. »Der junge Mann war bewusstlos, die Sanitäter brachten ihn gleich weg. Sah böse aus. Sehr viel Blut um seinen Kopf. Der Zeuge, von dem der Anruf kam, wurde gleich mitversorgt, weil er unter Schock stand. Genauso wie die Schwester des Opfers. Die sah aus wie aus dem Wachsfigurenkabinett, bleich und ganz starr. Gesagt hat sie nichts.«

»Und was für Verletzungen hat das Unfallopfer erlitten?«

»Nach seiner Einlieferung in das Klinikum Leverkusen haben die Ärzte ein schweres Schädel-Hirn-Trauma mit Gehirnblutung diagnostiziert. Der junge Mann war lange weg, es stand in den Sternen, ob er durchkommt. Aber wenn, das war klar, dann würde er schwerstbehindert bleiben.«

»War diese Treppe eigentlich besonders hoch oder steil, dass die Verletzungen so schrecklich waren?«

»Die Untersuchungen ergaben, dass er getrunken hatte. Seine Schwester hat entsprechend ausgesagt. Die beiden kamen Freitagnacht gegen dreiundzwanzig Uhr zwanzig von einer privaten Party. Natürlich hatte Thorsten Tschiersky getrunken, aber nicht außergewöhnlich viel, eins Komma null Promille wurden festgestellt. Zu viel zum Autofahren, aber normalerweise nicht genug, um eine Treppe von oben bis unten runterzufallen und auf dem Kopf zu landen. Aber das ist meine persönliche Meinung. Ich weiß, dass es Menschen gibt, die sich bei Stürzen von einer Trittleiter das Genick brechen. Wieso interessiert sich die Kripo Ingolstadt eigentlich nach so langer Zeit für den Vorfall?«

»Eigentlich tut sie das gar nicht, sondern nur ich persönlich. Ich sammle ein paar Informationen über eine gewisse Person und ihre Vergangenheit, und ich wäre sehr froh, wenn Sie das für sich behalten könnten.«

»Ich würde es sowieso höchstens meinen Bienen erzählen. Und die verstehen nichts von Kriminalistik.«

Imker ist dieser Bosbach also, denkt Stefan. Ist mir auch sympathischer als Kaninchen- oder Taubenzüchter. Die Bienen müssen auch nicht geschlachtet werden.

»Thorsten Tschiersky ist aber nicht die Person, für die Sie sich interessieren. Er dürfte seitdem nichts mehr angestellt haben. Er lebt nicht mal mehr in der Gegend, hat mir seine Mutter mal erzählt, als ich sie zufällig beim Einkaufen getroffen habe. Sie sagte, er sei nach Süddeutschland umgezogen, in die Nähe seiner Schwester. Wohnt er etwa bei Ihnen in Ingolstadt?«

»Nein, in Prien am Chiemsee.«

»Geht es Ihnen dann um die Schwester?«

»Ihr Kollege in der Polizeiinspektion Leverkusen hat angedeutet, Sie hätten damals Zweifel gehabt, dass es sich um einen Unfall handelte. Warum?«

»Der Mann war jung, ein Teenager, körperlich fit und nicht gerade das, was man schwer betrunken nennt. Und die Treppen waren nicht besonders gefährlich. Bei einem alten Knacker wie mir, der sportlich aus der Übung ist, hätte ich es noch nachvollziehen können, dass der wie ein Sack runterplumpst, aber bei einem Siebzehnjährigen? Ein Verfahren ist trotzdem nie eröffnet worden. Es war also ganz offiziell ein Unfall.«

»Es ist Ihnen schwergefallen, das zu glauben, stimmt's? Was ist es Ihrer Meinung nach dann gewesen?«

»Sagen Sie's mir«, sagt Bosbach.

»Schwere Körperverletzung?«

»Hat sie sich denn irgendetwas zuschulden kommen lassen?«, fragt Bosbach.

»Das weiß ich noch nicht«, antwortet Stefan.

»Irgendwo müsste ich noch Kladden mit Unterlagen zu dem Unfall haben. Also das, was ich zu dem Fall alles zusammengetragen habe, und meine Notizen dazu.«

»Sie haben Ihre Aufzeichnungen aufgehoben?«

»Müsste alles noch da sein. Was wir ermittelt haben, was die Presse geschrieben hat und so weiter. Es sei denn, meine Frau hat das ganze Zeug fortgeschafft. Manchmal hat sie so Anfälle und sagt, wir dürfen unseren Kindern nicht so viel unnützen Krempel hinterlassen. Ich sag immer: ›Warum soll ich mir Gedanken darüber machen, wenn ich dann schon tot bin?‹ Ich kann doch nicht mein Haus ausräumen und dann auf gepackten Koffern warten, bis das Leben rum ist. Na, ich werde mal nachsehen, ob ich noch was finden kann.«

»Das könnte sehr wichtig für mich sein«, sagt Stefan.

»Dann wäre es wohl das Beste, wenn ich mich mit den Kladden, falls ich sie finde, in den ICE setzen und nach Ingolstadt fahren würde. Ich wollte sowieso immer schon mal ins Audi Forum und ins museum mobile. Ich bin seit vierzig Jahren Audi-Fahrer.«

»Wirklich? Dann könnte ich Ihnen eine Privatführung geben, ich hab nämlich eigentlich gerade Urlaub.«

»Abgemacht. Wenn ich noch was für Sie finde, besorge ich mir eine Fahrkarte und buche ein Hotel.«

»Sie können gern bei mir und meiner Freundin wohnen. Wir sind gerade am Umbauen und Renovieren unseres Häuschens, aber ein Zimmer mit Bett kriegen wir noch hin.«

»Hört sich gut an. Rufen Sie mich heute Abend noch einmal wegen der Details an. Dann weiß ich auch, ob die Sachen noch da sind.«

Marlu streckt ihren Kopf zur Tür herein. »Und?«

»Kollege Bosbach kommt mit den Aufzeichnungen zum damaligen Unfall vielleicht nach Ingolstadt.«

»Hast du ihm schon ein Hotel besorgt?«

»Ich dachte, er könnte vielleicht bei uns …?«

»Dann müssen wir aber schnellstens unser Gästezimmer renovieren. Vielleicht gar nicht mal so schlecht. Mit einer Deadline geht das bestimmt schneller als ohne. Wolltest du nicht wegen Rumänien und dieser Gräfin auch noch bei den Kollegen in Rosenheim anrufen?«

»Hat Onkel Helmut uns überhaupt ihren Namen gesagt?«

»Ja klar, warte. War das nicht irgendetwas mit Flugzeugen?«

»Messerschmidt, Dornier vielleicht?«

Marlu schüttelt den Kopf.

Das Telefon klingelt, und Stefan geht ran. »Das war Stangelmayer. Der Leberkäs wär jetzt da«, sagt er.

»Dann geh ich schon mal runter. Soll ich dir eine Portion reservieren?«

»Danke, lauwarmen Leberkäs vertrag ich immer so schlecht. Was ist jetzt mit dem Namen von der Gräfin?«

»Ruf doch Onkel Helmut an, der kann ihn dir bestimmt sagen«, schlägt Marlu grinsend vor und geht zur Tür. »Bis später.«

Kurz darauf geht die Tür noch einmal auf. »Jetzt ist er mir doch wieder eingefallen«, sagt sie. »Zeppelin.« Dann ist sie fort.

Stimmt, von Zeppelin, denkt Stefan und überlegt, ob er jemanden bei der Kripo Rosenheim kennt, den er anrufen könnte. Thomas Auberger, mit dem er vor zwei Jahren bei einer Fortbildung war, fällt ihm ein. »Die Besonderheit der Amoklage«, so hieß das Seminar auf Polizeideutsch, das aber zum Glück viel besser als sein Titel war.

Tom Auberger weiß selbst nichts über seltsame Vorgänge in der Residenz am See, verspricht aber, sich bei den Kollegen umzuhören. Der Beamte, der Stefan kurz darauf zurückruft, erzählt ihm, dass der Leiter der Einrichtung wegen gewisser Unregelmäßigkeiten schon einmal ins Visier der Finanzbehörden gerückt ist. Die Ermittlungen seien aber im Sande verlaufen. Letztlich konnten ihm keine Rechtsverstöße nachgewiesen werden.

»Eine noble Einrichtung ist das«, sagt Kollege Wiegand. »Monatlich wird da unfassbar viel Geld umgesetzt. Ist dein Onkel so ein Geldiger, dass der sich das leisten kann?«

»Ein Unternehmer, der seine Baumärkte verkauft hat, als sie noch sehr viel wert waren«, antwortet Stefan. »Er befürchtet, dass eine seiner Mitbewohnerinnen, die zur Therapie nach Rumänien geschickt wurde, dort verloren gegangen ist.«

»Rumänien«, schnaubt Wiegand. »Diese Rumänien-Geschichte hat uns schon in der Nase gekitzelt, als wir damals bei unseren Untersuchungen auf sie gestoßen sind. Aber die Abrechnungen waren in Ordnung, zumindest auf den ersten Blick. Komisch ist mir das trotzdem vorgekommen. Der kann doch seine Therapien auch in Bad Aibling oder Bad Reichenhall anbieten, warum muss er die alten Leute so weit wegschicken? Und wieso ausgerechnet nach Rumänien? Ist das nicht seltsam?«

»Keine Ahnung, ich bin noch nie in Rumänien gewesen.«

»Ich auch nicht, und ich will da auch nicht hin. Wie heißt jetzt diese Person, von der dein Onkel meint, sie wäre verschwunden?«

»Eine gewisse Gräfin von Zeppelin.«

»Soll das ein Witz sein?«, fragt der Kollege. »Das klingt alles irgendwie nach der neuesten Folge der ›Rosenheim Cops‹.«

»Nein, sie heißt wirklich so.«

»Na gut, dann wollen wir mal hoffen, dass das alte Luftschiff bald wieder auftaucht, gell? Und wenn du irgendetwas über dem Bock seine Rumänien-Verschickung herausfindest, dann gib Bescheid, gell?«

»Mach ich. Danke, Kollege, und servus!«

Bukarest, Mittwoch, 27. Mai 2015

Der mit dem blonden Siebziger-Jahre-Schnauzbart ruft ihr »Trampel!« nach. Ein Deutscher, denkt Melsene Ritter, oder zumindest einer, der es versteht, seine schlechte Laune akzentlos in deutscher Sprache auszudrücken. Aber sie hatte keine andere Wahl, als ihm auf die Füße zu treten, wie hätte sie denn sonst in diesem Gedränge an ihm vorbeikommen sollen?

Rosafarbene und graue Puschel sorgen vor dem Zara-Schaufenster für einen Fußgängerstau. Wie Kaffeesatz am Boden eines Siphons sammeln sich die Leute an der Engstelle, niemand kommt mehr am anderen vorbei. Cheerleaderinnen führen ihre Choreographie auf einem mit Absperrband begrenzten Platz vor. Auf einem Quadrat, zwanzig mal zwanzig Meter, zwischen Zara und H&M auf der einen und Starbucks und Benetton auf der anderen Seite der Einkaufspassage im Flughafen.

Hunderte von Passanten sind stehen geblieben und verfolgen die Show. Junge Frauen und Mädchen in glitzernden, gerade einmal Po bedeckenden Röckchen und bauchfreien Oberteilen wirbeln durch die Luft und fangen einander auf. An Durchkommen ist nicht zu denken. Zumindest nicht, wenn man höflich bleiben will.

Melsene Ritter quetscht sich mit aller Gewalt an den Passanten vorbei, sodass der Blondbart nicht der Einzige bleibt, der Schmerzen erleiden muss. Der restliche Teil der Einkaufspassage im Bukarester Flughafen ist zum Glück eher mäßig besucht, nur die hohen Absätze ihrer Schuhe bremsen sie jetzt noch.

Vor der Ankunftshalle steigt sie in eines der knallgelben Taxis, meist Dacias, die in einer langen Reihe auf Fahrgäste warten.

»*To the German embassy*«, gibt Melsene dem Taxifahrer Anweisung, sie zur Botschaft zu fahren. »*Please drive as fast as possible, I have a really urgent appointment.*«

Trotz des Rasens dauert die Fahrt eine Ewigkeit. Ein Flash-Gordon-Denkmal!, denkt Melsene, als der Taxifahrer eine zwanzig Meter hohe Säule mit einem mehrere Meter hohen, geflügelten Mann passiert. Melsenes Mission ist profaner als die von Flash Gordon. Sie muss nicht die Welt, sondern nur ihren und Bocks Arsch retten. Und um das zu schaffen, muss sie verhindern, dass die Gräfin nach Deutschland gelangt und dort das Lügengebäude, das um die Thalasso-Therapie in Rumänien über Jahre aufgebaut wurde, zum Einstürzen bringt. Melsene hat zwar noch keine Idee, wie sie vorgehen wird, weiß aber, welcher Arsch im Zweifelsfall der nächste sein wird. Ihr eigener nämlich.

Unvermittelt hält der Taxifahrer an, nuschelt etwas, was Melsene nicht versteht, und zeigt auf die gegenüberliegende Straßenseite. *»This is the embassy.«* Nun ist der Taxifahrer derjenige, der es eilig hat. Er macht Melsene klar, möglichst schnell zu bezahlen und auszusteigen.

Höflichkeit ist etwas anderes, denkt sie.

Fünf Minuten später sitzt sie einem blonden und ihrer Kategorisierung nach blassen Bürokraten mit schütter gewordenem Kopfhaar gegenüber. Er stellt sich ihr als Cornelius Ott, Assistent, vor, und sofort beginnt in Melsenes Kopf ein Film abzulaufen: Cornelius mit Einser-Abitur, als Austauschschüler in den USA oder in Australien, während eines Auslandssemesters an der Sorbonne. Dank Papis Verbindungen hat er zuerst ein Praktikum im diplomatischen Dienst gemacht, bevor er eine Ausbildung an der Akademie Auswärtiger Dienst in Berlin abschloss. Während die meisten anderen Absolventen danach erst einmal ein paar Monate Däumchen drehen mussten, wurde dem Blondschopf sofort nach der Abschlussprüfung die Stelle angeboten, die er jetzt innehat. So weit der Film. Dass die Wirklichkeit vielleicht anders ausgesehen hat, weiß Melsene, auch, dass ihr eigenes Scheitern bei der Bewerbung für den Auswärtigen Dienst ein Motiv für ihre missgünstige Vision sein könnte. Vielleicht liegt sie im Prinzip mit ihrem Vorurteil gegenüber dem Beamten aber einigermaßen richtig. Doch im Endeffekt spielt es sowieso keine Rolle.

»Tut mir leid, aber wir konnten sie nicht festhalten«, eröffnet er ihr gerade die Lage. »Sie machte einen sehr präsenten Eindruck und erschien absolut selbstbestimmt«, verteidigt der blasse Beamte die Ereignisse.

»Aber sie ist nicht selbstbestimmt!«, schreit Melsene. »Sie ist pflegebedürftig und dement.«

»Für uns gab es keinen Grund, die alte Dame hierzubehalten. Zudem war sie in Begleitung einer Pflegerin. Am besten rufen Sie jetzt Frau Radu oder Frau von Zeppelin an und klären die Situation.« »Pling!«, macht sein Computer und verkündet einen Termin oder eine eingegangene E-Mail. »Wenn ich genauer darüber nachdenke, kommt mir Ihr Auftreten hier sogar eigenartiger vor als das von Frau von Zeppelin.«

Melsene kramt in ihrer Tasche, knallt das Handy auf den Tisch und sucht weiter, um dann ein in feuerrotes Leder gebundenes Notizbuch und einen farblich dazu passenden Kugelschreiber mit Chinalack danebenzulegen. »Ich werde mir Ihren Namen notieren. Es gefällt mir nicht im Geringsten, wie Sie mich behandeln und das Leben von Frau von Zeppelin durch Ihr Verhalten gefährden.«

»Sie müssen ihn nicht notieren. Hier haben Sie meine Karte. Wenn Sie wollen, kann ich Ihnen gern einen Termin beim Herrn Botschafter machen, damit Sie sich über mich beschweren können.« Ott sieht auf seinen Computer. »In einer Stunde hätte er Zeit.«

»Lassen Sie mich mit Ihrem Herrn Botschafter in Ruhe. Für solche Spiele habe ich jetzt keine Zeit. Ich trage die Verantwortung für Frau von Zeppelin.« Melsene steckt die Visitenkarte in ihr Notizbuch, erhebt sich und verlässt das Büro kerzengerade.

Sie geht ein paar Schritte in Richtung des Denkmals des Ikarus, der Flash Gordon ähnelt. »Scheiße, scheiße, scheiße!« Sie bleibt kurz stehen und atmet dreimal tief durch. Dann holt sie ihr Handy aus der Tasche und versucht, Anselm Bock in Prien zu erreichen. In der Residenz ist er nicht, und sein Mobiltelefon ist ausgeschaltet. Melsene will schon aufgeben, als ihr einfällt, dass er ja heute seinem Freund Karl einen Besuch abstatten wollte.

»Hallo, Karl, wie geht's? Ist unser Böckchen vielleicht bei dir, oder weißt du, wo er ist? Ich erreiche ihn grade nicht.« Sie versucht, sich ihren inneren Aufruhr nicht anmerken zu lassen.

»Mei, das tut mir jetzt leid, aber den Anselm hab ich bestimmt schon eine Woche nicht mehr gesehen«, antwortet Karl.

Melsene hat Karls schmierige Art schon immer angewidert. Eigentlich wäre es für Anselm wirklich an der Zeit, sich einen anderen Umgang zu suchen. Im Hintergrund ist Partymusik zu hören, und plötzlich dringt ein Satz aus dem Stimmengewirr an ihr Ohr, von dem sie genau weiß, dass er nur von ihm, Anselm Bock, stammen kann.

»Jetzt leg schon auf, oder soll ich es den beiden hier allein besorgen?«

Dieses elende geile Schwein!

»Warte kurz, ich führe gerade ein wichtiges Telefonat!«, ruft Karl, und seine Stimme klingt gedämpft, weil er das Mikrofon des Handys mit der Hand abdeckt. »Wie schon gesagt, Melsene, tut mir echt leid, aber 's Böckle ist nicht hier«, versucht Karl, sie abzuwimmeln.

»Macht nichts«, sagt Melsene. »Solltest du ihn in nächster Zukunft sehen, sag ihm, dass in Rumänien alles in Ordnung ist. Ich habe die Gräfin gefunden und werde in den nächsten Tagen mit ihr zurückkommen. Euch noch viel Spaß heute!« Aber der Spaß wird ihnen noch vergehen, darauf können sie sich verlassen! Melsene weiß gar nicht, wohin mit ihrer Wut. Dieser Schuft! Kaum ist sie weg, rennt er zu seinem Kumpel Karl und lässt gemeinsam mit ihm die Sau raus. War das jetzt einer von den angeblich so wichtigen Terminen, wegen denen er nicht selbst nach Rumänien reisen konnte?

Ein gelbes Taxi hält mit einer Vollbremsung vor der Botschaft. Einer der Beamten tritt alarmiert ans Fenster. Auch Melsene beobachtet die Szene mit Unbehagen. Aber nichts Auffälliges passiert, außer dass Melsene den Taxifahrer von vorhin wiedererkennt. Ein älteres Paar steigt umständlich aus, woraufhin der Fahrer genauso hektisch, wie er gebremst hat, ohne Passagiere wieder losbraust. In letzter Sekunde springt Melsene auf die Straße und gibt ihm mit der Hand ein Zeichen, anzuhalten.

»To the airport«, sagt sie und wird im nächsten Augenblick in den Sitz gedrückt, als säße sie in einem Lockheed-Martin-F-35-Düsenjet, der gerade mit voller Schubkraft und Katapultunterstützung des Flugzeugträgers auf Startgeschwindigkeit beschleunigt wird.

»Ready for take-off«, murmelt Melsene, während der Pilot des gelben Taxis sich in eine lang gezogene Linkskurve mit Kurs

Bukarest International Airport legt. Schneller als er kann man im Stadtverkehr wahrscheinlich nicht fahren, trotzdem schafft es Melsene währenddessen, per Onlinebanking mit dem Handy von zwei Konten der Residenz einige größere Geldbeträge auf vier verschiedene Offshore-Konten, die sie bereits vor Wochen angelegt hat, zu überweisen. Der Wunsch nach einer gewissen Vorsorge für den Fall der Fälle hatte sie handeln lassen. Aber dass sie die Konten so schnell brauchen würde, hatte sie nicht geahnt. Als Verwendungszweck gibt sie »Risikovorsorge« und »Umstrukturierung Thalasso« an, in der Hoffnung, dass die Überweisungen so einige Tage lang keinen Verdacht bei Anselm wecken.

Am Terminal sieht sie gerade noch, wie die Gruppe der Puschelschwingerinnen abzieht. Mit den Trolleys, die farblich auf ihre Kostüme abgestimmt sind, ziehen die Mädchen quer über den Vorplatz zu einem Bus, der dort auf sie wartet.

Melsene betritt das erstbeste Reisebüro. »Ich brauche einen Last-minute-Flug in ein Land außerhalb der EU, in das ich ohne Visum einreisen kann. Am besten heute noch«, erklärt sie auf Englisch.

»Hm, lassen Sie mich nachsehen, was ich da noch hätte«, antwortet die falsche Blondine, die ihren Kaugummi, auf dem sie bis gerade eben noch intensiv herumgekaut hat, entweder verschluckt oder ihn sich innen gegen die Schneidezähne geklebt hat. »Viele Länder verlangen ein Visum«, deckt sie den Schwachpunkt von Melsenes Plan sofort auf. »Welche Staatsangehörigkeit haben Sie?«

»Deutsch.«

»Okay, ich hätte tatsächlich einen Flug nach Tel Aviv in eineinhalb Stunden.«

»Hört sich gut an. Was kostet er?«, fragt Melsene.

»Eintausenddreihundertdreißig Lei, das sind dreihundert Euro.«

Innerhalb von zehn Minuten ist Melsene im Besitz des Tickets. Da genügend Zeit ist, bestellt sie sich noch einen Kaffee in dem Café gegenüber.

Bald ist sie Bock und die Residenz mit ihren zweifelhaften Geschäftsmodellen los. Spätestens, wenn die Gräfin wieder vor

Ort ist, wird sie alles aufdecken. Und Catrina, diese Verräterin, hilft ihr auch noch dabei. Mit ihr gäbe es schon zwei Zeugen für ihre Verwicklung in die Sache. Nein, denkt Melsene, bevor ich ins Gefängnis gehe, suche ich mir irgendwo auf der Welt ein schönes Fleckchen und versuche, mein Leben zu genießen, solange es gut geht. Anselm hat zwar stets intelligent geplant, aber sobald sein Schwanz in Aktion war, hatte sein Hirn Sendepause. Die Gier ist schon immer sein Problem gewesen. Er wollte immer alles: Geld und Lust, sie und noch ein paar andere, gern Jüngere, wann immer sich ihm die Gelegenheiten boten.

Melsene hat sich zum Kaffee ein Stück Kuchen bestellt. Als der Kellner ihn an ihren Tisch bringt, sticht sie mit der Gabel ein erstes Stück ab. Dieser Schuft! Er hat sie nach Strich und Faden betrogen. Und wenn sie es gewagt hat, sich zu beschweren, sagte er immer, sie solle nicht so spießig sein, das mache nur Falten und hässlich. Die Freiheiten, die er sich in ihrer Beziehung genommen hat, hätte er ihr niemals zugebilligt. Niemals! Oh, wie sie ihn hasst! Wenn er ihr jetzt gegenübersäße, würde sie ihm die Augen auskratzen.

Der Kellner kommt an ihren Tisch und fragt auf Englisch, ob etwas mit dem Kuchen nicht in Ordnung sei. Jetzt erst bemerkt Melsene das Apfelkuchen-Massaker auf ihrem Teller. Von dem Kuchen sind ein Haufen Brösel und dazwischen ein paar matschige Apfelspalten übrig. »Alles okay, ich war nur in Gedanken ganz woanders.«

»So schlimm?«, fragt der Kellner.

»Was?«, fragt Melsene.

»Na, Ihr Mann oder Ihr Freund. Was für ein Idiot! Vergessen Sie ihn und nehmen Sie mich. Ich werde Sie nicht enttäuschen.« Er zwinkert albern.

»Im Moment habe ich die Nase voll von den Männern. Aber sollte sich das ändern, melde ich mich bei Ihnen.«

»This is the boarding call for passengers booked on flight 32A to Tel Aviv. Please proceed to gate three.«

Melsene schüttet ein Häufchen Münzen auf den Tisch. Lei wird sie jetzt keine mehr brauchen. Ciao, Bukarest! Hallo, neues Leben!

Prien, Residenz am See, Donnerstag, 28. Mai 2015

Helene will gerade ins Bad gehen, als es an der Tür klopft. »Ja?« Hat Helmut noch etwas vergessen? Sie haben sich gerade noch gesehen, aber Helene war müde und wollte früh zu Bett gehen.

Schwester Pia erscheint in der Tür. »Guten Abend, Frau von Hertan. Ich dachte, ich bringe Ihnen noch einen Beruhigungstee. Ich habe die Mischung speziell für die Bewohner der Residenz zusammengestellt.«

Helene beobachtet sie, wie sie sich hinunterbeugt, um das kleine Tablett mit der Teekanne, dem Sieb und der Tasse auf den Tisch zu stellen. Sie will aber keinen selbst gebrauten Tee von Schwester Pia. Verschwinden soll sie und sie gefälligst in Ruhe lassen. Einen Moment ist Helene wie gelähmt und bringt keinen Ton heraus. Dann kreischt sie: »Ich will keinen Tee von Ihnen!« Sie holt aus und schlägt Schwester Pia das Tablett aus der Hand. Sie kann die Kanne noch festhalten, aber ein Schwall heißen Tees schwappt über den Rand der Kanne. Die Porzellantasse zerspringt auf dem Parkett, das Sieb mit den nassen Teeblättern schlittert über den Boden.

»Und jetzt raus aus meinem Zimmer!«, schreit Helene völlig hysterisch.

Schwester Pia presst die Kiefer aufeinander und bemüht sich, freundlich zu bleiben. »So beruhigen Sie sich doch! Was ist denn auf einmal los mit Ihnen?« Sie stellt die Kanne ab, sammelt alles vom Boden auf und legt es auf das Tablett.

»Ich werde mich nicht wieder beruhigen«, zischt Helene. »Und das Kruzifix an der Wand haben Sie immer noch nicht entfernt. Vermutlich, weil Sie mich damit provozieren wollen. Das können Sie jetzt auf der Stelle mitnehmen.«

Pia wendet sich zur Tür. »Das müssen Sie schon selbst machen, von mir können Sie das nicht verlangen. Ich habe es Ihnen schon einmal gesagt und bleibe dabei: Ich versündige mich nicht wegen Ihnen.« Ungläubig beobachtet sie, wie die Rasende einen Stuhl an die Wand schiebt, umständlich hinaufsteigt und das Kreuz vom Haken nimmt. Pia bekreuzigt sich.

Helene ist jetzt wie besessen. Ihr Herz rast. Sie betrachtet das Kruzifix in ihrer Hand, als habe sie es noch nie zuvor gesehen, und schleudert es Schwester Pia vor die Füße.

Die schreit auf, als das Kreuz in zwei Teile zerbricht. Mit dem Querbalken des Kruzifixes ist auch ein Teil des Armes des Gekreuzigten abgebrochen.

Helene steht noch immer unbeweglich auf ihrem Stuhl. »Jetzt nehmen Sie es endlich mit!«, brüllt sie.

So viel Hass, denkt Pia entsetzt. Die Hertan muss verrückt sein. Oder besessen. Oder beides. Sie reißt sich zusammen und sammelt die Teile des Kreuzes ein, während Helene sich immer noch nicht rührt. In Pia kocht die Wut, aber sie hat sich immer noch in der Gewalt. Beherrscht wischt sie den Boden sauber. »Gute Nacht, Frau von Hertan«, sagt sie beim Hinausgehen. »Und wenn Sie wieder bei Sinnen sind, steigen Sie doch vom Stuhl herunter und denken Sie darüber nach, was Sie angerichtet haben.« Mit einem Rums fällt die Tür hinter ihr zu.

Der Knall bringt Helene wieder zur Besinnung. Für einen Moment hat sie das Gefühl, sich selbst auf dem Stuhl stehend aus einer gewissen Distanz zu sehen. Vorsichtig steigt sie von der Sitzfläche und setzt sich hin. Was war das jetzt? Wie konnte ich so die Fassung verlieren? Und wenn Schwester Pia wirklich nur Tee bringen wollte? Sie dreht den Kopf zur Wand, wo der helle Umriss des Kreuzes zu erkennen ist. Also ist mir doch etwas vom Kruzifix geblieben, denkt sie. Und recht geschieht mir. Wie konnte ich nur so ausrasten?

Und wenn Helmut sich in der Schwester täuscht? Wenn er sich alles nur einbildet? Wenn die Peinhardt doch an einem Herzversagen verstorben ist, ohne dass irgendwer nachgeholfen hat?

Helene fühlt sich plötzlich ganz schwach. Und alt. Vielleicht war ihr heute tatsächlich alles ein bisschen zu viel. Aber Tee hätte in so einem Fall auch nicht geholfen. Zumindest ihr nicht. Sie geht zur Schrankwand, öffnet ihr kleines Barfach, nimmt einen Cognacschwenker heraus und schenkt sich ihre Lieblingssorte ein. Einen Cognac Drouet Hors d'Age, golden schimmernd, fünfunddreißig Jahre alt, zweiundvierzig Prozent Volumen. Das ist ihr Beruhigungsmittel und das einzige alkoholische Getränk, das sie auch allein, ohne Gesellschaft, trinken mag.

In Erwartung des feinherben, eleganten Geschmacks, der sich in ihrem Mund entfalten wird, schließt sie die Augen. Ruhig, Helene, du darfst dich nicht so aufregen. Aufregung ist Gift für deine Nerven, deinen Schlaf und wahrscheinlich auch für deine Verdauung. Zudem wird sie dir den Ruf einer Hysterikerin einbringen. Einer alten Frau, die man nicht für voll nehmen kann. Du darfst dich von Helmut nicht weiter in die Sache hineinziehen lassen. Du hast die Peinhardt ja nicht einmal gekannt. Vielleicht leidet Helmut an Paranoia. Von nun an musst du besser aufpassen. Du darfst dich nicht mehr so reinsteigern.

Der zweite Schluck schmeckt fast noch besser als der erste. Der Gaumen weiß genau, welcher Genuss auf ihn zukommt, und verlangt bereits danach. Cognac ist mit Abstand die beste Medizin. Helene seufzt. Nur noch ein ganz kleiner.

Helmut wollte ausziehen, erinnert sie sich. Weglaufen, weil er sich fürchtet. Oder weil er sich etwas einredet. Und ist trotzdem geblieben. Vielleicht, weil er sich sonst vor mir geschämt hätte? Nach dem dritten und vierten Schluck Drouet verschwimmen ihr alle Gedanken. Hors d'Age, der Name des Cognacs beschreibt auch, wie sie sich fühlt. Über allen Dingen schwebend, die gerade noch so furchtbar wichtig waren, dass sie sich dazu hinreißen ließ, laut zu werden. Warum hat sie sich noch einmal so aufgeregt? Ach ja, wegen des Kreuzes! Mit dem letzten Rest Cognac im Glas prostet Helene der hellen Stelle zu. Die komplette Wand müsste neu gestrichen werden, um dieses Menetekel zu beseitigen.

Ich werde wohl damit leben müssen, denkt Helene. Hoffentlich verzeiht der Herr mir mein ungestümes Temperament in dieser aus dem Ruder gelaufenen Situation. Hors d'Age, kann ich da nur sagen. Jenseits von Gut und Böse.

Helene stellt ihr Glas in die Spüle und geht ins Bad, um sich die Zähne zu putzen. Sie ist jetzt viel ruhiger und sehr müde. Auf der Toilette sitzend muss sie sich Mühe geben, nicht sofort einzuschlafen.

Die hundert Bürstenstriche durch das gefärbte Haar schenkt sie sich heute. Helene kichert in sich hinein. Friedhofsblond, dieses Wort für weißhaarig hat sie vor Kurzem irgendwo gelesen. Ja, ja, macht euch alle nur lustig über uns, denkt sie. Es wird der Tag kommen, da seid ihr auch dran. Altwerden ist nichts für Feiglinge. Und die wenigsten von euch werden dann über diese Art von Witzen noch lachen können.

Sie schlüpft aus ihren Kleidern. Es ist nicht leicht, im Nachthemd die richtige Öffnung für den Kopf zu finden. Personal müsste man zum Aus- und Ankleiden haben. Aber leider bin ich weder der Sonnen- noch der Mondkönig von der Insel im Chiemsee, denkt Helene. Ich habe ja nicht einmal ein Ankleidezimmer.

Endlich geht sie zu Bett und löscht das Licht. Ein kleiner Schwindel erfasst sie, als sie die Augen schließt. Hei, wir fliegen, Helene! Lass die Augen zu und träum was Schönes von früher, als dein Haar noch echt schwarz und deine Figur noch atemberaubend war.

In einem süßen Wirbel aus Erinnerungen schläft Helene ein.

Schwester Pia kniet währenddessen im düsteren Raum der Stille im Dachgeschoss des alten Flügels der Residenz. Die Dämmerung hat sich wie ein schwarzes Tuch über den See gelegt. Zwei dicke weiße Kerzen brennen. Pia befindet sich in stiller Zwiesprache mit ihrem Gott. Die beiden Teile des zerbrochenen Kruzifixes liegen vor ihr auf dem Boden. So etwas darf man nicht tun! Diese Menschen kennen keine Grenzen und halten sich an keine Gebote mehr. Alt und eigensinnig, arrogant und niederträchtig. Wer so etwas tut, muss bestraft werden. Jemand muss die Ordnung wiederherstellen, sonst versinkt irgendwann alles im Chaos.

Noch nie, seit sie in der Residenz arbeitet, musste sie den Raum der Stille mit jemandem teilen. Und dabei leben hier alte Menschen, die Grund genug hätten, in sich zu gehen, um sich auf ihr Sterben und ihre Begegnung mit Gott vorzubereiten. Aber nein, die Herrschaften sind mit der Menüauswahl und dem unbefriedigenden Stuhlgang beschäftigt.

Pia steht auf, löscht die Kerzen und verlässt den Raum. In ihrem Zimmer klebt sie den Jesus am Kreuz mit Sekundenkleber wieder zusammen. Dann legt sie sich auf die Couch, deckt sich mit einer Wolldecke zu und stellt den Wecker auf zweiundzwanzig Uhr.

***

Achtundzwanzig, neunundzwanzig, dreißig, oder hat er sich verzählt, und das war schon die zweiunddreißigste Bahn? Immer dasselbe. Es gibt keine Methode, die gewährleistet, sich nicht zu verzählen. Früher hat er im eigenen Schwimmbad auch immer die Bahnen gezählt. Fünfzig waren das tägliche Ziel, ein Kilometer. Das Mitzählen störte ihn schon immer, das Verzählen noch mehr. Irgendwann fragte Margarete ihn, wie lange er für seine tausend Meter im Durchschnitt brauche. »Etwas unter einer halben Stunde«, antwortete er. »Dann reicht es doch, wenn du einmal auf die Uhr guckst und dann eine halbe Stunde schwimmst. Dann kannst du im Wasser deinen Gedanken nachhängen, Einkaufslisten schreiben, von Sex träumen oder davon, was du anschließend ohne schlechtes Gewissen essen darfst.« So pragmatisch war Margarete gewesen. Typisch. Seitdem hat er es eigentlich aufgegeben, die Bahnen zu zählen. Sein Programm richtet sich nach der Uhr, aber manchmal fängt er aus alter Gewohnheit doch wieder an mit dem Zählen. Von Sex träumt er kaum noch.

Draußen ist es bereits dunkel. Er ist der letzte Schwimmer heute. Das Becken hat er oft für sich allein. Einmal die Woche findet morgens Wassergymnastik statt, dann ist etwas mehr los. Pinkfarbene und grüne Schaumstoffnudeln liegen herum, wenn die kleine Truppe Seniorinnen in marineblauen Badeanzügen und bunten Badekappen gackernd antritt und nach einigem Gekreische und Gejohle, weil ihnen das badewannenwarme Wasser wieder einmal viel zu kalt ist, endlich ins Becken eintaucht. Die alten Herren sind in der eindeutigen Minderheit. Entweder sie sind sowieso unsportlich, oder sie halten Gymnastik, ob zu Wasser oder zu Lande, für etwas durch und durch Weibisches. Die wenigen, die sich trauen, mitzumachen, staksen auf dürren Storchenbeinen vorsichtig am Beckenrand entlang und sind im Wasser nicht ganz so laut wie die Damen. Und sie wählen stets die grünen Nudeln.

Die halbe Stunde ist um, die Putzfrau hat schon damit begonnen, den Boden zu wischen. Helmut steigt aus dem Wasser, trocknet sich ab, schlüpft in den Bademantel und die Badeschlappen. Sein Körper hat es immer gut mit ihm gemeint. Er gehört nicht zur Storchenbeinfraktion, sondern verfügt noch über einen Rest Muskelmasse. Um seinen Bauchansatz, der mehr eine Hautfalte ist als eine gefüllte Kugel, beneiden ihn Männer, die dreißig Jahre jünger sind als er. Gute Pflege, behauptet er, wenn man ihn darauf anspricht, weiß aber, dass er einfach nur Glück gehabt hat.

Vom Schwimmbad aus gelangt Helmut direkt zum Aufzug, ohne die Lobby betreten zu müssen. In seinem Apartment schlüpft er in einen bequemen Hausanzug, schmiert sich eine Scheibe Brot und öffnet ein Bier. Zum Entspannen. Die »Tagesschau« ist schon vorbei, vielleicht wird er später noch die »Tagesthemen« schauen. Da fällt ihm ein, dass er seinen Neffen noch anrufen wollte.

Stefan und Marlu sind noch beim späten Abendessen, als Helmut anklingelt, und Stefan ruft ihn etwas später zurück. Sein Onkel erzählt ihm, dass die Gräfin sich endlich bei ihm gemeldet habe. Sie sei auf dem Rückweg von Rumänien, und es gehe ihr gut. Anscheinend ist sie mit dem Auto unterwegs, nein, natürlich nicht selbst am Steuer. Sie habe irgendwelche Leute gefunden, die sie nach Hause brächten, und er habe ihrer Begleiterin Geld geschickt.

Stefan tutet in dasselbe Horn wie Helene und gibt zu bedenken, dass man mit Geldüberweisungen an Leute, die man nicht kennt, vorsichtig sein sollte.

Worauf Helmut antwortet, dass der Betrüger, der ihn um zweitausend Euro erleichtern wolle, erst noch geboren werden müsse. Und ja, er habe von den Banden gehört, die sich auf das Betrügen von Senioren spezialisiert haben, gehöre aber nicht zu ihren Opfern. Er habe noch nicht das Alter erreicht, in dem einem das Hirn langsam, aber sicher davonflöge. »Die Gräfin sagt, sie weiß jetzt, wie Bocks rumänisches Geschäftsmodell aussieht, und dass sie mir davon berichten wird, wenn sie zurück in Deutschland ist.«

»Kommt sie zurück in die Residenz?«, fragt Stefan.

»Sie hat angedeutet, dass sie am Chiemsee maximal am Rasthof zum Pinkeln halten werden. Sie hat derzeit kein Heimweh nach der Residenz.«

Stefan informiert ihn, dass er mit einem Kollegen der Kripo Rosenheim gesprochen und der ihm gesagt habe, dass Bock und die Residenz schon einmal unter die Lupe genommen wurden, sie aber nichts in der Hand hätten, um zu ermitteln.

»Derzeit sind wir Alten hier sowieso führungslos«, sagt Helmut. »Seit unsere Geschäftsführerin verreist ist, ist auch Bock im Haus von niemandem mehr gesehen worden.«

»Meinst du, er ahnt, dass die Polizei ihm auf der Spur ist, und ist deshalb untergetaucht?«

»Das glaube ich nicht. Eher nutzt er es aus, dass er sturmfreie Bude hat.«

»Was meinst du damit?«

»Er macht vielleicht Jagd auf wilde Tiere und anderes, menschliches Frischfleisch.«

»Aha«, sagt Stefan. »Und was macht eure Lieblingsschwester derweil? Irgendetwas Neues?«

»Hast du meine Nachricht und das Foto erhalten? Konntest du herausfinden, um was für Tabletten es sich handelt?«

»Wir sind uns noch nicht ganz sicher, aber sehr wahrscheinlich ist das ein einfaches Schmerzmittel gegen Migräne, also Entwarnung.«

»Aber sicher bist du dir nicht.«

»Nein, denn ich kann zwar ein paar Leute befragen, aber nicht das volle Programm abspulen, das habe ich dir doch schon erklärt.«

»Schon verstanden, und ich danke dir. Ich weiß zu schätzen, was du für mich tust.« Helmut richtet noch Grüße an Marlu aus und wünscht ihnen eine gute Nacht. Als er den Hörer zurück in die Ladeschale legt, bemerkt er, dass sein Anrufbeantworter blinkt. Helene wollte ihn sprechen, während er im Schwimmbad war, er solle sich bei ihr melden. Er ruft gleich zurück, doch sie hebt nicht ab. Vielleicht schläft sie schon, denkt er. Aber dann spürt er eine seltsame Unruhe. Vielleicht eine übertriebene Sorge um sie, aber er spürt sie so deutlich, dass er gleich noch einmal ihre Nummer wählt. Es wäre ihm jetzt auch egal, wenn er sie damit aufwecken würde. Als wieder niemand abnimmt, spricht er ihr auf den Anrufbeantworter, er werde gleich bei ihr vorbeisehen. Er brauche nur fünf Minuten.

***

Helene träumt, sie nimmt an einer Prozession teil. Ihr Vater und ihr Bruder, beide schon lang verstorben, sind in der Menschenmenge. Sie gehen einige Schritte vor ihr, Helene kann sie nur von hinten sehen, aber sie weiß, dass sie es sind. An der Spitze der Prozession wird ein kleiner Altar getragen. Auf ihm befindet sich etwas golden Glänzendes, eine Kiste oder ein Schrein. Die Prozession bewegt sich auf eine Kirche zu, die Helene zusammen mit den anderen betritt. Sie finden sich im Mittelgang des hohen Kirchenschiffs wieder, zu dessen beiden Seiten Reihen von Wächtern in blauen Uniformen stehen. Die Wächter beobachten sie. Sie wirken nicht misstrauisch, nur wachsam. Die meisten von ihnen sind barfuß.

Helene schert aus der Reihe aus und geht wieder in Richtung des Ausgangs. Als sie sich umdreht, sieht sie sich selbst: eine alte Frau mit grauem, ungefärbtem Haar. Sie trägt ein langes schwarzes Kleid mit einem Volant, der vom Kragen über die Taille bis zum Saum verläuft. Es schimmert seidig und sieht sehr teuer aus. Mit den Blicken der Wächter im Rücken tritt sie durch die hohe Tür ins Freie in ein weißes Licht. Helene versucht, irgendetwas zu erkennen. Doch plötzlich wird es dunkel um sie, und sie bekommt kaum mehr Luft. Etwas legt sich auf sie und drückt ihr Mund und Nase zu. Helene ringt nach Luft, schlägt mit den Armen um sich. Sie hat Angst, zu ersticken, reißt die Augen auf, aber es bleibt dunkel. Sie ist nicht kräftig genug, um sich zu befreien. Das ist kein Traum, dessen ist sie sich plötzlich sicher.

Ein Ton setzt ein, wird zu einer Melodie. Sie kann sie nicht zuordnen, vielleicht gibt es sie nur in ihrem Kopf. Helene ist einer Ohnmacht nah. Da hört sie eine Stimme, die sie zu kennen glaubt. Ein Mann ruft ihren Namen, und plötzlich sind Mund und Nase wieder frei. Gierig saugt Helenes Lunge Luft ein.

Als sie die Augen öffnet, ist es noch immer dunkel, und sie ist allein in ihrem Zimmer. Immer noch ringt sie um Luft. Ihre Brust hebt und senkt sich wie ein Blasebalg. Nach ein paar Minuten, die ihr vorkommen wie eine Ewigkeit, öffnet sich die Tür zu ihrem Apartment, und Helene schreit vor Angst auf.

»Helene!«, ruft die Stimme, die sie schon zuvor gehört hat. »Helene, ist alles in Ordnung?«

Das Licht geht an. Helmut steht im Zimmer. Er trägt einen Hausanzug mit einer lächerlichen, an den Knien ausgebeulten Hose und Hausschuhe.

Helene ist so erleichtert über seinen Anblick, dass sie zu schluchzen beginnt.

»Helene, um Himmels willen, was ist denn passiert?«, fragt er, aber sie kann es ihm nicht sagen.

Sie kann nur schluchzen.

Helmut setzt sich zu ihr ans Bett und legt seinen Arm um sie. Sie bittet ihn um ein Taschentuch. Helmut findet eines auf dem Nachttisch.

»Wie spät ist es?«, fragt Helene.

»Kurz nach zehn«, antwortet Helmut.

»Und wie kommst du mitten in der Nacht in mein Zimmer?«, fragt sie.

»Die Tür stand einen Spalt offen.«

»Warum tauchst du denn gerade jetzt auf?«

»Ich habe erst so spät gesehen, dass du angerufen hast. Als ich dich zurückrief, hast du wahrscheinlich schon geschlafen, denn es ging nur dein Anrufbeantworter dran.«

»Und dann?«, fragt Helene.

»Ich habe dir eine Nachricht hinterlassen, dir gesagt, dass es mir egal ist, ob du schon schläfst, und dass ich in fünf Minuten bei dir sein werde.«

»Dann war es also deine Stimme, die ich gehört habe«, sagt Helene, »und ich habe sie nicht geträumt. Und weiter?«

»Ich bin in meine Hausschuhe geschlüpft und zu dir gelaufen.«

»Ist dir auf dem Gang jemand begegnet?«

»Nein, aber das Flurlicht hat gebrannt«, sagt Helmut.

»Und?«

»Nichts. Ich habe an deiner Tür geklopft und gemerkt, dass sie offen steht. Als ich eintrat, war es dunkel, aber ich konnte sehen, dass du mit offenen Augen in deinem Bett lagst und mich anstarrtest wie einen Geist. So als wärest du gerade aus einem schlechten Traum erwacht.«

»Bring mir doch bitte ein Glas Wasser.« Helene stellt das Kopfteil ihres Bettes hoch, fährt sich mit der Hand durchs Haar und streicht ihr Nachthemd glatt. Wahrscheinlich sehe ich selbst aus wie ein Geist, denkt sie.

Mit dem Glas Wasser bringt Helmut ihr auch ihren Morgenmantel aus dem Badezimmer. Falls ihr kalt ist oder sie aufstehen möchte. Er schiebt sich einen Stuhl an ihr Bett und lässt sich ihren seltsamen Traum erzählen. Immer wieder schüttelt er ungläubig den Kopf.

»Du glaubst, jemand hätte dir etwas aufs Gesicht gedrückt, um dich zu ersticken?«

Helene nickt und könnte schon wieder anfangen zu heulen.

Helmut sieht sich im Zimmer um. »Wie viele Kissen liegen normalerweise auf dem Sofa?«, fragt er.

»Drei«, sagt Helene, ohne zu zögern.

»Sicher?«

Helene nickt. Sie sehen beide, dass eines fehlt.

»Sie hat es mitgenommen«, stottert Helene.

»Sie?«

Helene erzählt Helmut, was ihr am Abend mit Schwester Pia passiert ist. Von der zerbrochenen Tasse, dem verschütteten Tee und dem zerbrochenen Kruzifix.

»Hab ich dir nicht gesagt, du sollst vorsichtiger sein? Nennst du das vorsichtig?«

»Nein«, sagt Helene. »Ich war panisch und wie hysterisch. Ich schäme mich für mein Verhalten, aber habe ich dafür gleich den Tod verdient? Das ist doch übertrieben, findest du nicht?«

Helmut ist noch dabei, das Gehörte zu verarbeiten. »Na immerhin kannst du ja fast schon wieder lächeln. Und wie geht's jetzt weiter? Bleiben wir bei dir, oder gehen wir zu mir?«

»Wie bitte?«

»Entweder kommst du jetzt zu mir, oder ich richte mich auf

deinem Sofa ein. Aber allein lasse ich dich diese Nacht nicht mehr. Sitte und Anstand hin oder her.«

»Wenn ich wählen kann, dann möchte ich gern in meinem eigenen Bett bleiben.«

»Gut«, sagt Helmut. »Allerdings könnte ich jetzt noch eine flüssige Stärkung vertragen. Hast du etwas da?«

Helene zeigt auf die Hausbar. »Ich kann dir den Cognac empfehlen.«

»Möchtest du auch einen?«

»Nein danke. Aber vielleicht kannst du mir etwas Milch warm machen? Mit einem Löffel Honig bitte.«

»Natürlich. Du hast es aber gemütlich hier!«, sagt Helmut mit Blick auf den offenen Kamin in Helenes Wohnzimmer.

»Ich friere leicht. Das liegt wahrscheinlich daran, dass ich so ein dürres Klappergestell bin. Und ein Winterabend ohne prasselndes Kaminfeuer? Das geht doch wirklich nicht.«

Während Helmut die Milch aus dem Kühlschrank holt, schlüpft Helene in ihren Morgenmantel und geht ins Bad, um sich ein wenig frisch zu machen. Da hat man nach so vielen Jahren mal wieder einen Kerl im Schlafzimmer, denkt sie, als sie in den Spiegel schaut, und dann sieht man aus wie ein hundertjähriges Schlossgespenst.

Prien, Residenz am See, Freitag, 29. Mai 2015

Ein Summen weckt Helmut am nächsten Morgen. Es dauert ein paar Sekunden, bis er weiß, wo er sich befindet. Er liegt unter zwei Decken auf einer Couch. In dem Bett nebenan, das nicht sein eigenes ist, schnarcht jemand leise: Helene. Der Erstickungsversuch mit dem Kissen! Auf dem Couchtisch ein leerer Cognacschwenker, daneben sein summendes Handy. Er geht ran.

»Ich hab gedacht, ich lass es etwas länger klingeln«, sagt eine bekannte Stimme.

»Vera! Wo bist du? Wie geht es dir?«

»Mittlerweile wieder ganz gut. Aber beinahe wären wir in den Fängen der Grenz- oder Bundespolizei gelandet.«

»Aber ihr wart doch schon in Budapest, als du dich das letzte Mal gemeldet hast. Hat es in Österreich irgendwelche Probleme gegeben?«

»In Österreich nicht, aber an der deutschen Grenze.«

»Ich dachte, du hast dir einen Ersatzpass besorgt. Hat mit dem etwas nicht gestimmt?«

»Damit war alles in Ordnung«, behauptet die Gräfin. »Aber hast du gewusst, dass an der Grenze zwischen Salzburg und Bad Reichenhall eine Horde von Zivilfahndern und regulären Grenzpolizisten unterwegs ist? Und jetzt rate mal, welche Autos sie besonders gern filzen.«

»Besonders teure?«

»Quatsch. Solche mit rumänischen und bulgarischen Kennzeichen. Wir wurden ziemlich lange festgehalten, während die Beamten den Wagen inspiziert haben. Wir hätten ja irgendwo einen Flüchtling oder schwere Waffen versteckt haben können.«

»Und wo bist du jetzt?«, fragt Helmut.

»In München bei meiner geschätzten Familie. In ihrem Haus wollten sie mich nicht haben, haben mir aber eine kleine Wohnung angeboten, die einem meiner Enkel gehört.«

»Du musst dir eine Wohnung mit ihm teilen?«

»Nein, er studiert derzeit in Harvard oder Princeton. Keine

Ahnung, ich verwechsle die beiden immer. Die Wohnung stand also leer.«

»Hauptsache, du bist gesund«, seufzt Helmut.

»Das bin ich und möchte jetzt eine Aussage machen. Du hast doch erwähnt, dass dein Neffe bei der Polizei ist.«

»Stefan ist ein toller Polizist, aber ich weiß nicht, ob er für diese Sache zuständig ist. Er ist bei der Kripo in Ingolstadt.«

»Das ist mir egal«, sagt die Gräfin. »Er wird es schon so einrichten können, dass meine Aussage an die richtige Adresse weitergegeben wird.«

»Okay, ich rufe ihn an. Er wird bestimmt bei dir vorbeikommen. Wo genau wohnst du?«

»In der Montgelasstraße 7 in Bogenhausen. Am Tucherpark. Kennst du dich in München aus?«

»Stefan muss sich auskennen, nicht ich.«

»Und wann kommst du mich besuchen?«

»Bald. In der Residenz geschehen gerade die seltsamsten Dinge, da kann ich nicht weg. Oder du kommst zu uns an den Chiemsee.«

»Zu uns?«, fragt die Gräfin nach.

»Na, zu uns allen, deinen Mitbewohnern eben. Wir waren schließlich ein Team, schon vergessen?«

»Eher wohl eine Zweckgemeinschaft. Aber manchmal hatten wir es auch lustig miteinander. Ich mache jetzt mal einen Schritt nach dem anderen. Wir sind ja auch keine sechzig mehr. Also, bis dann!«

Als Helmut gleich darauf Stefans Nummer in Ingolstadt wählt, huscht Helene im Morgenmantel an ihm vorbei.

»Wen rufst du an?«, fragt sie.

»Meinen Neffen. Die Gräfin ist in München und will ihre Aussage machen. Dann geht es Bock und seiner Melsene Ritter an den Kragen.« Helmut klatscht vor Freude in die Hände.

»Aber sag ihm bloß nichts von der Sache gestern.« Helene sieht ganz zerknirscht aus.

»Aber warum denn nicht?«

»Irgendwie kommt mir das alles ganz unwirklich vor. So als hätte ich es doch nur geträumt.«

»Bist du verrückt? Der Boden war noch nass, als ich abends zu dir kam, und das Kruzifix fehlt immer noch, wie jeder deutlich sehen kann. Und eines von den Kissen. Das hast du jedenfalls nicht geträumt.« Helmut ist entrüstet.

»Aber das, was danach kam, könnte vielleicht nur ein Alptraum gewesen sein.«

»Du hast gehustet und nach Luft gerungen, als ich in dein Zimmer kam. Das sah mir nicht nach einem Traum aus.«

»Aber ich bin mir jetzt nicht mehr sicher, und ich möchte nicht, dass Schwester Pia zu Unrecht beschuldigt wird. Ich muss mir erst darüber klar werden, was wirklich passiert ist. Weder du noch ich haben jemanden gesehen. Du hast zwar gesagt, dass das Licht auf dem Gang an war, aber das war auch schon alles.«

»Du weißt genauso gut wie ich, dass es Schwester Pia war. Genau wie bei der Peinhardt!«, ereifert sich Helmut. »Was wäre gewesen, wenn ich nicht auf deinen Anrufbeantworter gesprochen hätte, dass ich noch zu dir komme? Und was ist, wenn sie es wieder versucht?«

»Jetzt bist du ja hier und beschützt mich«, sagt Helene leise. »Lass mir noch ein wenig Zeit. Bitte!«

Helmut sieht die Tränen in ihren Augen und schüttelt den Kopf. »Euch Frauen soll mal einer verstehen. Da wirst du fast erstickt und bittest dir Bedenkzeit aus. Das ist doch Quatsch. Und gefährlich.«

»Bitte!«, fleht Helene ihn an.

Helmut schüttelt wieder den Kopf und greift zum Telefon.

Er muss es lange klingeln lassen. Als Stefan verschlafen abhebt, erklärt ihm Helmut, dass er nach München fahren und die Aussage der Gräfin aufnehmen muss. »Sie will nicht deine Kollegen in München anrufen, sondern meinen Neffen bei der Polizei sprechen. Dass du nicht zuständig bist, ist ihr egal, sagt sie.«

Stefan fragt sich, ob der Eigensinn bei allen alten Menschen in solchem Maß überhandnimmt wie bei denen, die er durch seinen Onkel kennenlernen darf. Er notiert die Anschrift der Gräfin und verspricht, am morgigen Samstag, nachdem er seinen Gast mittags am Bahnhof abgeliefert hat, nach München zu fahren.

Über die Vorfälle der vergangenen Nacht schweigt Helmut, wie Helene es von ihm verlangt hat.

Die scheppert inzwischen in der Küche herum, als wollte sie ein Fünf-Gänge-Menü zaubern, dabei bereitet sie lediglich zwei Tassen löslichen Kaffee zu und legt trockenes Teegebäck, das sie noch in irgendeiner Dose gefunden hat, auf ein Tellerchen. Als sie mit dem beladenen Tablett zu Helmut ans Sofa kommt, bemerkt er, dass sie sich geschminkt und frisiert hat.

»Wie fühlst du dich?«, fragt er.

»Wie neu geboren«, sagt sie und beißt in einen Orangenkeks.

Ingolstadt, Freitag, 29. Mai 2015

Don Camillo kommt aus Köln, heißt in Wirklichkeit Bosbach und hat zwei Leitz-Ordner im Gepäck.

Stefan hat sich den Kollegen völlig anders vorgestellt, doch als er ihn am Bahnhof abholen will, der ICE aus Köln schon weitergefahren ist und die anderen Reisenden den Bahnsteig verlassen haben, steht da nur noch ein Mann mit langem, knochigem Gesicht, nach hinten gekämmten Haaren, hager, mit hängenden Schultern, schwarzer Brille und einem bestenfalls als *vintage* zu beschreibenden Koffer. Auf den ersten Blick nicht die personifizierte rheinische Frohnatur.

Auf der Fahrt in die Innenstadt sagt Bosbach: »Ich mag ja Bayern, aber meiner Frau gefällt es in Holland besser.«

Am Abend sitzen sie im »Daniel«, Ingolstadts ältestem Gasthof. Wenn ein Nichtbayer zu Besuch ist, dann muss es einfach dieses Gasthaus sein. Es gibt Schweinebraten und Ente mit Blaukraut und Knödeln, sehr beliebt sind im »Daniel« auch die hausgemachten Bratkartoffeln. Bosbach wählt Schweinebraten ohne Fleisch. Er habe es mit dem Magen, sagt er, abends könne er nur noch leichte Sachen essen. Woraufhin Marlu sofort auf den frischen Spargel mit Salzkartoffeln umschwenkt. Ein Herrnbräu-Helles verträgt Bosbachs Magen dann aber doch, und nach den Knödeln mit Soße sogar noch ein zweites. Dann packt er seinen *cold case* aus, gesammelt in zwei Ordnern. In ihnen hat er alles zu dem Fall zusammengetragen, was ihm damals in die Finger kam. Zeitungsartikel, Fotos, Schmierzettel mit eigenen Notizen.

»Thorsten Tschiersky war kein braver Junge«, sagt Bosbach. »Vor dem Unfall hat er sich ein paar Dinger geleistet. Mal eine Schlägerei auf einer Kirmes, mal Randale in einer Gaststätte. Hatte er getrunken, dann hatte er sich nur schwer im Griff. Einmal wurde er sogar wegen sexueller Nötigung angezeigt, aber das Mädchen hat die Anzeige später zurückgezogen. Er war ein Junge ohne Halt, auf dem besten Weg, ein Krimineller zu werden.«

»Spielt das für den Unfall eine Rolle?«, fragt Marlu. »Meinen Sie, in der Nacht, in der er geschah, war noch jemand dabei, von dem wir nichts wissen?«

»Das glaube ich nicht«, sagt Bosbach. »Die Schwester hätte das zu Protokoll gegeben. Und ein Zeuge hätte sich doch nach den Meldungen in der Zeitung bei uns gemeldet.«

»Wollen Sie auf etwas Bestimmtes hinaus?«, fragt Stefan.

»Manfred«, sagt Bosbach. »Wir sind doch Kollegen. Also, ich weiß nicht, aber damals habe ich schon den Eindruck gewonnen, dass die Schwester nicht ganz so unschuldig war, wie sie getan hat. Als wir am Unfallort eintrafen, hat sie weder geheult noch geschrien. Sie hat sich kein bisschen um ihren Bruder gekümmert, der blutend und mit verrenkten Gliedern am Boden lag. Sie war wie eine Salzsäule.«

»Das wird der Schock gewesen sein«, sagt Marlu.

»Hast du noch eine andere Theorie, Manfred?«, fragt Stefan.

»Was heißt schon Theorie? Ich habe meine ganz private Meinung, die ich aber nicht beweisen konnte. Der Kerl könnte etwas mit seiner Schwester gehabt haben, sie sexuell belästigt haben, meine ich.«

»Gab es dafür irgendwelche Anhaltspunkte?«, fragt Marlu.

»Ich habe mich mit ein paar Freunden von ihm unterhalten, die auch auf der besagten Party an diesem Abend waren. Die haben etwas in der Art angedeutet. Dass Thorsten Pia oft mitgeschleppt hat und sie manchmal den Eindruck gehabt hätten, sie wären nicht Bruder und Schwester, sondern ein Paar. Sicher wussten sie es natürlich nicht. Einer hat ihn mal darauf angesprochen, aber Thorsten hat nur gelacht.«

»Und wie wäre dann der Bezug zu dem Unfall herzustellen?« Stefan versucht, diese Information mit der Person von Schwester Pia und mit dem Unfallhergang zusammenzubringen.

»Wenn er sie tatsächlich sexuell belästigt hat, dann hat sie vielleicht auf eine Gelegenheit gewartet, es ihm heimzuzahlen, ihn loszuwerden. Vielleicht hat sie sich genau dieses eine Mal gewehrt und ihn weggestoßen.«

»Aber hätte sie die Kraft dazu gehabt? Sie war doch erst vierzehn und ist ja nun wirklich nicht besonders kräftig«, sagt Marlu.

»Stell dir vor, er war angetrunken und hat durch den Stoß das Gleichgewicht verloren. Das ist auch dann nicht undenkbar, wenn sie ihm körperlich unterlegen war«, antwortet Stefan.

»Aber sie ist doch so furchtbar religiös.« Marlu denkt an das Bild, das Pia im Andachtsraum der Residenz auf dem Boden kniend abgegeben hat.

Manfred Bosbach nimmt den letzten Schluck seiner zweiten Halben. »Sie wäre nicht die Erste, die nach einem Verbrechen oder einer schrecklichen Tat religiös wird«, sagt er.

»Aus Reue?«, fragt Marlu.

»Oder um das Geschehene direkt mit ihrem Gott auszumachen, wodurch die weltlichen Instanzen wie Polizei und Gericht für sie nicht mehr gelten.«

»Diese Theorie wirst du aber nie beweisen können, wenn nicht einer der Beteiligten auspackt. Thorsten, das Opfer, kann sich nicht verständlich machen, bleibt also nur die mögliche Täterin. Denn Zeugen gab es wohl keine.«

Manfred Bosbach schüttelt den Kopf. »Ich habe auch Jahre nach dem Fall noch oft an die beiden gedacht. Aber dass ich ihnen irgendwann ein zweites Mal polizeilich begegnen würde, hätte ich mir nicht träumen lassen.«

Sie gehen zu Fuß nach Hause und zeigen dem pensionierten Kollegen dabei die Ingolstädter Altstadt: Hohe Schule, Münster, Alte Anatomie.

»Und ich dachte, in Ingolstadt gäbe es nur Audi«, sagt Bosbach, als sie ihr Häuschen erreichen.

Sie sitzen noch bis nach Mitternacht mit Bosbach über seinen Kladden.

»Das waren gar keine Sterbebilder!« ruft Marlu plötzlich. »Die Bildchen im Gebetbuch von Pia, erinnerst du dich?«

Stefan nickt. »Wieso nicht?«

»Zumindest auf einem der Bilder war kein Toter.«

Stefan versteht nicht sofort.

»Sondern ihr Bruder! Es war ein Foto von ihm vor dem Unfall.« Sie zeigt auf ein Porträtfoto von Thorsten in einem Zeitungsartikel. »Das ist der junge Mann auf dem Foto in Schwester Pias Gebetbuch. Ich erinnere mich genau, weil es mich so gewundert hat, ihn auf einem Sterbebild zu sehen.«

»Bist du dir sicher?«, fragt Stefan.

»Sie hat die Bilder ja sofort wieder aufgesammelt. Aber ich denke schon, dass er es war.«

»Und warum trägt sie sein Bild im Gebetbuch spazieren, wenn er weder ihr Geliebter noch verstorben ist?«, fragt Stefan.

»Vielleicht sammelt sie nicht die Bilder von Geliebten«, mutmaßt Bosbach, »sondern von ihren Opfern.«

Ingolstadt, Samstag, 30. Mai 2015

Nach dem Frühstück am nächsten Morgen macht sich Stefan wie versprochen mit Manfred Bosbach auf den Weg zum Audi Forum.

»Was fährst du für einen Audi?«, fragt Stefan ihn, als sie über die B 13 und auf die Ettinger Straße stadtauswärts fahren.

»Einen Audi 80«, antwortet Bosbach.

»Sag bloß, einen B1?«

»Ganz genau, Baujahr ’78.«

»Schönes Auto.«

»Kann man wohl sagen.«

»Ein echter Oldtimer. Hoffentlich fährt er noch lange. Ein moderner Audi käme für dich nicht in Frage?«

»Er wäre mir schlicht und einfach zu teuer, ich bin ja jetzt Pensionär. Ich brauche keine Premiummarke mehr, und diese neuen Modelle wie der Q7 sind in der heutigen Zeit doch ungefähr so nötig wie ein Kühlschrank am Nordpol. Meine Meinung.«

Gemeinsam verbringen sie zwei Stunden im Forum. Zum Abschluss kauft Bosbach sich noch ein Modell des NSU Ro 80 in Orange als Souvenir.

Stefan fährt den Kollegen zum Hauptbahnhof. »Haltet ihr mich auf dem Laufenden?«, fragt Bosbach zum Abschied, und Stefan verspricht es ihm. Dann steigt Don Camillo in den ICE aus München und fährt nach Hause, zu seinen Bienen.

München, Samstag, 30. Mai 2015

Der Polizeiwagen mit der Rosenheimer Nummer steht schräg auf dem schmalen Grünstreifen zwischen Fahrbahn und Gehsteig, der von allen Arten von Rädern okkupiert wird: Citybikes, Kinderrädern, Dreirädern, Mountainbikes. Halb Bogenhausen scheint Fahrrad zu fahren, die andere Hälfte sitzt in dem Café an der Ecke Mauerkircher/Montgelasstraße. Bei dem schönen Wetter ist auf der Terrasse nicht ein einziger Platz frei.

Franz Wiegand ist ein mittelgroßer, eher zart wirkender Mann mit einem rotblonden Vollbart, der ihm bis auf die Brust reicht. Schlank, knackig-enge Jeans, weißes, langärmliges Hemd, schmal und tailliert, dazu ein graues Sakko. Unter der rechten Ärmelkante spitzt ein farbiges Tattoo hervor. Der Beamte ist etwa fünfzehn Jahre jünger als Stefan Meißner, und er drückt seine Kippe brav in einem tragbaren Aschenbecher aus.

Die Wohnung, in der die Gräfin untergekommen ist, befindet sich in einem repräsentativen Altbau mit schwerer dunkler Haustür, Mosaikboden im Foyer und einem großzügigen Treppenhaus. Einen Lift gibt es nicht, was für die alte Dame nicht sehr günstig ist, denn die Wohnung befindet sich im zweiten Stock. Auf dem Türschild steht »v. Zeppelin«.

Auf ihr Klingeln öffnet ihnen eine dunkelblonde junge Frau. »Sind das die Herren von der Polizei?«, ruft eine Stimme aus dem Hintergrund.

Die Frau führt die beiden Beamten ins Wohnzimmer. Die Gräfin erwartet sie an einem kleinen Teetisch sitzend. Ein schwarz glänzender Steinway-Flügel füllt den Raum und drängt alle anderen Möbel genauso wie alle Anwesenden an den Rand.

»Das Ungetüm darf von Unbefugten nicht berührt werden«, sagt Vera von Zeppelin. »In der Beziehung ist die Familie eigen. Ich gehöre übrigens auch zu den Unbefugten, weil ich mit vierzehn vor meiner Klavierlehrerin weggelaufen und nie mehr zurückgekommen bin. Nehmen Sie doch Platz, meine Herren. Möchten Sie eine Tasse Tee? Kaffee?«

»Kaffee wäre prima«, sagt Stefan Meißner.

»Frau von Zeppelin, nehme ich an?«, fragt Franz Wiegand.

»Richtig, junger Mann. Sind lange Bärte jetzt wieder modern?«

»Keine Ahnung, aber in Rosenheim habe ich letzte Woche schon zwei gesehen, die auch so einen haben«, sagt Wiegand.

»Und Sie sind Helmuts Neffe?« Die Gräfin mustert Stefan.

»Stefan Meißner«, stellt Stefan sich vor. »Es freut mich, Sie kennenzulernen und dass es Ihnen gut geht. Mein Onkel war ja schon in großer Sorge.«

»Schade, dass er sein ganzes Geld in diese romantische Stiftung gesteckt hat, nicht wahr? Hätten Sie ihn sonst schon früher in der Residenz in Prien besucht?«

»Ich habe ihn jetzt besucht, weil mein Vater meine Lebensgefährtin erpresst hat. Sie hat dem Druck nicht standgehalten. Das Geld meines Onkels hat mich noch nie beeindrucken können.«

»Schau an, schau an. Ich mag Ihren Onkel sehr. Er ist ein Mann mit Mumm in den Knochen. Und er hat mir, ohne groß nachzufragen, Geld geliehen.«

»Ihnen?«, fragt Franz Wiegand.

»Ich habe es für meine Rückreise aus Rumänien gebraucht. Ihr Onkel Helmut hat ein großes Herz, Herr Meißner. Widersprechen Sie jetzt nicht, sondern lernen Sie ihn kennen. Geben Sie ihm eine Chance.«

»Mein Bild von meinem Onkel hat sich in den letzten Tagen tatsächlich ein wenig verändert. Aber jetzt zur Sache, Frau von Zeppelin, Sie wollten eine Aussage machen«, erinnert Stefan sie an den Grund für ihre Anwesenheit.

»Richtig. Ich wollte Ihnen erzählen, was in Rumänien wirklich läuft beziehungsweise was in diesem Land, in das wir auf Urlaub geschickt werden, ganz und gar nicht läuft.«

»Dann schießen Sie mal los«, fordert Wiegand sie auf.

»Problem Nummer eins: Es gibt keinen Urlaub, wenn man unter Urlaub etwas mehr als Freizeit versteht. Denn Freizeit haben wir alten Leute ja so viel, dass wir schon nicht mehr wissen, wohin damit. Nummer zwei: Die Thalasso-Therapie ist erstunken und erlogen. Weder ich noch meine Miturlauber haben das Meer auch nur einmal gesehen.«

»Aber wenn Sie nicht am Schwarzen Meer waren, wo dann?«, fragt Stefan.

»Das kann Ihnen Catrina später genau erklären. Mir hat man ja nicht einmal gesagt, wie der Ort heißt, in dem sie uns in ein Heim gesteckt haben. Wir sind von München nach Bukarest geflogen, dann ging es mit einem Kleinbus weiter. Man hat uns Tabletten gegeben, die angeblich gegen Reiseübelkeit helfen sollten. Aber ihre einzige Wirkung war, dass wir von der weiteren Fahrt nichts mehr mitbekommen haben, weil wir sofort in einen Halbschlaf hinübergedämmert sind.«

»Reisen macht aber auch müde«, sagt Franz Wiegand.

»Junger Mann, das waren Beruhigungs- oder Schlaftabletten. Deshalb habe ich auch nicht mitbekommen, wo genau wir schließlich gelandet sind und wie das Haus aussah. Aber es war auf keinen Fall das Vier-Sterne-Hotel, das man uns angekündigt hatte.«

»Sie sind also irgendwann wieder zu sich gekommen?«, fragt Wiegand.

»Ich hatte wenige lichte Momente. Und das, was ich dann gesehen habe, wirkte eher wie ein Krankenhaus oder Altersheim. Fragen Sie Catrina. Sie hat dort gearbeitet und kann Ihnen mehr darüber erzählen.«

»Wie lange waren Sie dort?«, fragt Stefan.

»Ausgemacht waren zwei Wochen, aber daraus wurden aufgrund meiner Flucht ein paar Tage mehr.«

»Mein Onkel sagt, er habe bei Ihrer Ankunft in Rumänien noch mit Ihnen telefoniert, dann sei der Kontakt abgebrochen.«

»Ich musste so viele Tabletten nehmen, dass ich mich an nichts mehr erinnere.«

Catrina serviert Espresso und selbst gemachtes Gebäck.

»Geht's uns aber gut«, schwärmt Stefan.

»Danke, Catrina«, sagt die Gräfin. »Ich weiß nicht, woher ich die Kraft zur Flucht genommen habe. An einen Plan kann ich mich nicht erinnern. Ich machte, vielleicht zufällig, eine Tür auf und stand plötzlich im Garten des Heims, und von dort gelangte ich irgendwie auf die Straße. Dann bin ich einfach immer weitergegangen. Irgendwann kam ich in ein Dorf, in dem mich wohl auch Leute gesehen haben. Aber sie haben sich nicht getraut, mich anzusprechen und zurückzubringen. Wenn ich eine Tasche dabeihatte, dann muss ich sie vermutlich dort verloren haben. Als ich auf zwei Köhler traf, die mich aufnahmen, hatte ich jedenfalls nichts mehr bei mir.«

»Und es hat Sie in dem Dorf wirklich niemand angesprochen?«, fragt Wiegand.

»Das weiß ich nicht mehr. Ich glaube, anschließend bin ich durch einen Wald geirrt und habe dort auch geschlafen. Ich kann mich an Vogelgezwitscher und Laubgeruch erinnern und daran, dass ich Hunger bekam. Aber das war nicht so schlimm. Ich habe mich über das Hungergefühl sogar gefreut, weil ich so lange gar nichts mehr gespürt hatte. Es war, als wäre ich schon tot gewesen. Aber dann wurde ich wieder lebendig.« Die Gräfin nimmt einen Schluck Tee und greift nach einem Keks. »Ein rumänisches Rezept«, sagt sie, »von Catrina.«

»Ich habe zwei Tage nach Vera gesucht«, sagt die junge Rumänin. »Florim, mein Verlobter, rief mich an, als er sie im Dorf auf der Bank sitzen sah. Aber als ich hinkam, war sie verschwunden. Ich bin mit dem Rad und dann mit dem Auto die Dörfer abgefahren, bis man mir sagte, sie sei bei den Köhlern im Wald. Dort habe ich Vera schließlich gefunden.«

»Zuerst wollte mich Catrina zurück ins Heim bringen, aber das wollte ich auf keinen Fall. Ich habe sie gebeten, mich nach Deutschland zu begleiten.«

»Frau …«, setzt Stefan an.

»Radu. Catrina Radu.«

»Frau Radu, was hat Frau von Zeppelin da für einen Eindruck auf Sie gemacht?«

»Sie war so agil und geistig klar, wie ich sie in den Wochen zuvor nie erlebt hatte. Und sie wollte nach Hause.«

»Wie erklären Sie sich den verbesserten Zustand Ihrer Patientin?«

»Es gibt eigentlich nur eine Erklärung. Vera hat auf ihrer Flucht keine Tabletten genommen, denn die waren in der Tasche, die sie verloren oder die man ihr gestohlen hatte.«

»Die Medikamente, die sie bekommen hat, sollten sie also ruhigstellen?«, fragt Franz Wiegand.

»Oder ihre Dosierung war viel zu hoch. Wir bekommen die entsprechenden Einnahmevorschriften aus Deutschland. Auch die Medikamente bringen die Patienten von zu Hause mit, ihnen liegt ein Begleitschreiben des Leiters der Residenz, also von Herrn Bock, oder von Frau Ritter bei. Wir halten uns daran, eigene Entscheidungen dürfen wir nicht treffen. Nur bei akuten Fällen, wenn sich jemand verletzt oder einen Anfall hat oder so etwas.«

»Kann es sein, dass alle Patienten sediert wurden?«, fragt Stefan.

»Ich weiß es nicht. Manche vielleicht.« Catrina ist nicht ganz wohl bei der Sache.

»Und Sie haben das gewusst?«

»Nein«, protestiert sie. »Wir haben uns auf die deutschen Unterlagen verlassen. Wir haben gedacht, sie schicken uns die Patienten, die von der Außenwelt nicht mehr viel mitbekommen. Wir konnten doch nicht wissen, dass man ihnen nicht die richtigen Medikamente in der richtigen Dosierung gegeben hat. Ich und die anderen Schwestern haben uns immer liebevoll um unsere Alten gekümmert, das müssen Sie mir glauben. Wir haben sie gewaschen, gefüttert, ich habe ihnen vorgelesen, weil ich am besten Deutsch konnte, ich habe die Damen frisiert –«

»Und die Medikamentenverordnungen aus Deutschland haben Sie nie hinterfragt?« Franz Wiegand kommt das merkwürdig vor. »Obwohl Sie gesehen haben, in welchem Zustand die Patienten waren?«

»Uns wurde gesagt, sie wären dement, deshalb habe ich mich nicht gewundert.«

»Und als Sie Frau von Zeppelin bei den Köhlern antrafen, haben Sie gemerkt, dass die Menschen, die Sie betreuen, vielleicht doch nicht alle dement waren«, sagt Stefan.

Catrina schnäuzt sich. »Ich schwöre, ich habe es nicht gewusst. Wir alle haben nichts davon gewusst. Das ist nur die Schuld von Herrn Bock und Frau Ritter«, schluchzt sie.

»Ich glaube Catrina«, springt die Gräfin ihr zur Seite. »Sie und Florim haben mich aus der Deutschen Botschaft in Bukarest befreit, wo man mich festhalten wollte, und nach Hause gebracht. Und sie wird gegen Bock aussagen.«

Catrina nickt.

»Ich rekapituliere mal. Und korrigieren Sie mich bitte, wenn ich etwas Falsches sage.« Wiegand holt Luft. »Bock, Leiter der Residenz am See, schickt also kleine Gruppen seiner Residenz-Bewohner zum angeblichen Urlaub mit Thalasso-Therapie-Anwendungen ans Schwarze Meer, wo sie aber nie ankommen. Stattdessen werden sie irgendwo im rumänischen Hinterland in einer Einrichtung abgeladen, die eher einem Heim und nicht dem versprochenen Vier-Sterne-Etablissement ähnelt. So weit alles richtig?« Er sieht Catrina an.

»Es handelt sich um ein ehemaliges Altersheim aus der Ceaușescu-Ära, das in den Jahren nach 2000 renoviert wurde. Aber es hat bei Weitem keinen westlichen Standard«, sagt sie.

»Wir bezahlen natürlich für einen erstklassigen Urlaub, wie er uns versprochen wurde. Und billig ist in der Residenz am See nichts, auch nicht der Urlaub«, sagt die Gräfin. »Ich schätze, dass Bocks Einnahmen in diesem Fall seine Ausgaben um ein Vielfaches übersteigen. Der Gewinn bleibt bei ihm hängen. Wie er das verrechnet, müssen Sie herausfinden.«

»Dann wäre seine Absicht betrügerisch. Aber das gesamte System funktioniert nur, wenn er die alten Menschen mit Medikamenten ruhigstellt, was wiederum Körperverletzung aus niederen Beweggründen wäre. Sind wir hierin einer Meinung?« Stefan sieht seinen Kollegen an.

Franz Wiegand streicht sich über seinen Bart. »Dann werden wir Bock mal auf den Zahn fühlen. Ich muss sagen, ich freu mich immer, wenn jemand, der sich für unantastbar hält, von seinem hohen Ross gestoßen wird.«

»Da wäre ich auch gern dabei«, sagt die Gräfin. »Obwohl ich mich nicht beschweren will. Ich habe in Rumänien ja ein richtiges Abenteuer erlebt, das ich noch meinen Urenkeln erzählen kann, wenn ich welche bekomme. In die Residenz kehre ich vorerst jedenfalls nicht zurück. Auch wenn ich hier auf Dauer nicht bleiben kann. Zu viel Flügel für die kleine Wohnung und zu wenig Aufzug, Sie haben es ja gesehen. Und mein Neffe wird auch nicht ewig fortbleiben. Aber ich bin sicher, da wird sich schon etwas finden.«

Sie begleitet die beiden Beamten zur Tür. »Sie sehen Ihrem Onkel übrigens sehr ähnlich. Das mag jetzt in Ihren Ohren kein Kompliment sein, aber in dreißig Jahren werden Sie es zu schätzen wissen. Geben Sie auf sich und Ihren Körper acht. Gehen Sie schwimmen wie Ihr Onkel oder laufen und wandern. Denn irgendwann ist es vorbei damit, auch wenn Sie es noch so gern täten. Auf Wiedersehen.«

»Ich glaube, ich habe noch nie ein Gesicht mit so vielen Falten aus der Nähe gesehen«, sagt Franz Wiegand, als sie die Treppe hinuntergehen. »Eigentlich eine tolle Frau.«

»Auf jeden Fall«, sagt Stefan Meißner.

Im Gegensatz zum Kollegen, der auf dem Grünstreifen geparkt hat, findet er einen Strafzettel an der Windschutzscheibe seines Audi. Er hat den Parkschein aus Versehen mit der unbedruckten Seite nach oben ins Fenster gelegt. Die Straßenbahn überquert die Isarbrücke und rumpelt die Montgelasstraße hinauf Richtung Effnerplatz. Der Kollege aus Rosenheim steht telefonierend vor seinem Wagen. Ob sich noch ein Kaffee in der Sonne ausgeht?, überlegt Stefan. Gerade wird ein Platz auf der Terrasse frei. Nein, der Kollege macht ihm ein Zeichen. Anscheinend geht's doch gleich weiter.

Prien, Samstag, 30. Mai 2015

Tadeusz hat sie erwartet und gleichzeitig gehofft, ihr nie wieder gegenübersitzen zu müssen. Seit ihrer letzten Beichte ist sie nicht mehr in der Kirche oder zur Messe erschienen. Eigentlich tut es ihm um jedes seiner Schäfchen leid, das fortbleibt, doch in ihrem Fall wäre er fast froh gewesen. Aber so leicht wird es ihm nicht gemacht.

Tadeusz spürt, dass sie es ist, noch bevor sie einen Ton gesagt hat.

»Im Namen des Vaters und des Sohnes und des Heiligen Geistes.« Pia bekreuzigt sich.

»Gott, der unser Herz erleuchtet, schenke dir wahre Erkenntnis deiner Sünden und seiner Barmherzigkeit«, setzt Tadeusz den Ritus fort.

»Amen.«

Schweigen. Ein schwieriger Anfang.

»Was bedrückt dich, Schwester?«, fragt er nach einer Ewigkeit von einer Minute.

»Sie hat es von mir verlangt, sie hat es tatsächlich von mir verlangt, dieses Biest!«

»So beruhige dich doch, Schwester. Und sprich über dich, statt andere Menschen zu beschuldigen.«

»Diese Person hat von mir verlangt, dass ich das Kruzifix in ihrem Zimmer abnehme«, stößt Pia unter Schluchzen hervor.

»Und wie hast du reagiert?«

»Ich habe nicht getan, was Sie mir geraten haben!« Es klingt trotzig. »Nie würde ich das tun können. Hören Sie? Nie!«

»Es war nur ein Rat, wie ihr vielleicht ein Auskommen miteinander finden könntet, Schwester, nicht die einzige Möglichkeit. Was ist dann passiert?«

»Die alte Frau ist auf einen Stuhl geklettert und hat es eigenhändig abgenommen. Dann hat sie es zu Boden geworfen. Herr Pfarrer, durch ihr Verhalten wurde Christus ein Arm abgebrochen, können Sie sich das vorstellen?«

»Christus hat seine Leiden hinter sich, darum musst du dir keine Sorge machen, Schwester.« In einem anderen Leben wäre diese Situation vielleicht zum Lachen, denkt Tadeusz, aber Humor ist dieser Pönitentin so fremd wie ihm ein Swingerclub.

»Sie hat mir die Tasse aus der Hand geschlagen, weil sie Angst hatte, ich würde sie mit meinem Tee vergiften wollen.«

»Und? Wolltest du?«, fragt Tadeusz.

Sie antwortet nicht.

»Schwester, du bist hier, um die Wahrheit zu bekennen. So sprich!«

»Nein, das wollte ich nicht«, flüstert sie.

Pfarrer Tadeusz weiß nicht, ob er ihr glauben kann.

»Ich musste vor ihr auf dem Boden knien und die Teeblätter aufwischen. So etwas gefällt ihr.«

Tadeusz spürt, dass diese Frau nicht beichten, nicht bereuen und nicht die Absolution erhalten will. Sie will einzig und allein ihren Frust, ja, ihren Hass bei ihm abladen. Er kann die negativen Emotionen fast körperlich spüren.

»Aber nachts bin ich wiedergekommen«, flüstert Pia.

Das Herz in Tadeusz' Brust hämmert. »Du bist noch einmal zu ihr?«, flüstert nun auch er.

»Ich wollte ihr eine Lehre erteilen«, antwortet sie. »Ihr einen Schreck einjagen. Ich habe da so meine Mittel.«

Wenn Tadeusz es nicht schon längst wüsste, müsste er es sich spätestens jetzt eingestehen, dass diese Frau krank ist. Die Welt muss vor ihr geschützt werden. Er muss etwas tun. Muss handeln.

»Und schuld an allem ist nur der alte Mann, der jeden Tag im Schwimmbad seine Bahnen zieht, als könnte er sich ein Recht auf ewiges Leben erschwimmen. Er hat den ganzen Aufruhr veranstaltet. Zusammen mit der Aristokratin schnüffelt er herum und mischt sich in Sachen ein, die ihn nichts angehen.«

Jeden anderen hätte Tadeusz längst ermahnt, dass dies ein Beichtstuhl und kein Stammtisch ist, an dem man sich das Maul über andere Leute zerreißt. Aber die Schwester ist anders als andere. »Ich erinnere dich daran, dass du hier bist, um deine Sünden vor Gott und vor mir als Priester zu beichten. Gehe in dich und erleichtere dein Gewissen. Und dann erzähle deinem Vorgesetzten, was passiert ist.«

»Ha!«, lacht sie höhnisch auf. »Dem Bock soll ich es erzählen? Das ist doch wirklich lächerlich.«

Tadeusz weiß nicht, was daran lächerlich sein soll.

»Unser Leiter hat doch nur zwei Dinge im Kopf: Geld und Sex. Er ist der größte Hurenbock von allen.«

»Weiß er von deinen Taten?« Tadeusz kommt sich schon wie ein Ermittler vor.

»Natürlich nicht. Er hat seine eigenen Probleme. In Rumänien läuft auch nicht alles rund.«

In Rumänien?, wundert sich Tadeusz.

»Frau Ritter ist nach Bukarest geflogen, ich glaube, ihr und Bock steht ziemlicher Ärger ins Haus.«

»Und dieser andere Mann, dieser Schwimmer, hast du ihm auch bereits eine Lehre erteilt?«, fragt Tadeusz.

»Für den alten Meißner muss ich mir noch etwas überlegen. Aber Männer über achtzig sind normalerweise kein Problem mehr.« Sie kichert.

Der Zorn gewinnt in Pfarrer Tadeusz' Gefühlschaos eindeutig die Oberhand. Man muss dieser Person das Handwerk legen, bevor noch mehr Schreckliches geschieht. Der Bischof sollte heute auf der Fraueninsel eingetroffen sein, er wird die Verantwortung für diesen Fall in seine Hände legen. Er muss zu ihm, heute noch. Am besten sofort.

»Du weißt, dass ich dir die Absolution nur erteilen kann, wenn du Reue zeigst und gelobst, deine Tat nicht zu wiederholen. Da aber beides nicht der Fall ist, kann ich dich nicht von deinen Sünden freisprechen. Schweig jetzt und höre zu, denn ich verkündige dir Gottes Wort. Und dann geh nach Hause und bereue, Schwester. Und höre auf, Böses zu denken und zu tun, denn es wird dich von innen vergiften und am Ende dein Leben zerstören.« Der Priester schließt die Augen und rezitiert:

»Ihr habt gehört, dass gesagt worden ist: Du sollst deinen Nächsten lieben und deinen Feind hassen. Ich aber sage euch: Liebt eure Feinde und betet für die, die euch verfolgen, damit ihr Söhne eures Vaters im Himmel werdet; denn er lässt seine Sonne aufgehen über Bösen und

*Guten, und er lässt regnen über Gerechte und Ungerechte. Wenn ihr nämlich nur die liebt, die euch lieben, welchen Lohn könnt ihr dafür erwarten? Tun das nicht auch die Zöllner? Und wenn ihr nur eure Brüder grüßt, was tut ihr damit Besonderes? Tun das nicht auch die Heiden? Ihr sollt also vollkommen sein, wie es auch euer himmlischer Vater ist.** * Und jetzt gehe hin in Frieden, Schwester.« Pfarrer Tadeusz steht auf und verlässt den Beichtstuhl. Gott möge ihm verzeihen, aber er kann die Gegenwart dieser Person nicht länger ertragen.

In der Sakristei zieht er sich um und verlässt die Kirche durch die Hintertür. Wie ein Dieb, denkt er, aber er möchte ihr auf keinen Fall noch einmal begegnen. Vielleicht sitzt sie noch unter dem Deckenfresko und wartet auf ihn. Lauert. Himmel, die Phantasie geht mit ihm durch, so durcheinander ist er. Aber jetzt ist nicht die Zeit, sich zu besinnen und zu beten. Jetzt ist die Zeit, um zu handeln. Pfarrer Tadeusz geht zu Fuß zum Schiffsanleger hinunter. Unter den Menschen, die ihm begegnen, erkennt er die Einheimischen sofort. Sie grüßen ihn respektvoll. Die anderen sehen an ihm vorbei oder durch ihn hindurch.

Der kleine Fußmarsch tut ihm gut. Seine Lunge saugt gierig die Luft ein. Er läuft an den Schienen der Chiemsee-Bahn entlang. Die Äcker sind frisch aufgebrochen, an den Bäumen leuchtet das Grün der jungen Blätter. Möwen fliegen über seinen Kopf Richtung See. Hat er das gerade wirklich alles erlebt? Der düstere Beichtstuhl ist nur noch eine diffuse Erinnerung. Aber jetzt gibt es kein Zurück mehr. Er hat sich entschieden. Es gilt, Schlimmeres zu verhindern.

Die »Berta« liegt abfahrbereit am Ufer, als habe sie nur noch auf ihn gewartet. Er sucht sich einen Platz auf dem Oberdeck und beobachtet, wie sich die Möwen sammeln und um die beste Position für die Überfahrt streiten. Die weiß-blaue Fahne der »Berta« flattert im Wind.

Tadeusz überlegt. Hätte er das Schiffstaxi nehmen sollen, das die Fraueninsel direkt ansteuert? Das Linienschiff fährt zuerst die Herreninsel an und setzt erst anschließend die Fahrt zur Fraueninsel fort. Aber so viel Zeit muss jetzt sein. Es ist angenehm,

---

* Matthäus 5, 43–48

das Gesicht dem Wind auszusetzen und sich zu sammeln. Der See wirkt auf ihn immer noch wie eine Märchenkulisse. Er erinnert sich daran, wie seine Eltern strahlten, als sie ihn zum ersten Mal hier besuchten. Zuvor hatten sie von Deutschland nur Berlin gesehen. Der Chiemsee hätte kein größerer Kontrast sein können.

Tadeusz muss sofort Kardinal Engels sprechen. Wenn es wirklich um Tod oder Leben geht, duldet die Unterredung keinen Aufschub mehr.

Als erster Passagier springt er auf den Steg, den der bärtige Angestellte zwischen Schiff und Anleger eingehängt hat. »Pressiert's, Hochwürden? Ham S' eine Verabredung droben in Frauenwörth?«, ruft er ihm hinterher. Und damit hat er sogar recht, denkt Tadeusz, wenn auch nicht so, wie der Scherz vielleicht gemeint war. »Da ist ja heut allerlei Prominenz beieinander«, hört er noch. Natürlich, der runde Geburtstag der Äbtissin, fällt es Tadeusz ein. Den muss er jetzt leider stören.

Er eilt zum Kloster hinauf und erklärt der Schwester an der Pforte, er müsse aufgrund eines Notfalls dringend den Bischof sprechen. Die Nonne bittet ihn, zu warten, und telefoniert.

Wenige Minuten später taucht Pater Reinhold auf, der Sekretär Seiner Eminenz, um Tadeusz abzuholen. Der Kardinal und Erzbischof wollte sich zwar eben ein wenig hinlegen, wie er es am Nachmittag gern tue, soweit sein Tagesplan es erlaube, sagt Pater Reinhold, aber nun erlaube er es eben nicht, und er habe zugesagt, ihn zu empfangen.

Der Bischof, ein freundlich wirkender, beleibter Mann, erwartet Tadeusz in einem nicht allzu großen Raum, der nur durch seine geprägte dunkelviolette Seidentapete edel wirkt. An einer Wand zeigt ein Ölgemälde eine vornehme Dame im barocken Gewand, ihm gegenüber hängt ein Porträt des deutschen Papstes Josef Ratzinger und daneben eines seines Nachfolgers Franziskus. Die Porträts sind lediglich vergrößerte Fotos in einfachen Holzrahmen, die neben dem Ölbild auf der schimmernden Seidentapete ein wenig schäbig wirken.

Bischof Engels streckt ihm die Hand zum Gruß entgegen, und Tadeusz kniet nieder und küsst den goldenen, mit Steinen besetzten Pontifikalring, den der Bischof am vierten Finger seiner rechten Hand trägt. »Mein lieber Bruder Tadeusz, mein Blindenführer in Polen, was führt Sie zu mir? Etwa die Geschichte, von der Sie mir in Ihrem Brief berichtet haben? So setzen Sie sich doch und erzählen Sie!«

***

Ich aber war immer getreu der Lehre und habe denen geholfen, sich zu befreien von allem, was vergänglicher Tand und Flitter ist. Ihr ganzes Leben haben sie verschwendet an das Irdische. Stolz, habgierig und ruchlos. Sie haben ihrer Seele die Nahrung verweigert und ihr ewiges Leben aufs Spiel gesetzt. Ich habe ihnen geholfen, vor ihren Schöpfer treten zu dürfen und dem Erzengel zu entgehen, der ihnen mit dem Flammenschwert den Weg in die Verdammnis gewiesen hätte.

Wem ihr die Sünden vergebt, dem sind sie vergeben; wem ihr die Vergebung verweigert, dem ist sie verweigert. Wer denkt dieser polnische Priester eigentlich, dass er ist? Pia ist im Innersten erschüttert. Er, der vergibt oder nicht. Je nachdem, wonach ihm der Sinn steht. Der sich nicht dafür interessiert, was unserem Herrn jeden Tag angetan wird. Von denen, die ihr Leben lang schon Gott gelästert haben.

Er selbst ist doch der personifizierte Unglaube! Wie er mich oft angestarrt und mit seinen Blicken ausgezogen hat. Als wollte er im nächsten Augenblick über mich herfallen. Wie er mir geraten hat, nicht wiederzukommen, sondern zu jemand anderem oder gleich in eine andere Kirche zum Beichten zu gehen.

Ihr Rücken schmerzt, die Beine fühlen sich taub an, ihr Kopf dröhnt. »Du brauchst nicht mehr wiederzukommen«, das hat er gesagt, ist aufgesprungen und weggegangen. Sie beschließt, sich im erzbischöflichen Ordinariat über ihn zu beschweren, und weiß, dass er ihr fehlen wird. Sie hat sich danach verzehrt, ihm nah zu sein, seinen Atem, seine Haut zu riechen. Wird sie ihn noch einmal umstimmen können?

Langsam wird die Stille unerträglich. Sie steht auf, öffnet die Tür des Beichtstuhls und sieht nach, ob es für seine Flucht einen

Zeugen gibt. Von draußen dringen wie durch eine Wattewand die Geräusche der Straße ins Innere der Kirche. Sie hastet zum Ausgang, verlässt den Ort ihrer Schande und vergisst dabei sogar, ihre Fingerspitzen in das Weihwasserbecken zu tauchen.

Die Helligkeit des Tages lässt sie zusammenzucken. Alles ist so schrecklich laut und ihr so fremd, als gehörte sie nicht mehr dazu.

Plötzlich quietschen Bremsen, und etwas Schweres drückt gegen ihre Beine. Sie reißt die Augen auf und starrt das Fahrzeug an, das wenige Zentimeter vor ihr zum Stehen gekommen ist.

Der Fahrer des Wagens starrt zurück, streckt seinen Kopf durch das Seitenfenster nach draußen. »Kannst ned aufpassn, du blöde Henna? Hast koana Augn im Kopf? Soll i di zsammfahrn, ha? So ein Rindviech!«

Eine Frau läuft auf sie zu. »Ist Ihnen etwas passiert?« Sie legt die Hand auf Pias Schulter.

Pia blickt nach unten. Die Stoßstange des Wagens hat ihre Knie und Oberschenkel touchiert. Eine dicke Laufmasche kriecht ihr unter den Rock, aber ihr selbst ist offenbar nichts Schlimmes passiert.

»Kommen S'.« Die Fremde hakt sich bei ihr unter und führt sie über die Straße. »Soll ich den Sanka rufen?«

»Das ist nicht nötig«, antwortet Pia.

»Den Kindern bringt man bei, dass sie bei Rot nicht über die Ampel gehen, und dann machen wir Erwachsene ihnen das auch noch vor. Ham S' des Auto nicht gsehn? Groß genug wär's ja eigentlich und grün genug auch.«

Doch Pia hat das Auto nicht bemerkt, die rote Ampel nicht und auch die Straße nicht. »Ich … ich war überhaupt nicht bei der Sache«, stammelt sie. »Entschuldigung.« Sie macht sich von der Frau los und hastet davon.

Der Autofahrer schüttelt stumm den Kopf. Was soll man machen, wenn jemand so blöd ist und einfach auf die Straße rennt?

Pia hat für den Moment vergessen, wohin sie auf dem Weg war. War sie überhaupt auf einem Weg? Thorsten! Stimmt, sie wollte zu ihrem Bruder im »Rosenhof«. Ihre Füße finden den Weg von allein.

Kurze Zeit später hastet sie am Pförtner vorbei und bleibt auch nicht auf dem Flur stehen, um zu lauschen, wie sie es normalerweise tut. Sie reißt die Tür zum Zimmer ihres Bruders auf und überrascht die kleine Schwesternschülerin, deren Namen sie bereits wieder vergessen hat, auf Thorstens Schoß. Ihr Bruder grinst selig. Die Kleine springt auf, und Thorsten fängt wie üblich, wenn er seine Schwester sieht, an, mit den Armen zu rudern.

»Frau Tschiersky«, sagt Luisa erschrocken.

»Raus«, antwortet Pia. »Und zwar sofort!«

»Okay, okay, ich bin ja schon weg.« Sie geht zur Tür. »Ach übrigens: Thorsten hatte vor ein paar Tagen Besuch«, sagt sie schnippisch. »Ihre Cousine war da mit ihrem Mann. Dann auf Wiedersehen.«

»Was für eine Cousine?«, blafft Pia sie an. Eines weiß sie ganz gewiss, nämlich dass sie in ihrem Leben noch nie eine Cousine hatte. Keine Cousine, keine Tante und nur einen Onkel, der kinderlos geblieben ist.

»Aus Leverkusen«, sagt Luisa. »Aber sie hat lange in München gelebt.«

»Aber mit ihrem Namen hat sie sich bei Ihnen nicht vorgestellt?«, fragt Pia ungeduldig.

»Nein, aber das haben Sie ja auch nicht gemacht. Ich gehe dann mal.«

»Jetzt warten Sie doch mal. Bitte.«

Luisas Kopf erscheint wieder im Türrahmen.

»Wie sah sie denn aus, meine Cousine? Es gibt da mehrere.«

Thorstens ängstlicher Blick hat sich auf Luisa geheftet. Sie winkt ihm beruhigend zu. »Die war ungefähr so alt wie Sie. Schulterlange dunkelblonde Haare, sehr hübsch, und sie trug so ein Kleid. Nicht mein Geschmack, aber ihr stand es. Ihr Mann war schüchterner als sie, er wollte Thorstens Zimmer gar nicht betreten.« Sie kichert. »Er war ein gutes Stück älter als sie, dunkelhaarig, schlank und machte einen voll korrekten Eindruck. Der Typ Beamter oder Polizist.«

»Polizist?«, fragt Pia. »Wie kommen Sie denn darauf?«

»Ich erkenn diese Typen. Im Zug steigen die immer in Rosenheim ein. Das sind Zivilfahnder, die fragen mich fast immer nach meinem Personalausweis. Es sei denn, es sind Schwarze oder andere Ausländer im Zug, dann fragen sie die.«

Pia überlegt fieberhaft.

»Jetzt fallen mir auch die Namen wieder ein. Sie hieß Maria oder Marie und er Stefan.«

»Peng!«, macht es in Pias Kopf. Stefan Meißner, der Neffe des alten Meißner, war mit seiner Freundin hier. Freundin, weil keiner von beiden einen Ehering getragen hat. Pia achtet auf so etwas. Was zum Teufel hatten die zwei hier zu suchen? Hat der Alte sie angestiftet, Nachforschungen über sie anzustellen? Aber Polizist? So ein Blödsinn!

Pia dreht sich auf dem Absatz um, drängelt Luisa aus dem Weg und läuft grußlos den Gang entlang.

»He!«, ruft Luisa ihr hinterher. »Ich dachte, Sie wollen Ihren Bruder besuchen? Ist Thorsten Ihnen eigentlich total egal?« Sie schreit es durch den ganzen Flur, aber Pia dreht sich nicht mehr um.

Dieser Allmachtsdackel! In Pia brodelt es. Sie wird den alten Meißner in seine Schranken weisen. Der kann sich auf was gefasst machen!

Sie läuft zum Bahnhof. Ihr Zug nach Prien-Stock ist gerade weg, der nächste fährt in fünfzig Minuten. Bis dahin ist sie auch zu Fuß unten am Hafen.

Als sie zwanzig Minuten später den Weg zur Residenz einschlägt, stehen Einsatzfahrzeuge mit Blaulichtern an der Landstraße. Vor der Einfahrt zur Residenz parken ein Streifenwagen und dahinter ein Audi mit Ingolstädter Kennzeichen. Am Wagen lehnt der Neffe von Helmut Meißner! Hat er etwas mit dem Einsatz zu tun? Hat die Schwesternschülerin doch recht gehabt? Pia ist schwindelig, für einen Moment zieht es ihr den Boden unter den Füßen weg.

Stefan Meißner ist also tatsächlich Polizist? Aber was macht er hier? Sind die Beamten hinter ihr her? Ist es wegen Helene von Hertan? Pia läuft den Weg zurück, betritt das Nachbargrundstück, das zum Yachtclub gehört, und sucht hinter der hohen Hainbuchenhecke Schutz, durch die man in den Garten der Residenz sehen kann. Sie versteht nicht, was die Beamten sprechen, aber das Gefühl, dass es dabei vielleicht gar nicht um sie geht, wird immer stärker.

***

Wäre Franz Wiegand in Niederbayern oder der Oberpfalz aufgewachsen, würde sich Stefan über seinen Fahrstil nicht wundern. Aber seinem Dialekt nach hat er seine Kindheit entweder in Rosenheim oder einem der umliegenden Dörfer verbracht. Und trotzdem fährt er wie eine gesengte Sau, wie man früher gesagt hätte. Heute ist diese Fahrweise eigentlich fast ausgestorben oder zumindest selten geworden, daher gibt es auch keine passende Vokabel mehr dafür. Walter Röhrl oder »der Lange«, wie seine Fans den Rennfahrer nannten, ist so gefahren, aber das ist schon lange, lange her. Kurz denkt Stefan Meißner darüber nach, wie es wäre, wenn er jetzt das Blaulicht aufs Dach setzen könnte. Aber wie peinlich wäre es denn, wenn er trotz Blaulicht erst eine halbe Stunde nach Wiegand an der Residenz eintreffen würde.

Stefan hat noch nicht ganz aufgegeben und ist etwas schneller als mit den erlaubten siebzig km/h auf dem Abschnitt der Staatsstraße von der Autobahn Richtung Prien unterwegs, als er rechts von sich auf einer Wiese einen Schatten sieht, der sich bewegt. Etwas startet und nimmt relativ langsam und schwerfällig in Richtung Straße Geschwindigkeit auf. Bleiben Beschleunigung, Bewegung und Steigung des Objekts unverändert, wird das Unvermeidliche passieren. Stefans Gehirn weiß bereits Bescheid: Crash. Plötzlich sind alle Gedanken an den Rallyefahrer Röhrl aus Regensburg vergessen. Stefans Denkapparat nutzt sämtliche ihm zur Verfügung stehenden Ressourcen zur Berechnung der Flugbahn und meldet ihm das Ergebnis: Der Kollisionspunkt liegt in einer Entfernung von circa siebenundzwanzig Metern. Dort wird das Objekt eine Höhe von einem Meter zwanzig über Grund erreicht haben, sich mit einer Geschwindigkeit von circa fünfzig km/h von rechts nach links bewegen und direkt in seine Windschutzscheibe krachen. Ein Blick auf den Tacho:

achtzig km/h. Es wird ein ekliges Geräusch machen, der Fasan wird tot sein und die Windschutzscheibe mit etwas Glück nur einen Sprung haben. Um das Auto wird ein Regen aus Federn niedergehen. Nein, er will das nicht!

Stefan tritt das Bremspedal mit dem rechten Fuß so stark durch, dass das ABS ein Blockieren der Reifen verhindern muss. Alles, was nicht angeschnallt oder festgeschraubt ist, bewegt sich plötzlich schneller als das Auto. Darunter ist auch der Wackeldackel auf der Hutablage, den er von seinen Kollegen beim Schrottwichteln letzte Weihnachten bekommen hat. Nicht schade um das Tier, denkt Stefan, das auch schon gegen das Navi fliegt. Ein Mini-Werkzeugset schießt kurz darauf durch die Luft und landet auf dem Armaturenbrett, eine Warnlampe saust gegen die Kopfstütze. Es ist wirklich an der Zeit, mal wieder klar Schiff in diesem Fahrzeug zu machen. Marlu nennt Stefan schon einen Auto-Messi.

Er hat den Blick starr nach vorne gerichtet, als das Tier in seinem Gesichtsfeld erscheint. Mit kräftigen Schlägen müht sich der plump wirkende Fasan ab, Höhe zu gewinnen. Jetzt nur nicht gegen die Scheibe donnern, bitte nicht! Los, noch einen Flügelschlag, jeder Zentimeter zählt, streng dich gefälligst an, wenn dir dein Leben lieb ist!

Das ABS lässt die Reifen rattern, der Fasan schafft mit letzter Kraft noch einen entscheidenden Flügelschlag, und der Wagen kommt zwar nicht ganz zum Stehen, aber es reicht. Die Füße des Vogels streifen das Dach, doch der frontale Aufprall, der ihm die Knochen gebrochen hätte, tritt nicht ein. Vermutlich hat er einen Mordsschreck bekommen, aber er hat überlebt. Und obwohl Fasane nicht unbedingt zu Stefans Lieblingstieren gehören, atmet er doch auf, weil er das vielleicht blöde, aber trotzdem wunderschöne Tier eben nicht totgefahren hat.

Stefans Ambitionen, mit Wiegand einen Wettbewerb auszufahren, sind ihm vergangen. Er hält sich jetzt nicht nur an die vorgegebene Geschwindigkeitsbegrenzung, er fährt sogar ausgesprochen defensiv.

Tatsächlich erwartet ihn Wiegand in der Einfahrt zur Residenz am See. Er scheint schon länger da zu sein, lässig lehnt er sich an sein Auto, hat mindestens eine Zigarette fast zu Ende geraucht. Eine Bö weht seinen langen Vollbart zur Seite, durch das heruntergekurbelte Fenster dröhnt ZZ Tops »Viva Las Vegas«. Als wäre ein Schalter umgelegt worden, spult Stefans Kopf das entsprechende Musikvideo ab, bei dem Billy Gibbons und Dusty Hill neben der Straße stehen. Ihre einen halben Meter langen Bärte werden vom Fahrtwind eines roten Cadillac Cabrios, das natürlich von einer vollbusigen Blondine im roten Kleid gesteuert wird, zur Seite geweht. Dazu heult Billy Gibbons' Gitarre scharf auf, während Frank Beard in gewohnter Manier sein Schlagzeug malträtiert.

Stefans Blick fällt auf den See, und er muss daran denken, wie sehr er sich zuerst geweigert hat, hierherzukommen. Zu diesem See, den er auf seinen Reisen nach Kroatien immer links liegen gelassen hat. Diese Landschaft hat es nie geschafft, von ihm beachtet zu werden. Stefan spürt, wie seine Einstellung ins Wanken gerät, und es macht ihm nichts aus.

Endlich ein Tag ohne Postkartenwetter, ohne wolkenlosen blauen Himmel und spiegelglatten See. Schon am Vormittag ist es für Mai viel zu heiß gewesen. Es ist klar, dass es nur noch eine Frage von Stunden ist, bis Donner und Platzregen die Stille zerreißen und das Seewasser aufwühlen werden.

Stefan findet Gefallen an der Vorstellung, dass höhere Wellen als an den letzten Tagen ans Ufer rollen und sich die Wellenkämme draußen auf dem See weiße Schaumkronen aufsetzen werden. Noch ist die Fernsicht klar, alle Gipfel der Chiemgauer Alpen sind zu erkennen, aber das nahende Unwetter ist bereits spürbar. Die Ruhe vor dem Sturm.

Neben Wiegand stehen schon Einsatzwagen der Polizei. Als Stefan aussteigt, teilt ihm der Kollege mit, er habe eine Soko angefordert, weil er die Information erhalten habe, dass Bock drei Waffen angemeldet hat und als Jäger und Waffennarr bekannt ist.

»Wart ihr schon drinnen?«, fragt Stefan.

»Sein Büro ist abgesperrt, aber eine Schwester Daniela hat gesagt, sie glaube, dass er noch im Haus ist. Sie hat ihn kurz vor unserer Ankunft gesehen. Sein Auto steht drüben in der Garage.«

»Das heißt, er versteckt sich irgendwo da drinnen.« Stefan

schüttelt den Kopf. Wenn er das alles schon verpasst hat, muss Wiegand wie der Teufel gefahren sein.

Der Kollege nickt. »Wir haben die Alten auf ihre Zimmer geschickt. Wenn im vorderen Trakt niemand mehr ist, stürmen wir das Gebäude.«

Von den Kollegen, die für die Evakuierung zuständig sind, bekommt Wiegand kurz darauf Bescheid, dass alles bereit ist. Er nimmt das Funkgerät zur Hand und gibt den Befehl: »Zugriff!«

Die Männer der Soko rennen mit den Waffen im Anschlag in Richtung des imposanten Haupteingangs der Residenz. Davor stehen zwei Wagen. Ein roter Ferrari 308 aus den Siebzigern und daneben ein weißer Mercedes der G-Klasse, vermutlich aus den frühen Achtzigern. Plötzlich erscheint Anselm Bock in der Tür, in der Hand ein Jagdgewehr.

»Waffe weg!«, brüllt Wiegand.

Bock sieht ihn erstaunt an, zögert und läuft dann weiter zu den parkenden Autos.

Ein Mann der Spezialkräfte löst sich aus der Gruppe und folgt ihm, während die anderen ihm Schutz geben. Alles läuft wie ein Schweizer Präzisionsuhrwerk, exakt aufeinander abgestimmt.

Bocks Fluchtversuch ist sinnlos, und er sollte es wissen. Er wird es nicht schaffen. Jeder der Beobachter kann es sehen, auch Stefan, der jetzt mitten in der Einfahrt steht. Und Wiegand, der seine Zigarette dieses Mal doch in die trockene Hecke schnippt und mit jeder Faser seines Körpers den Anschein erweckt, dass ihn nichts aus der Ruhe bringen kann. Aber Bock hat nicht die Nerven, die Situation objektiv zu bewerten. Er läuft, so schnell er kann, und hat, obwohl nicht unsportlich, nicht die geringste Chance.

Kurz bevor er die Hand nach dem Griff der Fahrertür des Ferrari ausstrecken kann, macht der Polizist einen Satz auf ihn zu, umklammert ihn und reißt ihn zu Boden. Erstaunlich schnell ist Wiegand neben den beiden, ergreift Bocks Waffe und sichert sie. Es ist vorbei.

***

Saugut fühlt sich Helmut, als er nach dreißig Minuten und ungefähr vierzig Bahnen aus dem Schwimmbecken steigt, sich streckt, durchatmet und etwas außer Atem zu den Umkleiden geht.

Schwester Steffi kreuzt seinen Weg, als er im blau-golden gestreiften Bademantel mit dem Aufzug zurück in sein Apartment fahren will. Frech und ein bisschen herausfordernd lächelt er sie an und denkt, besser eine Begegnung mit ihr als mit Schwester Pia, der er dann vielleicht den Hals umdrehen müsste. Denn Schwester Steffi ist eigentlich ganz nett.

»Wo treiben Sie sich denn herum, Herr Meißner?« Sie lächelt verschmitzt und droht ihm mit dem Zeigefinger wie einem Lausbuben.

Ihre Reaktion schmeichelt ihm. »Ich war schwimmen, wie jeden Tag«, antwortet er.

»Ja, ja, schwimmen. Sie sind mir einer, gell? Das Zimmermädchen hat mir erzählt, dass Ihr Bett heute Morgen unbenutzt war. ›Jungfräulich‹, so hat sie sich ausgedrückt, wenn Sie es genau wissen wollen.«

Daher weht also der Wind. Sie spionieren einem hinterher und haben ein zölibatäres Leben für einen vorgesehen.

»Will ich aber nicht«, sagt Helmut und drückt den Aufzugsknopf. »Was geht es eigentlich das Zimmermädchen an, ob mein Bett benutzt oder unbenutzt ist? Und was geht es mich an, was Ihnen das Zimmermädchen erzählt?«

»Waren Sie gestern Nacht außer Haus oder im Haus?« Schwester Steffi lässt nicht locker.

»Ich bin erwachsen, liebe Schwester Steffi, und das schon seit über sechzig Jahren. Stellen Sie sich das mal vor.« Er lässt es dabei bewenden und wünscht ihr einen guten Tag, bevor er in den Aufzug steigt. Während die Tür sich schließt, sieht er sie immer noch im Flur stehen und nachsichtig den Kopf schütteln. Er hört förmlich, was in ihrem kleinen Kopf vorgeht: Was diesen alten Lüstlingen immer noch alles einfällt!

Vor allem fällt es ihnen ein, alt zu werden, denkt Helmut. Jeden Tag kämpfen sie um ihre Würde und gegen die, die sie ihnen wegnehmen wollen, weil man nicht mehr so jung ist wie sie. Ist das Altwerden etwa ein Delikt? Verwirkt er jeden Tag ein paar Rechte, weil er beim Atmen Sauerstoff zu CO_2 oxidiert oder den Jungen mit seiner Arbeit den Kindergarten, das Studium, die Autobahn und ihre Auslandssemester in Princeton, Shanghai, Paris oder London finanziert hat? Ist alles verwirkt? Zum Beispiel das Recht auf Eitelkeit, auf gut geschnittene Anzüge und Kleider, auf dunkles Haar, auf ein Gläschen Alkohol zu viel und ein wenig Nikotin? Helmut muss an Wilhelm Grünthal denken, der gerade das zuletzt genannte Recht wahrscheinlich bis zum Umfallen verteidigen wird. Das Recht auf Sexualität hat man anscheinend schon seit Ewigkeiten verwirkt. Und zwar nicht nur auf Sex, besonders auf schmutzigen Sex, sondern auch auf Liebe, sofern sie sich nicht auf den noch lebenden Ehepartner bezieht, den die wenigsten, die hier wohnen, noch haben. Sonst wären sie vielleicht nicht hier. Das Recht auf Zärtlichkeit im Allgemeinen, so als hätte alte Haut mit der Zeit immer weniger Rezeptoren für zärtliche Berührungen, als wäre sie ab einem bestimmten Alter hart und unempfindlich wie die eines Krokodils. So als ende alle Phantasie, auch die erotische, spätestens mit dem fünfundsechzigsten Geburtstag. Danach darf man nur noch salzarm essen, mäßig trinken und die Toilette sowie die Dusche frequentieren, Letztere aber nur, wenn man sich dabei auf einen Hocker setzt. Man darf reden, wenn einem von den Jüngeren auch keiner mehr richtig zuhört, aber küssen, streicheln und kuscheln und was man sonst noch früher getan hat, darf man nicht mehr. Da passt sogar das Zimmermädchen auf, dass bloß nichts passiert, und verpetzt einen stante pede bei den Schwestern. Soll sie doch froh sein, dass sie sich die zehn Minuten fürs Bettenaufschütteln gespart hat.

In seinem Apartment nimmt Helmut frische Wäsche, die stets gereinigt, gebügelt und akkurat gefaltet geliefert wird, aus dem Schrank und hängt im Bad die nasse Badehose über die Heizung. Als er fertig ist mit seiner Toilette, ruft er Helene an, um sie zum Mittagessen einzuladen. Aber Helene hat weder Lust auf das Restaurant der Residenz noch darauf, außer Haus zu gehen.

»Ich will niemanden sehen«, sagt sie und lädt Helmut stattdessen auf einen kleinen Mittagsimbiss zu sich ein.

Nach dem kargen Frühstück erwartet Helmut auch für die

warme Mahlzeit keine große Überraschung, aber er hat auch nicht die geringste Lust, sich allein ins Restaurant zu begeben. Außerdem hat er versprochen, auf sie aufzupassen.

Helene serviert warmen Ziegenkäse auf Blattsalat und dazu geröstetes Brot und ein Gläschen gut gekühlten Chablis, und Helmut ist ehrlich überrascht, wie viel Mühe sie sich gegeben hat. Sie muss sogar einkaufen gewesen sein.

»Es ist schon bemerkt worden, dass ich die Nacht nicht in meinem Bett verbracht habe«, erzählt Helmut ihr. »Man wollte wissen, ob ich mich außer Haus in fremden Betten gewälzt habe.«

»Du hast doch hoffentlich nicht den Namen deiner Gespielin preisgegeben. Das würdest du nie tun, oder?«

»Niemals! Da bin ich ganz Kavalier der alten Schule«, sagt er. »Ich kannte mal einen gewissen Ludwig Förster, der jetzt nicht mehr in der Residenz wohnt. Ludwig hatte auch im hohen Alter noch ziemlich regelmäßig seine gewissen Bedürfnisse. Da er sie in der Residenz nicht befriedigen konnte, suchte er einmal im Monat ein stadtbekanntes Etablissement mit roten Laternen in den Fenstern auf, wo sich eine Professionelle um seinen Trieb kümmerte. Als er nicht mehr so gut zu Fuß war, bestellte er sich alle paar Wochen eine der Damen hierher. An eine kann ich mich noch gut erinnern. Eine blutjunge Frau, Anfang zwanzig, rassiger dunkelhaariger Typ, mit Permanent-Make-up –«

»Was bitte?«, unterbricht Helene ihn.

»Na, wenn Augenbrauen zum Beispiel tätowiert sind, dann heißt das so. Hast du in deiner Villa Wahnfried hinterm Mond gelebt?«

»Ach du! Erzähl weiter.«

»Ludwig hat das Mädchen als seine Enkelin präsentiert, aber geglaubt hat es ihm niemand.«

Helene gießt ihm ein Schlückchen Wein nach.

»Lange ging es gut mit dem jungen Glück. Aber irgendwann kam Bock anscharwenzelt und erteilte ihr auf vielfachen Wunsch des Personals und angeblich der anderen Mitbewohner ein absolutes Hausverbot. Er spielte sich als Moralapostel auf. Ausgerechnet er, ist das nicht zum Lachen?«

»Für deinen Freund Ludwig war es das wahrscheinlich nicht«, sagt Helene.

»Stimmt. Er zog in seine eigenen vier Wände zurück, die er nie verkauft hatte, damit er wieder Damenbesuch bekommen konnte, wann immer er das Bedürfnis danach hatte. Und ich wünsche ihm von ganzem Herzen, dass sich daran bis heute nichts geändert hat.«

»Ich habe etwas Ähnliches bei meinem Schwiegervater miterlebt«, erzählt Helene. »Je dementer er wurde, desto mehr ging ihm jedes Schamgefühl verloren. Er spielte an seinem Penis herum, onanierte fast täglich und versuchte, die Pflegerinnen, die zu ihm ins Haus kamen, anzufassen. Die ganze Familie schämte sich für ihn. Der alte Patriarch hatte sich in einen lächerlichen Lustmolch verwandelt.«

»Ja, so ist das mit uns Menschen«, lacht Helmut. »Das kann uns allen blühen, wenn wir noch älter werden. Jedem. Sogar dir.«

Helene gähnt verstohlen.

»Findest du das Thema so langweilig?«, fragt Helmut.

»Nein, gar nicht. Aber ich bin es gewöhnt, nach dem Mittagessen ein kleines Schläfchen zu halten.«

»Dann tu's doch. Wegen mir musst du nicht darauf verzichten. Ich bleibe hier auf der Couch.«

Helene geht ins Badezimmer und kommt in einem cremefarbenen Ensemble aus seidigem Morgenmantel und farblich darauf abgestimmtem langen Nachthemd wieder heraus. Ein bisschen sieht sie aus wie eine Mischung aus Greta Garbo und Marlene Dietrich, findet Helmut und versucht, nicht allzu auffällig zu glotzen.

Helene schüttelt die Bettdecke auf, lässt den Morgenmantel provokant zu Boden gleiten und schlüpft unter die Decke. »Mir ist kalt.«

Helmut rührt sich nicht.

»Willst du nicht auch ein Viertelstündchen ruhen?«

»Ich lege mich manchmal nach dem Schwimmen ein bisschen hin«, sagt Helmut.

»Dann komm doch.«

»Zu dir?«

»Siehst du hier sonst noch jemanden?«

Helmut räuspert sich. »Hast du Nachtwäsche für Herrenbesuch da?«

»Leider nein, aber eine Ersatz-Zahnbürste hätte ich wenigstens anzubieten.«

»Ach, Helene, wie soll ich denn die Zahnbürste anziehen?«

»Dann komm, wie du bist. Wir kuscheln ja nur.«

»Kuscheln?« Helmut ist sich nicht sicher, ob er richtig gehört hat.

»Es ist schon Ewigkeiten her, dass ich einen Kerl im Bett gehabt habe, aber ich kann mich noch verdammt gut daran erinnern, wie es sich anfühlt, aneinandergekuschelt einzuschlafen. Es gibt nichts Besseres.«

Länger lässt Helmut sich nicht bitten. In prosaischer dunkelblauer Baumwollunterwäsche legt er sich zu ihr in das Einzelbett, das eigentlich ein französisches Doppelbett mit einer Breite von eins vierzig ist. Wenn sie in Löffelstellung liegen, geht es ganz gut. Bald schon sind beide eingeschlafen.

Eine halbe Stunde später werden sie von Schwester Pia geweckt, die mitten im Zimmer steht. Helmut verflucht die verdammten Magnetkarten, mit denen das Personal jederzeit die Türen aus Sicherheitsgründen öffnen kann. Falls einem der Bewohner etwas zustoßen sollte und er Hilfe braucht. Selbst im eigenen Zimmer kann man sich so nicht mehr sicher fühlen.

Schwester Pia sieht Helmut angewidert an.

»Schämen Sie sich nicht? In Ihrem Alter!«, zischt sie. »Hört das denn nie auf? Das ist doch einfach nur eklig!«

Mit einem Satz springt Helmut aus dem Bett. »Verschwinden Sie aus diesem Zimmer«, fährt er sie an. »Lassen Sie uns mit Ihrer Moral in Ruhe, die weder zum Rosenzüchten noch zum In-den-Himmel-Kommen taugt. Was in den Zimmern passiert, geht Sie nichts an.«

»Immerhin arbeite ich hier«, protestiert Pia, »und habe dafür zu sorgen, dass niemand in der Residenz einen Schaden erleidet.«

»Und wer sollte bitte einen Schaden davontragen, wenn zwei erwachsene Menschen zusammen Mittagsschlaf machen? Sagen Sie mir das, Sie vertrockneter Flusslauf.«

»Nichts werde ich Ihnen sagen«, zischt Pia. »Gar nichts.«

»Außerdem wissen wir, wer Helene vorgestern Nacht das Kissen aufs Gesicht gedrückt hat und wer Josefine Peinhardt einige Tabletten zu viel verabreicht hat. Nur damit Sie im Bilde sind. Und jetzt raus hier, Sie Mörderin!«, schreit Helmut.

Helene hat sich die Bettdecke bis unters Kinn gezogen, während Helmut in Unterhose und Unterhemd vor Pia mit den Armen herumfuchtelt, um sie dazu zu veranlassen, endlich den Rückwärtsgang einzulegen.

Da klingelt ein Handy.

»Das ist mein Neffe«, sagt Helmut. »Er ist übrigens bei der Kripo. Ich sage ihm gleich Bescheid, dass er herkommen und Sie mitnehmen soll.«

Helmut will nach dem Handy greifen, das auf dem Couchtisch liegt, aber Schwester Pia ist schneller. Sie packt es und schleudert es mit aller Kraft gegen die Wand.

»Was fällt Ihnen ein?«, schreit Helmut und geht wütend auf sie los.

Da greift sich Pia den Schürhaken, der neben dem Kamin hängt, und zieht ihn Helmut über den Schädel.

Er reißt die Augen auf, bevor er stürzt, und bleibt mit dem Gesicht nach unten liegen.

***

»Ohne meinen Anwalt sage ich kein Wort!«, brüllt Bock, als er mit Handschellen gefesselt in ein Einsatzfahrzeug verfrachtet wird.

Franz Wiegand schüttelt den Kopf. »Das interessiert sowieso nur den Haftrichter. Was ist?«, fragt er Stefan. »Kommst du noch mit nach Rosenheim? Du willst ja bestimmt auch wissen, wie die Sache weitergeht.«

»Eigentlich schon, aber lass mich schnell noch meinem Onkel Bescheid geben. Vielleicht hat er von der ganzen Aktion ja noch gar nichts mitbekommen. Gesehen habe ich ihn jedenfalls nicht.«

Im Foyer der Residenz haben sich, nachdem die Polizei das Gebäude wieder freigegeben hat und abgezogen ist, einige Senioren eingefunden.

»Sollen wir vorausfahren, und du kommst nach?«, fragt Wiegand.

»Es dauert nur ein paar Minuten«, antwortet Stefan und wählt schon die Nummer seines Onkels. Helmut geht nicht ran. »Wahrscheinlich macht er einen späten Mittagsschlaf und hat sein Handy stumm geschaltet.«

Franz Wiegand steigt in seinen Wagen.

Innerhalb von Minuten hat der Himmel sich zugezogen. Die Wolken türmen und schieben sich übereinander. Dort, wo der Himmel noch hell ist, leuchtet er babyblau. Wie ein Gemälde, denkt Stefan, als er den Kopf hebt. Am See werden die Sturmwarnleuchten schon eingeschaltet sein. Als Landratte ist er froh, sich gleich ins Auto setzen zu können und nicht draußen auf dem See auf einem Segelboot zusehen zu müssen, wie er am schnellsten ans Ufer gelangt. Segeln stellt er sich ungefähr so aufregend vor wie Freeclimbing oder Fallschirmspringen. Man muss nicht alles im Leben mitnehmen, findet er, steigt in seinen faradayschen Käfig mit den vier silbernen Ringen und schaut, dass er Franz Wiegand hinterherkommt.

***

»Im Prinzip schon, Eure Eminenz. Doch geht es jetzt nicht mehr vorrangig um das Heilige Sakrament der Beichte, sondern darum, dass ich nun sicher weiß, dass sich ein Mensch in höchster Lebensgefahr befindet«, antwortet Tadeusz seinem Bischof.

»Aber woher? Haben Sie während der Beichte davon erfahren?«, möchte der Bischof wissen.

»Von dem geplanten Verbrechen habe ich zwar im Beichtstuhl Kenntnis erlangt, aber ich glaube nicht, dass es eine Beichte im eigentlichen Sinn war. Die Pönitentin erzählte mir nicht von ihren begangenen Sünden, sondern von der Rache, die sie an jemandem nehmen würde. Sie müssen mir helfen, Eminenz! Dürfen wir in diesem Fall die Polizei rufen und den Bedrohten retten?«, fleht Tadeusz seinen Bischof an.

»Ich denke, wir dürfen nicht nur, wir müssen die Person sogar retten, Bruder. Wissen Sie ihren Namen?«

»Die Schwester sprach von einem gewissen Herrn Meißner. Er ist Bewohner der Residenz, so heißt das Luxusseniorenheim am See. Die Frau arbeitet dort als Pflegerin.«

Der so gemütlich wirkende Bischof legt plötzlich eine überraschende Aktivität an den Tag. Bevor Tadeusz sich noch die nächsten Schritte überlegt hat, hat Engels schon der Äbtissin aufgetragen, ihnen ein schnelles Boot bereitzustellen. »Aber *pronto*, es handelt sich um einen Notfall!«

»Sollten wir nicht die Polizei verständigen?«, fragt Tadeusz.

»Manche Dinge muss ein Mann selbst erledigen, Tadeusz. Das gilt auch für uns Männer des Geistes. Wenn ein Menschenleben in Gefahr ist und ich davon Kenntnis habe, bleibe ich nicht in meinem Sessel sitzen und überlasse die Sache anderen. Wir können die Polizei ja von unterwegs aus über alles informieren. Mit einem Motorboot sind wir ruck, zuck auf dem Festland.«

Tadeusz spürt die Energie dieses wuchtigen Mannes und ahnt, dass ihn, wenn er sich denn erst einmal in Bewegung gesetzt hat, so leicht nichts mehr stoppen kann.

Die Äbtissin gibt zu bedenken, dass ein Gewitter dabei ist, aufzuziehen, und es eine Sturmwarnung für den See gibt, lässt aber auf ausdrücklichen Wunsch ihres Oberhirten zu einem Nachbarn schicken, der ein Boot besitzt. Thomas Kruis entstammt einer alteingesessenen Fischerfamilie und hat sich erst vor Kurzem ein Elektroboot gekauft, auf das er sichtlich stolz ist. Nicht nur, weil er damit leise, umweltfreundlich und elegant über den See schippern kann, sondern auch wegen seiner beachtlichen Power.

»Keine Angst«, reagiert Kruis ein paar Minuten später auf die besorgte Frage des Bischofs, ob die Batterien auch geladen seien und das Boot für ihr Anliegen schnell genug sei. »Es hat vierhundertdreißig PS, das sind erheblich mehr, als die meisten Mittelklassewagen zu bieten haben«, sagt Kruis, während der Bischof und sein Priester das Boot der Marke Comandante mit dem schönen Namen »Lilly« besteigen. Zum Glück hat der Bootseigner schon am Nachmittag das Verdeck aufgezogen, sodass es zwar durch den einsetzenden Regen eine ziemlich laute, dafür aber trockene und windgeschützte Überfahrt zu werden verspricht.

Kaum haben sie auf der hinteren Sitzbank Platz genommen, versucht Tadeusz mit Einverständnis des Bischofs, die Polizei zu erreichen. Aber vergeblich. Er schüttelt sein Handy. »Entweder ist das Handy beim Einsteigen nass geworden, oder es gibt hier keinen Empfang«, sagt er.

»Bei dem Wetter können Sie das Telefonieren vergessen«, bestätigt der Fischer.

Die Wellen klatschen schnell und mit einer Kraft gegen das Boot, dass sie sich trotz der edlen Sitzmöbel durch die Körper der Geistlichen bis in ihre Knochen fortpflanzen.

»Eminenz, es ist mir wirklich unangenehm, dass ich Sie in diese schreckliche Situation gebracht habe!«, schreit Tadeusz gegen die Naturgewalten an.

»Machen Sie sich darüber bloß keine Sorgen, mein lieber Tadeusz!«, schreit Engels zurück und klingt nicht ganz so souverän, wie er klingen möchte. Eher so, als müsste er gegen eine sich ankündigende Seekrankheit ankämpfen.

Tadeusz' Antwort geht im Lärm des Sturms unter.

Immer höher steigen die Wellen, die Gischt färbt den See weiß, sodass die Passagiere trotz des schwarz gewordenen Himmels den Eindruck haben, es sei heller geworden. Tadeusz ist ganz still. Eine Erscheinung hindert ihn im Augenblick daran, einen weiteren Versuch mit dem Handy zu machen, der wahrscheinlich sowieso erfolglos wäre.

Gischt und Regen drücken gegen das Verdeck. Schemenhaft taucht bereits das Ufer vor ihnen auf, für einen Augenblick meint Tadeusz sogar, das Gebäude der Residenz aufblitzen zu sehen. Dann wieder kann er nichts als Wasser erkennen, das in dicken Bahnen auf dem Verdeck von unten nach oben, dann wieder von oben nach unten oder von vorne nach hinten läuft. Tadeusz spürt keine Angst, aber ihm ist, als würden ihm die Sinne schwinden und die Phantasien in seinem Kopf die Oberhand gewinnen.

Unerwartet und unverhofft sieht er beim Blick auf den See nicht mehr das Ufer oder die Insel, sondern Wasser. Nur noch Wasser, das sich meterhoch auftürmt, viel höher, als es nach den Gesetzen der Meteorologie und der Natur auf dem Chiemsee überhaupt möglich ist. Bei rauer See kann er beobachten, wie die übermächtige byzantinische Flotte gegen die Schiffsmacht der Christen anfährt und von den christlichen Kanonen getroffen wird. Wie die Planken der türkischen Galeeren bersten, sich die Elitekämpfer der Osmanen, die Janitscharen, zu Dutzenden in die Wellen stürzen. Plötzlich erscheint am Himmel die Jungfrau Maria und ergreift Partei für die Heilige Liga. Aus dem Himmel geschickte Blitze und Kugeln geben der Osmanischen Flotte den Rest. So wie es das Fresko in Tadeusz' Kirche zeigt.

Erst als ihn der Bischof am Arm berührt und sagt: »Jetzt ist nicht die Zeit, zu träumen«, kommt Tadeusz wieder zu sich und hilft seinem Bischof, vom Boot zu steigen. Warum am Steg ein Taxi auf sie wartet, weiß vermutlich nur die Jungfrau Maria. Und die Äbtissin.

»Zur Residenz am See!«, ruft der Bischof dem wartenden Taxifahrer zu, der die beiden geistlichen Herren bestaunt wie ein Weltwunder.

»Jawohl, Eure Heiligkeit«, antwortet er, froh darüber, dass ihm eine passende Anrede eingefallen ist.

»Sie wissen aber schon, dass ich nicht Franziskus heiße«, sagt der Bischof. »Und heilig bin ich auch nicht. Sie dürfen mich also gern Eminenz oder einfach Herr Bischof nennen. Im wahren Leben heiße ich Engels mit Nachnamen.«

»Jawohl, Eminenz.« Ob er ihn wohl bitten könnte, sein Taxi zu segnen?, fragt sich der Fahrer. Ein vom Bischof von München und Freising gesegnetes Taxi, das wäre doch etwas, was sich auch werbetechnisch gut ausschlachten ließe. Aber die Fahrt ist vermutlich zu kurz für eine Segnung und sicher auch dafür, darum zu bitten. Es sind nur ein paar Minuten, bis sie in die Zufahrt zur Residenz einbiegen.

»Abschneiden! Schneiden Sie der Polizei den Weg ab!«, schreit der Bischof ganz unheilig und springt nicht besonders elegant aus dem Auto, nachdem der Fahrer eine Vollbremsung hingelegt und die Polizisten auf höheren Befehl an der Weiterfahrt gehindert hat.

Was für ein Abenteuer!, denkt er. Das glaubt ihm doch kein Mensch.

Wiegand rennt als Erster auf das Taxi zu, brüllt und gestikuliert schon von Weitem, als ihm der Anblick des Bischofs und des polnischen Priesters den Atem für weiteres Geschrei nimmt. Sakra, denkt Wiegand, ist das nicht der Erzbischof aus München? »Ja, Kruzitürken, was ist denn hier los?«, ruft er, ohne sich direkt an eine der Personen zu wenden. Dass seine Wortwahl nicht ganz passend war, merkt er erst, als es bereits zu spät ist.

»Wie geht es Herrn Meißner? Haben Sie die Schwester schon verhaftet?«, fragt der Priester noch ganz außer Atem.

»Ist denn jetzt Fasching, oder was?« fragt Wiegand immer ungläubiger.

Der Taxifahrer hat schon sein Handy herausgeholt. Ein Foto wird doch jetzt keiner bemerken, oder?

»Wir haben Herrn Bock, den Leiter der Residenz, verhaftet, sonst niemanden«, erklärt Wiegand, der das todsichere Gefühl hat, den Überblick über die Lage verloren zu haben. »Dem Kollegen Meißner aus Ingolstadt geht es gut, da hinten kommt er. Sie sehen also, es ist alles in Ordnung. Lassen Sie uns jetzt bitte weiterfahren und behindern Sie nicht unseren Einsatz.« Wiegand möchte nur eins: dem Wahnsinn endlich entkommen und in aller Ruhe seinem Beruf nachgehen.

»Aber Sie müssen sofort zurück in die Residenz«, behauptet der Priester. »Es geht um den Herrn Meißner, der dort wohnt. Er schwebt in Lebensgefahr! Eine Schwester oder Pflegerin hat es auf ihn abgesehen.«

Wiegand blickt vom Pfarrer zum Bischof.

Der Bischof nickt heftig.

Stefan, der näher gekommen ist und die letzten Sätze mitbekommen hat, macht auf dem Absatz kehrt und rennt in einem Tempo zur Residenz, das Wiegand ihm nicht zugetraut hätte.

***

Franz Wiegand schwingt sich in den Wagen, wendet mit quietschenden Reifen und brettert zurück zur Residenz. Er schaltet sogar die Scheinwerfer an, so dunkel ist es mittlerweile geworden. Und es gießt wie aus Kannen. Was faseln diese beiden

Schwarzröcke da eigentlich?, fragt er sich. Und woher wissen sie das? Davon haben sie nichts gesagt. Nur dass wir uns um Stefans Onkel kümmern sollen. Laufen bei dem Alten also alle Fäden der Geschichte zusammen? Oder sind es gar mehrere Geschichten? Jedenfalls scheint diese Senioren-Residenz die reinste Räuberhöhle zu sein. Verbrechen *en masse* mit Seeblick. Meine Güte, würde er das in einem dieser Regio-Krimis lesen, würde er nur den Kopf schütteln. Vielleicht kann ja der alte Meißner die Leitung der Residenz übernehmen, wenn Bock in U-Haft ist. Seine Geschäftsführerin ist anscheinend abgetaucht, wie ihm die Kollegen gerade bestätigt haben.

»Ist dein Onkel ein verkappter Privatermittler oder der große Rächer oder so was?«, fragt Franz Wiegand, als er Stefan im Foyer einholt.

»Nicht dass ich wüsste«, antwortet der.

Sie laufen in den Wohntrakt.

»Welches Zimmer?«, fragt Franz.

»Keine Ahnung. Aber ich weiß, wo das Schwesternzimmer ist.«

Sie treffen auf Schwester Steffi, die eine Magnetkarte für Helmuts Apartment besitzt. Aber dort ist niemand. »Mist!«, sagt Stefan.

Doch die Schwester hat da so eine Ahnung. »Vielleicht ist er bei seiner Freundin Frau von Hertan?«

Eine Freundin hat er auch noch, in dem Alter? Aber Franz Wiegand wundert sich bei dem Mann über gar nichts mehr. Vermutlich braucht er wie Superman eine Frau, die er beschützen kann und die ihn anhimmelt. Wie alt ist der Kerl gleich noch mal? Manche lassen wirklich nichts aus.

Stefan will sich gar nicht vorstellen, was ihn womöglich gleich erwartet. Aber er ist nicht darauf vorbereitet, ein Familienmitglied, noch dazu das älteste lebende, als Opfer eines Verbrechens vorzufinden. Schwester Steffi öffnet die Tür zu Helene von Hertans Apartment, und sein erster Blick fällt auf Helmuts Freundin, die schluchzend auf ihrem Bett sitzt und anscheinend unter Schock steht. Sie deutet zum Kamin, vor dem Onkel Helmut auf dem Boden liegt.

Superman außer Gefecht, konstatiert Franz Wiegand. Und seine Lois Lane ist auch schon ein bisschen verblüht.

Stefan beugt sich über seinen bewusstlosen Onkel und entdeckt die Platzwunde über der Schläfe.

Franz Wiegand wählt die Nummer des Notarztes. »Beeilt euch!«, ruft er ins Telefon. Dieser Superman ist allem Anschein nach schon etwas länger in Pension, sein Trainingsrückstand dürfte beträchtlich sein.

Die Tatwaffe liegt neben dem Onkel. Ein solider gusseiserner Schürhaken mit außerordentlich schön verziertem Griff. Keine billige Baumarktware, denkt Wiegand, eher ein altes Erbstück.

»Wer war das?«, schreit Stefan das Häufchen Elend an, das schluchzend auf dem Bett sitzt.

»Die Schwester«, stammelt die ältere Lois. Dann, etwas gefasster: »Schwester Pia.«

»Wo ist sie hin?«, fragt Stefan.

Helene zuckt die Achseln. »Weg«, sagt sie hilflos.

Sofort gibt Wiegand die Fahndung nach ihr durch.

Der Notarzt trifft ein und tätschelt dem Bewusstlosen die Wange.

»Au, mein Kopf!«, beschwert sich Helmut.

»Das glaube ich Ihnen gern, dass Sie Kopfweh haben«, sagt sein Retter. »Wir nehmen Sie jetzt mit, nähen Ihre Wunde und beobachten Sie ein bisschen, und dann dürfen Sie wieder nach Hause. Bleiben Sie ruhig liegen, die beiden Herren hier werden Sie schon auf der Trage zum Wagen bringen. Also, auf geht's, Männer. Hau ruck!«

Helene tritt neben Helmut.

»Bist du verletzt?«, fragt er aus der Horizontalen.

Sie schüttelt den Kopf, schnieft und drückt seine Hand.

Stefan und Franz Wiegand haben Helmut am Krankenwagen abgegeben und sind immer noch dabei, das Haus nach der Schwester zu durchsuchen, als Stefans Handy klingelt.

»Alles in Ordnung bei dir?«, fragt Marlu.

»Nichts ist in Ordnung«, antwortet Stefan. »Onkel Helmut ist gerade von der Globulimörderin mit einem Schürhaken niedergestreckt worden, und unser A-Team hat den flüchtenden Bock trotz durchgeladenem Jagdgewehr in letzter Minute aus dem Verkehr gezogen.«

»Wird er durchkommen?«, fragt Marlu.

»Solltest du Onkel Helmut meinen, dann ja. Die Wunde ist zum Glück nicht sehr tief, muss aber genäht werden. Der packt das schon, der alte Kerl ist ziemlich zäh. Aber die wahnsinnige Schwester Pia ist flüchtig, und ich habe keine Ahnung, wo wir jetzt überall nach ihr suchen sollen.«

»Hast du schon im Raum der Stille nachgeschaut?«

»Mann, bin ich blöd!« Er beendet das Gespräch und rennt los, Wiegand folgt ihm. Keuchend erreichen sie das Dachgeschoss. Als Stefan die Tür zum Andachtsraum öffnet, hört er, wie Wiegand hinter ihm seine Waffe entsichert.

Und dort ist sie. Kniet wie schon beim letzten Mal, als er sie in dem Zimmer angetroffen hat, vor den hohen weißen Kerzen. Sie hat die Hände vor der Brust gefaltet und sieht so aus, als hätte sie nur auf die beiden Beamten gewartet. Leicht ist sie zusammengezuckt, als die Tür aufging, hat sich aber nicht einmal nach ihnen umgedreht. Vor ihr auf dem Boden liegt aufgeschlagen das Gebetbuch. Wieder fallen Stefan die Fotos auf, die zwischen den Seiten stecken. Er nähert sich Schwester Pia, und sie lässt zu, dass er nach dem Buch greift.

Das erste Gesicht, das ihm entgegenblickt, ist das eines jungen Mannes. Er hat eine Flasche Wodka in der Hand. Stefan erkennt Pias Bruder Thorsten wieder. Auf dem nächsten Foto ist eine alte, deutlich übergewichtige Dame zu sehen. Die Aufnahme ist auf einer Feier gemacht worden, vielleicht auf einem Geburtstagsfest in der Residenz. Die Frau versenkt ihre Kuchengabel gerade in einem Stück Schokoladentorte. Ein weiteres Foto zeigt Helene von Hertan, ein Schnappschuss. Sie sitzt an einem Tisch im Restaurant und hat offensichtlich nicht gemerkt, dass sie fotografiert wird. Auf dem vierten Bild ist ein älterer Herr mit einer Prinz-Heinrich-Mütze abgebildet, wie sie Helmut Schmidt jahrelang getragen hat. Das fünfte Foto ist von Onkel Helmut. Eine unscharfe Vergrößerung. Stefan sieht die Schwester an, die ihre Hände immer noch zum Gebet gefaltet hat.

»Warum haben Sie diese Fotos bei sich?«, fragt er. Draußen grollt ein Donner.

»Das sind alles meine Lieben.« Die Schwester lächelt. »Ich kümmere mich um sie.«

»Und wer ist diese Frau?«, fragt Stefan und deutet auf das Bild der vollschlanken Dame.

»Sie ist bereits von ihren Leiden erlöst worden und bei Gott«, antwortet Pia.

»Ihr Name?«, insistiert Stefan.

»Josefine Peinhardt«, sagt Pia.

Ein zuckender Blitz erleuchtet den Raum. Für den Bruchteil einer Sekunde ist es taghell.

»Sie hatte ein schweres Leben«, fährt Pia zwischen Blitz und Donner fort. »Gott hat ihr mehrere Krankheiten geschickt: Epilepsie, später Diabetes. Wir wissen oftmals nicht, wofür wir im Leben büßen müssen, ob für eine eigene oder eine fremde Schuld.«

Stefan wird schlecht. Am liebsten möchte er diese bigotte Person am Kragen packen und schütteln. Sie trägt tatsächlich die Fotos ihrer Opfer in ihrem Gebetbuch mit sich herum. Er könnte kotzen. Er drückt seinem Kollegen das Buch in die Hand und gibt ihm ein Zeichen, dass er den Raum verlassen muss. Der Wind drückt den Regen gegen die Scheiben, das Geräusch erfüllt die Stille, die eingesetzt hat.

Wiegand steckt seine Waffe weg und erklärt Schwester Pia schließlich, dass er sie nach Rosenheim zur Vernehmung mitnehmen und wegen des dringenden Verdachts der schweren Körperverletzung festnehmen muss. »Das entspricht unserem derzeitigen Wissensstand. Aber vielleicht ergibt sich ja noch mehr. Bei Ihnen würde ich nichts ausschließen. Auf geht's!«

Vor der Tür wartet Stefan, und die beiden Beamten begleiten Pia zu ihrem Zimmer im Personaltrakt.

Vom Treppenhaus aus sieht die Schwester ihren Beichtvater Tadeusz zusammen mit Bischof Engels im Foyer stehen. Sie hält inne und presst die Hände gegen die Glaswand.

Als hätte Tadeusz ihre Anwesenheit gespürt, dreht er in dem Augenblick tatsächlich den Kopf, sieht zu ihr hinauf und wendet ihr dann demonstrativ den Rücken zu.

Wütend schlägt Schwester Pia mit der Faust gegen das Glas, bis die Beamten sie weiterzerren. In ihrem Zimmer packt sie etwas Wäsche und einige Kosmetika zusammen, dann bringt Wiegand sie zum Ausgang, wo ein Kollege sie mit einem Schirm empfängt und zum Einsatzwagen führt.

Franz Wiegand und Stefan Meißner verabschieden sich von den beiden Kirchenmännern, die so lange ausgeharrt, aber jetzt ein Taxi gerufen haben. Der Taxifahrer, es ist derselbe wie auf der Hinfahrt, springt eifrig heraus und bietet den hohen Herren gleich zwei Schirme an, während er selbst bis auf die Haut durchnässt wird. Was tut man nicht alles, wenn man einmal im Leben einen Erzbischof fahren darf – und wenn es nur ein halber Kilometer bis zum Bootsanleger ist.

Stefan zieht sich die Jacke über den Kopf und läuft zu seinem Audi. Als er von der Einfahrt auf die Straße einbiegt, dreht er sich in der Sintflut noch einmal um und blickt zurück. Der Spuk ist vorüber.

Prien, Residenz am See, Mittwoch, 24. Juni 2015

»Wie geht's dir heute, Klaus? Noch Schmerzen?«

»Ach, es ist auszuhalten.«

»Darfst du aufstehen?«

»Ich soll sogar! Schon einen Tag nach der OP sollte ich mit Krücken gehen. Meine Hüftprothese ist jetzt fest im Knochen verankert, aber ich darf es nicht übertreiben. Nicht zu lange sitzen oder stehen, aber Bewegung tut mir gut, sagt der Arzt.«

»Dann komme ich dich heute Nachmittag besuchen, wenn's recht ist, und wir beide humpeln ein wenig zum Hafen hinunter. Was meinst du?«

»Gern! Allzu lange werde ich sowieso nicht auf Reha bleiben, aber zwei, drei Wochen werden sie mich schon noch hierbehalten. Und mit deinem Kopf ist wieder alles okay?«

»Alles wieder verheilt. Sah übler aus, als es war. Die Kopfhaut ist ja sehr stark durchblutet, sogar noch bei einem alten Knacker wie mir. Aber ich hatte Glück, dass mir von einer Frau der Schürhaken über den Kopf gezogen wurde. Und die Wunde hatte ja auch etwas Gutes.«

»Was denn?«

»Nicht unmittelbar, aber im Krankenhaus. Ich hatte zwei ganz süße Krankenschwestern. Weißt du, wie die mich genannt haben?«

»Keine Ahnung«, sagt Klaus.

»›Unser Mister James Bond 007, aber der echte‹, das haben sie zu mir gesagt.« Klaus kann Helmuts stolzgeschwellte Brust vor sich sehen.

»Und was ist mit Miss Moneypenny?«

»Helene? Die hat sich längst von dem Schrecken erholt und ist schon wieder genauso frech und arrogant wie vorher.«

»Warum hat die Schwester dich überhaupt angegriffen? War sie wahnsinnig?«

»Das ist eine längere Geschichte. Die kann ich dir dann auf unserem Spaziergang erzählen. Sie sitzt mittlerweile in Untersuchungshaft. Ein Gutachter versucht herauszufinden, ob sie ein Fall für den Knast oder die Psychiatrie ist.«

»Weiß man schon, wen sie alles auf dem Gewissen hat?«

»Nein, die Ermittlungen sind noch nicht abgeschlossen. Aber damit kennt Stefan sich besser aus. Er kommt übrigens am Wochenende mit Marlu und will dich auch besuchen. Hast du Zeit?«

»Ich schätze, das lässt sich einrichten.«

»Wunderbar, dann bis heute Nachmittag.«

Prien, Residenz am See, Samstag, 27. Juni 2015

»Helene wollte unbedingt einen Kuchen backen, ausgerechnet Kuchen!«, erklärt Helmut, als Stefan und Marlu eintreffen. »Wo sie doch schon mit einem Toastbrot und zwei Tassen löslichem Kaffee alle Hände voll zu tun hat. Das Ergebnis ist, dass sie nun schon seit Stunden unansprechbar ist. Ich glaube, es ist alles schiefgegangen, was schiefgehen konnte.«

Marlu bietet an, nachzusehen, ob sie Helene helfen kann. »Dann habt ihr drei Meißner-Männer mal Gelegenheit, euch in aller Ruhe auszutauschen.«

Stefan nimmt an, dass hinter Marlus Großzügigkeit eigentlich Ungeduld steckt. Langsame Spaziergänge kann sie nicht ausstehen, und das Tempo, zu dem sein Vater momentan fähig ist, dürfte nicht gerade weltbewegend sein.

Zusammen fahren Stefan und Onkel Helmut zur Reha-Klinik und holen Klaus und seine beiden Krücken zu einer Runde am See ab.

»Ich warne euch«, sagt Klaus zur Begrüßung. »Gemütliches Kaffeetrinken könnt ihr derzeit mit mir vergessen. Sitzen und Stehen sind Gift für mich. Entweder bewege ich mich, oder ich liege, dazwischen gibt es fast nichts. Wusstet ihr eigentlich, dass Sitzen so schädlich ist? Ausgerechnet das, was die meisten Menschen den ganzen Tag über tun.«

Die drei Männer bewegen sich in sehr mäßigem Tempo zum Schiffsanleger und weiter am See entlang. Der Himmel ist bedeckt, aber die Temperatur gerade richtig für einen Spaziergang mit einem Frischoperierten.

»Eines frage ich mich schon länger, Onkel Helmut«, sagt Stefan, als sie die wenigen Meter bis zur Spitze der kleinen Landzunge an der Uferpromenade geschafft haben. »Wieso bist du nicht ausgezogen, als du den Verdacht hattest, Schwester Pia könnte Frau Peinhardt umgebracht haben? Du bist in der Residenz doch nicht zwangsweise interniert. Du hättest jederzeit kündigen können.«

Vorsichtig setzt Klaus einen Fuß vor den anderen. Mit den zwei Krücken sieht er aus wie ein seltsamer, sehr langsamer Vierbeiner.

»Jetzt kann ich es ja zugeben«, sagt Helmut. »Mein erster Gedanke war tatsächlich Flucht. Aber dann hat Helene mich beim Kofferpacken erwischt und bei meiner Ehre gepackt. Ich habe in meinem Leben schon einmal feige den Schwanz eingezogen, und dafür schäme ich mich bis heute.«

Nun muss Klaus doch ein paar Minuten auf seine Krücken gestützt stehen, denn Helmut hat innegehalten und blickt auf den See hinaus, ohne viel vom Wasser, den Schiffen, den Inseln und den Bergen im Hintergrund zu sehen. Dafür sieht er andere Dinge, Erinnerungen, die genau jetzt herausdrängen.

»Als Margarete krebskrank wurde, habe ich alle sonstigen Interessen und Verpflichtungen zurückgeschraubt und mich bemüht, rund um die Uhr für sie da zu sein.«

»Ich habe das damals sehr bewundert«, sagt Klaus.

Stefan hat davon gar nichts mitbekommen. Zu dieser Zeit war der Kontakt zu Onkel Helmut längst eingeschlafen.

»Ich erzähle das nicht, um bewundert zu werden. Es ist schon eher eine Beichte. Ich habe es lange mit mir herumgeschleppt, aber jetzt muss ich es euch erzählen.« Er holt tief Luft. »Margarete konnte sich vollkommen auf mich verlassen, doch am Ende hat uns meine Feigheit besiegt. Ich wusste, dass sie zu Hause sterben wollte, sie hatte es mir oft genug gesagt. Aber als es dann tatsächlich so weit war, habe ich gekniffen. Ich hab's einfach nicht durchgestanden. Die Vorstellung, mit ihr diesen Weg zu gehen und dann allein zurückzubleiben, hat mich verrückt gemacht. Ich war regelrecht panisch. Als ich spürte, dass es in den nächsten Stunden zu Ende geht, habe ich den Notarzt gerufen und sie ins Krankenhaus bringen lassen, wo sie dann gestorben ist.« Helmut steht unbeweglich am Ufer, auf seinem Gesicht ist keine Regung zu erkennen.

Klaus und Stefan fühlen sich unbehaglich.

»Daran habe ich mich erinnert, als Helene mir alles Gute wünschte für den Fall, dass ich tatsächlich aus der Residenz fortginge. Da wusste ich, dass ich nicht noch einmal weglaufen kann. Das war's, was ich euch erzählen wollte.« Er lacht, und es klingt eher befreit als bitter. »Und jetzt würde ich sagen, wir treten die lange Heimreise an, liefern unsere Schildkröte Klaus in seiner Reha-Klinik ab, damit er sich wieder hinlegen kann, und schauen, ob die zwei Damen Helenes Kuchen retten konnten.«

Im Café der Residenz treffen sie auf Helene und Marlu, die ihnen von ihrem Tisch aus fröhlich zuwinken. Vor sich zwei Tassen Kaffee und zwei leer gegessene Kuchenteller.

An der Tür zur Terrasse sieht Stefan einen runzligen alten Mann mit Zigarette und mobilem Aschenbecher sitzen und hört, wie er zur Schwester, die sich zu ihm hinunterbeugt, sagt: »Ach, das wusste ich noch gar nicht. Aber das ist nicht schlimm.«

»Sucht euch doch am Büfett ein Stück Kuchen aus«, schlägt Helene vor. »Alles selbst gebacken, wenn auch nicht von mir. Was in diesem Fall ein echter Vorteil ist.«

»Ich nehme nur einen Kaffee«, beginnt Stefan, »ohne Kuchen, seid mir nicht böse. Aber ich möchte …«

»Stopp!«, ruft Marlu. »Ich weiß, was Stefan möchte. Er liegt mir damit schon in den Ohren, seit wir das erste Mal in Prien waren.«

»Unfreiwillig«, mischt Helmut sich ein. »Eigentlich seid ihr doch bloß gekommen, weil Klaus euch ein schlechtes Gewissen gemacht hat, dass sein Bruder, dieses alte Ekel, in seiner Senioren-Residenz am Chiemsee sitzt und nie Besuch bekommt.«

»Ist doch jetzt egal, ob freiwillig oder unfreiwillig«, sagt Marlu. »Jedenfalls will Stefan, seit er zum ersten Mal in Prien war, unbedingt Steckerlfisch essen. Das ist mittlerweile schon zur fixen Idee geworden. Stimmt's nicht?«

»Ja, stimmt«, gibt Stefan zu. »Also das mit dem Steckerlfisch, nicht das mit der fixen Idee.«

»Dann rufe ich am besten gleich beim ›Winklfischer‹ an und frage ihn, ob er heute geöffnet hat und mir noch vier Plätze reserviert«, bietet Helmut an.

»Und vier Fische«, sagt Stefan. »Die wären fast noch wichtiger als der Sitzplatz. Sind das eigentlich Chiemsee-Renken?«

»Ich werde nachfragen. Moment, bin gleich wieder da.« Kurz darauf kommt Helmut mit hochgerecktem Daumen zum Tisch zurück. »Viermal Steckerlfisch mit Brezen, die Herrschaften. Pünktlich um achtzehn Uhr dreißig, wenn's recht ist.«

Lisa Graf-Riemann

DONAUGRAB

Broschur, 224 Seiten

ISBN 978-3-89705-820-0

»Graf-Riemann gelingt es auf spielerische wie akribische Art, den Fall und die Ermittlungen in die Gegebenheiten einzubinden, Lokalkolorit inklusive. Trotz des ernsten Themas ein unterhaltsames Lesevergnügen. Die Stärken liegen in ihrer unmittelbaren wie treffenden Beschreibung und Charakterisierung der Figuren sowie den atmosphärischen wie humorvollen Situationsbeschreibungen.« Donaukurier

»Es sind die kleinen Szenen und Situationen, mit denen Graf-Riemann die handelnden Personen sehr treffend zu charakterisieren weiß. Bis hinein in die Nebenfiguren schafft sie es, ihr Personal sehr realistisch und glaubwürdig darzustellen.« Berchtesgadener Anzeiger

LISA GRAF-RIEMANN
Madame Merckx trinkt keinen Wein
SÜDFRANKREICH KRIMI
emons:

GRAF-RIEMANN / NEUBURGER
Hirschgulasch
KRIMINALROMAN
emons:

Lisa Graf-Riemann, Ottmar Neuburger
REHRAGOUT
Broschur, 336 Seiten
ISBN 978-3-95451-261-4

»Wie schon bei ›Hirschgulasch‹ ist den Autoren eine gute Mischung aus verschiedenen Genres gelungen, die nicht nur wegen des Berchtesgadener Lokalkolorits Spaß macht zu lesen.«
Berchtesgadener Anzeiger